U0953469

2012年
布克奖作品
2009年布克奖小说
《狼厅》续集

提堂

Hilary Mantel

Bring Up the Bodies

〔英〕希拉里·曼特尔 著　刘国枝 王婷 李静娴 陈璐 译

上海译文出版社

图书在版编目(CIP)数据

提堂/(英)曼特尔(Mantel,H.)著;刘国枝等译.
—上海:上海译文出版社,2014.7(2023.5重印)
书名原文:Bring Up the Bodies
ISBN 978-7-5327-6538-6

Ⅰ.①提… Ⅱ.①曼… ②刘… Ⅲ.①长篇小说—英
国—现代 Ⅳ.①I561.45

中国版本图书馆CIP数据核字(2014)第096733号

Hilary Mantel
Bring Up the Bodies
Copyright © Tertius Enterprises 2012
This edition arranged with A. M. Heath & Co. Ltd.
Through Andrew Nurnberg Associates International Limited
Simplified Chinese edition copyright:
2014 Shanghai Translation Publishing House (STPH)
All rights reserved.

图字:09-2010-179号

提　堂
〔英〕希拉里·曼特尔　著　刘国枝　王婷　李静娴　陈璐　译
责任编辑/宋玲　　装帧设计/张志全

上海译文出版社有限公司出版、发行
网址:www.yiwen.com.cn
201101　上海市闵行区号景路159弄B座
上海信老印刷厂印刷

开本890×1240　1/32　印张12.75　插页2　字数271,000
2014年7月第1版　2023年5月第4次印刷
印数:15,501—17,500册

ISBN 978-7-5327-6538-6/I·3911
定价:75.00元

本书中文简体字专有出版权为本社独家所有,非经本社同意不得转载、摘编或复制
如有质量问题,请与承印厂质量科联系。T:021-39907745

再次献给玛丽·罗伯逊：
致以我衷心而诚挚的赞美。

“难道我不是个男人吗，就像其他男人一样？ 难道我不是吗？不是吗？”

——亨利八世问皇帝之大使尤斯塔西·查普伊斯

目 录

人物表

克伦威尔府

托马斯 · 克伦威尔，铁匠之子：现为国王的秘书官，案卷司长，剑桥大学名誉校长，作为英格兰教会首脑的英王的宗教代理人

格利高里 · 克伦威尔，其子

理查德 · 克伦威尔，其外甥

雷夫 · 赛德勒，其得力助手，克伦威尔将其视如己出抚养成人

海伦，雷夫的漂亮妻子

托马斯 · 艾弗里，家庭会计

瑟斯顿，主厨

克里斯托弗，仆人

迪克 · 帕瑟，护家犬管理员

安东尼，小丑

死者

托马斯 · 沃尔西，红衣主教，教皇使节，大法官：1530 年被解职、逮捕并去世

约翰 · 费希尔，罗彻斯特主教：1535 年被处死

托马斯 · 莫尔，沃尔西之后任大法官：1535 年被处死

伊丽莎白、安妮、格蕾丝 · 克伦威尔，托马斯 · 克伦威尔的妻子和两个女儿，死于 1527－1528 年；死于同期的还有其两位姐姐凯瑟琳 · 威廉斯和伊丽莎白 · 威利费德

国王一家

亨利八世

安妮·博林，其第二任妻子
伊丽莎白，安妮年幼的女儿，王位继承人
亨利·菲茨罗伊，里奇蒙公爵，国王之私生子

国王之另一家

阿拉贡的凯瑟琳，亨利第一任妻子，离异并被软禁于金博尔顿
玛丽，亨利与凯瑟琳之女儿，王位继承人之另一人选；亦被软禁
玛丽亚·德·萨利纳斯，阿拉贡的凯瑟琳之前女侍
埃德蒙·贝丁菲尔德，凯瑟琳之管家
格蕾丝，其妻

霍华德与博林家族

托马斯·霍华德，诺福克公爵，王后之舅：性情凶暴的高等贵族，克伦威尔之敌
亨利·霍华德，萨里伯爵，其年轻儿子
托马斯·博林，威尔特郡伯爵，王后之父：喜欢被称为“阁下”
乔治·博林，罗奇福德勋爵，王后之弟
简，罗奇福德夫人，乔治之妻
玛丽·谢尔顿，王后之表妹
幕后：玛丽·博林，王后之姐，已婚并居于乡下，但曾为国王情妇

狼厅的西摩一家

老约翰爵士，因与儿媳偷情而声名狼藉
玛乔莉夫人，其妻
爱德华·西摩，其长子
托马斯·西摩，其次子
简·西摩，其女，亨利两位王后之女侍

贝丝 · 西摩，其姐，嫁与泽西总督安东尼 · 奥特雷德：后成为寡妇

廷臣

查尔斯 · 布兰顿，萨福克公爵：亨利八世之妹玛丽的鳏夫：才智平平的贵族

托马斯 · 怀亚特，才智过人的绅士：克伦威尔之友：被普遍怀疑为安妮 · 博林的情人之一

哈里 · 珀西，诺森伯兰伯爵：疾病和债务缠身的年轻贵族，曾与安妮 · 博林订婚

弗朗西斯 · 布莱恩，“地狱牧师”，博林和西摩两家的亲戚

尼古拉斯 · 卡鲁，御马官：博林家族之敌

威廉 · 费兹威廉，财务官，亦为博林家族之敌

亨利 · 诺里斯，人称“温文尔雅的诺里斯”，国王寝宫主管

弗朗西斯 · 韦斯顿，性格鲁莽、生活奢侈的年轻侍从

威廉 · 布莱里顿，强横傲慢、喜欢争吵的中年侍从

马克 · 史密顿，衣着讲究但来源可疑的乐师

伊丽莎白，伍斯特夫人，安妮 · 博林之女侍

汉斯 · 霍尔拜因，画师

教士

托马斯 · 克兰默，坎特伯雷大主教：克伦威尔之友

史蒂芬 · 加迪纳，温彻斯特主教：克伦威尔之敌

理查德 · 桑普森，国王婚姻事务之法律顾问

政府官员

托马斯 · 赖奥斯利，人称“简称赖斯利”，印玺秘书

理查德 · 里奇，副检察长

托马斯 · 奥德利，大法官

使节

尤斯塔西 · 查普伊斯，查理五世皇帝之大使

让 · 德 · 丹特维尔，法国使节

宗教改革者

翰弗里 · 蒙茂斯，富商，克伦威尔之友，新教支持者：目前被禁于低地国家之《圣经》译者威廉 · 廷德尔的保护人

罗伯特 · 帕金顿：商人，亦为新教支持者

史蒂芬 · 沃恩，安特卫普商人，克伦威尔之友兼代理人

拥有王位继承权之“古老家族”

玛格丽特 · 波尔，爱德华四世之侄女，阿拉贡的凯瑟琳与玛丽公主之拥护者

亨利，蒙塔古勋爵，其子

亨利 · 科特尼，埃克塞特侯爵

格特鲁德，其野心勃勃的妻子

伦敦塔

威廉 · 金斯顿爵士，总管

金斯顿夫人，其妻

埃德蒙 · 沃尔辛厄姆，副总管

谢尔顿夫人，安妮 · 博林之姑母

法国行刑人

都铎家族（简表）

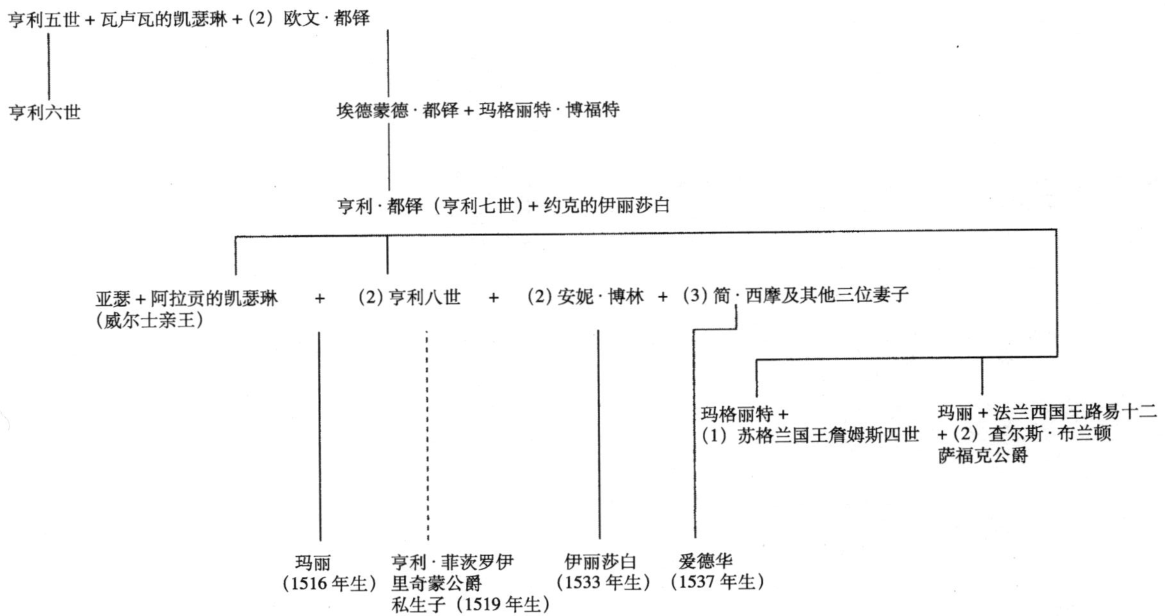

亨利·都铎（亨利七世）之王位继承自其母玛格丽特·博福特，
爱德华三世的玄孙女
亨利·都铎与约克的伊丽莎白之联姻将都铎家族与约克家族联系起来。

来自约克家族的亨利八世之竞争对手（简表）

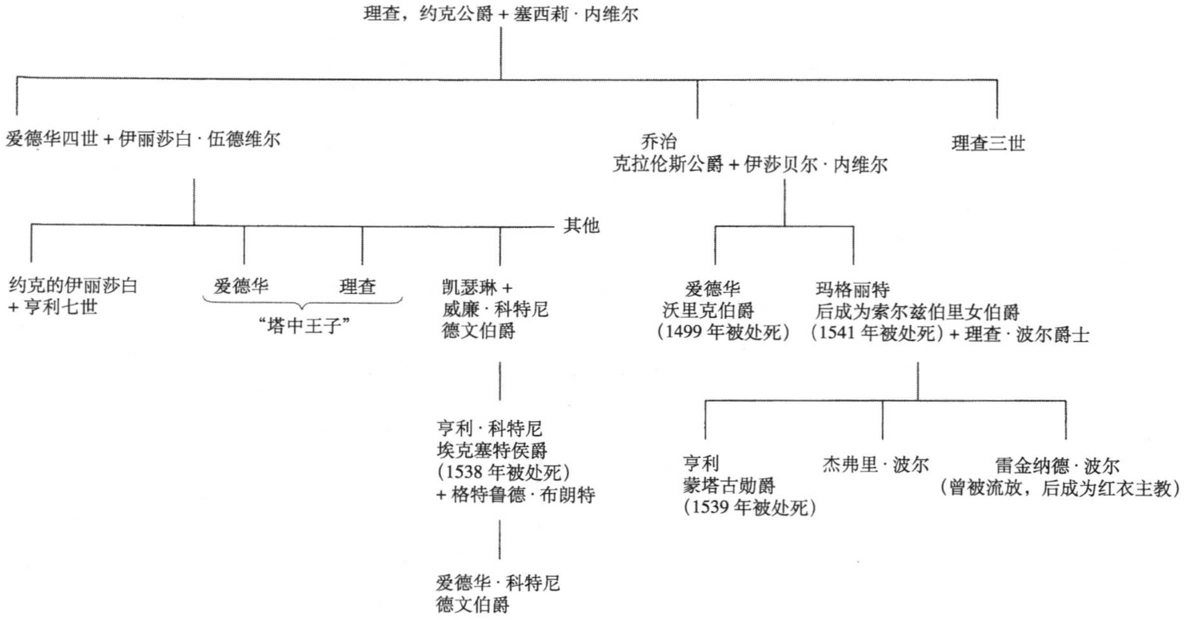

第 一 部

1. 猎鹰

威尔特郡，1535 年 9 月

他的孩子们正从天而降，他坐在马背上看着她们，身后是绵延的英格兰国土；她们张开金色的翅膀，瞪着充血的眼睛，俯冲而下。格蕾丝·克伦威尔在明净的天空中盘旋。捕获猎物时，她悄无声息，就像飞到他手上时一样默然无声。但她此刻发出的声音啊，又扑扇羽毛又叫唤的，双翼叹息着，拍打着，喉咙里叽叽咕咕，那是认出他来的声音，亲热，撒娇，几乎有些不满。她的胸脯上有划伤，爪子上还沾有碎肉。

事后，亨利会说，“你的女儿们今天飞得不错。”那只名叫安妮·克伦威尔的猎鹰在雷夫·赛德勒的防护手套上跳跃着，雷夫骑行在国王身边，两人在轻松地寒暄。他们累了；太阳正在西沉，他们让缰绳搭在坐骑的脖子上，返回狼厅。明天，他的妻子和两个姐姐会出去。这几个逝去的女人，尸骨早已融入伦敦的泥土，但如今已经转世。她们轻盈地在高空中翱翔。她们没有怜悯，不回应任何人的呼求。她们生活简单。俯瞰地面时，她们的眼中只有猎物，以及猎手们借来的漂亮服装：她们看到的是一个飘忽、移动的宇宙，一个堆满午餐的宇宙。

整个夏天都是如此，在喧嚣嘈杂中，遭到肢解的猎物皮毛四散，猎犬被赶进赶出，疲惫的马儿受到悉心的照料，侍从们处理着各种挫伤、扭伤及水泡。至少有好几天来，阳光已照到亨利身上。中午前不久，乌云从西边飘来，洒下清新而豆大的雨点；但后来又云开日出，晒得人热烘烘的，此时的天空一片澄澈，你简直可以望及天堂，一窥圣人们在履行何种天职。

一行人下了马，将坐骑交给马夫，并侍候着国王，他的思绪则已转移到文书工作上：那些发自狼厅的信件，将快马加鞭地经邮路送出——国王巡游何方，邮路就会通达何方。与西摩一家共进晚餐时，主人们想讲任何故事，只要国王——今晚似乎情绪很好，和蔼亲切，尽管头发有点凌乱——愿意听，他都会顺其自然。待国王安寝之后，他工作的夜晚就会开始。

尽管白天将尽，亨利却似乎并不想回到室内。他站在那儿环顾四周，一边嗅着马儿的汗味，他的前额上有一大片暗红的晒伤。上午较早的时候，他的帽子丢了，根据惯例，狩猎队伍只好一律脱帽。国王不愿换其他的帽子。等夜幕开始笼罩树林和田野时，仆人们会出去搜寻，期待那支黑色的羽毛在渐暗的草丛中摇曳，或者那枚猎手徽章——镶嵌着蓝宝石眼睛的圣休伯特金质徽章——熠熠发光。

已经可以感觉到秋意了。你知道这样的日子将不会太多；因此，不妨让我们站会儿吧，狼厅的马夫簇拥在我们周围，威尔特和西部诸郡在蓝色的暮霭中绵延开去；不妨让我们站会儿吧，国王的一只手扶在他的肩上——亨利满脸真诚地谈论着白天所见的景色：苍翠的树丛，奔腾的溪流，水边的赤杨，九点之前消散的晨雾；短暂的阵雨，停歇的微风；还有静寂，以及下午的炎热。

“先生，您怎么没有晒伤？”雷夫·赛德勒问道。雷夫像国王一样是红头发，脸上也晒出了一片片红印，甚至眼睛都有些发红。他（托马斯·克伦威尔）耸了耸肩；他搂住雷夫的肩膀，一行人缓缓进入室内。意大利的各种地方——无论是战场，还是遮风避雨的会计室——他都待过，但始终保持着伦敦人的白肤色。那四处游荡的童年时代，不管是河边的时光，还是田野上的日子，都没能影响他如初生般的白皙。“克伦威尔的皮肤就像百合花，”国王说，“也只有在这一点上，他才能与任何花儿相提并论。”

在国王的调侃声中，他们朝备好的晚餐走去。

在托马斯·莫尔被处死的那个星期——六月里那个阴雨绵绵、令人难受的星期——国王离开白厅，随行的队伍一路跋涉着前往温莎，马蹄在泥泞中留下了深深的足印。其后，一行人浩浩荡荡地穿过西部诸郡；克伦威尔的助手们在伦敦那边处理完国王的事务后，于八月中旬与国王的人马会合。在红砖砌成的新屋，在防御城墙已经坍塌或拆毁的老宅，在玩具般的漂亮城堡，在城墙像纸一般、一发炮弹就可以击穿的毫无防御之力的城堡，国王和他的同伴们睡得很香甜。英格兰已经享有五十年的和平。这是都铎王朝的誓约；他们提供的就是和平。每家每户都尽力向国王展示自己的最佳面貌，我们还看到一些最近几周才手忙脚乱地粉刷过的房舍，一些因为东道主在自己的纹章旁匆匆刻上都铎玫瑰而仓促完工的石雕。他们四处检查，彻底清除前王后凯瑟琳的痕迹，用锤子捣毁阿拉贡的石榴，捣毁那裂开的果瓣以及被敲碎和飞溅的石榴籽。然后——如果来不及雕刻的话——在纹章匾上草草地画上安妮·博林的猎鹰。

汉斯也加入了他们的队伍，并为安妮王后画了一幅画，但她并不满意；如今，你怎样才能让她满意？他还画了雷夫·赛德勒，画出了他那利索的小胡子，有型的嘴巴，还有那顶时髦的帽子就像插着羽毛的圆盘一般，不太踏实地戴在他留着平头的脑袋上。“霍尔拜因先生把我画成了塌鼻子，”雷夫说，汉斯回答，“哦，赛德勒先生，我何德何能，哪敢修理你的鼻子呢？”

“这是他小时候摔的，”他说，“在竞技场比武的时候。我亲手把他从马蹄下救了出来，那副可怜样儿啊，还哭着喊妈妈。”他按了按那孩子的肩膀。“好了，雷夫，振作点儿，我觉得你非常帅。想想汉斯是怎么画我的。”

托马斯·克伦威尔现在五十岁左右。他拥有劳动者的身体，健壮、能干，已经有些发福。他的一头黑发如今开始花白，那永远不变的白皮肤似乎天生就不惧日晒雨淋，正因如此，有人嘲笑说他父亲是爱尔兰人，尽管事实上，他父亲只是帕特尼的一个酿酒商和铁匠，也是剪羊毛工，什么事情都有他的份，打架斗殴，酗酒滋事，欺凌弱小，经常因为打人和诈骗而被带到法官面前。这样一个人的儿子，怎么会爬到现在这种高位，是让全欧洲都感到费解的一个谜。有人说，他是因为王后的家人，也就是博林一家而得势。也有人说，完全是因为他的保护人，已故的沃尔西红衣主教；克伦威尔深受他的信赖，既帮他赚钱，也知晓他的秘密。还有人说，他经常跟巫师们混在一起。他很小就出了国，当过雇佣兵、羊毛商和银行家。没有人知道他去过哪些地方和遇见过哪些人，而他也并不急于向他们透露。他效忠国王不遗余力，也知道自己的价值和功劳，并确保自己有回报：各种职位、特权、地契、宅第和农场。他总是能达到目的，他很有手腕；讨好或者贿赂，好言相劝或者强硬威胁，向对方解释其真正的利益所在，让对方看清连自己都毫不了解的某些方面。秘书官大人每天都与王公贵族们打交道，那些人一旦有报复之机，就会彻底毁掉他，就像拍死一只苍蝇那样。他对此心知肚明，所以总是谦恭有礼，镇静自若，孜孜不倦地关心国家事务。他不习惯为自己辩解，不习惯谈论自己的成就。但只要是好运前来拜访，他就从来不曾错过，而是守在门口，准备一听到她在木头上羞怯地擦手的声音就敞开大门[①]。

在位于奥斯丁弗莱的他的城中府邸，他沉思的肖像挂在墙上；他穿着毛皮大衣，手里的一份文件握得很紧，仿佛要将它扼死一般。汉斯当时拖过一张桌子，把他限制在那儿，并且说，托马斯，你不能笑；两人就基于这一前提而开始了合作，汉斯一边画一边哼着歌，而他则狠狠地盯着不远处。看到完成的画作时，他曾经说，“天啊，我看上去就像个杀人犯，”他儿子格利高里说，您难道不知道吗？现在正在让人描摹这幅画，用于赠送朋友以及德国福音会教徒中他的崇拜者。他不愿将原作送人——他说，我

① 根据西方迷信，如果手心发痒，在木头上擦一擦，就会带来财运。

现在习惯了，所以不能送人——因此，当他走进大厅时，看到的是他自己的各种进展不一的画像：一个尝试性的轮廓，涂了部分色彩。画克伦威尔，该从何处下笔呢？有些是从他犀利的小眼睛开始，有些是从他的帽子着手。有些避开这个问题，画的是他的印章和剪刀，还有些选择了红衣主教送给他的绿松石戒指。不管从哪儿开始，最终的效果却没有区别：如果他对你怀恨在心，你就不会希望在黑夜里碰到他。他父亲沃尔特曾说，“我那个小子托马斯啊，如果你瞪他一眼，他会挖掉你的眼睛。如果你绊他一脚，他会砍断你的腿。不过，只要你不跟他作对，他就是个大好人。他会请任何人喝一杯。”

汉斯也为国王画了一幅画，和蔼可亲的国王穿着夏天的丝绸衣服，晚饭后与东道主坐在一起，敞开的窗户外传来黄昏时的鸟鸣，第一批蜡烛以及果脯都送了过来。巡游中每到一处，国王都与安妮王后下榻在显贵的府上，而随从人员则在当地的乡绅家中安顿。通常情况下，国王巡幸期间，其东道主至少要设宴一次，向那些二级东道主致谢，于是就为府上的内务安排带来压力。他已经计划好供给车陆续到达；天还没亮，他就亲自去过厨房，看到那里一片忙碌，有人在擦洗砖炉准备烘烤第一炉面包，有人在架锅，有人在将牛羊插上烤肉棒，有人在将鸡鸭去毛切块。他叔叔曾是一位大主教府上的厨师，他小时候经常在朗伯斯宫的厨房里晃悠；对这一行他了如指掌，而只要事关国王的安适，就必须确保万无一失。

最近天气很好。清澈澄净的光线照得树篱中的每一颗浆果都闪闪发亮。在太阳的映照下，每一片树叶都犹如挂在树上的金梨。我们在盛夏中一路西行，深入林中猎场，登上丘陵之巅，然后来到内陆高地，这里与海洋尽管有两郡之隔，你却能感受到它的飘忽气息。在英格兰的这一区域，我们的巨人祖先留下了土筑工事，还有古坟和石柱。全英格兰男男女女的血脉中，仍然保存着几滴巨人的血液。在那远古的时代，在这片未被羊群和耕犁破坏的土地上，他们猎取野猪和麋鹿。森林一连数天都走不到尽头。人们有时发掘出了古代的武器：那些斧头啊，如果用双手举起，可以砍得对手人仰马翻。想想那些死者吧，他们有力的臂膀还在泥土里活动。战争是他们的天性，战争总是想卷土重来。在这些田野上驰骋时，你想到的不仅仅是过去。还有在泥土中潜藏、酝酿的东西；即将到来的日子，尚未开打的战争，以及像种子一般被英格兰的泥土所保温的伤亡事件。看着亨利大笑，看着亨利祈祷，看着亨利率领自己的人马穿行在林中小道上，你会以为他的王位就像现在所坐的马背一样踏实稳固。表面现象具有欺骗性。到了夜晚，他毫无睡意地躺在床上；他怔怔地盯着屋顶的雕梁；他估算着自己的时日。他说，“克伦威尔啊，克伦威尔，我该怎么办呢？”克伦威尔，帮我对付皇帝。克伦威尔，帮我对付教皇。接着，他会召来自己的坎特伯雷大主教托马斯·克兰默，问道，“我的灵魂受到诅咒了吗？”

而在伦敦，皇帝的大使尤斯塔西·查普伊斯正日复一日地等待消息，期盼英格兰人民已经揭竿而起，反抗他们那位残酷的、违反神旨的国王。他特别渴望听到这种消息，为了让它成为现实，他愿不辞辛劳，不惜金钱。他的主子查理皇帝既是西班牙及其海外属地也是低地国家的统治者；他很富有，对于亨利·都铎居然敢休掉他的姨母凯瑟琳，而娶一个在街谈巷议中被称为金鱼眼婊子的女人，他常常感到怒火中烧。查普伊斯一遍遍地发出报告，鼓动他的主子入侵英格兰，与该国的反政府人士、觊觎王位者及不满分子联手，占领这个悖逆神旨的岛屿——在这里，凭着议会的一纸法令，国王就处理了自己的离婚案件，并以上帝自居。教皇不喜欢这样，不喜欢自己在英格兰受到嘲笑，被视作不过是“罗马主教”，而且收入锐减，转而流进亨利的金库。教皇已经拟定一份诏书，只是尚未颁发，威胁要将亨利逐出教会，使他被欧洲的基督教国王所唾弃——有人已经邀请乃至鼓励那些国王越过海峡或苏格兰边境，任意获取属于他的一切。皇帝也许会来。法国国王也许会来。他们也许会同时来到。口里说说我们做好了迎敌的准备倒是快活，但事实却远非如此。我们缺少大炮，缺少弹药，缺少钢铁，万一发生武装入侵，我们可能只好挖出巨人的遗骨，来击打敌人的脑袋。这不是托马斯·克伦威尔的过错：正如查普伊斯苦着脸所说，如果五年前就让克伦威尔来掌管，亨利的王国就会比现在安稳得多。

如果你想保卫祖国，而他的确想——因为他会手持刀剑，亲自奔赴战场——你就得对她有深刻的了解。在炎热的八月天里，他曾光着脑袋，站在祖先们的石雕墓碑旁，那些祖先从头到脚全副盔甲，戴着金属手套的双手交叠着，僵硬地搭在罩袍上，穿着铁甲的脚下踏着石狮、狮身鹰首兽和灰狗：石头人，钢铁人，他们温柔的妻子则像藏在壳里的蜗牛一般，披着甲胄陪伴在他们身旁。我们以为时间无法触碰死者，可它却触碰着他们的纪念碑，在时间的事故和磨损下，他们有的塌了鼻子，有的断了指头。几层衣衫下露出一只小小的断脚（就像是跪着的天使的小脚）；一块石雕垫子上有一截断落的拇指尖。“明年我们得将祖先们维修一下，”西部各郡的贵族们说：但他们的盾形纹章及旁边的动物，他们的纹章牌匾及上面的图案，总是被漆得簇新，他们还不断宣扬自己的祖先，美化他们的功绩，谈论他们是什么人，拥有过什么：我的祖先在阿金库尔战役中所携带的武器，冈特的约翰[①]亲手送给我祖先的杯子。如果在后来的约克家族和兰卡斯特家族的战争中，他们的父辈和祖辈站错了队伍，他们就只字不提。经过一代人之后，错误得受到宽恕，名声得重新建立；否则英格兰就无法前进，就会不断地螺旋后退到不堪回首的过去。

当然，他没有祖先：没有那种值得炫耀的祖先。曾经有过一个贵族世家也姓克伦威尔，当他初到国王身边效力时，纹章官们力劝他为了面子而采用那个家族的纹章；可他礼貌地说，我跟他们无关，我不要他们的纹章牌。未满十五岁时，他就从父亲的拳脚下逃离；穿过海峡，在法国国王的军队里当过兵。自从学会走路之后，他就总是在打架；而既然要打架，干吗不为了钱而打呢？不过还有比当兵更容易赚钱的行当，而他找到了它们。于是，他决定先不急着回家。

---

① 爱德华三世的儿子，理查二世的叔叔，在1377—1399年间曾代年幼的侄子治理国家。

如今，当那些有爵位的东道主们就喷泉或美慧三女神跳舞的雕塑该建于何处而征求意见时，国王就对他们说，找这位克伦威尔就对了；克伦威尔呀，在意大利见识过这类事情，只要那儿行得通，在威尔特郡也就行得通。有时候，国王只是带着一群手下骑马出行，而将王后及其女侍和乐师留在家里，这样，亨利与他的少数亲信就可以在乡下痛快淋漓地打猎。正因如此，他们才来到狼厅，在这里，老约翰·西摩爵士已经率领着一大家人，恭迎他们的到来。

“我不知道，克伦威尔，”老约翰爵士一边说，一边亲热地挽起他的胳膊。“这些猎鹰用的都是已故女人的名字……难道不让你沮丧吗？”

“我从没觉得沮丧，约翰爵士。这个世界对我太好了。”

“你应该再婚，重新成个家。也许待在这儿期间就能找到一位新娘。在萨夫纳克森林里，有不少年轻漂亮的女子。”

我还有格利高里，他说，一边转头寻找儿子；对格利高里，他似乎总是不太放心。“啊，”西摩说，“有儿子挺好，但一个人还得有女儿，女儿才贴心。瞧瞧简吧，多好的姑娘。”

他顺着老爵士的视线，朝简·西摩看去。他早在宫中就认识她了，因为她是前王后凯瑟琳以及现任王后安妮的女侍。这是一位肤色白皙的姑娘，其貌不扬，一向寡言少语，看着男人时，似乎他们总是让她觉得惊讶而不快。她戴着珍珠首饰，白色的织锦长裙上绣有几枝小康乃馨的硬挺图案。他不难看出这一身价钱不菲；撇开那些珍珠不谈，少于三十英镑绝对打造不出这种效果。难怪她一举一动都很小心，就像一个被大人叮嘱过别把衣服弄脏的孩子。

国王说：“简，我们现在是在你家里见到你，周围都是你的家人，你不用再那么害羞了吧？”他用自己的大手握住她那老鼠爪子般的小手。“在宫中，我们从没听她说过一句话。”

简抬头望着他，从脖子到发际线一片绯红。“你们见过这么爱脸红的人吗？”亨利问。“除非是不到十二岁的小姑娘。”

“我可不敢说自己是十二岁，”简说。

晚餐时，坐在国王旁边的是女主人玛乔莉夫人。她年轻时是一位绝色佳人，看到国王对她殷勤备至，你会觉得她风韵不减当年；她生过十个孩子，有六个活了下来，其中三个就在这个房间里。继承人爱德华·西摩长着一颗长脑袋，神情严肃，轮廓十分鲜明；这是个英俊的男人。即使说不上博学，他还是阅读广泛，不管干什么都表现出色：他打过仗，而在等待重上战场期间，他在狩猎场和竞技场上也身手不凡。红衣主教在世时，认为他是西摩家族的佼佼者；而他自己(托马斯·克伦威尔)也试探过他，发现他对国王忠心不二。爱德华的弟弟汤姆·西摩则喜欢高谈阔论和出风头，更容易引起女人的关注；只要他进入房间，处女们就会咯咯低笑，年轻的已婚女士则埋下头去，从眼角对他偷偷打量。

老约翰爵士是个在家庭感情方面声名狼藉的人。早在两三年前，宫中就传得沸沸扬扬，说他与他的儿媳偷情，不是激情难耐下的一次，而是自从她嫁进来后反复多次。王后与她的心腹在宫中四处散布这个传闻。“据我们计算，有一百二十次了，”安妮吃吃笑着说，“嗯，是托马斯·克伦威尔算出来的，他算数很快。我们猜想，星期天他们会顾点廉耻而节制一下，大斋节期间也会有所减少。”那位出轨的妻子生了两个儿子，丑行败露后，爱德华宣布，由于无法确定他们到底是他的儿子还是他同父异母的弟弟，所以不能接受他们作为自己的继承人。淫妇被关进了修道院，不久就一命呜呼，使他得到解脱；现在他有了新妻子，她总是与人保持距离，口袋里藏着一枚发簪，以防她公公靠得太近。

但事情得到宽恕了，得到宽恕了。肉体是脆弱的。国王此行表明老先生已经得到原谅。约翰·西摩有一千三百英亩地产，包括一座鹿园，其余大部分都是羊儿的天下，每英亩的年产值为两先令，带给他的收益只有相同面积耕地的四分之一。那都是些与威尔士山羊杂交的个头矮小的黑脸羊，肉质粗硬，但羊毛很好。刚到达这里时，国王兴致颇高，问道，“克伦威尔，那头牲口有多重？”他不用出手试就脱口回答，“三十磅，先生。”小侍臣弗朗西斯·韦斯顿鼻子一哼，说，“克伦威尔先生当过剪羊毛工。他不会有错。”

国王说：“如果不是羊毛贸易，我们的国家就会很穷了。克伦威尔先生懂这一行并不丢人。”

但弗朗西斯·韦斯顿还是手捂着嘴得意地笑。

简·西摩明天要陪国王一起去打猎。“我以为只有男人参加，”他听见韦斯顿在小声嘀咕，“如果王后知道了，肯定会生气的。”他也小声说，那就放乖点儿，千万别让她知道。

“我们狼厅的人打猎可都是呱呱叫，”老约翰吹嘘道，“我的女儿们也不例外，你们觉得简很腼腆，可只要她一上马鞍，我可以保证，先生们，她就成了戴安娜女神。你们知道，我从来没有劳神费力地送女儿们上学。这位詹姆斯爵士教了她们该学的一切。”

坐在餐桌下席的牧师微笑着点点头：一个满头白发、目光呆滞的老蠢货。他(克伦威尔)朝他转过头去，问道，“她们跳舞也是您教的吗，詹姆斯爵士？您真了不起。在宫中，我见过简的姐姐伊丽莎白与国王共舞。”

“哦，这方面她们很擅长，”老西摩乐呵呵地说，“擅长舞蹈，擅长音乐，对她们这就够了。她们不需要学外语。她们不去任何地方。”

“我可不这么想，先生，”他说，“我让我的女儿们与儿子接受的是同样的教育。”

有时候，他愿意谈起她们——安妮和格蕾丝：她们如今已经离开七年。汤姆·西摩笑了起来，“什么，您也让她们与格利高里和年轻的赛德勒大人一样上比武场吗？”

他微微一笑。“只有这一点例外。”

爱德华·西摩说，“在城里人家里，教女孩子识识字，读读书什么的，并不少见。可能还想让她们进会计室。有人听说过这种事情。这有助于她们将来嫁个好丈夫，商人家庭可能会为她们接受的训练感到高兴。”

“想象一下克伦威尔先生的女儿们吧，”韦斯顿说，“我可不敢这么认为。恐怕会计室容纳不下她们。你会觉得她们肯定很擅长握战斧。男人一见到她们就会两腿发软。我指的可不是中了丘比特之箭。”

格利高里接话了。他经常心不在焉，你还以为他没有听到这番话，但他的语气中有受伤的意味。“先生，你诋毁我妹妹和她们的名声，可你根本就不认识她们。我妹妹格蕾丝……”

他看到简·西摩伸出一只小手，碰了碰格利高里的手腕：为了顾全他的面子，她不惜将众人的注意力吸引到自己身上。她说：“最近我学了一点法语。”

“是吗，简？”汤姆·西摩一脸笑容。

简低下头。“是玛丽·谢尔顿教我的。”

“玛丽·谢尔顿是一位友好的姑娘，”国王说；透过眼角的余光，他看到韦斯顿用胳膊肘捅了捅他的邻座；据说谢尔顿在床上对国王很友好。

“所以你瞧，”简对两位哥哥说，“我们这些女士呀，也并非成天无所事事地说三道四。尽管上帝知道，我们的确说过不少闲话，足以让全城的女人津津乐道。”

“是吗？”他说。

“我们谈论谁爱上了王后。谁给她写情诗。”她垂下眼帘。“我是说，谁爱上了我们所有的人。某某大人或者某某先生等。我们知道自己所有的追求者，并列出了详细的名单，如果他们知道的话一定会脸红的。我们谈论他们有多少地产，每年有多少进项，然后决定是否允许他们给我们写情诗。如果觉得他们不可能让我们过得好，我们就拿他们的诗取笑。老实说，这很残忍。”

他有些不安地说，给女士们——哪怕是已婚的女士——写情诗，并没有什么坏处，这在宫里很常见。韦斯顿说，谢谢您说得这么大度，克伦威尔先生，我们还以为您自己可能会试试身手，而让我们搁笔的。

汤姆·西摩哈哈大笑，并探身向前。“那么，简，你的追求者是哪些人？”

“如果想知道，你就得穿上裙子，带上针线活，加入到我们的行列。”

“就像女人堆里的阿基里斯[①]，”国王说，“你得剃掉那漂亮的胡子，西摩，然后去弄清她们那些见不得人的小秘密。”他也在笑，但并不开心。“除非我们找到一个更有女性气质的人来从事这项工作。格利高里，你倒是眉清目秀，但恐怕那双大手会暴露你的身份。”

“铁匠的孙子，”韦斯顿说。

“那个叫马克的孩子，”国王说，“那个乐师，你们认识吗？他的脸很光滑，像女孩子一样。”

“哦，”简说，“马克反正跟我们在一起。他总是在一旁晃荡。我们几乎没把他当男人。如果想了解我们的秘密，你们就问马克好了。”

交谈渐渐转移到别的话题上；他想，我从不知道简这么能说会道；他想，韦斯顿在有意刺激我，他知道我不会当着亨利的面收拾他；他想象着真要收拾的时候该用什么方法。雷夫·赛德勒在用眼角的余光观察他。

“嗯，”国王对他说，“明天怎样比今天更好呢？”接着，他又对在座的人解释道，“只有某方面有所改善后，克伦威尔先生才能入睡。”

“我会让陛下的帽子在行为上有所改善。至于中午前的那些云——”

“我们需要那场雨。它让我们凉爽下来。”

“上帝让陛下全身透湿了，”爱德华·西摩说。

亨利摸了摸那处晒伤的痕迹。“以前，红衣主教认为自己能改变天气。他会说，早上天气挺不错，但到十点时会更加晴朗。后来果然如此。”

亨利有时就是这样；聊天时不经意地提起沃尔西的名字，仿佛将红衣

---

① 希腊英雄，小时曾被母亲浸于冥河中，变得刀枪不入，但其脚踵被母亲握在手里没有接触河水，而成为他的致命弱点，最后因脚踵中箭而死。

主教迫害致死的不是他，而是某位别的君王。

“有些人很会看天气，”汤姆·西摩说，“仅此而已，先生。这并非红衣主教的特殊才能。”

亨利微笑着点点头。“没错，汤姆。我根本用不着佩服他，对吧？”

“作为一个臣民，他太目空一切了，”老约翰爵士说。

国王远远地朝他（克伦威尔）看来。他热爱红衣主教。在座的人都了解这一点。他很谨慎地不露声色，面孔犹如刚刚粉刷的墙。

晚饭后，老约翰爵士讲起了爱好和平的埃德加的故事。埃德加是这一带的统治者，那是数千年前，在国王还屈指可数的时候：当时，所有的姑娘都美丽动人，所有的骑士都英勇豪爽，日子过得简单而暴力，生命往往很短暂。埃德加有了意中人，想娶做自己的新娘，便派遣一位伯爵前去了解。伯爵既虚伪又狡猾，派人回来报告说，姑娘的美貌被诗人和画家过于夸大；他说，看到真人时，发现她不仅瘸腿，而且斜视。他的目的在于将那位温柔的女子据为己有，于是他连哄带骗并娶她为妻。发现伯爵的欺瞒行径后，埃德加在离这儿不远的一片树林里对他实施伏击，用长矛一投命中，让他当场毙命。

“伯爵真是个两面三刀的混蛋！”国王说，“他罪有应得。”

“与其叫他伯爵，不如叫他公雀，”汤姆·西摩说。

他哥哥叹了口气，似乎不想介入这场评论。

他（克伦威尔）问道，“得知伯爵被击毙后，那姑娘是什么反应？”

“她嫁给了埃德加，”约翰爵士回答，“他们在绿林里结了婚，从此幸福地生活在一起。”

“我想她别无选择，”玛乔莉夫人叹了口气，说，“做女人的得调整自己。”

“乡里的人都说，”约翰爵士补充道，“那位伪君子伯爵还在树林里走动，一边呻吟，一边想把长矛从肚子里拔出来。”

“想想吧，”简·西摩说，“只要是有月亮的晚上，你从窗户望出去，就可能看到他，在那里不停地拔呀哼的。幸亏我不相信鬼魂。”

“这就更傻了，妹妹，”汤姆·西摩说，“他们会不声不响地靠近你的，小姑娘。”

“不过，”亨利说；他模仿着投掷长矛的动作：尽管因为在餐桌旁而幅度有限。“一投命中。埃德加国王的臂力一定很棒。”

他(克伦威尔)开口道，“我想知道这个故事是否有文字记载，如果有的话，是谁记的，以及他是否宣过誓。”

国王说，“如果是克伦威尔，一定会把伯爵带到法官和陪审团面前。”

“哦，陛下，”约翰爵士乐了，“我想当时还没有法官和陪审团。”

“克伦威尔会有办法找到的，”小韦斯顿探身向前，说道，“他会挖出一个陪审团，他会从蘑菇地里挖出一个来。然后让他们一同来对付伯爵，他们会审判他，并把他推出去斩首。据说在托马斯·莫尔的案件审理中，当陪审团审议时，这位秘书官大人跟了进去，待他们入座后，他返身把门关好，并对他们约法三章。‘让我跟你们说清楚，’他对那些陪审员说，‘你们的职责是认定托马斯爵士有罪，完成任务后才有饭吃。’接着他转身出来，重新关上门并守在门外，手里还握着一把斧头，以免他们冲出来寻找热乎乎的布丁；身为伦敦人，他们最关心的莫过于自己的肚子，只要觉得肚子咕咕叫了，他们就会大喊，‘有罪！他罪该万死！’”

所有的视线都转移到他(克伦威尔)身上。坐在他身旁的雷夫·赛德勒恼怒地绷紧了身子。“故事很精彩，”雷夫对韦斯顿说，“不过我也请问一下，哪儿有记载？我想你会发现，在处理法庭上的事务时，我的主人一贯正确。”

“你又不在场，”弗朗西斯·韦斯顿说，“我是从其中一位陪审员那儿听到的。他们高喊着，‘把他带走，把卖国贼拖出去，给我们端羊腿来。’托马斯·莫尔就这样被推上了死路。”

“听起来你似乎很遗憾，”雷夫说。

“我才不是。”韦斯顿举起双手。“安妮王后说，让莫尔的死杀一儆百，给所有这样的叛国贼一个警示。不管他们的声名多么显赫，不管他们的罪行多么隐蔽，托马斯 · 克伦威尔都会查个水落石出。”

只听得一片含糊的赞同之声；一时间，他还以为大家会转头向他鼓掌致意。就在这时，玛乔莉夫人把手指贴到唇边，朝国王点点头。国王坐在首席，身体渐渐歪向右侧；他合上的眼皮微微翕动，呼吸平稳而低沉。

大家会意地笑了。“新鲜的空气让他醉了，”汤姆 · 西摩小声说道。

这就避免了醉酒的说法；最近这些天来，国王常常要酒喝，而在清瘦、爱好运动的年轻时代却不是这样。他（克伦威尔）看着国王在椅子里歪歪倒倒：先是微微向前，似乎想把头伏在桌上，接着突然一惊，又向后仰去。口水顺着胡子淌了下来。

该是哈里 · 诺里斯效劳的时刻了；诺里斯是侍寝官，总是会轻手轻脚地走上前去，低声将国王唤醒。但诺里斯此时远在外地，帮国王向安妮送情书去了。那么该如何是好？国王不像五年前那样，看上去犹如一个疲惫的孩子，而是像所有人到中年的男人一样，饱餐一顿之后就昏昏欲睡；他显得大腹便便，不少地方都青筋突起，即使在烛光下，也不难看出他已经褪色的头发在渐渐花白。他（克伦威尔）朝小韦斯顿点点头。“弗朗西斯，该你去好好侍候了。”

弗朗西斯假装没有听见。他的视线停留在国王身上，脸上是一副未加掩饰的厌恶表情。汤姆 · 西摩轻声说道，“我觉得我们该弄出点声音。好让他自然地醒来。”

“什么样的声音？”他哥哥爱德华 · 西摩问。

汤姆作势要挠他的腋下。

爱德华眉头一抬。“有胆量你就笑好了。他会以为我们在笑话他流口水。”

国王发出了鼾声。他又歪向了左侧，不太安稳地靠在椅子的扶手上。

韦斯顿说，“你去吧，克伦威尔。最会侍候他的人就是你。”

他笑着摇摇头。

“上帝保佑陛下，”约翰爵士虔诚地说，“他不像以前那么年轻了。”

简站起身。随着锦绣康乃馨的一阵硬挺的窸窣声，她在国王的椅子旁弯下身子，拍了拍他的手背：动作很轻快，就像拍试奶酪一般。亨利一个激灵，睁开了双眼。“我没有睡着，”他说，“真的，我只是眯了眯眼睛而已。”

国王上楼后，爱德华·西摩说，“秘书官大人，该我复仇了。”

他手里端着酒杯，靠到椅背上：“我怎么得罪你了？”

“那盘棋。在加来的时候。我知道您没忘。”

那是1532年的深秋：国王第一次与现任王后共寝的那个夜晚。在向他献身之前，她让他手扶《圣经》宣誓，一踏上英格兰的国土就会娶她；但暴风雨把他们困在港口，于是国王充分利用了那段时间，想让她怀上一个儿子。

“您把我将死了，克伦威尔先生，”爱德华说，“但仅仅是因为您让我分了心。”

“怎么会？”

“您向我了解我妹妹简的情况，打听她的年龄等。”

“你以为我对她有意。”

“您是这样吗？”爱德华微笑着，使自己的问题不至于显得太鲁莽。“她还没有定亲，您知道。”

“摆子吧，”他说，“要不要摆成你上次走神之前的棋局？”

爱德华丝毫不露声色地看着他。据说克伦威尔具有令人难以置信的记忆力。他心里暗暗发笑。只需稍加猜测，他就能够摆好；他知道西摩这种人喜欢什么样的游戏。“我们从头开始吧，”他说，“世界在前进。你觉得意大利式下法如何？我不喜欢这种下起来就没完没了的比赛。”

开局时，爱德华出手大胆地连走了几步。但是随后，他手指夹着一颗白色的兵，靠到椅背上，蹙着眉头，突然谈起了圣奥古斯丁，接着又从圣奥古斯丁说到马丁·路德。“那是一种让人内心感到恐惧的教义，”他侃侃而谈，“宣称上帝创造我们只是为了毁灭我们，还说除了少数人外，他的可怜的造物生来只是为了在这个世界上受苦，然后承受永恒的烈火。有时候我担心果真如此。可我发现自己但愿不是这样。”

“胖子马丁已经改变了观点。起码我是这么听说的。变得让我们宽慰一些了。”

“怎么改变？说更多的人会得救吗？还是说在上帝的眼中，我们的不懈努力并非全是徒劳？”

“我不能代他说话。你该读一读菲利普·墨兰顿的著作。我会送你一本他的新书。我希望他能来英格兰访问。我们在跟他手下的人商量。”

爱德华把那颗兵的小圆脑袋贴到唇边，看上去似乎想用它磕磕自己的牙齿。“国王允许吗？”

“他不会让马丁教友本人过来。他不愿听到他的名字。但菲利普这个人要容易一些，再说，如果我们能与赞成福音的德国贵族们结成某种有益的联盟，对我们也会有好处，会大有好处。皇帝如果知道我们在他的地盘上有盟友，就会感到惶恐不安。”

“对您来说就意味着这些吗？”爱德华的马在棋格中走动。“外交？”

“我重视外交。这很省钱。”

“不过听说您自己也热爱福音。”

“这不是秘密。”他皱起眉头。“你真想这么走吗，爱德华？我马上要吃掉你的王后了。我可不想再占你的便宜，让你说我闲聊些灵魂状态什么的来干扰你下棋。”

爱德华现出一丝坏笑。“您的王后呢，近况如何？”

“安妮吗？她对我很不满。当她狠狠地盯着我的时候，我就觉得脑袋发蒙。她听说我有一两次说过前王后凯瑟琳的好话。”

“您说过吗？”

“只是很佩服她的精神。任何人都得承认，她即使身陷逆境也决不动摇。另外，王后认为我对玛丽公主太好——我是说，对玛丽小姐，我们现在应该这样称呼她。国王还是很爱他的大女儿，他说这是不由自主——这让安妮感到伤心，因为她希望伊丽莎白公主才是他所承认的唯一的女儿。她认为我们对玛丽太心慈手软，认为我们应该对她征税，迫使她承认她母亲与国王根本不存在合法的婚姻，承认她是私生女。”

爱德华用手指转动着那颗白色的兵，疑惑地看了看，然后摆在格子上。“不过，事态难道不是如此吗？我以为你们已经让她承认了这一点。”

“我们解决问题的办法就是不去提起。她知道自己被取消了继承权，我觉得不该逼她太甚。由于皇帝是凯瑟琳的外甥和玛丽小姐的表兄，所以我尽量不去惹他。查理把我们捏在手掌心里，你明白吗？可安妮不理解息事宁人的必要性。她以为只要她对亨利甜言蜜语就够了。”

“而您却得对欧洲甜言蜜语，”爱德华笑了起来。他的笑声似乎有些生疏了，他的眼睛在说，您这会儿很坦率啊，克伦威尔先生：这是为什么？

“再说，”他的手指停留在黑马的上方，“自从国王任命我代他全权处理教会事务后，我权力太大，所以不讨她的喜欢。除了她自己、她的弟弟乔治以及她的父亲阁下之外，她不愿亨利去听任何其他人的话，即使对她父亲，她也很刻薄，称他是胆小鬼和浪费时间的人。”

“那他是什么反应？”爱德华低头看看棋盘。“哎呀。”

“好了，仔细看看吧，”他说，“还想接着下吗？”

“我认输。我想。”他叹了口气。“是的，我认输。”

他(克伦威尔)把棋子推到一旁，强压住一个呵欠。“我可只字未提你的妹妹简，对吧？所以，你现在还有什么借口？”

上楼后，他看到雷夫和格利高里在大窗户旁跳来跳去。他们盯着脚底下某个看不见的东西，在那儿又跑又踢的。起初，他以为他们是在踢虚拟足球，但是接着，他们像跳舞一般跃起，用脚后跟朝那东西踢去，他这才看清那东西瘦瘦长长，原来是有个人倒在那儿。他们弯下腰，又拧又戳的，并把那人的头转过来。“轻点儿，”格利高里说，“我还不想扭断他的脖子，我要看着他受罪。”

雷夫抬起头，假装擦了擦眉头。格利高里双手拄着膝盖，喘着粗气，又用脚轻轻地踢了一下那个倒霉蛋。“这是弗朗西斯·韦斯顿。您以为他在帮着侍候国王就寝，而实际上，我们却让他在这儿成了狗熊。刚才我们躲在角落里，用一张魔网等待着他。”

“我们在惩治他，”雷夫说着，弯下腰去。“喂，先生，现在后悔了吗？”他朝手掌里吐了口唾沫。“下一步怎么办，格利高里？”

“把他拖到窗户边，然后扔出去。”

“小心点儿，”他说，“国王很喜欢韦斯顿的。”

“那么，等他变成扁脑袋后，他照样会喜欢他，”雷夫说。他们互相推搡着，都想率先把弗朗西斯的脑袋踩扁。雷夫打开窗户，两人稳稳地站定，合力把那个躯体拖到窗台上。格利高里把它往外挪着，解开被挂住的衣服，然后猛地一推，让它倒栽葱地落在鹅卵石路面上。他们探头往下看去。“他弹了一下，”雷夫说，接着他们各自拍了拍手，朝他笑着。“祝您晚安，先生，”雷夫说。

后来，格利高里穿着衬衣，头发有些凌乱地坐在他的床尾，他踢掉了鞋子，一只光脚漫不经心地蹭着地毯。“这么说我要娶亲了吗？我要娶简·西摩吗？”

“夏天刚开始的时候，你以为我要你娶一个拥有一座鹿园的老寡妇。”大家都拿格利高里取笑，包括雷夫·赛德勒，托马斯·赖奥斯利，他府里的其他年轻人，还有他的表兄理查德·克伦威尔。

“没错，可您干吗这么晚了还跟她哥哥交谈？开始是下棋，接着是聊啊聊啊聊。他们说您自己喜欢简。”

“什么时候？”

“去年。您去年喜欢她。”

“就算真是这样，我也忘了。”

“是乔治 · 博林的妻子罗奇福德夫人告诉我的。她说，你可能会有一位来自狼厅的年轻继母，你觉得怎么样？所以，如果您自己喜欢简，”格利高里皱起眉头，“就最好不要把她嫁给我。”

“你以为我会与你的新娘偷情吗，像老约翰爵士那样？”

脑袋一挨到枕头，他就说，“别说话了，格利高里。”他闭上眼睛。格利高里是个好孩子，尽管他学的那些拉丁文，那些伟大作家的感人至深的段落，全都像耳边风一样，已经从这边耳朵进，那边耳朵出。不过，想想托马斯 · 莫尔的儿子吧：身为全欧洲所敬仰的大学者的儿子，可怜的小约翰连主祷文都念得结结巴巴。格利高里是一位优秀的弓箭手，优秀的骑手，是比武场上令人瞩目的明星，他的行为举止也无可挑剔。他跟长者说话恭敬有加，走路时不拖着脚，也不单腿站立，对下人也都温和有礼。对其他国家的外交官，他知道怎样按对方的礼节鞠躬。在餐桌上，他不会坐立不安，也不会去喂狗，如果需要他照顾长辈，他也能干净利落地切分鸡块。他不会衣冠不整懒洋洋地游荡，不会对着窗玻璃孤芳自赏，不会在教堂里东张西望，也不会打断老人，并代他们把话说完。如果有人打喷嚏，他就会说，“上帝保佑您！”

上帝保佑您，先生或太太。

格利高里抬起头来。“托马斯 · 莫尔，”他说，“陪审团。事情真是那样吗？”

他已经认可小韦斯顿的故事：整体而言，尽管有些细节他并不赞同。他闭上眼睛。“我并没有拿斧头，”他说。

他累了：他对上帝倾诉；他说，上帝引导我吧。有时候，在他睡意朦胧之际，红衣主教穿着红色法袍的庞大身形会浮现在他的眼前。他但愿那位已故的老人能够预言。但他的老保护人只谈些家庭琐事，只谈些业务上的事情。我把诺福克公爵寄来的那封信放在哪儿了？他会问红衣主教；而第二天一大早，那封信就会到达他的手中。

他在心里说：不是对沃尔西，而是对乔治 · 博林的妻子。“我根本就没想结婚。我没有时间。我跟我的妻子很幸福，但丽兹不在了，我的那一部分生命也已经随她而去。看在上帝的分上，罗奇福德夫人，谁给了你权力来揣摩我的意图？夫人，我没有时间去谈婚论嫁。我五十五了。到了我这个年纪，就一份长期的契约而言，肯定是失败无疑。如果我需要女人，最好是按小时租用。

不过他尽量不说“到了我这个年纪”：在醒着的时候不说。心情好时，他觉得自己还能再活二十年。他常常觉得自己会走在亨利之后，虽然严格地说，他不该有这种念头。有法律规定不得对国王的寿命妄加猜测，尽管亨利有生以来一直都在学习各种很有创意的死法。他遭遇过几次打猎事故。尚未成年时，枢密院禁止他参加马背长矛比武，可他还是参加了，用面罩遮住脸孔，穿着没有徽章图案的盔甲，在赛场上一遍遍地证明自己是最强壮有力的人。在对法作战中，他赢得了荣誉，而他的天性，正如他自己常常提及的那样，就是好战；他无疑会被称为“英勇的亨利”，只是托马斯·克伦威尔说，他经不起一场战争。需要考虑的不全是开支的问题：如果亨利战死，英格兰会陷入何种局面？他与凯瑟琳做了二十年的夫妻，而到今年秋天，与安妮的婚姻也将有三年，但她们只是各留下一个女儿，剩下的就是葬满一墓地的死婴，有些尚未完全成形而在血液中受洗，还有些曾呱呱坠地，但几小时，或者几天、最多几周之后，就不幸夭折。经过了那么多的纷扰，那么多的流言蜚语，才有了第二次婚姻，但仍然不过如此。亨利仍然没有儿子来继承王位。他有个私生子，里奇蒙公爵哈里，一位十六岁的英俊少年。但一个私生子对他又有何用？安妮的孩子，小伊丽莎白，又有何用？也许得建立某种特殊的机制，好让哈里·里奇蒙登上王位——万一他父亲发生不测的话。他（托马斯·克伦威尔）很受小公爵的宠信；但是，这个就王位而言仍然年轻的王朝还不够稳固，很难安然度过这一过程。金雀花王朝曾经为王，他们认为自己会夺回王位；他们认为都铎王朝只是一段插曲。英格兰的古老家族都跃跃欲试，随时准备伸张自己的权利，特别是自从亨利与罗马决裂之后；他们一边卑躬屈膝，一边秘密谋划。他几乎能听见他们藏在树林里的说话声。

老西摩说，你也许可以在森林里找到一位新娘。当他闭上眼睛时，她蒙着蛛网，带着露珠，浮现在他的面前。她的光脚与树根缠在一起，羽毛上的绒毛飘到了树枝上；朝他示意的手指是一片卷起的树叶。她指着他，而睡意终于将他俘获。他的内心里有个声音正在笑话他：你还以为自己会在狼厅休休假。你还以为除了平常的事务、战争与和平、饥荒、对背叛行为的纵容，除了收成减少、民众顽固，除了侵袭伦敦的瘟疫以及国王玩牌时输得精光以外，这里会无事可做。你只做好了这种心理准备。

在如梦似幻中，隔着紧闭的眼皮，他感觉到有某种东西正在形成。它会随着晨曦来到；有某种东西装扮成树林的样子，在移动，在呼吸。

入睡之前，他想起国王的帽子，犹如来自天堂的鸟儿一般，歇在深夜里的一棵树上。

第二天，为了不让女士们太累，他们减少了当天的活动，早早地返回狼厅。

对他而言，这是一个机会，可以换下骑马装，着手处理信件。他希望国王能坐上一个小时，听取他的重要汇报。但亨利说："简小姐，你能陪我去花园走走吗？"

她连忙起身；但是蹙着眉头，似乎想弄清是怎么回事。她的嘴唇在动，但只是重复着他的话：走走……简？……花园？

哦是的，当然，荣幸之至。她伸出一只花瓣似的小手，靠近他的衣袖；接着它轻轻落下，扶在那刺绣的袖子①上。

狼厅共有三座花园，分别被称为大篱笆花园、老太太花园和小姐花园。他问老太太和小姐指的是谁，但无人能记起；她们早就化作了尘土，如今彼此已毫无区别。他想起自己的梦：由根须变成的新娘，由霉变成的新娘。

① 从中世纪欧洲服饰的风格来看，这是一种可以自由穿脱的分离式袖子，往往饰有刺绣或宝石，是一种装饰品。

他读信，写信。有什么东西引起了他的注意。他站起身，透过窗户，朝下面的小径看去。窗格很小，玻璃还有些模糊，因此他得伸长脖子，才能看个究竟。他想，可以把我的玻璃工人派来，帮助西摩家更清楚地看世界。他有一帮荷兰人，负责维护他的各处房产。在他之前，他们曾经效力于红衣主教。

亨利和简在下面散步。亨利身材魁梧，而简则像一个关节可以活动的小玩偶，脑袋还不及国王的肩膀高。高大、伟岸的亨利不管在哪里都引人注目，即使上帝不曾赐予他王者的天赋，他仍然会如此。

简此刻正在一处树丛后，亨利在朝她点头；他在跟她说话；他在向她强调什么，而他（克伦威尔）则抚摸着下巴，注视着：国王的脑袋比以前变大了吗？都到中年了，这可能吗？

汉斯会注意到的，他想，回到伦敦后我要问问他。很可能是我的错觉；没准是这玻璃的缘故。

天空阴云密布。一阵豆大的雨点打在窗户上；他眨了眨眼睛；雨水在漫开，扩大，顺着玻璃格条流淌。简冲了出来，跑进他的视线之中。她的一只手被亨利的手握着，紧紧地扣在他的另一只胳膊上。他能看到国王的嘴巴还在不停地动。

他回到座位上读信。有一封说，在加来建筑防御工事的工人已经罢工，要求每天六便士的报酬。另一封说，他新做的绿丝绒大衣将由下一趟邮差送达威尔特郡。还有一封说，一位美第奇家族的红衣主教被自己的兄弟毒死了。他打了个呵欠，继续读下去。萨尼特岛上有人囤积粮食，有意抬高粮价。就他个人而言，他但愿能绞死那些不法商贩，但其中的头儿可能是某位小贵族，趁着饥荒捞取横财，所以你得谨慎行事。两年前，在南沃克，为了争抢救济面包，有七个伦敦人被活活踩死。国王的子民居然挨饿，这真是英格兰的耻辱。他拿起笔，作了批示。

片刻之后——这座房子不大，一切都听得清清楚楚——他听到楼下的门响和国王的说话声，还有大家围上来轻轻问候的声音……脚都湿了吧，陛下？他听到亨利有力的脚步走了过来，而简却似乎悄无声息地蒸发了。

很显然，是她妈妈和姐姐们把她带到了一旁，去打听国王对她说了些什么。

国王来到他背后时，他推开椅子准备起身。亨利挥了挥手：你继续吧。“陛下，俄国人占领了波兰三百英里的领土。据说已有五万人死亡。”

“哦，”亨利说。

“但愿他们放过图书馆。还有学者。波兰有些非常杰出的学者。”

“嗯，我也但愿如此。”

他又回头处理起信件。大城小镇的瘟疫……国王总是非常害怕传染……外国统治者的来信，想知道亨利是否真的打算砍掉他的所有主教的脑袋。当然不是，他写道，我们现在有非常优秀的主教，他们全都遵从国王的旨意，全都承认他为英格兰教会的首脑；另外，这是个多么无礼的问题啊！他们怎敢以为英格兰国王应该向别的国家解释自己的行为？他们怎敢质疑他至高无上的判断力？没错，费希尔主教死了，还有托马斯·莫尔，但是，在他们把他逼到极点之前，他对他们过于宽容；如果他们不是背叛国家并死不悔改，现在就会活得好好的，就像你我一样。

自七月以来，这种信他已经写了很多。就连他自己也觉得不是很有说服力；他发现自己在老调重弹，而不是提出具有新意的观点。他需要新的说辞……亨利在他背后踱来踱去。“陛下，皇帝的大使查普伊斯问，他能否骑马去内地，拜访一下您的女儿玛丽小姐？”

“不行，”亨利说。

他给查普伊斯回复道，安心等候，请安心等候，等我回到伦敦，一切安排妥当……

国王没有说话：只听到他的呼吸和踱步声，以及他停下来靠在柜子上时柜子发出的嘎吱声。

“陛下，我听说，伦敦市长大人因为偏头痛太厉害，几乎已经足不出户了。”

“嗯？”

“他们在给他放血治疗。陛下是要这样建议吗？”

没有回答。国王有些费力地盯着他。“对不起，干吗要给他放血？”

真是怪事。亨利虽然非常讨厌瘟疫的消息，对别人的小病小灾却是一贯乐意听的。只要听说你流鼻涕或者肚子痛，他就会亲手配一剂草药，然后站在你旁边，看着你喝下去。

他放下笔，转身面对着他的君王。亨利的思绪显然还在花园里。国王此刻的神情他以前见过，尽管是在动物而不是在人的脸上。他显得很愕然，犹如一头牛犊脑袋上挨了屠夫的猛力一击。

这是他们在狼厅的最后一个夜晚。他很早就抱着一堆文件下了楼。有人比他起得更早。迷蒙的天色中，有个苍白的身影一动不动地站在大厅里，那是简·西摩，穿着硬挺而华丽的衣裙。她没有转头跟他打招呼，但是她眼角的余光看见了他。

如果说他曾经对她动过感情，那么现在也已经心如止水。几个月的时间转瞬即逝，犹如秋天的树叶被一阵风似的吹向冬季；夏天过去了，托马斯·莫尔的女儿已经从伦敦桥取回她父亲的头颅，天知道是装在盘子还是碗里，每天对着它祈祷。他已经不是去年的自己，也不认同那时的感情；他已经重新开始，总是有新的思想，新的感情。他开口说道，简，你很快就可以换下那身漂亮衣服了。你愿意送我们启程吗……？

简面对着前方，犹如一位哨兵。一夜之间已经云开雾散。也许我们还有一个晴天。初升的太阳染红了田野。夜晚的水汽正在消失。树影渐渐清晰起来。宅子在苏醒。出了厩的马儿在走动和嘶鸣。后面有扇门“砰”的一响。他们的头顶传来脚步声。简似乎没有呼吸。那平坦的胸脯看不出起伏。他觉得自己应该转身，后退，返回到黑夜之中，而让她留在这里，留在她所拥有的——对英格兰极目远眺——的此时此刻。

2. 乌鸦

伦敦和金博尔顿，1535 年秋

史蒂芬·加迪纳！他出去时，对方正好进来，一只胳膊下夹着资料，另一只前后摆动着，朝国王的房间走去。加迪纳，温彻斯特主教：我们好不容易有了一个晴天，他却像大雷雨一样突然来临。

每当史蒂芬走进房间，家具就会躲到一旁。椅子匆忙后退。折椅凳像遭到呵斥的母狗一般自动趴下。国王的羊毛挂毯上的《圣经》人物抬起双手，捂住自己的耳朵。

在宫廷里，你知道他可能会来。随时可能出现。但是在这儿？当我们在乡下打猎、(名义上)放松一下的时候？"主教大人，这真是令人高兴，"他说。"看到你的精神这么好，我感到很开心。国王一行不久将前往温彻斯特，但在那之前，我没料到会享有你的陪同。"

"我出你不意攻你不备了，克伦威尔。"

"我们开战了吗？"

主教的表情在说，你自己心里清楚。"是你让我遭到流放的。"

"是我吗？千万别这么想，史蒂芬。我每天都想念你呢。再说，也不是流放。是下放。"

加迪纳舔了舔嘴唇。"你会明白我在乡下的时间是怎样度过的。"

当初加迪纳丢掉秘书官的职位——而落到他(克伦威尔)头上——时，就已经让主教明白，他应该返回自己的温彻斯特教区待上一段时间，因为他动不动就与国王和他的第二任妻子较劲。就像他当时所说的那样，“温彻斯特大人，对国王的至尊权力说些经过考虑的话，可能会受到欢迎，这样才不会让人怀疑你的忠诚。坚定地表示他是英格兰教会的首脑，而且一直理当如此。发表一份坚决的声明，说教皇只是国外的头儿，在这里没有管辖权。可以是一篇书面布道文，也可以是一封公开信。阐明你的观点，避免含糊其辞。也给其他的牧师带个头，并消除查普伊斯大使以为你已经被皇帝收买的错觉。你应该向整个基督教世界宣告。事实上，你干吗不回自己的教区去写一本书呢？”

现在加迪纳就在眼前，像拍着一个胖宝宝的脸蛋似的拍着一沓手稿：“国王看到这个会高兴的。我将其命名为《论真正的服从》。”

“在交给印刷商之前，你最好给我看看。”

“国王自己会给你解释的。书中阐明了为什么对教皇的宣誓根本无效，而对作为教会首脑的国王的宣誓却有效力。它特别强调国王的权力是神授，是上帝自上而下直接授予国王的。”

“而不是来自教皇。”

“绝对不是；而是来自上帝，自上而下，没有中间人，也不是像你以前跟他说过的那样是自下而上，来自他的臣民。”

“我说过吗？自下而上？这似乎不好理解。”

“你给国王带过一本书，就是那个意思。是帕多瓦的马西略那本，收有他的四十二篇文章。国王说你要他读那些文章，读得他头都痛了。”

“我应该把它简化一点的，”他微笑着说道。“其实，史蒂芬，不管是自下而上，还是自上而下——都没什么关系。‘国王的圣言传到哪里，权力就在哪里，谁又敢质问他，你是何许人也？’”

“亨利不是暴君，”加迪纳生硬地说。“如果有任何人说他的权力没有合理的依据，我都会反驳。如果我是国王，我会希望我的权力完全合法，受到普遍拥护，遇到质疑时，会得到坚决的辩护。你说呢？”

“如果我是国王……”

他本来想说，如果我是国王，我会把你扔出窗外。

加迪纳问，“你干吗看着窗外？”

他心不在焉地笑道，“我在想，对你的书，不知道托马斯·莫尔会怎么看？”

“哦，他会非常讨厌这本书，可我根本不在乎他的想法，”主教语气强烈地说，“因为他的脑子已经被老鹰吃掉，他的头骨也成了他女儿顶礼膜拜的遗物。你干吗让她把他的头颅从伦敦桥取走呢？”

“你是了解我的，史蒂芬。我这个人太仁慈，有时候会过了头。可是你瞧，既然你的书让你那么引以为豪，也许你该花更多的时间在乡下写作？”

加迪纳怒目而视。“你自己也该写一本书。用你那文法不通的拉丁语和一鳞半爪的希腊语，那一定会很好看。”

“我会用英语写的，”他说，“这是一门好语言，用来写什么都行。进去吧，史蒂芬，别让国王久等。你会发现他心情不错。哈里·诺里斯今天陪着他。还有弗朗西斯·韦斯顿。”

“哦，那个多舌的公子哥，”史蒂芬说。他做了一个扇巴掌的动作。“谢谢你的情报。”

韦斯顿的那个幽灵般的自我感受到这一巴掌了吗？一阵笑声从亨利的房间传了出来。

他们离开狼厅不久，好天气就结束了。一行人刚刚走出萨夫纳克森林，就被笼罩在潮湿的雾气之中。十年来，英格兰差不多总是在下雨，庄稼又会歉收了。据预测，小麦的价格会上涨到每四分之一英担二十先令。那么，那些每天只挣五到六便士的劳工们今年冬天该怎么过？投机商们不再局限在萨尼特岛，而是在各郡之间活动。他手下的人正盯着他们。

想当年，听到一个英格兰人居然会让自己的同胞挨饿并从中牟利时，红衣主教会难以置信。而他会说，“我见过当雇佣兵的英格兰人割断战友的喉咙，当战友还在挣扎时就抽走他身下的毛毯，并翻找他的行李，把他的钱和圣章一起抢走。”

“哦，可他是雇佣杀手，”红衣主教说，“那种人没有灵魂可以失去。但大多数英格兰人都敬畏上帝。”

“意大利人可不这么想。他们说，英格兰和地狱之间的路被无数双脚踩得光秃秃的，而且全程都是下坡路。”

他每天都在琢磨他的令人费解的同胞。他见过杀手，没错；可他也见过一位饥饿的士兵把面包让给一个女人，一个与他非亲非故的女人，然后耸耸肩走开。最好不要去考验别人，不要把他们逼入绝境。让他们发达；富足之后，他们就会慷慨。吃饱了肚子才能培养良好的风度。饥荒的煎熬只会造就怪物。

他与史蒂芬 · 加迪纳见面后，又过了一些天，当国王一行到达温彻斯特时，新主教们已经在大教堂接受任命。安妮称之为“我的那些主教”：都是福音宣讲者和宗教改革者，他们在安妮身上看到了机会。谁会想到休 · 拉蒂摩会成为主教呢？你原本猜想他会遭受火刑，会嘴里塞着福音书在史密斯菲尔德慢慢化为灰烬。不过话说回来，谁能想到托马斯 · 克伦威尔会功成名就呢？沃尔西倒台时，你会以为，作为沃尔西的仆人，他完蛋了。当他的妻子和女儿们相继去世时，你会以为那种丧亲之痛会要了他的命。但是亨利关注到了他；亨利开始重用他；亨利把自己的日程交给他安排，并对他说，来吧，克伦威尔大人，挽着我的胳膊：穿过庭院，进入宫廷，他的人生之路现在变得畅通无阻。年轻的时候，他总是在人群中到处钻，挤到前排去看热闹。如今，当他走进威斯敏斯特或国王的任何行宫所在地时，人群就会迅速散开。自从他担任枢密院委员以来，他的路上就再也没有栏杆、货箱和被人放出来的狗了。自从他被任命为案卷司长后，女人们不再窃窃私语，而是放下衣袖，戴好手上的戒指。自从他成为国王的秘书官大人后，厨房里的杂物、职员们七零八碎的物品以及下人用的脚凳都被踢进角落和看不到的地方。除了史蒂芬 · 加迪纳，没有人会纠正他的希腊语，因为他现在是剑桥大学的校长。

总体而言，亨利的夏天巡游取得了成功：经过伯克郡、威尔特郡和萨默塞特郡时，他对路上的民众展示了自己，而(除非是瓢泼大雨)民众则站在路边欢呼。干吗不欢呼呢？你只要见到亨利，就一定会感到惊讶。你每次见到他，都会留下新的印象，犹如初次见面一般：他身材魁梧，脖子很粗，头发越来越稀疏，面颊越来越丰满；还有那双蓝眼睛和那张几乎有些腼腆的小嘴巴。他身高六英尺三英寸，每一英寸都显示出权力。他的仪态，他的气质，都十分高贵；他的怒火，他的发誓和咒骂，他淌下的泪水，都会让人胆战心惊。但有时候，他魁梧的身躯会伸展和放松，眉头也舒展开来；他会主动挨着你坐在凳子上，像兄长似的跟你聊天。如果你有兄长的话，大概就是那样。甚至像一位父亲，一位理想的父亲：最近好吗？没有太辛苦吧？晚饭吃了没有？昨晚做了什么梦？

像这样发展下去的危险就在于，一位坐在普通餐桌旁的普通椅子上的国王，会被当成一个普通人。但亨利不是普通人。如果他的头发继续减少，肚子越来越发福，会怎么样？当查理皇帝照镜子时，如果看到的是都铎的面孔，而不是他自己那张难看的脸和快要碰到下巴的鹰钩鼻子，他宁愿出让一个省。而瘦长个儿弗朗西斯国王，也宁愿拿他的王太子作抵押，以换取英格兰国王那样的肩膀。凡是他们具备的品质，亨利都会多出一倍而让他们自愧不如。如果说他们学识渊博，那么，他的学识就比他们翻了一番。如果说他们心地仁慈，那他就是仁慈的样板。如果说他们有骑士精神，那他就是骑士精神的典范，你能想得到的最有名的骑士故事中所体现的也不过如此。

尽管这样，在全国上下的乡村酒馆里，人们还是把坏天气归咎于国王和安妮·博林：归咎于那个小妾，那个不要脸的娼妓。如果国王重新接纳他的合法妻子凯瑟琳，就会雨过天晴。是啊，就算统治英格兰的是一些乡村莽夫和他们的醉鬼朋友，谁又能肯定情况会不同或更好呢？

返回伦敦的途中，他们放慢速度，以便国王到达时，城里已经消除有关疫病的疑虑。在寒冷的小礼拜堂里，在眼睛斜视的圣女们的凝视下，国王独自祷告。他不喜欢独自祷告。他想知道他祷告的内容；他的旧主人，沃尔西红衣主教，一定会知道。

当夏天正式接近尾声时，他与王后的关系变得谨慎和不确定起来，彼此充满猜忌。安妮·博林现在已经三十四岁，举止优雅，那种高贵的气质使得单纯的漂亮显得多余。一度曲线柔和的她变得棱角分明。她黝黑的光彩虽然减少了几分，但仍然存在，并时时闪烁。对自己那双明亮的黑眼睛，她能有效利用，往往是以如下方式：视线落在一个男人的脸上，然后迅速移开，似乎毫不在意，漫不经心。接着是片刻的停顿，似乎是吸了一口气。然后，她的目光又缓缓地、仿佛不由自主地回到他的身上。她凝视着他的面孔。她探究着这个男人。她探究着他，仿佛他是世界上唯一的男人。她仿佛是有生以来第一次见到他，并在考虑他的各种用途，各种连他自己都没有想到的可能性。对被她盯上的人而言，这一刻犹如一个世纪那么漫长，让他不由得全身颤栗。尽管这一招其实只是刹那之间，无需成本，立竿见影且可重复使用，但在那可怜的家伙看来，他似乎已经与众不同。他得意地笑了。他整理着自己的装束。他变得高大了几分，也更加愚蠢了几分。

他亲眼看到安妮对贵族、没有爵位的侍臣以及国王本人都施展过这种伎俩。你会看到那男人嘴巴微张，成为她的俘虏。她几乎屡试不爽；但在他身上从未奏效。他并非对女人无动于衷，天知道，他只是对安妮·博林无动于衷。这让她感到懊恼；他本该装装样子的。他让她成了王后，她让他成了大臣；但如今两人却很不自在，相互提防，密切关注着对方，想从蛛丝马迹中看出端倪，好让自己占据上风：似乎只有装糊涂才让他们觉得安全。但安妮不善于掩饰自己的感情；她是国王的情绪多变的爱妻，时而怒气冲冲，时而谈笑风生。这个夏天里，她有好几次在国王的背后偷偷地朝他微笑，或者使眼色提醒他国王正在气头上。在其他的时候，她又对他不理不睬，只是转过身去，那双黑眼睛环顾着房间，将视线落在别的地方。

要理解这些——如果值得理解的话——我们就必须回到去年春天，托马斯·莫尔还在世的时候。当时安妮召见了他，与他商讨外交事务：她的目标是缔结一桩婚约，为她尚在襁褓中的女儿伊丽莎白找一位法国王子。但法国方面在商谈时表现得躲躲闪闪。其真实原因在于，时至今日，他们也没有完全承认安妮是王后，他们无法相信她的女儿是合法婚生。安妮明白他们不情愿背后的缘由，但不知怎么却成了他的过错：成了他（克伦威尔）的过错。她曾公开指责他破坏她的计划。说他不喜欢法国人，不想与法国联姻。他不是有意避开了跨海去面谈的机会吗？她说，法国做好了商谈的一切准备。“而且希望你去，秘书官大人。可你却推说自己病了，最后只好由我弟弟去。”

“而且没有谈成，”他当时叹了口气。“非常遗憾。”

“我了解你，”安妮说。“你从不生病，对吧？除非你希望生病。而且，我清楚你的心理。你以为自己只要是在城里而不是在宫中，就不在我们的眼皮底下。可我知道你跟皇帝的人太过友好。我知道查普伊斯是你的邻居。但难道就因为这样，你们的仆人就应该在彼此的府里频繁出入吗？”

安妮那天穿的衣服是粉红和浅灰色。那两种颜色本该具有一种清纯柔和的美；但他所能想到的却是各种被展开、拉长的内脏，红灰色的肠子一圈又一圈地绕在一具活着的身体上；他准备将第二批顽抗到底的修道士送往泰伯恩刑场，让刽子手开膛破肚，掏出内脏。那些人是叛国者，死有余辜，可这种死法残酷至极。他觉得挂在她的长脖子上的珍珠项链就像一颗颗肥肉，而她一边争论，一边不断地伸出手去，拉扯着它们；他的目光盯在她的指尖上，她的指甲就像微型小刀一般闪动。

不过，就像他对查普伊斯所说的那样，只要我还受亨利宠信，恐怕王后就奈何我不得。她会怀恨在心，会发点小脾气；她反复无常，亨利也知道。当初吸引国王的正是这一点，正是因为找到了一位与那些在男人的生活中悄然飘过、丝毫不留痕迹的温柔、友善的金发碧眼女人大相径庭的可人儿。但是现在，当安妮露面时，他有时会显出厌倦的神情。当安妮又开始唠叨抱怨时，你能看到他的眼神变得冷淡起来，如果不是因为太有绅士风度，他肯定会拉下帽子堵住耳朵。

不，他对大使说，让我感到不安的并非安妮；而是她召集在身边的那帮人。有她的家人：包括她父亲，那位喜欢被称为“阁下”的威尔特郡伯爵，还有她的弟弟乔治——罗奇福德勋爵，亨利已经任命他为自己的贴身侍从。乔治是新进的侍从之一，因为亨利喜欢与自己熟悉的人在一起，那些人都是他年少时的朋友；红衣主教曾经时不时地把他们赶走，但他们总是像脏水一样又渗透回来。他们曾经是才气过人、充满活力的年轻人。二十多年过去了，他们已经头发花白或渐渐谢顶，肌肉松弛，大腹便便，或者关节有毛病，或者手指残缺不全，但仍然一个个自以为是，不可一世。现在又有了一帮小跟班，韦斯顿和乔治·罗奇福德等，亨利之所以接受他们，是因为觉得他们可以让他保持年轻。那些人——不管是年老的还是年轻的——时刻伴在国王左右，从早晨起床到晚上入睡，以及中间所有私密的时间都不例外。不管他是如厕，还是刷牙并把水吐进银盆，他们都陪侍在侧；他们用毛巾为他擦拭，帮他系好上衣，套上马裤；他们了解他的身体，了解他的每一颗痣和雀斑，了解他的每一根胡茬，当他从网球场回来时，他们了解他出了多少汗，并帮他脱掉衬衣。他们知道得太多，知道得与他的洗衣女工和御医一样多，并将自己知道的事情拿来谈论；当他去看望王后，并在她身上辛苦一番、想让她怀上儿子时，或者某个周五(基督徒戒欲的日子)，当他梦到一个模糊的女人而弄脏自己的床单时，他们都知道。他们高价出卖自己了解的情况：他们想讨好，想让自己的过失不被追究，他们认为自己很特别，并想让你知道这一点。自从到亨利身边效力以来，他(克伦威尔)就一直在安抚那些人，说他们的好话，逗他们高兴，总是寻求一种比较容易的处事方式，一种折中的方法；但有时候，当他们拦住他一个小时，不让他见国王时，还情不自禁地露出得意的笑容。他想，我可能已经迁就他们够多了。如今他们得迁就我了，否则就滚蛋。

现在，上午已经有些冷了，国王一行缓缓穿过汉普郡时，厚重的云团也一路跟随，不出几天，路上的尘土就变成了泥泞。亨利不愿意匆匆地赶回去处理政务；他说，如果永远是八月份该多好。正当这支小小的狩猎队伍前往法纳姆时，有信使疾驰而来报告说：镇上出现了几起瘟疫病例。亨利在战场上英勇无惧，此刻却几乎是当着他们的面脸孔煞白，并调转马头：去哪儿呢？哪儿都行，只要不是法纳姆。

他在马上欠身向前，取下帽子，对国王说，“我们可以提前去贝星府，请允许我派人骑着快马去通知威廉·布莱。然后，为了不给他太大压力，再去埃尔佛塞姆待一天，行吗？爱德华·西摩正在家中，如果他的粮食和日用品不够，我可以去调集。”

他后退几步，让亨利骑在前面。他对雷夫说，“带几个人去狼厅。把简小姐接来。”

“什么？接到这儿？”

“她会骑马。让西摩老头给她挑一匹好马。星期三晚上我要在埃尔佛塞姆见到她，迟了就毫无意义。”

雷夫勒住缰绳，准备转身。“可是，先生，西摩家的人会问为什么要接走简，为什么这么匆忙。还有，我们为什么要去埃尔佛塞姆，因为附近有其他的府邸，韦斯顿家就住在萨顿府……”

他心里说，让韦斯顿家见鬼去吧。韦斯顿家跟这个计划无关。他笑了。“就说因为他们爱我，所以该这样做。”

他看着雷夫，知道他在想，看来我的主人终究准备将简·西摩娶进门了。是为他自己还是为格利高里呢？

在狼厅期间，他（克伦威尔）看到了雷夫无法看到的情景：亨利现在魂牵梦绕的就是，默然不语的简躺在他的床上，面色苍白、一言不发的简。你无法解释一个男人的性幻想，而亨利也不是什么好色之徒，并没有很多情妇。如果他（克伦威尔）助一臂之力而让国王得到她，不会有什么坏处。国王不会亏待他的床伴。他不是一个喜新厌旧的男人。他会给她写情诗，有人提议的话还会给她一笔收入，会提拔她的家人；自安妮·博林成功上位以来，许多家族就认为，享受亨利的圣眷隆恩是英格兰女人的最高使命。如果他们谨慎行事，爱德华·西摩就会在宫廷内升职，而他自己也就在一个难得有盟友的地方多了一个盟友。就目前而言，爱德华需要一点忠告。因为他（克伦威尔）比西摩家的人更有商业头脑。他不会让简廉价出卖自己。

但是就安妮王后而言，自从简开始侍奉她以来，就一直受到她的嘲笑，被她称为白饼脸和胆小鬼；如果亨利将这样一个年轻女人纳为情妇，她会作何反应？安妮会如何对付温顺和沉默？发脾气几乎无济于事。她得扪心自问，简所能给予国王、而国王现在正好需要的是什么。她得好好想清楚。而看到安妮冥思苦想，总是一件令人开心的事情。

此前，在离开狼厅不久，当两队人马——国王的人马和王后的人马——会合时，安妮对他态度很好，把手搭在他的胳膊上，用法语喋喋不休地说些无关紧要的事情。仿佛她几周前根本不曾说过想砍下他的脑袋；仿佛那只是顺口说笑而已。出去打猎时，最好跟她保持一段距离。她眼疾手快，但瞄得不太准确。这个夏天，她的一支弩箭射中了一头离群的奶牛。而亨利不得不对奶牛的主人给予赔偿。

不过你瞧，这些都不用担心。王后们你来我走，不会久长。近代史已经向我们证明了这一点。让我们想想如何为英格兰筹钱付账吧，包括她的国王的巨额花费、慈善工作的开销、司法的成本，以及将敌人拦在境外的费用。

从去年起，他就明确了自己的答案：掏钱的将是僧侣，那个寄生阶层。他对他的督察员和巡视员们说，到全国各地的大小修道院去：把我要交给你们的问题拿去问他们，共有八十六个问题。少说多听，听完之后，要求查看账目。跟僧侣和修女们谈谈他们的生活和教规。对于他们认为自己怎样才能获得救赎——仅仅是通过耶稣的宝血，还是在一定程度上也通过自己的劳动和善行——我不感兴趣；哦，不，我也感兴趣，但关键是要弄清他们有哪些资产。弄清他们的租金和财产，还有，国王作为教会的首脑，如果想收回自己的财产，最好采取什么方式。

他说，别指望得到热烈欢迎。在你们抵达之前，他们会慌忙清理自己的资产。留心他们有哪些圣物或当地的崇拜物件，以及他们如何利用那些东西，每年给他们带来多少进项，因为那些钱都是迷信的香客们辛辛苦苦挣来的，而那些香客如果待在家里安分守己地过日子原本会更好。一定要考验他们是否忠诚，问他们如何看待凯瑟琳，如何看待玛丽小姐，以及如何看待教皇；因为如果他们所司圣职的母院[1]位于本岛之外，那么，用他们自己的话说，他们更加忠诚的不是某种海外的权力吗？向他们指出这一点，让他们明白自己处于不利地位；仅仅是口头上对国王忠诚还不够，他们得随时拿出证明，而让你们的工作顺利进行就是一种证明。

他的手下都是精明人，不会对他存欺瞒之心，但为了保险起见，他派他们出去时是两人一组，好互相监督。为了少报资产，修道院的财务主管可能会采取贿赂手段。

在伦敦塔的囚室里，托马斯·莫尔曾经对他说，“克伦威尔，你下一步会向谁出手呢？你会把整个国家整垮的。”

他当时回答道，我运用自己的权力，是为了建设而不是破坏，否则，我祈祷上帝让我不要多活一天。有些不了解情况的人说，国王在破坏教会。而事实上，他是在让它焕然一新。相信我，如果把那些骗子和伪君子都清除出去，这个国家会更加美好。“不过你呢，对亨利的态度得改一改，否则不会活着看到那一天。”

他的确没有活下来。对于已经发生的事情，他并不后悔；他唯一遗憾的是莫尔看不清形势。他被要求宣誓拥护亨利在教会的至尊权力；这份誓言是对忠诚的检验。生活中的许多事情都并不简单，但这件事情很简单。

---

① 宗教教会最初建立的会所。

如果不宣誓，就意味着你承认自己叛国和谋逆。莫尔不肯宣誓，那就只有死路一条。只有在七月的一个大雨倾盆的日子里蹚着水走向断头台。那天的大雨下了很久，直到傍晚才停歇了一个小时，但对托马斯·莫尔已经为时太晚。走向断头台时，他的裤子都湿了，水花溅到了膝盖，双脚像鸭掌划水一般。准确地说，他并不想念这个人。只是有时候，他忘了他已经死去。仿佛他们正交谈甚欢，却戛然而止，他说了什么话，却没有任何回应。仿佛他们正一同漫步，莫尔却掉进路上某个一人深的坑里，随着雨水一起冲走了。

事实上，你的确会听说这类事故。有人因为脚下的路塌陷而身亡。英格兰需要不会坍塌的更好的道路和桥梁。他准备向议会提交一项议案，给失业者提供工作，给他们报酬，让他们去修路、建造海港，筑起抵御皇帝或所有其他机会主义者的城墙。他盘算着，如果我们对富人征收所得税，就可以支付这些人；我们可以提供住处，需要的话还可以提供医生，让他们维持生计；我们可以一同分享他们的劳动果实，而有了工作之后，他们就不会干拉皮条或偷盗抢劫的行当，反之，如果没有其他的活路，那些人什么都干得出来。如果他们的父辈是皮条客或偷盗抢劫之徒呢？这不说明任何问题。瞧瞧他吧。他是沃尔特·克伦威尔吗？经过一代人之后，一切都可以改变。

至于那些僧侣，他像马丁·路德一样认为，苦行的生活既没有必要，也没有益处，而且也并非基督的旨意。修道院里根本不存在永垂不朽的东西。它们不是上帝的自然秩序的一部分。像其他的机构一样，它们也有兴衰，它们的建筑物有时也会倒塌，或者因为疏于维护而朽败。若干年来，许多修道院已经消失或搬迁，或者并入了其他的修道院。僧侣的人数也在自然减少，因为虔诚的基督徒现在都过着入世的生活。就拿巴特尔修道院来说吧。在它的鼎盛时期，僧侣达到两百人，而现在——令人难以置信——最多只有四十人。四十个胖子坐享一份巨额财富。这个王国同样也有沉浮。资源可以激活，可以派上更好的用场。钱财原本可以在国王的子民之间流通，干吗要躺在钱箱里呢？

他的督察员们领命出去，给他传回了一些丑闻；他们给他捎回僧侣的手稿，都是些鬼怪和诅咒的故事，旨在恐吓头脑简单的民众。僧侣们拥有各种圣物：基督受难而留下的颇有年代的骨头、木片以及捶弯的钉子，它们能呼风唤雨或者让天雨过天晴，能抑制野草的生长和治愈家畜的疾病。他们不会免费交给邻居们使用，而是会索取费用。他把他的手下在威尔特郡梅登布拉德利发现的情况告诉了国王和王后。“僧侣们拥有上帝外套的一部分，还有最后的晚餐的一些碎肉。他们还有能在圣诞节开花的小枝条。”

“最后一点倒有可能，”亨利虔诚地说。“想想格拉斯顿堡的荆棘[①]吧。”

“修道院院长有六个孩子，他把几个儿子留在家里当仆人。他为自己辩解说，他从不招惹已婚女人，只找处女。而当他厌倦了她们或者她们怀上孩子后，他就给她们找个丈夫。他说自己持有盖有教皇印章的许可证，允许他找女人。”

安妮扑哧一声笑了。“那他能拿出来看看吗？”

亨利大感震惊。“把他赶出去。这种人玷污了他们的使命。”

不过，这些已经剃发[②]的蠢货通常比其他人更坏；亨利难道不知道吗？有些僧侣也很虔诚，但在经历过几年典型的修行生活后，他们往往会逃走。他们逃离修道院，成为俗世中的一员。在过去的年代，我们的祖先曾经举着砍刀和镰刀袭击僧侣及其仆人，其暴怒之势不亚于对付侵略军。他们推倒墙壁，扬言要一把火烧死他们，而他们所要的不过是僧侣们的租金账簿和奴役的名目；等他们拿到手后，就将其撕碎，并付之一炬。他们

---

① 根据基督教传说，罗马士兵嘲笑戏弄耶稣时，曾用这种荆棘给耶稣编制冠冕。后来耶稣的门徒将这种植物种在地里，传说每年的圣诞节它都会开出美丽鲜艳的花朵。

② 这里指在头顶剃去一片圆形的头发，是僧侣的标志，象征对上帝的谦恭和献身。

说，我们想要的只是一点自由：在被当成牲口奴役了几百年之后，我们想要的只是一点自由，只是想被当成英格兰人。

更为见不得人的报告传了回来。他(克伦威尔)对他的督察员们说，这样告诉他们，大声地告诉他们：每个僧侣一张床：一张床上一个人。这对他们就那么难吗？消极厌世的人告诉他，这种罪恶肯定会发生，如果你把男人关在一起，接触不到女人，他们就不会放过那些年轻而好欺负的新人，他们是男人，这只是男人的本性。可他们不是应该超越本性吗？如果遇到魔鬼的诱惑就把持不住，那无数次的祷告和斋戒又有什么意义？

国王承认这是浪费，是管理不善；他说，对一些较小的修道院，也许有必要改革和重组，因为红衣主教在世时也这样做过。不过，对那些大修道院，我们肯定可以指望他们自行改善吧？

也许吧，他说。他知道国王很虔诚，害怕变化。他想改革教会，想让它回归本色；与此同时，他还想要钱。不过作为一个巨蟹座的人，他朝着自己的目标迂回前进：侧着身子，缓缓横行。他(克伦威尔)注视着亨利浏览那些交到他手上的数据。算不上是财富，对国王而言算不上：不是一大笔财富。但不久之后，亨利可能会考虑大修道院，考虑那些只关注自己利益的胖修道院院长。我们暂且先起步吧。他说，我在许多修道院院长那儿做过客，看到他们细细品味葡萄干和枣子，而僧侣们吃的却总是鲱鱼。他想，如果按我的意思，我会将他们全部遣散，去过另一种日子。他们声称过着使徒的生活；可你不会发现使徒们抚摸彼此的下体。那些想走的就让他们走。已被任命为牧师的僧侣可以被授予圣职，在教区里做些有益的事情。至于二十四岁以下的，无论男女，都可以让他们还俗。他们还太年轻，不能用誓言将他们束缚终生。

他在考虑以后的事情：如果国王得到了僧侣们的土地，不是一点而是全部，他的财富将是现在的三倍。他再也不用毕恭毕敬、温言好语地向议会申请津贴。他儿子格利高里对他说，“先生，有人说，如果格拉斯顿堡的男修道院院长和沙夫茨伯里的女修道院院长上床的话，他们的孩子将是全英格兰最富有的地主。”

“极有可能，”他回答，“不过，你见过沙夫茨伯里的女修道院院长吗？”

格利高里显出不安的神色。“我应该见过的吗？”

他跟儿子的交谈总是这样：一不小心就岔开话题，不知所云。他想起自己小时候与沃尔特交流时的不快情景。“你如果想见，就可以去见一下。过些日子我得去一趟沙夫茨伯里，有点事情要处理。”

沃尔西把自己的女儿安置在沙夫茨伯里的女修道院里。他说，“格利高里，帮我记一下好吗，免得我忘了：提醒我去看看多萝茜亚。”

格利高里很想问，多萝茜亚是谁？他看到孩子的脸上显出一连串的问题；但最后只是问道：“她漂亮吗？”

“我不知道。她父亲把她藏得很深。”他笑了起来。

但是跟亨利交谈时，他收起了笑容。他提醒亨利：僧侣一旦叛国，就比其他该死的叛国者更加死不悔改。如果你威胁他们说，“我会让你吃点苦头。”他们就会回答说，他们生来就是为了吃苦的。有的人选择在狱中绝食，或者一路祈祷着走向泰伯恩刑场，迎接刽子手的屠刀。就像当初对托马斯·莫尔说过的那样，他对他们说，这不是关于你的上帝或我的上帝的问题，这跟上帝毫无关系。这是关于你们要选择谁的问题：是亨利·都铎，还是亚历山德罗·法尔内塞？是白厅的英格兰国王，还是梵蒂冈的某个极度腐化的外国佬？他们转过头去；然后一言不发地受死，那虚伪的心脏被人从胸膛里掏了出来。

当他终于骑马回到奥斯丁弗莱，走进自家的大门时，穿着制服——灰色云石纹呢长大衣——的仆人们围了上来。他的右边是格利高里，左边是他的猎犬驯养员翰弗里，在到家前的这一英里路上，他与翰弗里一直在轻松地交谈；跟在他后面的是养鹰员休、詹姆斯和罗杰，他们十分警惕，时刻提防着发生冲撞或威胁。大门外已经聚集了一群人，期盼得到一些施舍。翰弗里和其他人有钱打发他们。今天的晚饭之后，会一如既往地给穷人一些救济。他的大厨瑟斯顿说，他们现在为两百名伦敦人提供饭食，而且每天两顿。

他在人群中看见一个人，一个身材瘦小、有点驼背的男人，几乎站立不稳。那人在哭泣，接着被挡住了，然后又出现在他的视野中，脑袋一俯一仰，仿佛他的泪水就是潮汐，载着他靠近他的大门。他说，“翰弗里，去查一下，看那个人有什么伤心事。”

但他随后就忘了。全府上下都很高兴见到他，男男女女都神采奕奕，一群小狗围在他的脚边；他把它们搂在怀里，它们扭着身体，摆着尾巴，他向它们问好。仆人们簇拥着格利高里，对他从头到脚赞不绝口；所有的仆人都喜欢他随和的性格。“当家的！”他的外甥理查德一边说，一边紧紧地拥抱了他。理查德是个壮实的小伙子，长着一双克伦威尔家的眼睛——坦诚直接，毫不掩饰；他说话的语气也像克伦威尔家的人，既善于安抚，也善于反驳。无论是在这个世界之上走动的东西，还是在这个世界之下走动的东西，他都毫不畏惧；如果有魔鬼来到奥斯丁弗莱，理查德会对着那毛乎乎的屁股猛地一脚，把它踹下楼去。

他那两位笑吟吟的外甥女，如今成了已婚的少妇，由于渐渐隆起的腹部，她们松开了紧身胸衣的系带。他分别吻了她们，她们的身体很柔软，气息香甜，透着姜糖所带来的暖意，处于这个时期的女人往往都会这样。一时间，他想念……想念什么？那温顺柔软、心甘情愿的胴体；清晨时那漫不经心、无关紧要的寒暄。只要是跟女人交往，他都得小心谨慎。他不能给居心叵测的小人留下诋毁他的机会。就连国王也十分谨慎；他不想让全欧洲的人称他为嫖客哈里。就眼下而言，他也许宁愿只是凝视着那位可望而不可即的西摩小姐。

在埃尔佛塞姆，简就像一朵花儿，低垂着头，像一丛淡绿色菟葵一般谦恭。在她哥哥的府上，国王当着她家人的面称赞她：“真是个温柔、谦恭、腼腆的姑娘，这样的姑娘如今不多见了。”

一贯喜欢发表高论并且在他哥哥面前要争个输赢的托马斯·西摩说："说到虔诚和谦恭，我敢说简几乎是无与伦比。"

他看到他哥哥爱德华掩住一丝笑意。他饶有兴味地注意到，简的家人已经开始——带着几分难以置信——嗅出风向的变化。托马斯·西摩说："邀请像简妹妹这样的姑娘上我的床，这种事我可干不出来，就算我是国王也无法面对。我会不知道如何下手。你会吗？当然不会，对吧？那简直像是亲吻一块石头。把她在床上翻过来，侧过去，而你自己那玩意儿却被冰得毫无知觉。"

"做哥哥的无法想象自己的妹妹躺在别的男人怀里，"爱德华·西摩说，"起码那些自命为基督徒的人想象不出来。尽管宫里的确有人说，乔治·博林——"他顿住了，皱起眉头。"当然了，国王知道怎样采取主动。怎样主动出击。作为一位殷勤的绅士，他知道如何应对。而你呢，弟弟，却不懂这些。"

要堵住汤姆·西摩的嘴并不容易。他不禁笑了。

但在一行人离开埃尔佛塞姆之前，亨利并没有多说什么；只是开心地道了别，对那姑娘则只字未提。简曾小声地问过他，"克伦威尔先生，我干吗要来这儿？"

"问你的两位哥哥吧。"

"我的哥哥们说，去问克伦威尔。"

"这么说，你完全是一无所知？"

"是啊。除非是我终于要嫁掉了。是要嫁给你吗？"

"我可不敢存这种奢望。对你来说我太老了，简。我都可以当你父亲了。"

"是吗？"简疑惑地说。"嗯，比这更奇怪的事情在狼厅都发生了。我甚至不知道你认识我母亲。"

她嫣然一笑，然后转身离去，留下他目送着她的背影。他想，我们就为此结婚也不错；寻思她会怎样误解我，能让我的思维保持敏捷。她是有意的吗？

不过，要等亨利对她放手之后，我才能得到她。而我曾经发过誓，不会接受他碰过的女人，对吧？

他已经想到，也许我该给西摩兄弟拟一份备忘录，让他们明白哪些礼物简可以收，哪些礼物不能收。规矩很简单：首饰可以，金钱不行。在达成交易之前，让简不要在亨利面前脱下任何衣物。他会建议，连手套都不要脱下。

不怀好意的人把他的府邸描述成了巴别塔。有人说，他的仆人来自世界各地的每一个国家，只有苏格兰例外；所以，苏格兰人满怀期望地向他毛遂自荐。国内外的绅士乃至贵族都迫切希望自己的儿子能被他收进府里，而他也接收了所有他认为可以栽培的少年。在奥斯丁弗莱的任何一天，都会有一群德国学者根据德语的各种变体，费力阅读福音传道者从各自地区寄来的信件。午餐期间，年轻的剑桥学者夹杂着零星的希腊语彼此交流；那都是他帮助过的学者，如今又来帮助他。有时候，一群意大利商人会来吃晚餐，他用自己在佛罗伦萨和威尼斯为银行家工作时学到的那些语言跟他们聊天。他的邻居查普伊斯的随从一边懒洋洋地享受着克伦威尔家的美酒，一边用西班牙语和佛兰芒语说东道西。他自己用法语跟查普伊斯交谈，因为这是大使的第一语言，而对他的仆人克里斯托弗，他用的则是更为通俗的法语。克里斯托弗是他从加来带回家的一个身材矮胖的小捣蛋鬼，总是紧紧地跟在他身边；他不让他离得太远，因为有克里斯托弗的地方，就可能有打架斗殴。

有一个夏天的闲言小话要交流，有各种账目——包括几处宅第和地产的进项与开销——要查看。不过他先去了厨房，去看看他的大厨。这正是午后较为安静的时刻，餐桌已经收拾，烤肉棒已经清洗，锅瓢盆罐已经擦净堆好，空气中飘着肉桂和丁香的芬芳，而瑟斯顿则独自站在撒了面粉的木板前，盯着一个生面团出神，仿佛那是施洗者约翰的脑袋。当一个人影挡住光线时，厨师吼了起来，“把脏手拿开！”接着，又连忙说，“哦，原来是您，先生。还没到时间。为了迎接您回来，我们本来准备了很好的鹿肉饼，但不得不分给了您的朋友们，以免变坏了。我们本来想给您送一点过去，但你们行程不定，地方换得太快了。”

他伸出双手接受检查。

“对不起，”瑟斯顿说。“不过您瞧，小托马斯·艾弗里常常在刚刚记过账后来到我这儿，晃来晃去的，想称东西。还有雷夫少爷，你瞧瑟斯顿，我们有几位丹麦客人要来，你能为丹麦客人准备些什么？还有理查德少爷，闯进来说，路德派来了几位信使，德国人喜欢什么样的糕点？”

他捏了捏面团。“这是为德国人准备的吗？”

“别管为谁准备。只要做成了，您就能吃上。”

“柑橘摘了吗？过不了多久就要霜冻了。我这把骨头能感觉出来。”

“瞧您说的，”瑟斯顿说，“那口气就像您祖母似的。”

“你又不认识她。没准你认识？”

瑟斯顿呵呵笑了。“教区的醉鬼？”

很有可能。哺育过他父亲沃尔特·克伦威尔的女人，不变成醉鬼才怪！接着，瑟斯顿像突然想起似的说道，“要知道，一个人有两个祖母。您母亲那边的是什么人呢？”

“是北方人。”

瑟斯顿笑了。“从洞穴出来的。您知道小弗朗西斯·韦斯顿吧？侍奉国王的那位？他的人到处说您是犹太人。”他哼了一声；这话他以前听到过。“下次您去宫里时，”瑟斯顿建议道，“把您的小鸡鸡掏出来放在桌上，看他还能说什么。”

“我反正也会那么做，”他说，“当谈话冷场的时候。”

“不过……”瑟斯顿迟疑着，“您也确实像犹太人，先生，因为您借钱时收取利息。”

韦斯顿那儿，又多了一笔账。“管它呢，”他说。他又捏了一下面团；

有点硬，对吧？“街上有什么新闻？”

“他们说老王后病了。”瑟斯顿等待着。可他的主人却抓起一把葡萄干吃起来。“我觉得她这是心病。他们说，她给安妮·博林施了咒，所以她生不出儿子。或者就算她生了儿子，也不会是亨利的种。他们说亨利有别的女人，所以安妮拿着剪刀追得他满屋子跑，叫着嚷着要阉了他。凯瑟琳王后以前总是睁一只眼闭一只眼，就像别的妻子那样，但安妮不是那种人，她发誓要让他付出代价。所以，这会是一招很厉害的报复，对吧？”瑟斯顿呵呵笑着。“她用给亨利戴绿帽子来报复他，并让她自己的私生子来继承王位。”

伦敦人的脑子可真是一刻不停地忙碌着：里面都是乌七八糟的东西。“他们有没有猜测这个私生子的父亲会是谁？”

“也许是托马斯·怀亚特？”瑟斯顿回答。“因为据说她当上王后之前很喜欢他。也可能是她的旧情人哈里·珀西——”

“珀西不是在自己的领地吗？”

瑟斯顿翻了翻眼睛。“距离难不住她。她如果要他从诺森伯兰过来，就只需吹个口哨，让风把他吹来。有了哈里·珀西她也不满足。他们说，国王寝宫的所有侍从都跟她上床，一个接一个。她不喜欢拖拉，所以他们都排成一队，拨弄着自己的小鸡鸡，直到她大喊，‘下一个。’”

“他们就列队前进，”他说，“一个接着一个。”他笑了起来，然后吃完手里的最后一粒葡萄干。

“欢迎回家，”瑟斯顿说，“回到伦敦。在这里我们什么都信。”

“我记得，在加冕之后，她曾经把府里的所有人——不管是男仆还是女侍——都召集起来，教导他们要守规矩，不许赌博，除非是象征性的，不许说长道短，不许衣衫不整。我得说，现在与那些要求有了一点偏离。”

“先生，”瑟斯顿说，“您的袖子沾了面粉。”

“嗯，我得上楼去开会了。晚饭可别迟了。”

“什么时候迟过呢？”瑟斯顿轻轻地帮他拍掉面粉。“什么时候迟过？”

这是他的家务会，不是国王的政务会；参会的有他的亲信——雷夫·赛德勒和理查德·克伦威尔这两个年轻人，他们对数字反应敏捷，且能言善辩，会抓住要点。还有他儿子格利高里。

近来，年轻人纷纷效仿那些在欧洲各地奔忙并开风气之先的富格尔家族银行的代理人，随身拎着装有钱物的浅色软皮包。皮包是心形的，所以他总是觉得他们像是去谈情说爱，但他们发誓说不是。他的外甥理查德·克伦威尔坐了下来，朝那些皮包嘲弄地看了一眼。理查德和他舅舅一样，把钱物装在身上。“‘简称’来了，”他说，“你们想看看他帽子上的羽毛吗？”

托马斯·赖奥斯利与他那几位低声应承的仆人分手后，走了进来；他是一个高大帅气的年轻人，长着一头金红色头发。在他父亲那一辈时，家里的姓氏原本是赖斯，可他们认为，一个更高雅、更长的姓氏会让他们显得更重要；他们当时担任着纹章官之职，因此，将平凡的祖先重塑、改造成更具骑士色彩的阶层，对他们是举手之劳。这种改姓有时会招来嘲讽；在奥斯丁弗莱，大家称托马斯为“简称赖斯利”。近几年来，他留了整齐的胡子，还有了一个儿子，越来越有派头。他把皮包放在桌上，很快坐了下来。“格利高里好吗？”他问。

格利高里顿时一脸欣喜；他很敬佩“简称”，没有听出他语气中的屈尊意味。“哦，我很好。整个夏天我都在打猎，不过，我很快就要回到威廉·费兹威廉那儿去受训了，因为他是一位与国王关系亲近的绅士，我父亲认为我可以向他学习。费兹对我很好。”

“费兹。”赖奥斯利好笑地哼了一声。“你们克伦威尔家的人啊！”

“嗯，”格利高里说，“他称我父亲为克伦[1]。”

---

① 原文为 Crumb，有“碎屑”、“面包屑”等之意。

“我建议你别跟着叫，赖奥斯利，”他好脾气地说。“或者至少不要当着我的面叫。尽管我刚刚去过厨房，跟他们对王后的说法相比，克伦实在算不了什么。”

理查德·克伦威尔说，“女人就喜欢搬弄是非。她们不喜欢偷汉子的女人。他们认为安妮应当受到惩罚。”

“当我们随国王启程巡游时，她还那么瘦，”格利高里突然出人意料地说。“瘦骨嶙峋，浑身是刺似的。现在她显得丰润多了。”

“的确是的。”他没想到孩子注意到了这种事情。那些有经验的已婚男人就像关注自己的妻子一样，在安妮身上密切关注发胖的迹象。桌子旁的几个人交流了一下眼神。“嗯，我们等着瞧吧。他们并非整个夏天都待在一起，不过据我看，应该是够了。”

“最好是够了，”赖奥斯利说，“国王会对她失去耐心的。为了等一个女人来履行职责，他已经等多少年了？安妮答应过，只要他娶她，她就会给他生儿子，你不禁会想，如果一切重新来过，他会为她付出那么多吗？”

理查德·里奇最后才低声道歉着加入他们的行列。这位理查德也没有拎心形皮包，尽管如果时光倒回若干年，他也会是那种爱赶时髦的年轻人，拥有五个不同颜色的同款皮包。十年的时光让人变化真大啊！里奇曾经是最糟糕的法律系学生，总是在为减轻自己的罪责而辩解；他总是跑到那些低档酒馆，那里的人说律师是坏蛋，于是他只好为了荣誉而奋起抗争；他总是在凌晨时分才回到律师协会会所的小屋，带着一身廉价酒的气味，外套也弄得破破烂烂；他常常带着一群小猎犬在林肯律师会所大叫大嚷。但现在的里奇冷静而内敛，是大法官托马斯·奥德利的被保护人，经常在那位高官与托马斯·克伦威尔之间来来往往。小伙子们都叫他“皱皱爵士”；他们说，皱皱开始发福了。公务的职责和赡养一个不断壮大的家庭的重任落到了他的身上；过去的翩翩少年，如今像是蒙上了一层淡淡的岁月风霜。谁能想到他会成为副检察长呢？但话说回来，他具备一位好律师的头脑，当你需要一位好律师时，他总是随叫随到。

“先生，”里奇开口道，“加迪纳主教的书与您的意见不符。”

“也不是完全唱反调。在国王的权力方面，我们观点一致。”

“是的，不过，”里奇说。

“我当时向加迪纳引用过这样一段话：‘国王的圣言传到哪里，权力就在哪里，谁又敢质问他，你是何许人也？’”

里奇抬起眉头。“议会可以。”

赖奥斯利说，“里奇大人肯定知道议会能做什么。”

当初似乎正是在议会权力的问题上，里奇让托马斯·莫尔栽了跟头，不仅是栽了跟头，也许还将他诱入了叛国的陷阱。在那个房间里，在那间囚牢里，没人知道他们说了些什么；里奇出来时，满脸通红，既希望又有点怀疑自己掌握了足够的证据，接着从伦敦塔径直来找他（托马斯·克伦威尔）。他当时平静地说，是的，这就够了；我们有他的把柄了，谢谢。谢谢你，皱皱，你干得很棒。

此时此刻，理查德·克伦威尔朝他探过身去：“告诉我们，我的皱皱小朋友：依你的高见，议会能在王后的肚子里塞进一位继承人吗？”

里奇的脸微微一红；他现在年近四十，不过由于他的肤色，他还是会脸红。“我从未说过议会能做上帝都做不到的事情。我说的是，它所能做的超出了托马斯·莫尔所允许的范围。”

“殉道者莫尔，”他说。“罗马那边有消息说，他和费希尔都会被封为圣徒。”赖奥斯利先生笑了起来。“我也认为这很可笑，”他说。他瞥了他的外甥一眼：适可而止吧，不要再谈论王后了，不管是她的肚子还是别的什么部位。

因为对于在埃尔佛塞姆的爱德华·西摩府里发生的事情，他至少已经向理查德·克伦威尔有所透露。当国王一行突如其来地调整行程时，爱德华出面慷慨地款待了他们。但国王那天晚上难以入睡，于是派韦斯顿那孩子把他从床上叫了起来。一个陌生摆设的房间里，一点摇曳的烛光：“天啊，都几点了？”六点，韦斯顿不怀好意地说，而你已经迟到了。

其实还不到四点，天空仍然漆黑一片。百叶窗已经打开，好让空气流通。亨利坐在那儿，对他轻轻诉说，只有天地是他们唯一的证人：他已经将韦斯顿支使开，确认他听不见他们的交谈，并直到门关好后才开口说话。这样也好。“克伦威尔，”国王说，“如果我。如果我担心，如果我开始怀疑，我和安妮的婚姻存在着某种错误，某种障碍，某种让万能的上帝感到不快的东西，那该如何是好？”

他顿时觉得时光倒回到了多年前：他是红衣主教，倾听着同样的谈话：只不过当时的王后名叫凯瑟琳。

“什么样的障碍呢？”他有些疲惫地说。“会是什么样的障碍，陛下？”

“不知道，”国王低声回答。“我现在还不知道，不过我会知道的。她之前不是与哈里·珀西有过婚约吗？”

“没有，陛下。他以《圣经》的名义发誓说没有。陛下您听过他发誓的。”

“哦，可你事先去见过他，对吧，克伦威尔？你跟踪他到了某个廉价酒馆，把他从凳子上拎起来，用拳头揍他的脑袋，对吧？”

“没有，陛下。对那些世袭贵族我从来不会那么不敬，更别说诺森伯兰伯爵了。”

“好吧。听到这话我就放心了。有些情况我可能弄错了。不过，伯爵那天说的是他认为我想要他说的话。他说没有与安妮结合，没有婚姻的承诺，更不用说圆房了。但万一他撒谎了呢？”

“发誓的时候吗，陛下？”

“但是你这个人很可怕，克伦。你会让一个人在上帝面前忘了规矩。万一他真的撒谎了怎么办？万一她和珀西有过相当于合法婚姻的婚约，可怎么办？万一真是那样，她是不能嫁给我的。”

他没有说话，但是他明白了亨利的思绪；他自己的思绪则像受惊的小鹿一般左冲右突。“而且我非常怀疑，”国王低声说着，“我非常怀疑她与托马斯·怀亚特有染。”

“不可能，陛下，”他来不及多想就激烈地说道。怀亚特是他的朋友；他的父亲亨利·怀亚特爵士曾经托付他帮孩子铺平道路；怀亚特不再是小孩子，但对他还是一样。

“你说不可能。”亨利朝他探过身来。“但怀亚特不是远离祖国，逃到意大利去了吗？因为她不肯垂青于他，而他只要面前出现她的形象，内心就无法得到安宁。”

“嗯，给您说准了。您自己说出来了，陛下。她不肯垂青于他。如果不是这样，他肯定就会留下来。”

“可我不能确定，”亨利仍然纠结着。“假设她当时拒绝了他，后来又垂青于他呢？女人都很脆弱，很容易被甜言蜜语所征服。尤其是当男人给她们写情诗的时候，而有人说，怀亚特的情诗写得比我好，尽管我是国王。”

他惊讶地望着他：凌晨四点，毫无睡意；你可以称之为无伤大雅的虚荣心，上帝眷顾他，但如果不是凌晨四点就好了。“陛下，”他说，“别多想了。如果怀亚特真的得到过那位夫人的贞洁之身，我敢肯定他会忍不住四处炫耀。在情诗里，或一般的文章中。”

亨利只是哼了一声。但是他抬起头来：怀亚特衣着考究的飘然身影，从窗外缓缓经过，挡住了清冷的星光。快走吧，幽灵：他的思绪飞快地掠过它；谁能理解怀亚特，谁来帮他开脱？国王说，“嗯。也许吧。就算她曾经委身于怀亚特，对我的婚姻也不会构成障碍，他们之间不可能有婚约，因为他自己早早地结了婚，所以不能对安妮做出任何承诺。可我告诉你，这于我对她的信任会构成障碍。如果一个女人对我撒谎，本来不是处女，上我的床时却说自己是处女，我不会就这样不了了之。”

沃尔西，你在哪儿？你以前听过这些话。现在帮我出出主意吧。

他站起身。准备将这次谈话引入尾声。“我要不要让他们给您送点东西来，陛下？以便帮您再睡上一两个小时。”

“我需要有东西把我的梦变得香甜。但愿我知道那是什么。在这件事情上，我咨询过加迪纳主教。”

他尽力掩饰着自己的诧异之色。背着我，找了加迪纳？

“加迪纳说，”亨利满脸忧伤的神情，“他说这件事情很值得怀疑，不过，如果这桩婚姻无效的话，如果我不得不废掉安妮的话，我就必须与凯瑟琳复合。而我不能这么做，克伦威尔。我已经下定决心，即使整个基督教世界都反对我，我也决不能再去碰那个糟老太婆。”

“嗯，”他说。他双眼看着地板，看着亨利那双又大又白的光脚。“我想我们可以有更好的办法，陛下。我不是说我明白加迪纳的想法，但话说回来，在教会法规方面，主教比我懂得多。不过我认为，在任何事情上您都不可能受到约束或强迫，因为在您自己的王宫，在您自己的国家，在您自己的教会，您都是主人。 也许加迪纳只是想让陛下您做好准备，以防其他人提出质疑。”

他心里说，还有可能他只是想让您冒冷汗，做噩梦。加迪纳就是这种人。但亨利坐直了身子：“我可以随自己所愿，”他的君王说道。“上帝不会允许我的快乐与他的旨意相背离，也不会允许我的意图被他的意愿所阻止。”他脸上闪过一丝狡黠之色。“加迪纳自己也是这么说的。”

亨利打了个呵欠。这是个信号。“克伦，你这裹着睡衣的样子，似乎有损形象啊。你七点钟能准备好去骑马吗？要不我们把你留下来，咱们晚饭时再见？”

您能准备好的话，我也就能，他一边走回自己的床，一边在心里想。天亮之后，您会忘了我们有过这样一番谈话吗？到时候宫里会一片忙碌，马儿会摇晃着脑袋，嗅着晨风。上午十点左右，我们会与王后的队伍会合；安妮会骑在自己的马上叽叽喳喳说个没完；除非她的小朋友韦斯顿告诉她，否则她永远不会知道，在埃尔佛塞姆的最后一个晚上，国王坐在那儿，凝视着自己的下一位情妇：简·西摩则对他恳求的眼神视而不见，淡定自如地切着一盘鸡肉。格利高里当时瞪圆了眼睛，说，“西摩小姐可真能吃啊！”

现在夏天已经结束。狼厅和埃尔佛塞姆都隐入暮色之中。他对国王的疑虑和担忧守口如瓶；眼下是秋天，他在奥斯丁弗莱；低头听着宫里的消息，看着里奇的手指把玩着一份文件上的丝带。“他们两边的人一直在街上相互挑衅，”他的外甥理查德说。“挖苦啊，叫骂啊，还随时准备刀棒相向。”

“对不起，你说的是谁？”他问。

“尼古拉斯·卡鲁的手下。跟罗奇福德勋爵的仆人彼此挑事。”

“要他们离王宫远点儿，”他厉声说道。在王宫周围舞刀弄棒，会招致将那只不安分的手砍掉的重罚。他本来想问，他们是为什么闹事？但转而换了一种问法：“他们的理由是什么？”

卡鲁是亨利的一位老朋友，也是他的寝宫侍从之一，对前王后忠心耿耿。他是一位老式的绅士，长着一张严肃的长脸，一副文雅的样子，仿佛刚刚从一本游侠骑士的书中走来。尼古拉斯爵士认为事事都有规矩，人人都该谨守，所以，他无法接受乔治·博林的暴发户做派也就不足为奇。尼古拉斯爵士是一位彻头彻尾的天主教徒，对乔治支持新教派教义反感至极。因此，两人之间存在着原则分歧；不过，引发骂战的是什么芝麻小事呢？是因为当尼古拉斯爵士正郑重其事地忙于某事——如对着镜子自我欣赏——的时候，乔治和他那帮狐朋狗友在他的室外大声喧哗吗？他强忍住笑意。“雷夫，跟那两位先生谈一谈。要他们拴好自己的狗。”接着，他又补充了一句，“你提到这件事很好。”听到大臣之间的矛盾以及它们的起因，他总是很感兴趣。

在他姐姐成为王后不久后，乔治·博林曾经召见过他，就他该如何经营自己的仕途，给了他一些指点。年轻人戴着一条显眼的饰有珠宝的金项链，而他（克伦威尔）则在心里估摸着它的重量；在想象中，他脱下乔治的大衣，把它逐片拆开，绕在布匹上，并标上价格；你只要做过卖布的生意，对布料的质地和坠感就不会看走眼，而如果你负责开源节流，就会很快学会评估一个人的价值。

年轻的博林坐在房间里唯一的椅子上，而让他一直站着。“克伦威尔，你要记住，”他开口说道，“你虽然是枢密院委员，却不是绅士出身。只有需要你讲话的时候，才能讲话，至于其他的，要少开口。不要插手那些地位比你高的人的事务。陛下喜欢经常让你陪着他，但是你要记住，是谁把你提到了这个他能看到你的位置。”

乔治·博林关于他这一生的说法真是有趣。他以前一直以为是沃尔西培养了他，是沃尔西提拔了他，是沃尔西使他有了今天：可乔治却说不是，而是博林一家。很显然，他没有好好地表示感恩。所以他现在就表示出来，口里说着好的先生，不会的先生，而且我发现你虽然年纪轻轻，却具有不同寻常的判断力。哎呀，你父亲威尔特郡伯爵阁下，还有你舅舅诺福克公爵托马斯·霍华德，让我深受教诲。“我向你保证，先生，你的话会让我受益匪浅，从今往后，我会更加恭恭敬敬。”

乔治大为欣慰。“最好如此。”

现在想起那一幕，他不禁笑了；接着又回头去看那草草记下的议程。他儿子格利高里的眼睛在桌旁看来看去，想揣摩那些没有说出口的话：一会儿看看理查德·克伦威尔表兄，一会儿看看“简称赖斯利”，一会儿看看他父亲，一会儿看看来参会的其他人。理查德·里奇皱着眉头在看自己的文件，“简称”摆弄着自己的钢笔。他想，赖奥斯利和里奇，这两个人都有心事，在某些方面很相似，都在自己的灵魂边缘侧身潜行，并轻叩着墙壁：哦！那空洞的声音是什么？但是他得为国王培养人才；而他们都机敏过人，坚忍不拔，为了国王，也为了他们自己，他们会不遗余力。

“在我们散会之前，”他说，“还有最后一件事。由于温彻斯特主教大人让国王非常满意，在我的敦促下，国王决定任命他为大使，派他再次去法国。他的大使任期应该不会很短。”

大家纷纷露出了笑容。他看着“简称”。他一度是史蒂芬·加迪纳的被保护人。可他似乎与其他人一样开心。理查德·里奇激动得脸都红了，从桌旁站起身，握紧拳头。

“打发他上路吧，”雷夫说，“让他待远点儿。加迪纳干什么都要两面派。”

“两面？”他说。“他那舌头还有三面呢。他先是拥护教皇，后来拥护亨利，再往后，注意我说的话，他会重新拥护教皇的。”

“他在国外能让我们省心吗？”里奇问。

“我们只能希望他明白自己的好处在哪里。就目前而言，是在国王这边。而且我们可以留意他的举动，把我们的一些人安插进他的随行人员中。赖奥斯利大人，我想这件事可以交给你吧？”

只有格利高里似乎半信半疑，“温彻斯特大人，当大使？费兹威廉告诉我，大使的首要职责就是不要冒犯他人。”

他点点头。“而史蒂芬总是在冒犯他人，对吧？”

“当大使的不是应该性格开朗、平易近人吗？费兹威廉就是这样告诉我的。不管跟谁打交道，他都应该友善、健谈、随和，他应该讨东道主的喜欢。这样他才有机会登门拜访，受到他们的款待，与他们的妻子儿女友好相处，并收买他们府里的人为自己所用。”

雷夫抬起眉毛。“费兹是这样教你的吗？”小伙子们大笑起来。

“没错，”他说。“大使的职责就是这样。所以我希望查普伊斯还没有收买你吧，格利高里？如果我有妻子的话，我知道他会悄悄地给她送十四行诗，还给我的狗带骨头。哦……你们瞧，查普伊斯是个好相处的人。不像史蒂芬·加迪纳。但是格利高里，这真正的原因在于，我们需要一位不妥协的大使，一个脾气火爆、喜欢刁难的人，去对付法国人。史蒂芬以前也在那儿待过，并且表现不错。法国人都是伪君子，假惺惺地跟你称兄道弟，然后就要求用金钱来回报。你瞧，”他认认真真地教导起儿子来，说道，“眼下，法国人计划从皇帝那里夺走米兰领地，并希望得到我们的资助。而我们必须迁就他们，或者假意迁就一下，以免他们倒戈，与皇帝联手来突袭我们。所以等到那一天，当他们说‘把你们答应过的金子给我们’时，我们就需要史蒂芬这样的大使，他会厚着脸皮，说，‘哦，金子？

就从你们欠亨利国王的账上扣除好了。’弗朗西斯国王一定会火冒三丈，但在某种意义上，我们还是履行了诺言。明白了吗？我们把最厉害的斗士派到法国宫廷。还记得吧，诺福克大人以前也在那儿当过大使。”

格利高里低下头。“所有的外国人都会害怕诺福克。”

“所有的英格兰人也是这样。这很容易理解。公爵就像土耳其人用的那种巨型大炮。爆炸力惊人，但需要三小时的冷却时间后才能重新发射。而加迪纳主教呢，则可以从早到晚每隔十分钟就开炮。”

“可是，先生，”格利高里脱口问道，“如果我们答应给他们钱，到头来却不给，他们会怎么办？”

“到那时，我希望，我们与皇帝又成了坚定的朋友。”他叹了口气。“这是一个古老的游戏，我们似乎得继续玩下去，直到我，或者国王，想出更好的计策。你们已经听说皇帝最近在突尼斯大捷的消息了？”

“全天下都在谈论这件事，”格利高里说。“每位基督教骑士都希望自己也参加了战斗。”

他耸了耸肩。“时间会证明它有多么光荣。巴尔巴罗萨不久会为他的海上掠夺寻找另一个基地。但是皇帝呢，在赢得这场胜利之后，由于土耳其人暂时不敢轻举妄动，他可能将矛头对准我们，入侵我们的海岸。”

“但我们该怎样阻止他呢？”格利高里显得有些绝望。“不能把凯瑟琳王后请回来吗？”

“简称”笑了起来。“先生，格利高里开始明白我们这一行的难处了。”

“我更愿意谈现任王后，”格利高里压低了声音说。“而且是我先注意到她长胖了的。”

“简称”和蔼地说，“我不该笑。的确是你先发现的，格利高里。我们的所有努力，我们的雄辩高谈，我们已经掌握或假装掌握的所有学识；治国的方略，律师的法令条文，牧师的诅咒，法官做出的严肃裁决，不管是宗教的还是世俗的：所有这一切，都可以败在一个女人的肚子上，对吧？

上帝应该让她们的肚子透明的，免得我们不停地希望或担忧。不过，也许长在那里面的东西就该在黑暗中生长吧。”

“听说凯瑟琳病了，”理查德·里奇说。“如果她在年内去世，不知道世界会变成什么样？”

不过你瞧：我们在这里坐得太久了！让我们起身，到外面去，到奥斯丁弗莱的花园里去，那可是秘书官大人的骄傲；他想要在国外看到的开花的植物，他想要更好的水果，所以他不断地恳求大使们用外交邮包给他寄来花苗或插枝。热切的年轻职员们站在一旁，准备辨识密码，倒出来的却只是一个根团，在穿过多佛海峡的旅程后，仍然搏动着生命。

他希望娇嫩的东西能够存活，希望年轻人茁壮成长。所以他建了一个网球场，这是给理查德、格利高里以及府里所有年轻人的礼物。他自己也偶尔玩一玩……他说，如果能找到一个瞎子或者只有一条腿的对手跟他打的话。这项运动很讲究策略；他的双腿不够灵活，他得更多地依赖技巧而不是速度。不过，他为建筑这个场地而自豪，也很乐意承担这笔费用。前不久，他还请教过国王在汉普顿宫网球场的管理员，在场地的规格上根据亨利的偏好做了一些调整；国王曾经到奥斯丁弗莱来用膳，所以有可能哪一天还会驾临，在球场上度过一个下午。

早年在意大利，当他在弗雷斯科巴尔迪府上帮佣时，每到炎热的傍晚，小伙子们就会出去到街上打球。那有点类似于网球，叫 *jeu de paume*，没有球拍，只是用手；他们你推我搡，大声尖叫，把球砸在墙上反弹回来，落在一位裁缝的遮阳篷上，直到裁缝跑出来大骂：“你们这些小子如果弄坏了我的遮阳篷，我就剪掉你们的蛋蛋，用带子把它们挂在门口。”他们会说对不起，大人，对不起，然后沿着街道跑开，找到一个后院收敛着继续玩。但半小时后，他们又会回来，时至今日，他在梦里还能听到网球的粗糙接缝砸中金属、然后飞向空中时的闷响；还能回想皮革“啪”的一声接触手掌时的感觉。当时，他尽管身上有伤，却想通过奔跑来缓解僵硬的筋骨：那是他一两年前跟着法国军队在加里利亚诺战役中负的伤。伙伴们常说，瞧瞧托马索，你怎么会是大腿后部受伤了，是在逃跑不成？他就回答，圣母马利亚，当然：我拿的军饷只够我逃命，如果你要我向前冲，就得另外加钱才行。

那次惨败后，法国兵溃不成军，而他当时是法国兵；他的军饷由法国国王支付。他先是爬，然后是一瘸一拐地走，与战友们一起拖着遍体鳞伤的身体，尽快躲开告捷的西班牙军队，想极力回到没有被鲜血浸透的土地；他们之中，有不顾一切的威尔士弓箭手，有叛逆的瑞士人，还有些像他一样的英格兰小伙，大家几乎都是一片茫然，身无分文，在仓惶逃命后镇静下来，商量出一种办法，必要时改变国籍和姓名，在北方的城市里改头换面，寻找下一场战役或一份更安全的职业。

在一座大宅的后门，有位管家当时问他："法国人吗？"

"英国人。"

那人翻了翻眼睛。"那你会干什么？"

"我会打架。"

"很显然，水平还不够高。"

"我会做饭。"

"我们不需要野蛮人的饭菜。"

"我会算账。"

"这里是银行。算账的人多的是。"

"告诉我你有什么活儿要干。我能干的。"（他已经像意大利人一样会吹牛了。）

"我们需要小工。你叫什么名字？"

"赫拉克勒斯[①]，"他回答。

---

① 希腊神话中的大力士。

让他没有想到的是，那人笑了起来。“进来吧，赫克勒。”

赫克勒跛着腿跨过门槛。那人忙乎自己的事情去了。他坐在一级台阶上，痛得几乎要哭。他看了看周围。看到的只有地板。这片地板就是他的世界。他又饥又渴，离家七百多英里。但是这片地板可以得到改观。“哎呀我的老天！”他叫道。“水呢？桶呢？快拿来，赶快！”

他们走了。他们马上走了。桶来了。他擦洗这片地板。他清扫这座房子。他的工作也遇到了阻力。他们让他从厨房开始，作为一个外国人，他在厨房里不受欢迎，而且这里到处都是刀子、烤肉棒和开水，引发暴力的可能性非常大。不过，他比你想象的更会打架：尽管身材不高，也不懂得任何技巧，却几乎难以打倒。帮上他忙的还有他同胞的名声，欧洲人认为他们打架斗殴，奸淫偷抢，无恶不作，所以对他们心存畏惧。由于无法用他的同行们的母语来骂他们，他就用帕特尼粗话。他教他们说很难听的英语中的骂人话——“看在基督的血淋淋的指甲壳分上”——他们就可以在各自主人的背后用那些话来发泄怨气。每天上午，当那姑娘用篮子拎着带有露水的香草进来时，他们都退到一旁，一边欣赏她，一边问，“喂，心肝儿，今天过得怎么样？”如果一件棘手的事情被人打断，他们就说，“快他妈的从这儿滚开，否则我会把你的脑袋放进这口锅里煮熟。”

过了不久，他才明白，命运把他带到了该城一个古老家族的门口，这个家族不仅从事贷款、丝绸、羊毛和葡萄酒生意，还诞生了伟大的诗人。主人弗朗西斯科·弗雷斯科巴尔迪到厨房来跟他谈话。他对英格兰人没有那种普遍的偏见，相反，他认为他们很幸运，他说；尽管他的一些祖先由于英格兰国王没有偿还的债务而几乎给毁掉，那些国王也早已死去多年。他自己不怎么懂英语，但是他说，我们总是可以用上你的同胞，有很多的信要写；我想，你会写字吧？当他(托马索或赫克勒)的托斯卡纳语进步很快，能够自如表达和开玩笑时，弗雷斯科巴尔迪许诺道，有朝一日我会让你进会计室。我会考核你。

那一天来了。他接受了考核，并顺利通过。从佛罗伦萨，他又去了威尼斯，去了罗马：如今，他有时会梦到那些城市，每次梦过后，直到醒来都还能感受到几丝得意，那是他作为一个年轻的意大利人所留下的痕迹。回想当年的自己时，他没有纵容，但也没有自责。他一直是为了生存而做了各种必要之事，如果说他对于必要性的判断有时值得怀疑……那也只能说是因为年轻。现在，他把穷学者带到自己家里。总是有事情可以给他们做。可以找个地方让他们写写关于好的政府的文章，或者从事赞美诗的翻译。不过，由于他自己曾经是个粗野的小子，他也接纳粗野的年轻人，因为他知道，只要他对他们有耐心，他们就会对他忠诚。时至今日，他仍然像爱一位父亲那样爱弗雷斯科巴尔迪。习惯会冲淡夫妻间的亲密关系，孩子会变得蛮不讲理和叛逆心强，但一位好主人会付出多而索取少，他的仁慈会引导你一生。想想沃尔西吧。在他的内心深处，红衣主教在跟他说话。他说，你在埃尔佛塞姆的时候，我看见你了，克伦：黎明时分，你在那儿绞尽脑汁，琢磨国王的突发奇想。如果他想要一个新妻子，就给他找一个。我当时没有，所以我死了。

瑟斯顿的蛋糕肯定做砸了，因为没有在那天的晚餐上出现，不过倒是有一个非常漂亮的城堡形果冻。“瑟斯顿有修筑城垛的许可证，”理查德·克伦威尔刚刚说完这话，就与餐桌对面的一个意大利人争论起来：城堡最好是什么形状，是圆形还是星形？

这个城堡由红白两色的条纹制成，红是深红，白是纯白，所以城墙似乎可以飘浮。有可以吃的弓箭手在城垛上向外瞄准，准备发射糖箭。连副检察长都忍俊不禁。“真希望我的小丫头们也能看到这个。”

“我会把模具送到您的府上。不过也许不是城堡。花园行吗？”小姑娘们喜欢什么？他都已经忘了。

晚饭之后，如果没有信使敲门，他常常会忙里偷闲在书堆中泡上一个小时。他的书在各处宅邸都有：奥斯丁弗莱，法院路的案卷司长官邸，斯特普尼，哈克尼。如今各种内容的书应有尽有。有教你如何当一位明君或暴君的书。有诗集，有教你怎样记账的书，有供你出国使用的常用语的书，有字典，有教你怎样洗清罪恶的书，还有教你怎样储藏鱼的书。他的医生朋友安德鲁·布尔德正在写一本关于胡子的书；他反对蓄胡子。他想起加迪纳说过的话：你自己也该写一本书。那一定会很好看。

如果他真要写的话，那会是《亨利之书》：怎样揣摩他的心思，怎样为他效劳，怎样维护好他的形象。在想象中，他写出了序言。“对这个最受天佑的男人，谁能尽数他的——不管是公众的还是私人的——品格呢？在牧师眼中，他十分虔诚；在战士眼中，他英勇无敌；在学者眼中，他博学多才；在朝臣眼中，他温和优雅：所有这些品格，在亨利国王的身上都体现得尤为突出，可以说有史以来尚无前例。”

伊拉斯谟说，应该赞颂统治者，甚至赞颂他并不具备的品格。因为这些溢美之词会让他思考。而对于他尚不具备的品格，他可能会刻意去培养。

门开了，他抬头看去。是他的那个威尔士小男孩，倒退着进来了：“大人，您准备好要蜡烛了吗？”

“是的，早就准备好了。”烛光摇曳着，然后在深色的家具上稳定下来，犹如从珍珠上凿下来的一个个圆片。“看到那个凳子了？”他说，“坐下吧。”

孩子一屁股坐下了。从一大早，他就被使唤着在府里跑上跑下。为什么总是要让小孩的腿忙着，而让大人的腿歇着呢？赶快，上楼去帮我拿……小的时候，这会让你感到荣幸。你以为自己很重要，甚至必不可少。想当年，他总是在帕特尼东跑西颠，帮沃尔特跑腿。真是愚蠢啊。现在，他很高兴对一个孩子说，歇会儿吧。“我小时候会说一点威尔士语。现在不行了。”

他想，年至半百的人就是这样唠叨吧：威尔士语，网球，我过去会，现在不行了。但有失也有得：脑袋装了更多的知识，心脏变得更加坚强。目前他正在对王后在威尔士的财产进行调查。因为这一点以及其他更重要的原因，他密切关注着那里的一切。“跟我谈谈你的生活吧，”他对孩子说。“告诉我你是怎么来这儿的。”凭着孩子自己掌握的一点英语，他大致了解了他的故事：纵火，牲口被抢，很常见的边境故事，结果是贫困和沦为孤儿。

“你会念主祷文吗？”他问。

“主祷文，”孩子说，“也就是，我们的天父。”

“用威尔士语？”

“不会，先生。没有威尔士语的祈祷文。”

“天啊！我得派人来做这件事。”

“请一定这样，先生。那我就可以为我父母祈祷了。”

“你认识约翰·爱普·赖斯吗？今晚他和我们一起共进了晚餐。”

“您的外甥女乔安的丈夫吗，先生？”

孩子转身跑了。那两条小腿又忙乎起来。他的目标是所有的威尔士人都会说英语，但那不是一朝一夕之事，与此同时，他们的身边还需要上帝。整个威尔士到处都是土匪强盗，他们或者拿钱收买，或者强硬威胁，让自己从监狱获释；海盗们在海岸劫掠。而在当地拥有领地的绅士们——如国王寝宫的诺里斯和布莱里顿——却似乎与他利益相悖。他们把自己的事务置于国王的和平之上。他们不愿意自己的活动受到监视。他们不关心公平正义：而他则想要实现——从埃塞克斯郡到安格尔西岛，从康沃尔郡到苏格兰边境——一视同仁的公平正义。

赖斯随身带来一个天鹅绒小盒，并放在桌上：“礼物。你得猜猜。”

他把盒子摇了摇。听起来像谷粒。他的手指摸索着那些碎片，像是鳞片，呈灰白色。赖斯在帮他调查修道院。“不会是圣阿波罗尼亚的牙齿吧？”

“再猜。”

“是抹大拉的马利亚梳子上的齿吗？”

赖斯不忍心再让他猜下去。“是圣艾德蒙的指甲皮。”

“啊！把它们和其他那些放在一起吧。那家伙肯定有五百根手指头。”

1257 年，伦敦塔动物园里的一头大象死了，被埋在小教堂附近的一个坑里。但第二年，它被挖了出来，遗骸送到了威斯敏斯特教堂。想想看，威斯敏斯特教堂要一头大象的遗骸干什么？不就是为了把它切割成无数的小骨头，然后把那动物的骨头变成圣人的骨头吗？

根据圣骨管理人的说法，在某种程度上，这些物品的力量就在于它们可以繁殖。骨头、木头和石头既具有动物那样的繁殖力，又可以完全保持原来的性质；后代绝对不会比原件低劣。所以荆棘之冠会开花。耶稣的十字架会发芽；它会像一棵活树那样枝繁叶茂。耶稣的无缝外套织出了无数的复制品。指甲又生出了指甲。

约翰·爱普·赖斯说，“跟那些人没法讲道理。你想让他们睁开眼睛。他们却拿那些会流血泪的圣女雕像来反驳你。”

“他们还说我耍花招！”他沉吟道。“约翰，你得坐下来写书。你的同胞们需要有祈祷文。”

“他们需要有一本《圣经》，先生，用他们自己的语言写成的《圣经》。”

“让我先得到国王明确的恩准吧，恩准英格兰人拥有它。”这是他日复一日、秘密进行的运动：让亨利赞助一部伟大的《圣经》，放进每一座教堂。现在他快要成功了，他觉得可以说服亨利实现这一点。他的理想是建立统一的国家，统一的货币，统一的度量衡，特别是所有人都能使用的统一的语言。你去威尔士时，不希望遭人误解。在这个国家里的有些地方，虽然距伦敦不到五十英里，可如果你要他们为你煎鲱鱼，他们只会一脸茫然地望着你。只有当你指着锅，并比划着鱼的样子，他们才说，哦，我终于明白你的意思了。

不过，他对英格兰的最大期望是：国王与他的国家和谐一致。他不希望这个王国管理得像帕特尼的沃尔特家，成天吵啊打的，白天晚上都能听见摔东西和大呼小叫的声音。他希望在这个大家庭里，每个人都知道自己该做什么，并且安安心心地去做。他对赖斯说，“史蒂芬·加迪纳说我该写一本书。你觉得呢？如果我退休了，也许可以试试。在退休之前，我干吗要把自己的秘密公之于众呢？”

他记得在妻子去世后的灰暗日子里，曾关在家里读过马基雅维利的书：那本书如今开始在世界各地引起巨大的反响，尽管口头谈论的人多，而实际阅读的人少。当时，他和雷夫以及家里其他人都闭门不出，以免把热病传到城里；他翻着那本书时，曾经说，你不可能从意大利公国中汲取经验教训，然后拿到威尔士和北部边境去运用。我们的机制不一样。在他看来，那本书几乎就是陈腔滥调，只有些抽象的概念——如美德、恐怖——以及一些有关行为不端和错误算计的具体小事例，而没有什么实质内容。也许他可以对它加以完善，但是他没有时间；当事情太多太忙的时候，他所能做的只是对那些握着笔、随时准备记录的职员口授三言两语：“向你致以诚挚的问候……你坚定的朋友，你亲爱的朋友，你的朋友托马斯·克伦威尔。”秘书官这个职位没有薪酬。工作的范围也不明确，而这正合他意；大法官的职责受到限制，而秘书官先生则可以调查国家的任何部门或政府的任何角落。全国各郡都有人给他写信，请他仲裁土地纠纷或者支持某个陌生人的事业。素不相识的人写信来对他们的邻居说长道短，僧侣们寄来对其上司的反叛言论的记录，牧师们帮他留心主教的话语。整个国家的大小事务都传进他的耳朵，他位居国王一人之下，担负的职责太多，所以，国家的大事，等待盖章的各种公文和案卷，在他的桌上推过来，又挪过去，呈交给他，又从他这儿取走。有求于他的人送给他马姆齐甜酒、肉豆蔻酒、公马、野味和金子；还有礼物、赠款、支付凭单、幸运符以及符咒。他们想讨好他，也愿意为此花钱。自从他得到国王重用以来，就一直是这样。他富了。

自然也引起了一些人的嫉妒。他的敌人费尽心机地把他早年的生活挖掘了出来。“嗯，我去过帕特尼，”加迪纳曾经说。“或者准确地说，我派人去过了。那儿的人说，谁能想到开刃小子会飞黄腾达呢？我们以为他早被绞死了。”

他父亲会磨刀；人们会在街上拉住他：汤姆，把这个拿回去，问你老爸能不能处理一下？而不管是什么钝器，他都会接过来：交给我好了，他会给它开刃的。

“开刃是一门技能，”他对加迪纳说。

“你杀过人。我知道。”

“不在本司法管辖范围之内。”

“国外就不算吗？”

“对出于自卫而动手的人，欧洲的法庭都不会给他定罪。”

“但你有没有扪心自问，别人为什么要杀你？”

他笑了起来。“哎呀，史蒂芬——人生有太多的难解之谜，但这一点太好理解了。我总是起得最早，总是睡得最晚。我总是在赚钱，总是讨女人喜欢。不管在什么地方，我都能出人头地。”

“在妓女堆中出人头地，”史蒂芬咕哝道。

“你也曾年轻过。你把你的发现汇报给国王了吗？”

“他应该知道自己用的是什么样的人。”但说到这里，加迪纳停住了；他(克伦威尔)微笑着靠近他。“你有什么手段就尽管使出来好了，史蒂芬。把你的人都派出去。花大把的钱。去全欧洲调查。你打听到的我所具备的任何才能在英格兰都会用得上。”他想象着自己从外套里掏出一把刀，轻轻地、毫不费力地插进加迪纳的肋骨之间。“史蒂芬，我不是一遍又一遍地恳求你跟我和解吗？你不是拒绝了吗？”

加迪纳算是有种，并没有退缩。只有肌肉有点抖动，并扯了扯法袍，避开那把无形中的刀子。“你在帕特尼捅过的那小子死了，”他说。“你倒是跑得快，克伦威尔。他们家的人要绞死你。你父亲花钱摆平了他们。”

他大感意外。“什么？沃尔特？沃尔特那么干了？”

“他花得不多。他们还有别的孩子。”

“真没想到。”他呆呆地站在那里。沃尔特。沃尔特出钱摆平了他们。沃尔特，对他动不动就用脚踹的沃尔特。

加迪纳笑了起来。“你瞧，我对你的生活的了解，有些连你自己都不知道。”

* * *

时间已经不早了；忙完案头的工作之后，他将去书房看看书。他的面前是一份伍斯特修道院的财产清单。他手下的人非常周到，从暖手用的火笼到捣蒜用的蒜臼，所有的东西一一在册。一件变色软缎十字褡①，一件金丝白麻布圣职衣，穿着黑色绸衣的耶稣；一把象牙梳，一盏铜灯，三个皮袋，一把大镰刀；一些赞美诗集和歌本，六只带有铃铛的捕狐网，两辆手推车，各种铲子和锹，圣厄休拉及其一万一千圣女的圣骨，还有圣奥斯瓦德的主教法冠和一堆搁板桌。

1535年秋天，在奥斯丁弗莱响起的是如下各种声音。学音乐的孩子们在排练经文歌，时断时续。那些孩子——小男孩们——在楼梯上大声交谈；身旁有狗的爪子在挠地板的声音。还有金币放进箱子里的叮当声。被挂毯阻隔的、用各种语言交流的模糊声音。笔在纸上写字的沙沙声。墙壁外面是城市的喧嚣：人们在他家大门口晃来晃去的声音，远处河边的叫喊。他的内心深处响着持续不断的低声独白：在公共的场所，他常常想起红衣主教，他的脚步声仿佛在高大的拱顶房间里回荡。在私人的空间，他常常想起他的妻子伊丽莎白。她在他的脑海中已经变得模糊，只有裙子在拐角处的掠影。在她生命中最后的那个早晨，当他出门时，以为看到她跟在身后，以为瞥见了她的白帽子。他半转过身来，对她说，“回去睡吧，”可那儿却空无一人。到他晚上回家时，她的嘴巴已经被蒙住，头和脚旁边

① 牧师主持圣餐、弥撒时穿的无袖长袍。

都点上了蜡烛。

仅仅一年之后，他的两个女儿也死于同样的疾病。在他位于斯特普尼的家里，他把她们的珍珠和珊瑚项链、安妮的字帖和拉丁文练习本都保存在一个上锁的箱子里。在存放圣诞演出服的储藏室里，他还保留着格蕾丝在教区演出时戴过的那对用孔雀翎做成的翅膀。演出结束后，她仍然戴着那对翅膀朝楼上走去；窗户上有霜花在闪烁。我要去做祷告了，她说：就那样掩身在孔雀翎下，一步步地离开他，隐入黑暗之中。

现在夜晚已经在奥斯丁弗莱降临。房门上闩的声音，钥匙在锁孔扭动的声音，粗铁链套上侧门的声音，木棒闩上大门的声音。迪克·帕瑟那孩子放出了护家犬。它们跳跃着，奔跑着，对着月光叫了几声，然后躺在果树下，脑袋趴在前爪上，耳朵抽动着。等宅子安静下来——等他所有的宅子都安静下来——之后，逝去的人就会在楼梯上走动。

安妮王后派人来请他去她的房间；这是晚饭之后。对他只是一步之遥，因为如今在每一座主要的宫殿，都在国王的房间附近为他留有房间。只需要上个楼梯：突然，在一架壁式金边烛台下，在那摇曳的烛光中，出现了马克·史密顿的笔挺的新马甲。马克本人藏在马甲里。

马克怎么来这儿了？他没有带乐器作幌子，衣着也很华贵，丝毫不亚于侍奉安妮的所有年轻贵族。他心里想，还有没有公平啊？马克无所事事，可我每次见到他，他都更加帅气，而我呢，成天忙个没完，并日复一日地变老变胖。

由于两人每次见面都会产生不快，他打算点个头就过去，但马克站直身子，露出了笑容：“克伦威尔贵族大人，您好吗？”

“哦，不对，”他说。“我是大人，但仍然不是贵族。”

“这种口误很自然。您看上去就像一位地道的贵族。而且过不了多久，国王肯定会给您加官晋爵。”

“也许不会。他需要我留在下院。”

“是吗，”那孩子喃喃道，“他这样就未免不合理了，别的人贡献那么少，都得到了赏赐。嗯，听说您府上有些学音乐的孩子，对吗？”

从修道院解救出来的十多个无忧无虑的小男孩。他们看书，练习乐器，在餐桌上学习礼仪；晚饭时为他的客人们奏乐助兴。他们练习拉琴，逗狗玩耍，那些最小的孩子拖着玩具马从鹅卵石路面上走过来，跟在他身边，口里叫着先生，先生，先生，瞧瞧我，您想看我练倒立吗？“他们让府里充满生气，”他说。

“如果您需要人给他们一些点拨的话，就考虑我好了。”

“我会的，马克。”他心里说，我才不放心把你放在那帮小家伙身边。

“您会发现王后很不满，”年轻人说。“您知道她弟弟罗奇福德最近因为一项特殊使命而去了法国，今天他寄回了一封信；似乎那边的人都在说，凯瑟琳一直在给教皇写信，因为教皇曾经宣布要将我们的国王逐出教会，所以她请求教皇让那项邪恶的判决生效。如果它真的生效，将给我们的国家带来巨大的伤害和危险。”他点着头，口里说是的是的；他不需要马克来告诉他逐出教会是什么意思；他就不能简单点儿吗？“王后很生气，”那孩子说，“因为如果真是这样，凯瑟琳就是十足的叛国，所以王后想，我们干吗不对她采取行动？”

“如果我把理由告诉你呢，马克？你会去向她汇报吗？你好像可以帮我节省一两个小时。”

“如果您肯委托我——”那孩子开口道，接着看到他的冷笑，不由得脸红了。

“把经文歌交给你倒是可以，马克。嗯。”他若有所思地看着他。“我看，你在王后那儿一定很得宠。”

“秘书官大人，我相信的确如此。”刚才还垂头丧气的马克顿时来了劲。“往往是我们这样的小人物，才最容易得到国王或王后的信任。”

“哦。这么说，过不了多久，就是史密顿男爵了，对吧？我会第一个祝贺你。就算到时候我还在下院的席位上辛苦地工作。”

*　　*　　*

安妮手一挥，示意身边的女侍退去，她们向他行了个礼，悄然退开。她的弟媳——乔治的妻子——还在磨蹭：安妮说："谢谢你，罗奇福德夫人，今晚我不再需要你了。"

只有她的弄臣留了下来：一个女侏儒，从王后的椅子背后偷偷打量他。安妮的头发披散着，上面戴着一顶月牙形银纱帽。他在心里暗暗记了下来；府里的女眷总是打听安妮的穿戴。她就是这样接待她丈夫，黑色的长发只为他披散开来，偶尔也这样接待克伦威尔——一位工匠的儿子，就像马克那小子一样无关紧要。

她像往常那样，仿佛话已经说了一半似的开口道，"所以我想让你去一趟。去内地看看她。要非常隐秘。只带上你需要的人手。瞧，你可以看看我弟弟罗奇福德的信。"她用指尖夹着那封信递过来，但一转念又缩了回去。"嗯……算了，"她说，然后把信垫在座位上。也许除了那些消息，信里还说了托马斯·克伦威尔的坏话？"我很怀疑凯瑟琳，非常怀疑。我们自己都不太确定的事情，法国人似乎都知道。不会是你的人太大意吧？我弟弟认为王后在敦促皇帝入侵，查普伊斯大使也一样，顺便说一下，应该把大使驱逐出去。"

"嗯，你知道，"他说。"我们不能随便赶走大使。因为那样的话，我们就不会了解任何情况了。"

真实的理由是，他并不担心凯瑟琳的阴谋：目前法国和帝国之间已经剑拔弩张，如果公开爆发战争，皇帝将无法分兵入侵英格兰。这种事情总是变化很快，他还注意到，博林家的人对形势的了解总是会慢上几拍，而且因为他们假装在瓦卢亚宫廷有特殊的朋友而受到影响。安妮还在为她那位黄头发的小女儿寻求王室联姻。他曾经很佩服她，认为她能从错误中吸取教训，能后退几步，重估局势；但是她有一股跟前王后凯瑟琳不相上下的倔劲，而在这件事情上，她似乎永远不会吸取教训。乔治·博林又一次被派往法国，去谋划这桩婚姻，可毫无结果。乔治·博林有什么用呢？他常常这样问自己。他说：“殿下，国王不能因为前王后受到任何虐待而使自己名誉受损。如果传了出去，会令他很难堪。”

安妮似乎半信半疑；她没有理解难堪之说。灯光很低；她点着头，那颗小巧的脑袋银光闪闪；侏儒忙碌着，傻笑着，在看不见的地方自言自语；安妮坐在天鹅绒软垫上，晃荡着脚上的天鹅绒拖鞋，就像一个准备把脚尖伸进溪流的孩子。“如果我是凯瑟琳，我也会搞阴谋。我不会原谅。我会跟她做同样的事。”她带着威胁意味朝他一笑。“你瞧，我了解她的想法。尽管她是西班牙人，我还是能从她的角度去考虑。如果亨利抛弃我，你不会看到我忍气吞声。我也会挑起战争。”她用手指捋着一缕长发，沉吟着。“可是，国王相信她病了。她们母女俩总是在哭哭啼啼，她们的胃不舒服，或者牙齿掉了，她们患了疟疾或者感冒，她们整夜吐个不停，无法入睡，她们成天躺在床上，不断呻吟，而她们所有的痛苦都是因为安妮·博林。所以你瞧。克伦穆尔，你去看看她，不要事先通告。然后告诉我她是否没病装病。”

她讲话时还是带着那种奇怪的法国腔，那种发嗲的含糊音，装着读不准他的名字。门口有了动静：国王进来了。他行了个礼。安妮既没有起身也没有行礼；她直截了当地说，“我已经告诉他了，亨利，叫他去看看。”

“我希望你去，克伦威尔。然后亲自向我们报告。没有谁看问题能像你一样入木三分。当皇帝想要用木棒来打我的时候，就说他的姨母快要死了，因为没人理睬，因为寒冷和羞辱。嗯，她有仆人。也有柴火。”

“说到羞辱，”安妮说，“当她想起自己说过的那些谎言时，就该没脸再活下去。”

“陛下，”他说，“我天亮就出发，如果您允许的话，明天我让雷夫·赛德勒把您一天的日程安排送来。”

国王不由得叫苦，“就躲不开你那些没完没了的事务吗？”

“是的，陛下，如果我让您清净，您就会找借口让我总是在路上跑。在我回来之前，您能否……静观其变？”

安妮在椅子上动了动，屁股底下是乔治弟弟的信。“你不在的时候，我什么都不干，”亨利说。“保重，路上不安全。我会为你祈祷。晚安。”

他在外面的房间环顾了一下，但马克已经不见踪影，只有几位或年长或年轻的女侍：玛丽·谢尔顿，简·西摩以及伍斯特伯爵的妻子伊丽莎白。少了谁呢？“罗奇福德夫人去哪儿了？”他笑着问道。“我看到的挂毯后面的人影是她吗？”他指了指安妮的房间。“要睡觉了，我想。所以，你们这些女士把她安顿之后，晚上剩下的时间就可以胡闹了。”

她们咯咯笑了起来。伍斯特夫人用手指做出爬行的动作。“九点钟的时候，哈里·诺里斯来了，衬衣里面光光的。跑呀，玛丽·谢尔顿。慢慢地跑……”

“伍斯特夫人，你是从谁的怀里跑出来呢？”

“托马斯·克伦威尔，我可不会告诉你。像我这样一位已婚女人？”她带着笑容，开玩笑地让手指爬上他的上臂。“我们都知道哈里·诺里斯今晚想睡在哪儿。谢尔顿现在只是帮他暖被窝。他的心思在王后身上。他会告诉每一个人。他为王后患了相思病。”

“我要玩牌，”简·西摩说，“跟我自己玩，这样就不会有什么损失。大人，凯瑟琳夫人那儿有消息吗？”

“我无可奉告。很抱歉。”

伍斯特夫人的目光追随着他。一个不错的女人，性情豪爽，出手也很大方，跟王后年龄相仿。她丈夫离家在外，他觉得只要自己对她点个头，她也会慢慢地跑。不过，一位伯爵夫人。而他只是一位卑微的臣子。而且答应过要在日出之前上路。

他们朝凯瑟琳的住处向内地进发，没有举着旗帜浩浩荡荡，只有一小队武装人马。天气晴朗，但非常寒冷。透过一层层严霜，可以看到褐色的草地，苍鹭从结冰的水塘上振翅而飞。云朵在天边堆积、飘动，恍若一丛灰白色的玫瑰；午后不久，就有一弯细如缺损的硬币般的银月为他们引路。克里斯托弗骑在他身边，他们离城里的舒适环境越远，他就变得越多话、越反感。“据说国王为凯瑟琳选了一个艰苦的乡下地方。他希望她的骨头长霉，然后死掉。”

“他绝没有这种想法。金博尔顿城堡虽然很古老，但完好无损。她需要的东西应有尽有。她全府上下每年要花国王四千英镑。这不是个小数目。”

他让克里斯托弗自己去琢磨“不是个小数目”这一说法的含义。最后，那孩子说，“反正西班牙人都是狗屎。”

“你看着路，小心别让珍妮失蹄。如果稍有闪失，我就让你骑着驴子跟我回家。”

“咦——昂——，”克里斯托弗大声叫着，那些武装卫兵不禁从马上纷纷侧目。“法国驴子，”他解释道。

法国蠢货，有个人语气很温和地说。第一天的行程快结束时，他们一边穿过昏暗的树林，一边唱着歌；这能提振他们疲惫的心情，并赶走藏在林边的幽灵；千万不要低估普通英格兰人的迷信心理。这一年接近尾声时，大家最喜欢的歌就是根据国王自己写的那首“与好朋友共度时光/我爱你至死不渝”改写而成的歌曲。这些改写的歌曲只是稍稍有些粗俗，否则他会觉得有必要制止。

小旅店的老板是一个身材瘦小、满面倦容的男人，徒劳无益地想弄清自己招待的是谁。他妻子年轻健壮，一副诸事不顺的样子，那双蓝眼睛气呼呼的，说起话来也是大嗓门。他带来了自己的随行厨师。“天啊，什么？”她说。“你认为我们会对你下毒吗？”他能听到她在厨房里重手重脚，把用她的平底锅能做或者不能做的东西摔得砰砰响。

很晚的时候她来到他的房间，问，你需要什么吗？他说不需要，可她又追问道：什么，真的？什么都不需要？你的声音可以低一点儿，他说。

这里远离伦敦，国王在宗教事务方面的代理人也许可以放松一下警惕？“那就留下吧，”他对她说。她也许很吵，但是比伍斯特夫人更安全。

天还没亮他就醒了，醒得很突然，不知道自己身在何处。他能听见下面有个女人的声音，一时间，还以为自己回到了飞马酒馆，他姐姐凯特在大呼小叫地忙乎，以为这是他从他父亲家里逃离的那天早上：他的一生又呈现在面前。但在这个没有点蜡烛的黑暗的房间里，他小心翼翼地动了动四肢：没有擦伤；没有伤口；他想起了自己置身何处以及这是怎么回事，于是挪到留有女人体温的地方，胳膊搭在长枕上，重新迷糊起来。

过了一会儿，他听见女店主在楼梯上唱歌。唱的好像是，一个五月的早上，十二位处女出去了。一个也没有回来。她拿走了他留给她的钱。与他打招呼时，她的脸上丝毫没有晚上有过交易的痕迹；但是当他们准备上马时，她走出来低声跟他讲话。克里斯托弗神气十足地向店主付了账。天气温和了一些，他们一路疾行，平安无事。关于进入英格兰中部的行程，留在他脑海中的将只有几个画面。冬青树的浆果在树丛中闪烁。一只山鹬受惊而起，几乎是从他们的马蹄下飞走。还有冒险进入一片潮湿地域时，由于硬地和沼泽颜色相同，脚下总是很不踏实的感觉。

*　　　*　　　*

金博尔顿是一个热闹的集镇，但黄昏时分，街道上空无一人。他们并没有急急赶路，但也没有必要让马儿累得筋疲力尽，这项任务虽然重要，却并不紧急；凯瑟琳是死是活，是她自己的命数。而且对他而言，到乡下来走一走也是好事。挤在伦敦的小巷子里，骑着马或骡子在防波堤和山墙下小心地穿过，头顶是被破败的屋顶所戳穿的窄小天穹，你简直忘了英格兰的模样：土地多么宽广，天空多么辽阔，民众多么贫困和无知。他们经过路旁的一个十字架，十字架的底部有被人刚刚挖过的痕迹。一名武装卫兵说：“他们认为僧侣们在埋藏财物。以免让我们这位大人知道。”

“的确，”他说。“但不是藏在十字架下。他们不至于那么蠢。”

在大街上的教堂门口，他们勒住马头。“干什么？”克里斯托弗问。

“我需要祝福，”他说。

“你需要忏悔，先生，”有人说。

大家会意地笑了。这个玩笑并无恶意，不会影响他们对他的看法：只不过他们晚上都是孤衾冷被。他已经发现，没有见过他的人都不喜欢他，而在见过他之后，只有部分人不喜欢他。我们还不如去修道院投宿，一名卫兵抱怨道；不过我想，修道院里没有女人。他在马上转过身来：“你真这么想吗？”大家心照不宣地大笑起来。

进入冷飕飕的教堂后，他的随从都抱着膀子，跺着脚，口里叫着“好冷”，就像蹩脚的演员一般。“我要吹口哨把牧师叫来，”克里斯托弗说。

“不许你这么干。”但是他笑了；他能想象自己年轻时也会这么说，并这么干。

不过没有吹口哨的必要。一位探头探脑的守门人提着灯悄悄走了过来。很显然，已经有人慌慌张张地去大房子报信：小心，快准备好，有贵族来了。他想，为礼貌起见，应该有人先去通报凯瑟琳，但也不宜太郑重其事。“想想看，”克里斯托弗说，“我们闯进去的时候，她可能正在拔胡子。这个年纪的女人经常这样。”

在克里斯托弗眼中，前王后是个母夜叉，是个丑老太婆。他想，凯瑟琳应该跟我年纪相同，或相仿。但生活对女人总是更残酷，特别是对像凯瑟琳这样生过许多孩子却又亲眼看着他们夭折的女人。

牧师一声不响地来到他身旁，这是个胆小怕事的家伙，想让他们看看教堂的宝贝。“嗯，你肯定是……”他搜寻着脑海里的一串名单。“威廉·罗德？”

“哦。不是。”这是另一位威廉。接着是一番长长的解释。他打断了他。“只要你的主教知道你是谁就行了。”在他的身后，是长有五百根手指的圣艾德蒙的一幅画像；圣徒的双脚摆出优雅的角度，仿佛在跳舞一般。

“把灯举起来，”他说。“那是美人鱼吗？”

“是的，大人。”牧师脸上显出担忧之色。“得取下来吗？是禁止的吗？”

他笑了。“我只是想到，她离大海太远了。”

“她是一条臭鱼。”克里斯托弗大笑着说。

“原谅这孩子。他毫无诗意。”

牧师脸上露出勉强的笑容。在一块橡木屏风上，圣安妮手捧一本书，在教她的小女儿圣母马利亚；大天使圣米迦勒用一把弯刀砍着缠在他脚上的魔鬼。“大人，您是来这儿看望王后的吗？我是说，”牧师改口道，“凯瑟琳夫人。”

牧师根本不认识我，他想。我可以是任何特派员。可以是萨福克公爵查尔斯·布兰顿。也可以是诺福克公爵托马斯·霍华德。他们两人都在凯瑟琳身上施展过自己有限的说服力和最擅长的恐吓手段。

他没有透露自己的名字，但留下了一点捐款。牧师的手握住那些硬币，仿佛要将它们焐热一般。“您会原谅我的口误吧，大人？关于那位女士的头衔？我发誓我没有恶意。对像我这样的乡下老头来说，要跟上变化很难。等我们好不容易弄懂了来自伦敦的报告，马上又来一份跟它前后矛盾。”

“对我们大家都很难，”他耸了耸肩，说。“你每周日都会为安妮王后祈祷吗？”

“当然，大人。”

“你们教区的人对此怎么看？”

牧师显得有些难堪。“嗯，大人，他们都是些淳朴的人。我不会在意他们所说的话。不过他们都很忠诚，”他又匆忙补充道。“非常忠诚。”

“毫无疑问。现在你能不能看在我的面子上，在这个周日祈祷时，为汤姆·沃尔西祝福？”

已故的红衣主教？他看出老人在更改自己的猜测。这不可能是托马斯·霍华德或查尔斯·布兰顿：因为你如果提起沃尔西的名字，他们就会忍不住要朝你的脚上吐唾沫。

当他们离开教堂时，最后的日光正消失于天际，零星的雪花朝南方飘去。他们重新上马；这是漫长的一天；他觉得背上的衣服沉甸甸的。他并不相信死去的人需要我们的祈祷，也不相信他们用得上。但所有像他一样了解《圣经》的人都知道，我们的上帝是一位喜怒无常的神，避免冒险不会有什么害处。当山鹬的红褐色身影突然飞起时，他的心脏曾经怦怦直跳。随着他们继续前行，他能感觉到自己的心跳，每一次跳动犹如鸟翼的沉重拍击；当鸟儿在树林中找到藏身之所时，那隐约的翅膀也没入黑暗之中。

他们在夜色苍茫中到达：城墙上有人高声问话，克里斯托弗大声回答："托马斯·克伦穆尔，国王的秘书官兼案卷司长。"

"我们凭什么知道？"一个哨兵喊道。"把你们的旗帜打出来。"

"叫他拿灯照着让我进去，"他说，"否则我会拿靴子踹他屁股。"

到了内地他就必须这样说话；作为国王的没有贵族头衔的顾问，他这样才合乎情理。

吊桥肯定为他们放了下来：只听得一阵艰涩的刮擦声，然后是金属栓和铁链的嘎吱声和咔嗒声。金博尔顿城堡总是早早关门：很好。"记住，"他对一行人说，"别犯牧师那样的错误。当你们跟她府里的人谈话时，她是威尔士亲王遗孀。"

"什么？"克里斯托弗问。

"她不是国王的妻子。她从来都不是国王的妻子。她是国王的已故兄长威尔士亲王亚瑟的妻子。"

"已故就是死了，"克里斯托弗说。"这个我懂。"

"她不是王后，也不是前王后，因为她的第二次所谓婚姻并不合法。"

"意思是，不被许可，"克里斯托弗说。"她犯了与两兄弟结合的错误，先是跟亚瑟，然后又跟亨利。"

“对这样的女人，我们该怎么看？”他微笑着说。

随着火把的光亮，黑暗中出现了一个身影：埃德蒙·贝丁菲尔德爵士，凯瑟琳的看护人。“我想你可以先通告我们一下吧，克伦威尔！”

“格蕾丝，你不需要我事先通告，对吧？”他亲吻了贝丁菲尔德夫人。“我没有带晚饭来。不过我后面有一辆骡车，明天就会到这儿。我为你们自己的餐桌带了鹿肉，还有给王后的一些杏仁，还有一瓶甜酒，查普伊斯说她会喜欢。”

“只要是能引起她食欲的东西，我都很欢迎。”格蕾丝·贝丁菲尔德带领他们走进大厅。在火光的映照下，她停下脚步，朝他转过身来：“她的医生怀疑她肚子里长了肿瘤。但可能是一个很长的过程。想想看，她已经受了那么多罪，真是可怜。”

他把自己的手套和骑马服交给克里斯托弗。“你能马上去见她吗？”贝丁菲尔德问。“尽管我们没有期盼你，但她可能盼着呢。我们很难办，因为镇上的人都喜欢她，有些消息会通过仆人传进来，你拦都拦不住，我相信他们是站在护城河那边发信号。对于发生了什么事情，路上有谁经过，我想她多半都知道。”

两个年长的女人——从服饰上看是西班牙人——靠在一面石膏墙上，恨恨地看着他。他朝她们鞠了个躬，其中一人用自己的语言说，就是这个人出卖了英格兰国王的灵魂。他注意到，她们身后的墙上绘有一幅天堂的图景，里面的人物已经褪色：亚当和夏娃手牵着手，在动物群中漫步，那些动物刚刚被创造出来，两人还不知道它们的名字。有只小象瞪着圆圆的眼睛，躲在树叶后面怯怯地窥视。他从未见过大象，但知道它们比战马高大得多；也许它还没来得及长大。它的脑袋上方是被果实压弯了腰的树枝。

“嗯，你知道规矩，”贝丁菲尔德说。“她住在那个房间，让她的侍女——那几位——在炉火上给她做饭。你敲门进去，如果你称她凯瑟琳夫人，她会把你赶出来，而如果你称她殿下，她就会让你留下。所以我干脆不用头衔，就叫她，你。仿佛她是个擦洗台阶的女佣。”

凯瑟琳坐在火旁，身上裹着一条上好的貂皮披肩。他想，国王会把它要回去的，如果她死了的话。她抬起目光，伸出一只手让他亲吻：有些不情不愿，但他觉得主要是因为寒冷，而并非不想理睬他。她皮肤蜡黄，房间里弥漫着病房的闷浊气息——隐隐约约的动物皮毛味，没有倒掉的溺水的馊菜味，还有一位姑娘匆匆端走的碗里的酸臭味：他怀疑碗里是这位遗孀胃里吐出来的东西。如果她晚上生病，也许会梦见她早年在其中长大的阿尔罕布拉宫[①]花园：大理石的路面，叮叮咚咚地汇入水潭的清澈流水，白孔雀拖曳的尾巴，柠檬的清香。我本可以在马褡裢里给她带一只柠檬来的，他想。

她似乎看出了他的心思，用卡斯提尔语对他说，“克伦威尔大人，我们不要再费力假装了吧，不要假装你不懂我的语言。”

他点点头。“过去那样也不容易，站在一旁听您的女仆谈论我。‘天啊，他可真丑，你觉得他会不会跟撒旦一样全身是毛？’”

“我的女仆这么说过？”凯瑟琳似乎感到好笑。她把手抽回去，藏了起来。“她们早就离开了，那些活泼开朗的姑娘们。留下来的只有老太婆，还有一些获准留下来的叛徒。”

“夫人，您身边的人都爱您。”

“她们打我的报告。我说的每一句话。她们甚至偷听我的祷告。嗯，大人。”她抬起脸对着光线。“你觉得我看上去怎么样？国王问你的时候，你会怎么说到我？我这好几个月都没有照过镜子了。”她拍了拍皮帽，把帽子的垂饰拉下来遮住耳朵，然后笑了起来。“国王过去总是称我为天使。他总是称我为小花儿。我的第一个儿子出生时，正值严冬。全国上下都被白雪覆盖。我想，我不会得到花儿了。可亨利给了我六打用纯白丝绸

---

① 中古西班牙摩尔人诸王的豪华宫殿。

做成的玫瑰。‘像你的手一样白，亲爱的，’他说，并亲吻了我的指尖。”貂皮底下动了动，使他知道一只握紧的拳头此刻藏在何处。“我把那些玫瑰保存在一个箱子里。它们起码不会凋谢。这些年来，我把它们送给了那些帮过我的人。”她顿住了；嘴唇动了动，一句无声的祈祷：为逝者的灵魂祷告。“告诉我，博林的女儿怎么样？据说她总是在向她的新教上帝祈祷。”

“她的虔诚的确为人所知。因为她得到了学者和主教们的赞扬。”

“他们在利用她。就像她在利用他们一样。他们如果是真正的教徒，就会惊恐地避开她，就像避开异教徒一样。不过我想她在祈祷生个儿子。听说她上一个孩子没保住。唉，我知道那种痛苦。我从心底里同情她。”

“她和国王有望不久迎来另一个孩子。”

“什么？是具体的希望，还是泛泛的希望？”

他没有答话；目前还没有任何确切的说法；格利高里有可能弄错。“我还以为她向你透露了，”凯瑟琳刻薄地说。她打量着他的面孔：是否有几分不和，有几分冷漠？“听说亨利在追求别的女人。”凯瑟琳的手指抚摸着貂皮披肩：心不在焉地在毛皮上一圈一圈地摩挲着。“这也太快了。他们结婚才这么短的时间。我猜想，她会看着身边的那些女人，在心里对自己说，总是不停地问着，是你吗，夫人？或者是你？那些本身不值得信任的人在选择信任对象时居然那么盲目，这总是让我感到惊讶。安妮小姐自以为有朋友。可如果她不能很快给国王生个儿子，他们会反对她的。”

他点点头。“也许你说得对。最先反对的会是谁呢？”

“我干吗要提醒她？”凯瑟琳淡淡地说。“他们说，只要不顺她的意，她就找茬撒泼，跟街上的泼妇没什么两样。我并不意外。身为王后，而她也称自己是王后，就必须在世人的眼皮底下生活，必须承受痛苦。除了天后，没有别的女人凌驾于她之上，所以遇到烦恼时，她无处可以倾诉。如果有痛苦，她只能独自承受，并且需要一种特别的气度来承受。博林家的女儿似乎没有具备这种气度。我想知道为什么是这样。”

她突然停住了；张着嘴，身体缩成一团，仿佛想从衣服底下挪开。你身上疼痛，他开口说道，可她挥挥手拦住他，说，没什么，没什么。“国王身边的那些侍从，现在发誓说宁可献出生命来博得她一笑，但过不了多久，就会向另一个人表忠心。他们过去也是那样对我表忠心。那是因为我当时是国王的妻子，与我这个人本身毫无关系。可安妮小姐却认为这是由于她的魅力。另外，她应该担心的还不只是那些男人。她的弟媳简·罗奇福德，那可是个有心机的年轻女人……过去她侍奉我时，也常常向我透露一些秘密，爱情的秘密，也许是我宁愿不知道的秘密，我猜想，她的耳朵和眼睛现在可能还是那么敏锐。”她的手指仍然没有歇息，此刻正在胸骨附近的一处摩挲着。“你会感到奇怪，被流放的凯瑟琳怎么会知晓宫廷的内幕呢？这你就得自己去琢磨了。”

他心里说，我不用多琢磨。是尼古拉斯·卡鲁的妻子，你的一位特殊朋友。还有埃克塞特侯爵的妻子格特鲁德·科特尼；去年我揭穿了她的阴谋活动，我本该把她关起来的。也许还有简·西摩那小姑娘；尽管自从狼厅之行后，简还要忙于自己的事业。“我知道你有自己的渠道，”他说。“但是你该相信那些人吗？他们打着你的幌子干事，却不尽力为你的利益着想，或者说不为你女儿的利益着想。”

“你会让公主来看我吗？如果你觉得她需要有人来开导她，稳住她，有谁比我更合适呢？”

“如果是我的话，夫人……”

“这对国王能有什么害处呢？”

“请你设身处地地为他想一想。我相信你的大使查普伊斯已经给玛丽小姐写了信，说他能帮她离开这个国家。”

“绝对不可能！查普伊斯不可能有这种想法。对此我本人可以担保。”

“国王认为玛丽也许会收买她的卫兵，一旦允许她出门来看你，她可能会骑马逃走，再乘船前往她的皇帝表兄的属地。”

想到那位瘦弱、惊惶的小公主走上这样一条孤注一掷的犯罪之路，他的嘴角几乎现出一抹笑意。凯瑟琳也笑了；一种扭曲、怨恨的笑容。“然后会怎么样？亨利害怕我的女儿会与一位外国丈夫并肩骑马回来，把他赶出他的王国吗？你可以让他放心，她没有这种想法。对此我本人同样可以负责。”

“你本人得做很多的事情啊，夫人。担保这个，负责那个。你只有一条命可以抵呢。”

“我希望这能对亨利有益。当我的死期来临时，不管是什么死法，我都希望去坦然面对，好给他树立一个榜样，到时候去面对他自己的死期。”

“我明白了。你经常考虑国王的死吗？”

“我考虑他的来世。”

“既然你关心他的灵魂，为什么又要不断地违逆他呢？这不会使他成为一个更好的人。你难道从来没有想过，几年前，如果你顺从国王的意愿，如果你进了修道院，允许他再婚，他就绝对不会与罗马决裂？那就没有这种必要了。你的婚姻有很多可疑之处，你本该顺水推舟地退隐。你会受到所有人的敬重。可事到如今，你抓紧不放的头衔成了虚名。亨利本来对罗马忠心不二。是你把他逼进这种极端境地。是你，而不是他，分裂了基督教世界。而且我认为你清楚这一点，并在夜深人静的时候想起这一点。”

她一时语塞，满腔的愤怒犹如一本大书，她的手指翻动着书页，最后停留在适当的词语上。“克伦威尔，你这番话，简直是……无耻。”

也许她说得对，他想。但是我得继续折磨她，让她了解自己的境况，消除所有的幻想，而且为了她女儿，我也得这样：玛丽是未来，是国王唯一长大的孩子，如果上帝将亨利带走，使王位突然空置时，她就是英格兰唯一的希望。“所以，你那些丝绸玫瑰是不会送给我了，”他说，“我还以为你会呢。”

她久久地看着他。“作为敌人，你起码站在明处。我但愿我的朋友们也能这样坦然自若。英格兰人全是伪君子。”

“还忘恩负义，”他附和道。“天生就是骗子。我自己也发现了这一点。我宁愿自己是意大利人。比如佛罗伦萨人，那么谦虚。或者威尼斯人，不管干什么都光明磊落。还有你的同胞，西班牙人。多么诚实的民族。人们以前常常说起你的父王费迪南德，说他坦荡的胸怀会毁了他。”

“你在拿一个快要死的女人寻开心，”她说。

“你希望死也要死得无上光荣。你一方面帮别人担保，另一方面又希望被区别对待。”

“到我这份上的人，往往指望别人网开一面。”

“我就是在网开一面，可你却看不见。说到底，夫人，你就不能把自己的意愿暂且放到一边，并为你女儿着想，与国王和解吗？如果你带着跟他的矛盾离开这个世界，就会怪罪到她的头上。而她还年轻，还要过自己的生活。”

“他不会怪罪玛丽的。我了解国王。他的心胸不会那么小。”

他沉默了。她仍然爱她丈夫，他想：在她那颗苍老而坚毅的心脏的某个接口或缝隙里，她还在期盼他的脚步，他的声音。她手上还有他的礼物，所以怎么可能忘记他曾经爱过她？说到底，制作那些丝绸玫瑰肯定花了好几周的时间，他肯定在得知是个男孩之前就早早做了安排。“我们称他为‘新年王子’，”沃尔西曾说。“他度过了五十二天，我计算着每一个日子。”冬天的英格兰：大雪纷纷扬扬，覆盖着田野和宫殿的屋顶，遮没了瓦片和山墙，无声地从窗玻璃上滑过；掩去了路上的车辙，压弯了橡树和紫杉的枝条，鱼儿冰封在水下，鸟儿冻僵在枝头。他想象着那个摇篮，垂着深红色的帷幔，饰有镀金的王室纹章：弯脚上包着布套：火盆里的火烧得很旺，空气清新，弥漫着新年时的肉桂和杜松的芬芳。丝绸玫瑰送到她喜气洋洋的床边——如何送去的呢？装在一个镀金的篮子里？还是摆在一个棺材形状的长盒中，一个镶嵌有晶亮贝壳的装饰盒中？或者是从一个绣有石榴的丝袋里倒出来，撒在她的被单上？幸福的一个多月过去了。

孩子健康成长。全世界都知道都铎王朝有了一位继承人。但是接着，在第五十二天，帷幔后面很寂静：一丝气息，没有气息。女侍们抱起王子，又惊又怕地哭起来；她们绝望地在胸口划着十字，在摇篮边抖缩祈祷。

“关于你女儿，”他说，“还有见面的事情，我会看看能做点什么。”带着一个小姑娘出门能有多危险呢？“我真的觉得国王会允许的，只要你劝劝玛丽小姐，要她在各面都顺从他的意愿，并承认他是教会的首脑——她至今还没有承认。”

“在这件事情上，玛丽公主必须听从自己的良心。”她抬起一只手，掌心对着他。“我知道你同情我，克伦威尔。你不该这样。我早就准备好一死了。我相信万能的上帝会为我对他的虔诚侍奉而回报我。而且我的孩子们已经比我先走，我又可以见到他们了。”

他想，如果你的心不是坚如磐石的话，你简直要为她心碎了。她希望在断头台上像殉道者一般死去。但到头来她会死在沼泽地带，孤零零的：很可能因自己的呕吐物窒息而死。他说，“那玛丽小姐呢，她也准备一死了吗？”

“玛丽公主从几岁起就在对基督受难进行冥想。一旦受到召唤，她也会做好准备的。”

“你是一位不同寻常的母亲，”他说。“哪有做父母的不顾孩子的生死呢？”

但是他想起了沃尔特·克伦威尔。沃尔特当年总是用他的大靴子踹我：就那样踹我，他的独生子。他集中思想，做最后一次努力。“夫人，我已经向你解释清楚，如果你执意跟国王和他的枢密院对抗，只会招致你最不愿看到的后果。所以你有可能错了，明白吗？我请你考虑你有可能错了不止一次。看在上帝的分上，劝劝玛丽顺从国王吧。”

“是玛丽公主，”她疲惫地说。她似乎再也没有反驳的力气。他看了她一会儿，准备退下。但接着她抬起头来。“我一直很好奇，大人，不知道你是用哪一种语言忏悔？也可能你从不忏悔？”

“上帝了解我们的内心，夫人。不需要毫无意义的形式，或者什么中间人。”也不需要语言，他想：上帝用不着翻译。

* * *

出门后，他几乎一头撞进凯瑟琳的看护人怀里：“我的房间准备好了吗？”

“可您的晚餐……”

“给我送一碗汤来。我说得口干舌燥了。现在只想要一张床。”

“床上要别的什么吗？”贝丁菲尔德一脸坏笑。

看来他的随从告了密。“只要一个枕头，埃德蒙。”

格蕾丝·贝丁菲尔德对他这么早就休息感到很失望。她以为会听到宫廷的各种消息；她讨厌与这些沉默寡言的西班牙人一起陷在这里，熬过一个漫长的冬天。他必须传达国王的指示：对外界保持高度警惕。“如果查普伊斯有信传进来，我不会介意，破译密码会避免她无所事事。她现在对皇帝并不重要，他关心的是玛丽。但是严禁一切来访，除非是持有盖上国王或者我的印章的证明。不过——”他停了下来；他能看到明年春天的某一天，如果凯瑟琳还活着，当皇帝的军队开进内地时，会有必要提前把她抢走并扣为人质；而如果埃德蒙不肯交出她，场面就会很难堪。“瞧。”他露出自己的绿松石戒指。“你们看到这个了？已故红衣主教把它给了我，大家都知道我戴着它。”

“这就是那枚魔戒吗？”格蕾丝·贝丁菲尔德拿起他的手。“可以融化石墙，能让公主们对你一见钟情？”

“就是它。如果有信使带着这个来见你们，就让他进来。”

那天晚上，当他闭上眼睛时，面前出现了一座拱顶，是金博尔顿教堂的雕花屋顶。有个男人摇着手铃。有一只天鹅，一头羔羊，一个拄着拐杖的瘸子，两颗交叠着的恋人的心。还有一棵石榴树。凯瑟琳的象征。那可能得消除了。他打了个呵欠。把它们雕成苹果，就能解决问题。我太累了，不想再做毫无必要的努力。他想起小旅店的那个女人，感到一阵愧疚。他把一个枕头拉到自己面前：只要一个枕头，埃德蒙。

当他们正要上马而旅店店主的妻子过来跟他话别时，她说的是，“送我一件礼物吧。送我一件来自伦敦的礼物，一件这里得不到的东西。”最好是她可以随身带着的东西，否则会被哪位旅客顺手牵羊地偷走。他会记住自己的承诺，不过等他回到伦敦时，很可能已经忘了她的模样。他借着烛光见过她，但随后蜡烛就熄灭了。当他白天里见到她时，她可能会变了一个人。也许她本来就是那样。

睡着后，他梦见了伊甸园的水果，握在夏娃伸出来的丰满的手上。他顿时醒了：如果水果已经成熟，那些树枝又是什么时候开的花？会是哪一个月份，哪一个春季？学者们应该已经研究了这个问题。十几代满脸皱纹的学者。低着剃度过的脑袋。长有冻疮的手指在古书上指指点点。这是专门为僧侣们准备的愚蠢的问题。他想，我会问问克兰默，我的大主教。亨利如果想摆脱安妮，干吗不问问克兰默的意见？促成他与凯瑟琳离婚的正是克兰默；他绝不会对他说，他必须回到她那糟老太婆的床上。

但是不行，亨利无法在那种地方说出自己的疑惑。克兰默爱安妮，他将她视为女基督徒的典范，全欧洲虔诚的《圣经》阅读者的希望。

他又睡着了，梦见了制作于世界创始之前的花朵。它们由白色丝绸制成。没有可以从中采摘的树丛或茎梗。它们躺在光秃秃的、没有被创造出来的土地上。

回来汇报的那一天，他密切观察安妮王后；她看上去很润泽，心满意足，当他走近时，他们轻言细语的家常语气向他表明，她和亨利十分融洽。他们正忙着，两人头挨着头。国王的手边摆着绘图仪器：圆规，铅笔，尺子，不同的墨水以及铅笔刀。桌上摊着展开的平面图，还有技师的模具和小木棒。

他向他们行了个礼，然后开门见山："她情况不好，我觉得如果让查普伊斯大使去看看她，会是一种仁慈之举。"

安妮猛地从椅子上起身。"什么，好为他跟她密谋提供方便吗？"

"夫人，她的医生认为，她已经离坟墓不远，再也不能让你生气了。"

"只要看到阻挠我的机会，她肯定会裹着寿衣从坟墓里爬出来。"

亨利伸出一只手："亲爱的，查普伊斯从未承认过你。不过等凯瑟琳走了，再也不能给我们惹麻烦之后，我一定会让他屈服。"

"可是，我认为他不该离开伦敦。他怂恿凯瑟琳一意孤行，而她也怂恿她的女儿。"她瞥了他一眼。"克伦穆尔，你也这样认为，对吧？玛丽应该被带回宫廷，要让她跪在她父亲面前宣誓，让她为自己固执的叛逆行为跪求原谅，并承认我的女儿——而不是她——才是英格兰的继承人。"

他指了指平面图。"不是房子吧，陛下？"

亨利的神态就像一个把手伸进糖罐而被人逮个正着的孩子。他将一根小木棒推向他。在英格兰人的眼中，这些设计图还很新奇，但他在意大利早就司空见惯：有凹槽的水壶和花瓶，披着斗篷或长着翅膀；皇帝和诸神的盲眼头像。如今，本地的花朵和树木、缠绕的根茎和锦簇的花团都被舍弃，换成了饰有花环的武器、胜利的桂冠、随从的斧柄以及长矛的杆。他发现，如今的安妮已经不满足于简单的风格；七年多以来，亨利一直在调整自己以迎合她的品味。亨利曾经喜欢由英格兰的夏季水果酿成的乡村果酒，可是现在，他喜欢的却是浓郁芳香、令人微醺的葡萄酒。他的身材已经发福，所以有时候，他似乎挡住了光线。"我们是从地基建起吗？"他问。"还是只建一层装饰？两者都花钱。"

"你真是不知好歹，"安妮说。"国王要给你在哈克尼修的宅子送一些橡树。还要给赛德勒大人的新房子送一些。"

他点点头以示感谢。但国王的心思正在内地，在那个仍然声称是他妻子的女人身上。"事到如今，凯瑟琳的生命对她还有何用呢？"亨利问。"我敢肯定她已经厌倦了抗争。天知道，我也厌倦了。她最好是加入圣人和神圣殉道者的行列。”

“他们等她已经够久了。”安妮笑了起来：声音太过响亮。

“我能想象那位女士临死的情景，”国王说。“她会发表讲话，说原谅我。她总是在原谅我。其实需要原谅的是她。因为她患病的子宫。因为她毒害我尚未出生的孩子。”

他（克伦威尔）转眼去看安妮。如果她有话要说，现在无疑正是时候吧？但她转过身，俯下身去把她的小狗布赫呱抱到腿上。她把脸埋进它的绒毛里，而从睡梦中惊醒的小狗则在她的怀里轻声叫着，扭动着身子，目送秘书官大人躬身告退。

有人在门外等候着他，是乔治·博林的妻子：一副要讲悄悄话的样子，伸手把他拉到一旁，压低嗓门。如果有人对罗奇福德夫人说，“下雨了，”她会把它变成一种密谋；当她把消息传开时，会使它听起来像是难以启齿，很不可能，但却是可悲的事实。

“怎么样？”他问。“她有了吗？”

“哦。她还是什么都没说吗？当然了，聪明的女人在感觉到胎动之前，是什么都不会说的。”他冷冷地看着她。“是的，”最后她说，并回头紧张地看了一眼。“她以前弄错过。但这次是真的。”

“国王知道吗？”

“你应该告诉他，克伦威尔。由你去报喜。天知道，他也许会当场给你封爵。”

他心里想着，把雷夫·赛德勒给我叫来，把托马斯·赖奥斯利给我叫来，给爱德华·西摩送一封信，把我的外甥理查德找来，取消与查普伊斯的晚餐，但不要浪费了我们的美食：我们邀请托马斯·博林大人吧。

“我猜这是预料之中，”简·罗奇福德说。“她这个夏天经常跟国王在一起，对吧？这儿一周，那儿一周。而当他没跟她在一起时，他就给她写情书，由哈里·诺里斯亲自送给她。”

“夫人，我得走了，我还有事。”

“我知道你肯定有事。好吧。你通常是一位很好的倾听者。你总是认真地听我说话。而我说，这个夏天他给她写情书，由哈里·诺里斯亲自送给她。”

他走得太快，没有领会她最后那句话的含义；不过，正如他后来会承认的那样，这个细节会自行附着在他自己的一些尚未成形的话语上。只是些简单的语句。省略句。条件句。因为眼下一切都有赖于某些条件。安妮春风得意，凯瑟琳则境况凄凉。他想象着她们的样子——在一条泥泞的道路上，两个小姑娘束紧裙子，神情专注，用一块架在石头上的木板玩着跷跷板游戏。

托马斯·西摩马上说，“现在正是简的机会。他再也不会犹豫，他会需要一位新床伴。在王后分娩之前他不会碰她。他不能碰。风险太大了。”

他想，英格兰的秘密国王也许已经长出了手指，长出了脸蛋。可我以前也这么想过，他提醒自己道。在当时的加冕仪式上，当安妮无比自豪地挺着肚子时；可到头来，却只是个女孩。

“我还是不明白，”老奸夫约翰爵士说。“我不明白他怎么会想要简。如果是我女儿贝丝还差不多。国王跟她跳过舞。他非常喜欢她。”

“贝丝已经结婚了，”爱德华说。

汤姆·西摩笑了起来。“那就更合他意了。”

爱德华有些恼怒。“别提贝丝了。贝丝不会接受他的。贝丝不在考虑之列。”

“这可能会是好事，”约翰爵士试探地说，“因为迄今为止，简对我们还从未起过作用。”

“没错，”爱德华说。“简的作用跟牛奶冻差不多。现在让她证明自己的价值吧。国王需要一位伴侣。但我们不能把她推向他。就按克伦威尔的建议吧。亨利见过她。他已经有了意向。现在她必须避着他。不，她必须排斥他。”

“哦，欲擒故纵，”老西摩说。“如果你玩得起的话。”

“玩得起什么是贞洁，什么是庄重吗？”爱德华抢白道。“你可从来都玩不起。你少开口，老色鬼。国王装作忘了你的罪行，但大家其实都记着呢。都在对你指指点点：那个偷了儿子新娘的色鬼。”

“没错，你就住口吧，父亲，”汤姆说。“我们在跟克伦威尔谈话呢。”

“我担心一件事，”他说。“你们的妹妹爱她以前的主人凯瑟琳。现任王后对此很清楚，所以不放过任何可以虐待她的机会。如果她看见国王在注视简，恐怕对她会变本加厉。对安妮来说，当她丈夫把别的女人变成——伴侣——时，她绝不会袖手旁观。哪怕她认为这只是一时之计 。”

“简不会在意的，”爱德华说。“就算被人掐一下或挨了一耳光又怎么样？她会知道如何耐心承受。”

“如果讨得他的欢心，她会有一大笔犒赏，”老西摩说。

汤姆·西摩说，“在得到安妮之前，他就封她为女侯爵。”

爱德华的表情十分严肃，就像在下令行刑一般。“你们知道他封了她什么。先是女侯爵。然后是王后。”

议会处于休会期，但伦敦的律师们却像乌鸦似的披着黑色长袍，开始了他们的冬季会期。宫里不断有好消息渗透出来。安妮松开了紧身胸衣的带子。人们在打赌。笔在写字。信件被折叠起来。印章盖在封蜡上。骑手上了马。船已经起航。英格兰的古老家族跪在地上，问上帝为什么要眷顾都铎家族。弗朗西斯国王皱着眉头。查理皇帝咬着嘴唇。亨利国王翩翩起舞。

在埃尔佛塞姆的那番谈话，凌晨时分的那次密谈：仿佛从来不曾发生。国王对于自己婚姻的疑虑似乎已经烟消云散。

不过，在冬天的萧索的花园里，有人看见他与简一起漫步。

她的家人围住她；他们把他叫了进来。“他说什么了，妹妹？”爱德华·西摩问道。“把一切都告诉我，他所说的一切。”

简说，“他问我愿不愿意做他的好情妇。”

他们交换了一下眼神。情妇与好情妇之间有所区别：简明白这一点吗？前者指的是姘居。后者呢，就不那么直接：交换信物，纯真而温柔的仰慕，长时间的谈情说爱……不过，显然也不能太长时间，否则安妮的孩子就出生了，简就错失了良机。女侍们都无法预测继承人会何时诞生，而他从安妮的医生口里也得不到更多的消息。

“你瞧，简，”爱德华说，“现在不是害羞的时候。你得把详细情况都告诉我们。”

“他问我愿不愿意好好地待他。”

“什么时候好好地待他？”

“譬如说，如果他给我写诗，赞扬我的美貌。所以我说我会的。我会感谢他这样。我不会取笑的，甚至不会偷偷地笑。对他可能在诗中说的任何话，我都不会反对。哪怕它们是夸张。因为诗歌里经常会夸张。”

他（克伦威尔）向她表示祝贺。“你已经应付得面面俱到了，西摩小姐。你可以成为一位敏锐的律师了。”

“您是说，如果我生为男人的话？”她皱起眉头。“但这还是不可能，秘书官大人。西摩家的人没有干这一行的。”

爱德华·西摩说，“好情妇。给你写诗。非常好。到目前为止都很好。但如果他对你动手动脚的话，你就得喊叫。”

简说：“如果没有人来呢？”

他把手放在爱德华的胳膊上。他不想让这一幕走过了头。“听着，简。不要喊叫。要祈祷。我是说，大声地祈祷。内心默默地祈祷不会管用。祈祷时要提到圣母。这会激发陛下的虔诚心和荣誉感。”

“我懂了，”简说。“您身上带有祈祷书吗，秘书官大人？哥哥们呢？

没关系。我去找我自己那本。我肯定能找到符合要求的内容。”

十二月初，他从凯瑟琳的医生那里得到消息，说她胃口好转，尽管还是在不断地祈祷。也许死神从床头移到了床尾。最近以来的疼痛有所减缓，神志也很清醒；她利用这段时间来安排后事。她为女儿玛丽留下一条她从西班牙带来的金项圈，还有几件毛皮服装。她要求为她的灵魂做五百次弥撒，还要求去沃尔辛厄姆朝拜一次。

有关这些安排的细节传回到白厅。“那些毛皮服装，”亨利说，“你见过吗，克伦威尔？它们还有用吗？如果有用的话，我想把它们收回来。”

跷跷板。

安妮的贴身女侍们说，你不会觉得她是有孕在身。十月份的时候，她看起来还非常好，但是现在，她似乎越来越瘦，而不是越来越丰满。简·罗奇福德告诉他，“你几乎会以为她为自己的状况感到羞愧。陛下对她也不关心，不像以前她大肚子的时候那么关心。当时，他对她百依百顺。不管她怎么心血来潮，他都满足她，像个仆人似的侍候她。有一次我进去时，发现她把脚放在他的腿上，而他则在为她按摩，就像马夫为蹄部开裂的母马按摩那样。”

“按摩对开裂的马蹄没有用，”他一本正经地说。“你得把它修剪整齐，然后钉一只特别的马掌。”

罗奇福德盯着他。“你跟简·西摩谈过吗？”

“怎么了？”

“没怎么，”她说。

他见过安妮注视国王——而国王在注视简——时的表情。你以为她会怒火中烧，大发雷霆：到处是剪烂的衣服，砸碎的玻璃。可事实却相反，她的脸绷得紧紧的；缀有宝石的袖子搭在腹部，孩子正在里面成长。“我不能让自己心烦，”她说。“这会对王子有害。”当简经过时，她把裙子拉到一边。她缩着身子，窄窄的肩膀显得越发瘦小；看上去就像一个在门外冷得发抖的孤儿。

跷跷板。

全国上下都在传说，秘书官大人最近去过赫德福德或贝德福德郡之后，带回了一个女人，并把她安顿在家里，可能是在斯特普尼，或者奥斯丁弗莱，也可能是在哈克尼的国王府[①]，他正在不惜重金为她重建那座庄园。她是一家小旅店的老板娘，她丈夫因为托马斯·克伦威尔新编造的一项罪名被人抓去关了起来。那个戴了绿帽子的可怜家伙将在下一次巡回审判时被起诉和绞死；不过，也有些人说，他早已被发现死在狱中，遭过殴打，中过毒，而且被割断了喉咙。

① 据称始建于 1409 年，16 世纪曾为克伦威尔和亨利八世所有，1536 年 7 月，亨利八世与女儿玛丽在此和解。

3. 天使

斯特普尼和格林威治，1535 年圣诞节—1536 年新年

圣诞节早晨：他急匆匆地出来，想看看接着会有什么麻烦。一只大蛤蟆挡住了他的去路。“是马修吗？”

从那只两栖动物的嘴巴里，传出一位少年的开怀大笑。“我是西蒙。圣诞快乐，先生！最近好吗？”

他叹了口气。“过度劳累。你孝敬父母了吗？”

学唱歌的孩子们夏天都会回家。圣诞节期间，他们会忙于演唱。“先生，您会去见国王吗？”西蒙呱呱呱地说。“我敢说宫里的表演不如我们的好。我们在排演《罗宾汉》，里面还有亚瑟王。我扮演梅林的蛤蟆。理查德·克伦威尔大人扮演教皇，他还有一个讨饭碗。他大声喊着‘好心人，行行好’。我们不给他施舍，而是给他石头。他威胁说我们会下地狱。”

他拍了拍西蒙那满是疙瘩的皮肤。蛤蟆笨拙地一跳，给他让开了路。

从金博尔顿回来后，他就一直在伦敦：深秋时节，城里日益萧索和阴郁的傍晚，以及早早降临的夜色。宫中沉闷乏味的事务安排使他难以脱身，只能从早到晚埋头工作，再伴着烛光伏案至深夜；有时候，他恨不得用重金换取出去透透气的机会。他正在英格兰比较富饶的区域购置地产，却无暇去看上一眼；因此，那些农场，那些掩映在筑有围墙的园林中的古老庄园，那些建有小码头的水道，那些可以钓起金鱼的池塘；那些葡萄

园、花园、凉亭和小径，对他而言仍然只是概念，全都是纸上的构想，是账簿上的一连串数字：不是羊儿啃过的边缘，不是母牛站在其中草深及膝的草场，不是有一只白鹿微抬起一条腿、在其中瑟瑟发抖的高矮丛林；而是羊皮纸上的领地、租契以及由文字条款而不是古老的树篱或界石标出范围的不动产。他的英亩是理论上的英亩，是收入的来源，是他深夜里一觉醒来、在心里探索其地形时感到不满的根源：在这些阴沉或寒冷的黎明之前再也无法入睡的夜晚，他想到的不是自己的财产所带来的自由，而是他人的擅自闯入，他们的通行权和穿行权，他们的强词夺理和固执己见，使他们得以侵犯他的边界，干涉他对自己的未来的平静占有权。天知道，他可不是乡野小子：尽管他当年是在码头附近的街道上长大，背后就是帕特尼荒野，一个容易迷路的地方。他经常长时间地在那里玩耍，跟伙伴们一起奔跑：那都是些跟他一样粗野的男孩，都躲着自己的父亲，躲开他们的皮带和拳头，躲开那种只要他们站着不动就威胁要让他们接受的教育。但是伦敦把他拉到了她的城市心脏；早在他乘坐秘书官大人的专用游船在泰晤士河上航行之前，他就知道她的水流和潮汐，知道船工们随随便便就能挣到多少，通过卸载船只以及用手推车将货箱推上河岸，送到那些沿着海滨排列的漂亮宅邸，贵族和主教们的宅邸：如今，他每天都与那些贵族和主教们坐在一起议事。

王室一行冬季巡游，还是惯常的路线：格林威治和埃尔瑟姆，亨利童年时生活过的府邸；白厅以及曾经是红衣主教府的汉普顿宫。近来，无论住在哪里，国王都常常在自己的私室独自用膳。在我们所置身的每一座宫殿，在国王的房间之外，在外厅(不管是叫监控室还是警卫室)，都有一张主桌，由王室的管家宫务大臣为贵族们设宴。诺福克舅舅如果与我们同行，就会坐在这一桌；还有萨福克公爵查尔斯 · 布兰顿，以及王后的父亲威尔特郡伯爵。另外还有一桌，地位略低，但同样受到尊敬，专门款待像他这样的官员以及国王那些碰巧不是贵族的老朋友。御马官尼古拉斯 · 卡鲁坐在那里；还有财政大臣威廉 · 费兹威廉，他与亨利当然从小就认识。

审计官威廉·布莱在这一桌的上首主持用餐：看到他们频频举杯（并抬起眉毛）向某个不在场的人致敬，他不禁有些奇怪，直到他们向他解释。直到布莱带着几分尴尬地解释，“我们是向在我之前坐在这儿的人致敬。前任审计官。亨利·吉尔福德爵士，我们会铭记着他。很显然，你认识他，克伦威尔。”

的确：谁不认识吉尔福德呢？那位老练的外交家，最博学的臣子。他与国王年龄相仿，从亨利登上王位时起，从亨利还是一位经验不足、心地善良、乐观开朗的十九岁的国王时起，他就一直是亨利的得力助手。两颗热情洋溢的心灵，一心一意地追求荣耀和开心的时光，主仆二人一起走过了这些岁月。你会打赌吉尔福德即使遇上地震也能保住性命；但是他没能逃过安妮·博林这一劫。他的态度很明确：他爱戴凯瑟琳王后，并毫不讳言。（而就算我不爱她，他曾经说，仅仅基于礼仪，还有我的基督徒的良心，也会驱使我支持她的案子。）国王出于多年的友情而原谅了他；他曾恳求道，对此我们只是不要再提了，对分歧不要再提。不要提安妮·博林。不要让我们做不成朋友。

但闭口不提对安妮却还不够。她曾对吉尔福德说，我成为王后的那一天，就是你丢官弃职的那一天。

夫人，亨利·吉尔福德爵士说：你成为王后的那一天，就是我主动辞职的那一天。

他说到做到。亨利说：得了，伙计！别因为一个女人的唠叨就撒手不干！那只是女人的妒忌和刁难罢了，别理它。

可我为自己担心，吉尔福德说。为我的家人和名誉担心。

别抛下我，国王说。

要怪就怪你的新妻子吧，亨利·吉尔福德说。

于是他离开宫廷。归隐乡间。“只过了短短的几个月，”威廉·费兹威廉说，“就去世了。他们说，他是伤心而死。”

全桌的人都低声叹息。人啊，就是这样；忙碌了大半辈子，等待自己的是无聊的乡下生活：日复一日，周复一周，一切都彻底变了样。没有了亨利，没有了他光彩照人的笑脸，那还有什么意义呢？犹如永远是十一月，生活在黑暗之中。

“所以我们缅怀他，”尼古拉斯·卡鲁爵士说。“我们的老朋友。如果不是时局混乱，他现在仍然会是审计官——布莱不会介意我这话。在此我们向他致敬。”

尼古拉斯·卡鲁爵士即使是敬酒，方式也令人扫兴。身份如此高贵的人居然这么随性，未免很少见。他(克伦威尔)与他们同席一周之后，尼古拉斯爵士才屈尊冷冷地看了他一眼，并把羊肉推给他。但从那以后，他们的关系就有所缓和；他(克伦威尔)毕竟是一个容易相处的人。他发现，在这些输给了博林家族的人之中，存在着一种惺惺相惜的心理：一种带有几分蔑视的惺惺相惜，这种心理就像欧洲的那些分裂派教徒，一方面总是在期盼世界末日，另一方面又希望，在地球被大火吞噬之后，他们将会沐浴天堂的荣耀：稍稍经过炙烤，边缘有点焦脆，部分地方发黑，但是感谢上帝，他们仍然活着，获得了永生，并坐在上帝的右手边上。

正如布莱所说，他认识亨利·吉尔福德本人。应该是五年以前了，他在肯特郡的利兹城堡受到过吉尔福德的盛情款待。当然，那只是因为吉尔福德有所求：想要红衣主教大人帮个忙。但是通过吉尔福德的席间闲谈，及其吩咐下人的方式和谨言慎行的智慧，他仍然学到了很多。而最近以来，通过吉尔福德的遭遇，他还了解到安妮·博林如何毁掉一个人的仕途；了解到席间的这些同伴永远不会原谅她。他知道，像卡鲁这样的人往往把安妮的得势归咎于他(克伦威尔)；是他促成了这个事实，是他解除了旧的婚姻和促成了新的婚姻。他并不指望他们对他友好，把他纳入他们的阵营；他只希望他们不要朝他的饭菜吐唾沫。但随着他跟他们聊天，卡鲁的强硬态度有所缓和；有时候，御马官那颗几乎有点像马首的长脑袋会朝他转过来；有时候，他会像马一样朝他缓缓地眨一下眼，说，“嗯，秘书官大人，今天好吗？”

当他琢磨着如何用尼古拉斯能够理解的方式回答时，威廉·费兹威廉会迎上他的眼神，咧嘴一笑。

十二月间，成堆的、堆得像小山一般的文件从他的案头经过。忙碌一天后，他常常是既恼怒又沮丧，因为他向亨利呈送了重要而紧急的报告，而那些寝宫侍从却认为，如果把事情压下来，直到亨利心情好的时候再处理，对他们会更容易。尽管从王后那里得到了好消息，亨利却情绪急躁，喜怒无常。他随时都可能要求了解最奇怪的信息，或提出一些没有答案的问题。伯克郡的羊毛市场价是多少？你会说土耳其语吗？为什么不会？谁会说土耳其语？谁是赫克瑟姆修道院的创建者？

每袋七先令，并且还在上涨，陛下。不会。因为我从未去过那些地方。如果有人会的话，我会找到的。圣威尔弗雷德，陛下。他闭上眼睛。"我想苏格兰人把它夷为了平地，然后在亨利一世时期得到了重建。"

国王问："路德凭什么认为我应该遵奉他的教派？他就不该想想遵奉我吗？"

圣露西节前后，他正在处理剑桥大学的事务时，安妮要见他。但罗奇福德夫人在他进去之前拦住了他，并把手搭在他的胳膊上。"她的样子很可怜。一直在哭哭啼啼。你没听说吗？她的小狗死了。我们不忍心告诉她。只得求国王亲自跟她说。"

布赫呱？她的心肝宝贝？简·罗奇福德领他进去，看了安妮一眼。可怜的女人：眼睛都哭肿了。"你知道吗，"罗奇福德夫人小声说，"她上一个孩子流产时，她都没有掉一滴眼泪？"

女侍们远远地站在一边，与安妮保持着距离，仿佛她身上有刺一般。他想起格利高里曾说：安妮瘦骨嶙峋，浑身是刺似的。你无法安慰她；哪怕是伸出一只手，她也会觉得是放肆，或者是威胁。凯瑟琳说得对。王后得独自面对，不管是失去丈夫，还是失去宠物狗或孩子。

她转过头来："克伦穆尔。"她命令女侍们退去：手用力一挥，犹如孩子在轰赶乌鸦。女侍们像某个羽毛光滑的新种群中的胆大的乌鸦一般，不慌不忙地拎起裙裾，懒洋洋地走开；她们的声音仿佛传自空中，尾随她们而去：叽叽喳喳的话语停了下来，接着是一阵心照不宣的笑声。罗奇福德夫人最后一个离开，拖着裙子，不情不愿地让出了地盘。

房间里现在只有他和安妮，以及那个在角落里一边哼歌一边在脸前晃动着手指的侏儒。

“我很难过，”他垂着眼睛说。他很明智，知道不能说你可以再养一只狗。

“她们发现它——”安妮伸手一指，“躺在那里。在下面的院子里。上面的窗户开着。它的脖子断了。”

她没有说，它肯定是掉下去的。因为她显然不是这么想。“你还记得我的表兄弗朗西斯·布莱恩从加来把它带到这儿来的那一天吗？当时你在场。弗朗西斯走了进来，一眨眼的工夫，我就从他怀里接过了布赫呱。它从没伤害过任何人。是哪个魔鬼这么狠心，要跟它过不去并害死它？”

他很想安慰她；她似乎心痛欲裂，仿佛受到伤害的是她本人。“它可能是爬到了窗台外面，然后脚下一滑。那些小狗啊，你以为它们会像猫儿那样平安无事，可是却不会。我有一只小狗，因为看到一只老鼠而从我儿子的怀里跳了出去，结果摔断了腿。很容易就这样。”

“它后来怎么样了？”

他轻轻地说，“我们治不好它。”他抬头看了一眼弄臣。她在角落里笑着，并将两个拳头猛地分开，模仿折断的动作。安妮留着这种人干什么？应该把她送往医院。安妮像个小姑娘一样，用指关节擦了擦脸；那些优雅的法国礼仪全都不见了。“金博尔顿那边有什么消息？”她找到一条手帕，擤了擤鼻子。“他们说凯瑟琳还可以活半年。”

他不知道说些什么。也许她希望他派个人去金博尔顿，把凯瑟琳从高处推下去？

“法国大使抱怨说，他两次去你府上，你都不肯见他。”

“我很忙，”他耸了耸肩。

“忙什么？”

“我在花园里玩草地滚球。是的，两次都是。我经常训练，因为如果输了一场球，我就会一整天心情狂躁，就想去找一些天主教徒当球踢。”

如果是在以往，安妮肯定会大笑。但现在没有。“我自己也不喜欢这位大使。他不像之前的使节那样尊重我。不过，对他你还是得小心。你得对他恭恭敬敬，因为只是由于弗朗西斯国王，教皇才没有置我们于死地。”

狼一般的法尔内塞。咆哮着，淌着带血的口水。他不能肯定她是否有心情听他解释，但还是想试一试。“弗朗西斯可不是因为爱我们才帮助我们。”

“我知道不是因为爱。”她摆弄着自己的湿手帕，寻找一块干地方。“反正不是因为爱我。我没有那么傻。”

“仅仅是因为他不希望查理皇帝占领我国，并使自己成为世界霸主。他对逐出教会的诏书也不以为然。他认为罗马主教或任何牧师都不应该自作主张地剥夺国王在自己国家的权力。不过，我但愿弗朗西斯能看清自己的利益。遗憾的是，他身边缺少一位有识之士，来让他明白像我们的君王这样领导自己的教会的好处。”

“可惜没有两个克伦穆尔。”她勉强露出一丝苦笑。

他等待着。她知道法国人现在怎样看待她吗？他们再也不相信她能左右亨利。他们认为她大势已去。尽管英格兰全国上下都已经宣誓要拥护她的孩子，但如果她不能为亨利生一个儿子，没有一个外国人相信小伊丽莎白能称王。正如法国大使对他所说(在他上一次让他进门时)：如果是在两位女性之间选择，那干吗不选大一点的呢？如果说玛丽有西班牙血统，那起码还是皇室血统。而且她起码能站着走路，能自己吃喝拉撒。

小矮人坐在地上从自己那个角落慢慢挪到安妮身边；她拉了拉主人的裙摆。“玛丽，滚开，”安妮说。看到他的表情，她大笑起来。“你不知道我给我的弄臣改名了吗？国王的女儿几乎就是个小矮人，对吧？甚至比她母亲还要矮胖。法国人如果看到她，肯定会大吃一惊，我想，他们只要看她一眼，就会打退堂鼓。哦，我知道，克伦穆尔，我知道他们想背着我干什么。他们让我弟弟来来回回地谈判，但根本就没打算与伊丽莎白联姻。”哦，他想，她终于明白了这一点。“他们想促成王太子与西班牙人的私生女的联姻。他们当着我的面笑容可掬，背着我的面却是另一套。这些你早就清楚，但没有告诉我。”

“夫人，”他喃喃道，“我试过。”

“仿佛我不存在。仿佛我的女儿从未出生。仿佛凯瑟琳仍然是王后。”她的声音尖利起来。“我不会听之任之的。”

那你会怎么办呢？但紧接着她就告诉了他。“我想出了一个办法。关于玛丽。”他等待着。“我可能会去看她，”她说。“而且不是单独去。我会带一些会讨女人喜欢的年轻绅士。”

“你不缺这样的人。”

“或者你可以去看看她，克伦穆尔？你手下有不少英俊的小伙子。那可怜虫这辈子还没听过恭维话，你知道吗？”

“我想，她从她父亲那儿听到过。”

“姑娘满了十八岁之后，父亲对她就不再重要了。她渴望其他人的陪伴。相信我，我知道，因为我也曾经像所有的姑娘那么愚蠢。这个年龄的少女，需要有人给她写情诗。当她进入房间时，需要有人朝她注目并低声叹息。承认吧，这一招我们还没有试过。奉承她，诱惑她。”

“你是要我讨好她吗？”

“我们两个人可以筹划一下。你甚至可以亲自出马，我不介意，有人跟我说她喜欢你。我很乐意看到克伦穆尔假装陷入爱河的样子。”

“如果有谁想靠近玛丽，那肯定是个蠢货。我想国王会杀了他的。”

“我不是建议他跟她上床。上帝保佑我，我不会强迫我的任何朋友做这种事。只需要让她出丑，让她当众出丑就行，这样她就会名誉扫地。”

“不行，”他说。

“什么？”

“这不是我的目的，那些方法也不是我的方法。”

安妮的脸红了。因为愤怒而红到了脖子根。她会不择手段，他想。安妮毫无底线。“你这样跟我说话，”她说，“以后会后悔的。你以为自己已经位高权重，再也不需要我了。”她的声音在发抖。“我知道你在与西摩一家密谈。你以为这是秘密，但什么秘密都瞒不过我。我可以告诉你，听到这个消息时，我非常震惊，我没想到你会把赌注押在这么糟的风险上。除了处女膜，简·西摩还有什么？而到第二天早晨，处女膜还有什么用？事成之前，她是他的心上人，而完事之后，她只不过又是一个连裙子都按不住的娼妓。简既没有长相也没有智慧。她拴不住亨利，连一周时间都拴不住。她会被打发回狼厅，然后被人遗忘。”

“也许是这样，”他说。她有可能说得对；他不会全然不信。“夫人，我们之间曾经相处得很愉快。你常常听取我的建议。现在也让我给你一点建议。放弃你的计划和企图。抛下这些负担。让自己平心静气，直到孩子出生。不要因为情绪波动而损害他的健康。你自己也说过，甚至在孩子出世之前，争争吵吵都可能影响到他。迁就国王的愿望吧。至于简，脸色苍白，平凡之极，对吧？你就装作没看见她。对于不该看的，就转头不看。”

她在椅子上探身向前，双手握在膝盖上。“我也劝劝你，克伦穆尔。在我的孩子出生之前跟我讲和。就算是个女儿，我也还会再生。亨利永远不会抛弃我。他等了我那么久。我没有让他白等。而且如果他背弃我，那么他背弃的就是自从我成为王后以来这个国家所取得的伟大而辉煌的成就——我指的是福音方面的成就。亨利绝不会回归罗马。他绝不会卑躬屈膝。自我加冕以来，全国焕然一新。没有了我，它就不可能维持下去。”

并非如此，夫人，他想。如果需要的话，我可以把你从历史中分离出去。他说，“我不希望我们之间有不快。我只是给你一些实在的建议，就像朋友对朋友那样。你知道我是——或者说曾经是——一位父亲。在这种时期，我总是能开导我妻子，让她平静下来。如果我能为你做任何事情，你尽管吩咐，我一定遵命。”他抬头望着她，眼睛放光。“但是不要威胁我，尊敬的夫人。我会觉得不自在。”

她抢白道，“你自不自在与我何干？你得想清楚自己的利益，秘书官大人。被成就者亦可以被毁灭。”

他说，“我完全赞同。”

他躬身告退。他很同情她；她在运用自己唯一拥有的女人的武器来反抗。在会客室的前厅，只有罗奇福德夫人独自一人。“还在哭哭啼啼吗？”她问。

“我想她已经平静下来。”

“你有没有觉得她的容颜在消褪？她今年夏天晒了太多的太阳吗？她开始有皱纹了。”

“我没有看她，夫人。嗯，至多也没有超出臣子的本分。”

“哦，是吗？”她乐了。“那么我来告诉你。她一天比一天显得苍老。面孔可不只是摆设。我们的罪恶都写在上面呢。”

“天啊！我干了些什么？”

她笑了起来。“秘书官先生，这也是我们所有人都想知道的事情。不过话说回来，也许不总是这样。比如住在乡下的玛丽·博林，我听说她像五月的花儿一样娇艳动人。据说是美丽而丰满。这怎么可能呢？像玛丽那样的破鞋，经过了那么多次转手，你简直找不出哪个马夫没有跟她上过床。但是拿她们两姐妹一比，倒是安妮显得更像是——该怎么说呢？——二手货。”

其他女侍叽叽喳喳地拥进房间。“你们把她一个人留在那儿？”玛丽·谢尔顿说：似乎安妮不应该独自待着。她拎起裙裾，快步返回内室。

他向罗奇福德夫人告辞。但是有什么东西在拖着他的脚，在阻拦他。是那个女矮人，四肢着地。她喉咙里嗷嗷叫着，做出要咬他的样子。他恨不得将她一脚踢开。

他继续处理自己的工作。他心里想，罗奇福德夫人怎么会嫁给那样一个总是羞辱她、宁可找娼妓并对此毫不掩饰的男人？他承认自己无法回答这个问题；探讨她的感受也毫无意义。他知道自己不喜欢她把手搭在他的胳膊上。痛苦似乎从她的毛孔中渗透出来。她的声音在笑，但眼睛毫无笑意；它们打量着一张张面孔，不放过任何信息。

布赫呱从加来抵达宫里的那一天，他曾拉住弗朗西斯·布莱恩的袖子："我能从哪儿得到一只？"哦，送给情妇的吧，那个独眼龙问道：想打探隐私。不是，他笑着说，只是给我自己。

加来很快就倾城而动。信件在海峡两边来来往往。秘书官大人想要一只可爱的小狗。给他找一只，赶快给他找一只，免得被别人抢了功劳。总督的妻子李尔夫人在心里想，不知道是否该奉上自己的狗。通过各种渠道，五六只长毛垂耳狗被送了过来。全都是喜气洋洋的小花狗，长着毛茸茸的尾巴和秀美的小脚。但没有一只像布赫呱那样，竖着耳朵，似乎总是在问，*Pourquoi*①？

问得好。

基督降临节：先是斋戒，然后是盛宴。储藏室里有葡萄干、杏仁、肉豆蔻、豆蔻皮、丁香、甘草、无花果和生姜。英格兰国王的特使正在德国，与施马加登同盟——信仰新教的小国君王联盟——举行会谈。皇帝在那不勒斯。巴尔巴罗萨在君士坦丁堡。仆人安东尼在斯特普尼宅邸的大厅里，坐在一架梯子上，穿着一件绣有月亮和星星的长袍。"好了吗？汤姆？"他叫道。

圣诞之星在他的头顶晃动。他（克伦威尔）站在一旁，抬头望着它银色

① 法语，意为"为什么"，"布赫呱"为该词的音译。

的边缘：如刀刃一般锋利。

安东尼上个月才进入府里，但现在难以想象他曾是门口的一个乞丐。他看望凯瑟琳回来时，奥斯丁弗莱的门外已经像往常一样聚集了一群伦敦人。如果是在内地，人们可能不认识他，但在这里，大家都知道他。他们过来观看他的仆人、马匹以及马具，观看他飘扬的旗帜；可今天他骑马回来时，随行的只是一支旗号不明的卫队，一群似乎不知来自何方的疲惫不堪的人。“您这是去哪儿了，克伦威尔大人？”有人大声问道：仿佛他该给这些伦敦人一个解释似的。有时在想象中，他会看到当年的自己，某支残兵中的一员，穿着随手偷来的旧衣服：一个饿着肚子的少年，一个陌生人，在他家的门口怔怔地观望。

他们正准备进院子时，他突然说，等等；一张苍白的面孔猛然出现在他身旁；有个小个子男人已经从人群中挤过来，抓住了他的马镫。他正在哭，并且显然毫无恶意，所以甚至没有人出手阻拦；只有他（克伦威尔）感到后颈发凉：你就是这样落入圈套，某个声东击西的事件吸引了你的注意，而杀手则拿着刀从后面靠近。不过，武装卫兵在他背后形成了一道人墙，而这个身子弯成一团的可怜家伙正颤抖得像筛糠一般，就算他掏出一把刀，也只会削掉自己的膝盖。他弯下腰。“我认识你吗？我以前在这儿见过你。”

这人声泪俱下。他的嘴里看不到牙齿，这副样子让任何人见了都会觉得难过。“上帝保佑您，贵族老爷。愿他眷顾您，增加您的财富。”

“哦，他的确如此。”他已经厌倦了告诉别人他不是他们的贵族老爷。

“给我个栖身之所吧，”那人恳求道。“您也看见了，我一身破衣烂衫。如蒙您不弃，我可以跟狗睡在一起。”

“狗可能会不喜欢。”

他的一名护卫走上前来：“要我把他轰走吗，先生？”

听到这话，那人又嚎啕大哭。“哦，别哭了，”他就像对一个孩子似的说。哭声更响亮了，眼泪也稀里哗啦地往外淌，仿佛他的鼻子后面有一台抽水机。也许他满口的牙齿就是这样哭掉的？这可能吗？

“我没有主人了，”那可怜的家伙边哭边说。“我尊敬的老爷在一次爆炸中身亡了。”

“上帝饶恕我们，是什么样的爆炸事件？”他顿时关注起来：有人在浪费火药吗？如果皇帝来了，我们可能会用得上的。

那人一俯一仰，双臂抱在胸前；双腿似乎再也站立不住。他（克伦威尔）伸出手去，抓住他松垮垮的上衣，把他拎了起来；他不想让他滚到地上，惊扰了马匹。“站起来。报上你的名字。”

他抽抽噎噎着说，“安东尼。”

“除了哭，你还会干什么？”

“如蒙您不弃，我以前很受器重……唉！”他放声痛哭，看上去撕心裂肺，摇摇欲倒。

“在爆炸之前，”他耐着性子说，“嗯，你是干什么的？给果园浇水？还是洗厕所？”

“唉！”那人哭道。“都不是。没那么有用。”他的胸口起伏着。“先生，我是一个小丑。”

他松开他的衣服，愣愣地看着他，然后大笑起来。人群里纷纷发出难以置信的窃笑。他的护卫在马上笑得前仰后合。

那小矮个仿佛是从他手里弹了出来。他重新站稳，抬起头来望着他。他的脸上毫无湿痕，一抹狡黠的笑容取代了满脸的绝望。“那么，”他说，“我可以留下来了？”

眼下，随着圣诞节的临近，安东尼总是讲一些恐怖故事，听得全府上下瞠目结舌，那都是些发生在他所认识的人身上的故事，是发生在耶稣诞生前后的故事：旅店老板的袭击呀，马厩失火呀，牲口在山坡游荡呀等。他能模仿男人女人的不同声音，能假扮狗粗声粗气地跟主人说话，能模仿查普伊斯大使，你要他模仿谁他就能模仿谁。“你能模仿我吗？”他问。

“您不肯给我机会，”安东尼说。“我可能会希望主人有点特别，比如说话口齿不清，或者经常在胸口画十字并念着耶稣马利亚，或者满脸笑容，或者皱着眉头，或者时不时地抽动一下。可是您既不哼歌，也不拖着脚走路，也不玩弄大拇指。”

“我父亲脾气暴躁。我从小就学会不能乱动。否则被他看到了，就会揍我。”

“至于这里有什么，”安东尼看着他的眼睛，敲了敲自己的前额，“至于这里有什么，谁知道呢？我还不如模仿百叶窗呢。连木板都更有表情。还有水桶。”

“如果你想要一个新主子，我可以帮你找个好人。”

“到头来我还是会回到您这儿。等我学会模仿门柱之后。还有石柱。以及雕像。在北部的乡下，有些雕像的眼睛会动。”

“我这儿保存着几个。在保险库里。”

“能把钥匙给我吗？我想看看它们在黑暗中，没人看管的时候，眼睛是不是还在动。”

“安东尼，你是天主教徒吗？”

“有可能。我喜欢神迹。我一度也是朝圣者。但克伦威尔的拳头比上帝之手更近。”

在平安夜，安东尼扮成国王，头上顶着一个盘子当作王冠，演唱了“与好朋友共度时光”。他在你面前不断变大，瘦胳膊细腿也不断变粗。国王的声音很难听，对于一个大块头来说太高。我们对此往往佯装不觉。可是现在，他被安东尼逗得捂着嘴大笑。安东尼什么时候见过国王呢？他似乎了解他的每一个手势。他想，如果安东尼这些年来一直在王宫里进进出出，按日领取报酬，而没有人问过他是干什么的以及怎么会出现在薪酬名单上，我也不会奇怪。既然他能模仿国王，也就能轻易模仿一个有地方可去、有事情可做的忙碌而有用的人。

圣诞节来临。邓斯坦教堂的钟声敲响了。雪花在风中飘舞。小狗们系上了丝带。最早到来的是赖奥斯利先生；在剑桥时，他是个优秀的演员，过去的几年中，府里的演出事宜一直由他负责。“只给我派个小角色吧，”他已经恳求过他。“我能演一棵树吗？那样就不用学什么了。树可以即兴发挥。”

“在印度，”格利高里说，“树可以走动。它们将自己连根拔起，如果起风了，就可以转移到避风之处。”

“这是谁告诉你的？”

“对不起，是我，”“简称赖斯利”说。“可他非常喜欢听这种故事，我想这没什么关系。”

赖奥斯利的漂亮妻子装扮成少女玛丽安①，她的头发披散下来，一直垂到腰际。赖奥斯利穿着裙子呵呵傻笑，他蹒跚学步的女儿拉着他的裙子不放。“我是来扮演处女的，”他说，“如今处女太少见了，人们不得不派独角兽去寻找她们。”

“去换掉吧，”他说。“我不喜欢。”他揭开赖奥斯利先生的面纱。“看你那胡子，扮起来也不太像。”

“简称”行了个屈膝礼。“可我总得装扮成什么呀，先生。”

“我们还剩一套虫子的服装，”安东尼说。“要不你也可以扮成一朵巨大的条纹玫瑰。”

“圣安坎贝尔就是一个处女并长着胡子，”格利高里主动说道。“那胡子是为了赶走求爱者，好保护她的贞洁。当女人想摆脱自己的丈夫时，就向她祈祷。”

“简称”准备去换装。是虫子还是花儿？“你可以扮成花蕾中的虫子，”安东尼建议道。

雷夫和他的外甥理查德进来了；他看见他们交换了一个眼神。他把赖

---

① 罗宾汉的情人。

奥斯利的孩子抱进怀里，问候了一下她的小弟弟，又赞美她的帽子。“小姐，我忘了你的名字了。”

“我叫伊丽莎白，”孩子回答。

理查德·克伦威尔问，“你们现在不是都叫伊丽莎白吗？”

我要把“简称”争取过来，他想。把他从史蒂芬·加迪纳那里彻底争取过来，他会明白自己真正的利益所在，并且仅仅忠于我和他的国王。

当理查德·里奇和他妻子一起进来时，他赞美了她的黄软缎新袖子。“罗伯特·帕金顿收了我六先令，”她语气忿忿地说，“然后为它们铺内衬又收了四便士。”

“里奇付给他了吗？”他哈哈大笑道。“你不能付钱给帕金顿的。这只会助长他。”

帕金顿到来时，表情非常严肃；他显然有话要说，而不只是一句“你好吗”。他的朋友翰弗里·蒙茂斯——布商协会的骨干成员——与他一同前来。“威廉·廷德尔还在狱中，我听说可能会被处死。”帕金顿犹疑着，但显然非说不可。“我想到我们在欢度节日，他却身陷囹圄。托马斯·克伦威尔，你准备为他做点什么？”

帕金顿信仰福音，是一位宗教改革者，也是他多年的老朋友之一。作为朋友，他把自己的难处摆在他面前：他本人无法与低地国家的政府当局谈判，他需要亨利的许可。而亨利不会答应，因为廷德尔对他的离婚绝不会表示赞同。与马丁·路德一样，廷德尔认为亨利与凯瑟琳的婚姻合法有效，无论怎样的权宜考虑都无法动摇他。你以为他会让步，以迎合英格兰国王，对国王友好；但廷德尔是个顽固到底的人，像石头一样顽固不化。

“这么说，我们的教友就得被烧死了？你是在告诉我这个吗？祝你圣诞快乐！秘书官大人。”他转过身。“据说现在金钱都跟着你，就像小狗跟着主人一样。”

他把手放在他的胳膊上：“罗伯——”接着又收了回来，开心地说，“他们说得没错。”

他知道他的朋友在怎么想。秘书官大人能量巨大，可以打动国王的良心；既然有能力，他干吗不去努力呢？显然是在忙于往口袋里捞钱了。他很想说，看在基督的分上，让给休息一天吧。

蒙茂斯说：“你没有忘记我们那些被托马斯·莫尔烧死的教友吧？还有那些被他折磨致死的人，在狱中被严刑拷打了几个月的人？”

“他没有拷打你。你活下来了，看到了莫尔的倒台。”

“但他的胳膊从坟墓里伸了出来，”帕金顿说。“到处都是莫尔的爪牙，都在搜寻廷德尔。正是莫尔的密探出卖了他。如果你不能打动国王，也许王后可以？”

“王后已经自顾不暇。如果你们想帮她，就告诉你们的妻子管好自己的毒舌。”

他走开了。雷夫的孩子——准确地说是他的继子——在大声喊他来看看他们的装扮。但那段半途而止的谈话在他嘴里留下了一股酸涩的味道，在整个节期都挥之不去。安东尼不停地给他讲笑话，但他的目光转到了那个装扮成天使的孩子身上：那是雷夫的继女，他妻子海伦的大女儿。她正戴着他多年前为格蕾丝制作的孔雀翅膀。

多年前？不到十年，远远不到十年。羽毛上的眼睛图案在闪烁；天色很暗，但一排排蜡烛映照出那金色的光芒，以及扎在墙上的亮红色冬青果和银星的尖角。那天晚上，雪花飘洒在地上时，格利高里问他，“死去的人现在住在哪里？到底有没有炼狱？他们说它还存在，但谁也不知道在哪儿。他们说，我们为那些受难的灵魂祷告没有用。我们无法像以前那样，通过祷告而帮他们解脱。”

当初亲人们去世时，他也按照时下的习俗做了各种事情：比如供奉，弥撒。“我不知道，”他说。“国王不允许宣讲炼狱，它太有争议。你可以找克兰默大主教谈一谈。”他撇了撇嘴。“他会告诉你最新的思想。”

“如果我不能为我母亲祷告，或者他们让我祷告却说我是在白费力气，因为不会有人听见，那么我会非常难过。”

想象一下那里此刻的静寂吧，在那个乌有之乡，在那个一小时相当于一万年之久的上帝的前厅。你曾经想象那些灵魂罩在一张大网之内，一张由上帝织成的安全可靠的大网，直到它们解脱出来，享受它的荣光。但如果绳断了，网破了，他们是不是就掉进无底的冰窟，年复一年更深地陷入静寂，直到再也找不到他们的踪迹？

他把孩子带到镜子前，让她看自己的翅膀。她脚步不稳，对自己的样子感到惊奇。在镜子里，孔雀翎上的眼睛在对他说话。不要忘了我们。年复一年，我们一直都在这里：期待着你的一声低语，一次抚摸，一丝轻柔的气息。

四天后，西班牙及神圣罗马帝国大使尤斯塔西·查普伊斯来到斯特普尼。他受到热烈欢迎，府里的人都走上前来用拉丁语和法语向他祝福。查普伊斯是萨瓦人，能说一点西班牙语，但英语几乎不会说，不过已经渐渐能够听懂一部分。

此前在城里时，他们两府已经交往甚密。事情起于一个秋风大作的夜晚，大使的住处突然失火，他的随从们带着尽力抢救出来的家什，满身烟灰、大呼小叫地来到奥斯丁弗莱捶门。大使的家具和衣橱已经化为乌有；看到他裹着一块烧坏的窗帘、贴身只有一件衬衣的样子，你会忍俊不禁。他的随从晚上就睡搭在大厅的地铺上。约翰·威廉逊妹夫则把自己的房间让给了这位不期而至的贵客。第二天，大使不得不狼狈不堪地穿着借来的衣服出面见人；那些衣服穿在他身上过于肥大，可能是借来的，也可能是克伦威尔府上的制服，那副模样大大地损害了他的大使形象。他已经吩咐裁缝赶制新衣。“我不知道哪儿可以弄到你喜欢的那种色彩鲜艳的丝绸。但我会给威尼斯那边捎个话。”第二天，他和查普伊斯一起回到现场，在烧黑的屋梁下查看。大使的公文变成了一摊黑乎乎的湿泥，大使用棍子搅动着那摊湿泥，发出一阵低叹。“你看，”他抬起头来，说，“这会不会是博林家的人干的？”

大使从未承认过安妮·博林，也从未获准向她觐见；他不得享有这种荣幸，亨利已经下令说，直到他愿意亲吻她的手，称她为王后。他效忠的是另一位王后，是金博尔顿的那位流亡者；但是亨利说，克伦威尔，我们要找个时间，试试让查普伊斯面对事实。国王说，我很想看看，如果他与安妮迎面相遇，避无可避，他会是什么反应。

大使今天戴着一顶令人惊讶的帽子。这不像是一位严肃的使节的帽子，倒更像是乔治·博林的风格。“克伦穆尔，你觉得怎么样？”他把帽子歪了歪。

“非常合适。我也得来一顶。”

“请允许我送给你……”查普伊斯很夸张地从自己的头上取下帽子，但马上又改变了主意。“不行，这一顶不适合你的大脑袋。我要帮你定制一顶。”他挽起他的胳膊。“亲爱的朋友，与你府上的人在一起总是令人开心。但我们能借一步说话吗？”

在一间密室里，大使开始发难。“听说国王将命令牧师们结婚。”

他对此猝不及防；但不打算让这件事破坏自己的好心情。“这样也有好处，可以避免虚伪。不过我可以明确地告诉你，这种事情不会发生。国王绝不会同意的。”他仔细打量着查普伊斯；也许他听说了坎特伯雷大主教克兰默有一位秘密的妻子？他绝不可能知道。否则，他会揭发并整垮他。这些所谓的天主教徒啊，他们讨厌托马斯·克兰默，就像讨厌托马斯·克伦威尔差不多。他朝大使指了指那把最好的椅子。“你不想坐下来喝一杯酒吗？”

但查普伊斯不肯就此转移话题。“我听说你要把所有的僧侣和修女都赶出去流浪。”

“你这是听谁说的？”

“从国王自己的臣民口里。”

“先生，你听我说。我的督察员在到处调查，我从僧侣们那儿听到的，大多是请求还俗。修女们是一样的，他们无法忍受那种束缚，他们哭着来求我的手下，希望得到自由。我准备给僧侣们发放救助金，或者帮他们找一份有用的工作。如果是学者，就可以得到津贴。如果是被授予圣职的牧师，那么教区会用得上他们。至于僧侣们坐享其成的那些钱，我很想看到其中一部分转移到教区牧师那里。我不知道你们国家是什么情形，但有些圣职每年只能给人带来四五先令的收入。这点钱连柴火都买不起，谁还会去履行救赎灵魂的职责呢？等我让神职人员得到赖以为生的收入之后，我打算让每一位牧师成为一位穷学生的导师，好帮助他念完大学。下一代的牧师会有学识，到头来又可以教育其他人。把这些告诉你的主人。告诉他我打算让好的宗教得到发展，而不是消亡。”

但查普伊斯转过脸去。他紧张地扯着自己的衣袖，急切地说了起来。“我不对我的主人撒谎。我只告诉他我的所见所闻。我看到了焦虑不安的民众，克伦穆尔，我看到了不满，看到了痛苦；春天还没到我就看到了饥荒。你在从佛兰德斯购买玉米。多亏皇帝允许他的领地为你们提供粮食。贸易本来可以停止的，你知道。”

“让我的同胞挨饿对他有什么益处呢？”

“他的益处就在于，他们会看到自己受到的是多么邪恶的统治，国王的行为是多么可耻。你那些特使在跟德国的王公们干什么呢？一个月接一个月地会谈，会谈，会谈。我知道他们希望与路德教派达成某种协议，把他们的做法引进过来。”

“国王不会改变弥撒的形式。这一点他很明确。”

“但是，”查普伊斯的一根手指在空气中指点着，“异教徒梅兰希顿[①]把自己的一本书献给了他！你无法藏住一本书，对吧？是的，不管你怎么否认，到头来亨利会废除一半的圣事，并与那些异教徒联合起来，好让我的主人——也就是那些异教徒的皇帝和最高君主——感到不安。亨利以嘲笑教皇开始，最后会以拥抱魔鬼告终。”

---

① 菲利普·梅兰希顿（1497—1560），德国基督教新教改革家，继路德后成为德国宗教改革运动领袖。

“你似乎比我更了解他。我是说亨利。不是魔鬼。”

他没料到谈话会走到这一步。就在十天前，他还与大使友好地共进晚餐，查普伊斯还向他保证，皇帝只想保持王国的稳定。当时还毫无封锁之说，毫无让英格兰人挨饿之说。“尤斯塔西，”他问，“发生什么事了？”

查普伊斯突然坐了下来，佝偻着身子，双肘拄在膝盖上。他的帽子也向下倾斜，他干脆取下它放在桌上；眼神中还掠过遗憾之色。“托马斯，我得到了金博尔顿那边的消息。他们说王后吃不下东西，甚至连水都不能喝。连续六个晚上，她总共睡了不到两小时。”查普伊斯用拳头揉了揉眼睛。“我担心她活不了一两天。我不想让她孤零零地死去，身边连个爱她的人都没有。我担心国王不肯让我去。你会让我去吗？”

这个男人的痛苦打动了他；这是发自内心的痛苦，超越了他作为大使的职责范围。“我们去格林威治问问他，”他说。“今天就去。我们现在就走。把你的帽子戴上。”

在船上，他说，“这风有点暖和。”查普伊斯似乎没有感觉。他裹着几层羊皮衣服，缩成一团。

“国王今天准备进行马上长矛比武，”他说。

查普伊斯吸了吸鼻子，“在雪地上？”

“他可以叫人清理场地。”

“显然是让僧侣们受累。”

大使的执拗让他觉得好笑。“我们得希望比武进展顺利，那么亨利就会心情很好。他刚刚从埃尔瑟姆看望小公主回来。你得问候一下她的健康。还得给她准备一份新年礼物，你想到这点了吗？”

大使愠怒地看着他。他只想给伊丽莎白一个爆栗子。

“我很高兴河面没有结冰。有时候，我们会连着几周都不能在河上通行。你见过河水结冰的情景吗？”没有回答。“凯瑟琳很强壮，你知道。如果雪停了，国王也允许的话，你明天可以骑马去。她以前也病过，后来又好了。你会看到她坐在床上，问你怎么来了。”

“你怎么唠叨个没完？”查普伊斯闷声闷气地说。“这可不像你。”

是啊，怎么会这样？如果凯瑟琳死了，对英格兰将是一件大事。查理也许是她心爱的外甥，但他不会为一个死去的女人而争吵不休。战争的阴云将会消散。一个新的时代将会来临。他只希望她不会有痛苦。没有必要让她遭罪。

他们停靠在国王的栈桥上。查普伊斯说，“你们的冬天太长了。我真希望自己还年轻，还在意大利。”

码头上堆满积雪，但田野上依然白茫茫一片。大使是在都灵接受的教育。那里不会刮这样的风，犹如遭受折磨的灵魂一样在塔楼周围尖叫。“你忘了那些沼泽和糟糕的空气，对吧？”他说，“我跟你一样，只记得阳光。”他伸手扶住大使的胳膊肘，带领他走到干地上。查普伊斯本人则紧紧地拽住自己的帽子。帽子的流苏湿嗒嗒地垂着，大使自己也似乎要哭出来。

迎接他们的侍从是亨利·诺里斯。“啊！是‘温文尔雅的诺里斯’①，”查普伊斯小声说道。“运气不算太糟。”

像往常一样，诺里斯是礼节的典范。“我们比了几场，”他回答着他的询问。“陛下的成绩最好。你们会发现他很开心。现在我们在为化装舞会更衣。”

每次见到诺里斯，他都会想起沃尔西在国王的人面前仓惶离家，逃到伊舍那座冷飕飕、空荡荡的宅子里的情景：红衣主教跪在泥泞中，口里千恩万谢，因为国王派诺里斯给他送来了一件友好的信物。沃尔西跪在那里感谢上帝，但看上去却像是在跪谢诺里斯。不管诺里斯如今怎样向他讨好，都无济于事；他永远无法从脑海中抹去那一幕。

---

① 原文为gentle Norris，其中的gentle一语双关，既指诺里斯的侍从(gentleman)身份，也指他举止温文尔雅。

宫内暖意融融，一派忙碌；乐师们带着乐器，高一级的仆人在对手下发号施令。国王出来欢迎他们时，旁边跟着法国大使。查普伊斯吃了一惊。出于礼节上的需要，双方热情地问候；互相亲吻。查普伊斯多么不落痕迹、轻而易举地恢复了自己的一贯形象；多么彬彬有礼地向国王陛下行礼。这位如此老练的外交官甚至能诱使自己僵硬的膝关节弯下来；查普伊斯不是第一次让他想起一位舞蹈大师。他把那顶特别的帽子贴在身边。

"圣诞快乐，大使，"国王说。接着又有所希望地补充了一句，"法国已经给我送了大礼。"

"皇帝的礼物会在新年时到达陛下手中，"查普伊斯吹嘘道。"您会发现它们更贵重。"

法国大使看着他。"圣诞快乐，克伦穆尔！今天没有玩草地滚球？"

"今天我听候你的差遣，先生。"

"我告辞了，"法国大使说。他显出嘲讽的神情；国王已经与查普伊斯挽起了胳膊。"陛下，临别之前，我能否向您保证，我的主人弗朗西斯国王已经与您心心相连？"他的目光越过查普伊斯。"有了法国的友谊，您就可以放下心来，您的统治将不会受到侵扰，再也不必担心罗马了。"

"不会受到侵扰？"他(克伦威尔)说。"嗯，大使，你真是太好了！"

法国人点了点头就从他身边走过。而当法国的锦缎掠过查普伊斯身旁时，查普伊斯顿时绷紧身体；并把帽子藏到一边，仿佛怕被弄脏一般。"要我帮您拿着吗？"诺里斯低声问。

但查普伊斯的注意力已经在国王身上。"凯瑟琳王后……"他开口道。

"威尔士亲王遗孀，"亨利厉声更正。"是的，我听说那位老太太又吃不下饭了。你是为此而来的吗？"

亨利·诺里斯小声说，"我得扮成摩尔人。能允许我失陪一下吗，秘书官先生？"

"你请便吧，"他说。诺里斯退了下去。在随后的十分钟里，他不得不站在一旁，听国王流利自如地撒谎。他说，法国人给了他许多重要的承诺，而他全都相信。米兰公爵死了，查理和弗朗西斯都宣称公爵领地归自己所有，如果他们不能好好解决，就会发生战争。当然，他一直是皇帝的朋友，但法国人向他许下了城池，还答应给他城堡，甚至还有一个海港，所以，为了民众的利益，他得慎重考虑正式结盟的事宜。不过，他知道皇帝有能力提出同样——就算不是更好——的条件……

“我就不对你隐瞒了，”亨利对查普伊斯说。“作为一个英国人，我不管干什么都坦坦荡荡。英国人从不撒谎或骗人，哪怕是为了自己的利益。”

查普伊斯没好气地说，“您这样的好人似乎举世难寻啊。如果您不能关心好自己国家的利益，那我就得替您关心了。不管他们说得怎么天花乱坠，到头来还是不会给您领土的。我可不可以提醒您，在刚刚过去的这几个月里，当您无法让您的民众填饱肚子时，法国人是多么卑劣的朋友？如果不是我的主人准许粮食外运，您的子民就会成了尸体，从这里一直堆到苏格兰边境。”

这话有点夸张。好在亨利心情很好。他喜欢宴会，娱乐，在比武场上待一小时，接着又有化装舞会；而想到他的前妻躺在沼泽地区快要咽气，则让他更加开心。“来吧，查普伊斯，”他说。“我们去我的房间私下讨论。”他拉着大使，并越过大使的头顶，朝他使了个眼色。

但查普伊斯突然止步。国王也只好停下。“陛下，这件事情我们可以稍后再谈。我眼下的使命刻不容缓。我请求您允许我去……去凯瑟琳那里。而且我恳请您允许她的女儿去看看她。这可能是最后一面。”

“哦，没有我的枢密院的建议，我不能让玛丽小姐到处走动。而且我看今天是没有希望召集他们了。道路不便，你知道。至于你，你打算怎么去呢？你有翅膀吗？”国王呵呵笑道。他重新拉住大使，把他拖走。门关上了。他(克伦威尔)站在那里，愣愣地望着那扇门。门后还会说出什么样的谎言呢？亨利口口声声说法国人给了他重大的承诺，查普伊斯得赔上老本才能开出同样的条件。

他想，红衣主教会怎么处理呢？沃尔西过去常说，“千万不要让我听到你说，‘你不知道紧闭的房门背后在发生什么事情。’去弄清楚呀。”

就这么办。他准备想出一个理由跟着他们进去。但就在这时，诺里斯挡住了他的路。他一身摩尔人的装束，脸上涂得很黑，一副开开心心、笑容可掬的样子，可仍然不失警惕。圣诞活动的主要节目：我们来耍弄克伦威尔吧。他抓住诺里斯那穿着丝绸衣服的肩膀正要把他推开时，一条小龙摇摇摆摆地过来了。“那条龙里面是谁？”他问。

诺里斯哼了一声。“弗朗西斯·韦斯顿。”他往后推了推头上的羊毛假发，露出高贵的前额。“那条龙要摇摇摆摆地去王后的住处讨糖吃。”

他笑了。“你这话可有点酸，哈里·诺里斯。”

这不难理解。他也在王后的门口效劳过。在她的门槛上。

诺里斯说，“她会跟他玩耍，拍拍他的小屁股。她很喜欢小狗。”

“你有没有查出是谁害死了布赫呱？”

“别那么说，”摩尔人恳求道。“那是一次事故。”

威廉·布莱里顿出现在他身边，使他转过身来。“那条该死的龙去哪儿了？”他问。“我要去追捕它。”

布莱里顿装扮成古代猎人的模样，身上披着他的一头猎物的毛皮。“这是真豹皮吗，威廉？你是在哪儿猎到它的，在切斯特吗？”他评判地抚摸着它。布莱里顿似乎里面没有穿衣服。“这样合适吗？”他问。

布莱里顿吼道，“这个时候可以任意着装。你如果不得不扮成古代猎人，里面还会穿上衣不成？”

“只是别让王后看到你下面的宝贝。”

摩尔人呵呵笑了。“他身上还有什么她没见过？”

他抬起眉头。“是吗？”

诺里斯尽管扮成了摩尔人，还是马上脸红了。“你知道我指的是谁。不是威廉。而是国王。”

他举起一只手。“请注意，这个话题可不是我挑起来的。顺便说一下，那条龙往那边去了。”

他想起去年，布莱里顿像马夫一般吹着口哨，大摇大摆地走进白厅；然后突然停下来对他说，“我听说，当国王不喜欢你交给他的文件时，就会重重地赏你几个爆栗子。”

要吃爆栗子的是你，他当时在心里说。这家伙的神气让他觉得自己又成了当年那个孩子，那个阴郁好斗、经常在帕特尼的河岸上惹事的小坏蛋。这种编出来诋毁他的话，他以前也有耳闻。所有了解亨利的人都知道这不可能。他是全欧洲第一绅士，温文尔雅，无可挑剔。即使他想揍别人，也会找其他人代劳；他不会弄脏自己的手。有时候，他们的确意见不一。但只要亨利碰他一下，他就会离开。想要他的欧洲君王不在少数。他们给他开出了条件；他可以拥有城堡。

此刻，他目送着布莱里顿毛乎乎的肩膀上挎着弓，朝王后的房间走去。他转头跟诺里斯讲话，但他的声音被一阵金属撞击声淹没了，好像是卫兵们发出的声音：有人在高喊，“快闪开，萨福克公爵大人来了。”

公爵的上半身仍然全副武装；也许刚才他也在外面的比武场上显过身手。他的大脸通红，那一年比一年庞大的胡子垂到了胸甲上。勇敢的摩尔人走上前去，说，“陛下正在商讨……”但布兰顿犹如十字军挺进一般，将他一把推开。

他（克伦威尔）紧跟在公爵身后。如果有一张网，他会朝他当头撒下。布兰顿用拳头捶了一下国王的门，接着猛地将它推开。“把你手头的事停一停，陛下！天啊，你该听听这个消息。你摆脱那个老太婆了。她马上要死了。你很快就成为鳏夫了。然后你可以甩掉另一位，与法国联姻，天呀！诺曼底将是你唾手可得的嫁妆……”这时他看到了查普伊斯。“哦，大使。嗯，你可以走了。留在这儿争吵也没用。回家去过你的圣诞节吧，我们这儿不需要你。”

亨利已经脸色煞白。“你在胡说些什么。”他走近布兰顿，仿佛要把他打倒在地；如果手上有一把斧头，他可能真会这样。“我妻子正怀着孩子。我有合法的婚姻。”

“哦，”查尔斯顿时泄了气。“就眼下来看，是这样。可我以为你说过——”

他(克伦威尔)大步走到公爵面前。看在撒旦妹妹的分上，查尔斯怎么会有这种念头？与法国联姻？这肯定是国王的计划，因为布兰顿自己不会有任何计划。看来亨利在实施两套外交政策：一套他了解，另一套他毫不知情。他抓住布兰顿。他比对方矮一个头。他以为自己会推不动这个大块头蠢驴，何况他还穿着厚厚的衣服和部分盔甲。但他似乎推动了，而且推得很快，把他很快推到满脸愕然的大使听不见的地方。直到把布兰顿推到会客厅的另一边，他才停下脚步，问道，“萨福克，你这是从哪儿听来的？”

“哈哈！我们这些贵族了解得比你多。国王把他的真实意图清楚地告诉了我们。你以为自己了解他的所有秘密，可是你错了，克伦威尔。”

“你听到他刚才的话了。安妮正怀着他的孩子。如果你以为他现在会抛弃她，那你真是疯了。”

“如果他以为那是他的种，他才是疯了。”

“什么？”他从布兰顿身边后退几步，仿佛他的胸甲发烫一般。“如果你知道任何有损王后名誉的事，作为臣民，就有义务全都说出来。”

布兰顿将自己的胳膊挣脱出来。“我以前也说出来过，你看是什么下场。我把她跟怀亚特的事告诉了他，而他却把我踢出王宫，让我回到东部乡下。”

“如果你再把怀亚特牵扯进来，我会把你踢到中国去。”

公爵的脸都气歪了。怎么会成这种局面呢？布兰顿与他的新娇妻有了一个儿子，就在几周前，还请他当他儿子的教父。可此时此刻，公爵却咆哮道，“回去扒你的算盘吧，克伦威尔。用你只不过是为了赚钱，一旦涉及国家大事，你就不可能处理，你只是一个没有地位的平民，国王自己也这么说，你没有资格跟君王们交谈。”

布兰顿伸手抵住他的胸口将他推开：公爵再一次朝国王那边走去。倒是强持尊严、满心悲伤的查普伊斯隔在国王与喘着粗气、一腔怒火的大块头公爵中间，从而维持了几分秩序。“陛下，我告辞了。与以往一样，我觉得您是一位最亲切的君王。如果我及时赶到的话，而我相信我会及时，那么，我的主人会从他自己的使节这里了解到他姨母弥留之际的情况，从而感到欣慰。”

“我也会尽力的，”亨利严肃地说。“祝你顺利。”

“我天一亮就出发，”查普伊斯告诉他；他们穿过跳着莫理斯舞的人群和左摇右摆的竹马，穿过一条男人鱼及其鱼群，避开一座轰隆隆地朝他们靠近的城堡——一座装在车轴上了油的推车上的粉刷过的小石屋——快步离开。

到了外面的码头上，查普伊斯转向他。在他的脑海里，上了油的车轴肯定正在旋转；他所听到的那个他称之为小妾的女人的情况，已经在被他写成报告。他们不可能心照不宣地假装他没有听见；只要布兰顿张口咆哮，德国的树都会震断。就算大使得意地喋喋不休也不令人意外：当然，不是因为想到与法国联姻，而是因为安妮的失宠。

但查普伊斯却镇静自若；他的脸色很苍白，很真诚。“克伦穆尔，”他说，“我注意到了公爵那些话。关于你这个人。你的地位。”他清了清喉咙。“不妨这么说吧，我自己也出身卑微。尽管可能不是那么低……”

他了解查普伊斯的历史。他家族的人都是些小律师，两代人之前曾经务农。

“同样，不妨这么说吧，我相信你有资格处理。不管你在天堂这一边的哪个地方，我都会支持你。你是一个口才好、学问高的人。如果我需要一位律师来为我辩护，我肯定会聘请你。”

“你让我受宠若惊，尤斯塔西。”

“回到亨利那儿去吧。劝说他让公主见她母亲一面。一个奄奄一息的女人，这能伤害到什么政策，什么利益……”这个可怜人的喉咙里发出一声愤怒的干嚎。片刻之后，他就控制住自己。他取下帽子，怔怔地看着它，似乎想不起它来自何处。“我觉得我不能戴这顶帽子，”他说。“这更像一顶圣诞帽，你看呢？不过，我也不想失去它，它非常特别。”

“把它交给我好了。我会派人送到你府上，你回来后就可以戴了。”等你服丧期满后，他想。“你瞧……关于玛丽，我不能让你抱很大希望。”

“你是个英国人，一个从不撒谎或骗人的英国人。”查普伊斯大笑起来。“耶稣马利亚！”

“对于任何可能强化玛丽的反抗精神的会面，国王都不会同意。”

“哪怕她母亲到了弥留之际？”

“尤其是这种时候。我们不希望有发誓，或者临终诺言。你明白吗？”

他对他的船长说：我会留在这里，看看那条龙会怎么样，会不会吃掉猎人等。你把大使送往伦敦，他得准备一次旅行。“但你自己怎么回去呢？”查普伊斯问。

“爬回去，如果布兰顿得逞的话。”他伸手扶住这位小个子男人的肩膀，温和地说，“这会扫清道路，你明白吗？为与你主人的结盟。这对英格兰及其贸易很有好处，也是你我两人希望看到的。凯瑟琳一直是我们之间的障碍。”

“那与法国的联姻呢？”

“不会有与法国的联姻。那是编的。走吧。不到一小时天就要黑了。希望你今晚睡个好觉。”

黄昏已经悄悄降临在泰晤士河上；层层暗影渗透进起伏的波浪，蓝色的薄暮在岸边弥漫。他对一位船夫说，你觉得通往北部的路能走吗？上帝保佑我，先生，那人说：我只认识这条河，而且我反正从未到过恩菲尔德以北。

当他回到斯特普尼时，屋子外面都是火把的亮光，唱歌的孩子们正情绪高昂地在花园里唱着圣诞颂歌；狗在叫，雪地上黑影晃动，十二个白得刺眼的雪堆俯瞰着冰冻的树篱。其中一个比其他的要高，戴着一顶主教法冠；一截发青的胡萝卜成了他的鼻子，还有一小截则充当它的阴茎。格利高里兴奋难抑地朝他冲来："瞧啊，先生，我们用雪堆成了教皇。"

"我们先堆成了教皇。"在他旁边是护家犬管理员迪克·帕瑟那张兴高采烈的面孔。"我们堆成了教皇，先生，然后，他在那儿好像也不令人讨厌，于是我们就堆了一群红衣主教。您喜欢他们吗？"

他的厨工们围在他身旁，满身是雪，湿淋淋的。府里的所有人，或者至少是三十岁以下的所有人，都出来了。他们在距离雪人较远的地方燃起了篝火，似乎正在他的仆人克里斯托弗带领下围着篝火跳舞。

格利高里终于喘过气来。"我们这么做，只是为了更好地体现国王的至高无上。我觉得这没什么不对，因为我们只要吹响号角，就可以把它们踢成平地，而且理查德表哥也说我们可以这么做，教皇的脑袋还是他做出来的，来这儿找您的赖奥斯利大人帮教皇插上了小鸡鸡，还哈哈大笑。"

"你们这些孩子啊！"他说。"我非常喜欢他们。等到明天，天更亮的时候，我们再奏乐，好吗？"

"我们能鸣炮吗？"

"我去哪儿找大炮呢？"

"跟国王谈谈吧，先生。"格利高里大笑着；他知道大炮的要求太过分了。

迪克·帕瑟敏锐的目光落在大使的帽子上。"我们能借它用用吗？我们一直做不好教皇的三重冠，因为我们不知道它该是什么样。"

他在手里转动着帽子。"你说得对，这更像是法尔内塞戴的东西。但是不行。这顶帽子是一件神圣的委托物。我得为它向皇帝负责。好了，让我走吧，"他笑着说，"我得写信去了，我们不久可望有巨大的变化。"

"史蒂芬·沃恩在这儿，"格利高里说。

"是吗？哦，太好了。我正用得着他。"

他疲惫地走向屋子，火光在他的脚后跟闪烁。“可怜的沃恩大人，”格利高里说，“我想他是来吃晚饭的。”

“史蒂芬！”一个短促的拥抱。“没时间了，”他说。“凯瑟琳快要死了。”

“什么？”他的朋友说。“我在安特卫普没听到任何消息。”

沃恩总是在东奔西跑。他马上又要出发。他是克伦威尔的仆人，是国王的仆人，是国王在海峡两岸的耳目；佛兰芒商人和加来的同业公会的各种事情，史蒂芬无所不知，无所不报。“我得说，秘书官大人，您府上真是够乱的。我还不如在野外吃饭呢。”

“你是在野外，”他说。“差不多算是。或者说很快就是了。你得马上出发。”

“可我才刚刚下船呢！”

史蒂芬就是这样表达他的友情：不断地抱怨、挑剔和唠叨。他转身吩咐起来：给沃恩吃的，给沃恩喝的，帮他铺好床，为他备一匹好马，天亮就出发。“别烦了，你可以睡一晚上。然后你得护送查普伊斯去金博尔顿。你会说好几种语言，史蒂芬！不管他们是用法语、西班牙语还是拉丁语交谈，每一个字我都要知道。”

“哦，我明白了。”史蒂芬打起精神。

“因为我想，如果凯瑟琳死了，玛丽会不顾一切地乘船逃往皇帝的地盘。他毕竟是她的表兄，尽管她不该信任他，但别人说什么她都不肯相信。而我们又不能把她拴在墙上。”

“把她留在内地。留在距离港口得骑马走两天的地方。”

“如果查普伊斯为她找到了出路，她会乘风飞翔，乘筛子渡海。”

“托马斯。”一向严肃的沃恩把手搭在他身上。“你怎么这么心烦意乱？这可不像你。你怕输在一个小姑娘的手上吗？”

他很想告诉沃恩已经发生的事情，但是该如何描述那种感受：亨利撒谎时的自然流畅，还有布兰顿，当他推他、拉他、将他从国王身边拖开时那铁塔般的重量；刺骨、潮湿的风刮在他脸上的感觉，他口里的血腥的味道。会一直都是这样，他想。会一直这样下去。基督降临节，大斋节，圣神降临周。“你瞧，”他叹了口气，“我得去给在法国的史蒂芬·加迪纳写信了。如果凯瑟琳真的要死了，我得保证他是从我这儿得到的消息。”

“再也不用奴颜婢膝地向法国人求救了，”史蒂芬说。他是在笑吗？那是狼一般的笑容。史蒂芬是个商人，很重视跟低地国家的贸易。一旦与皇帝的关系破裂，英格兰就会缺钱。当皇帝跟我们是盟友时，我们就会富有。“我们可以解决所有的纷争，”史蒂芬说。“凯瑟琳是那一切的根源。她的外甥会跟我们一样如释重负。他从未想过要攻打我们。现在米兰那边已经够他忙了。如果他要争的话，就让他跟法国争去吧。我们的国王已经腾出手来。他可以想干什么就干什么。”

这正是让我担心的事情，他想。那只腾出来的手。他向沃恩道歉。沃恩制止了他。“托马斯，你总是这样一刻不停地忙乎，会把自己拖垮的。你有没有想过，你的半辈子已经过去了？”

“半辈子？史蒂芬，我已经五十岁了。”

“我忘了。”史蒂芬笑了笑。“已经五十了？从我认识你到现在，没觉得你有多大变化。”

“那是一种错觉，”他说。“不过我答应你，我会休息的，等你休息的时候。”

他的书房里很暖和。他关上百叶窗，让自己与外面的皑皑白光隔离开来。他坐下来给加迪纳写信，将他赞扬了一番。国王对他出任法国大使的工作很满意。他很快就会寄钱过去。

他放下笔。查尔斯·布兰顿是着了什么魔呢？他知道一直都有传言，说安妮肚子里的孩子不是亨利的。甚至还有人说她根本就没有怀孕，只是在假装罢了；而且，她似乎的确很不确定孩子将于什么时候出生。但他以为那些流言蜚语是从法国传到英格兰的；法国宫廷里的人能知道些什么呢？他没把它们放在心里，认为那是纯粹的恶意。安妮就是这样招人非议；这是她的不幸，或者说是不幸之一。

他的手边有一封李尔勋爵从加来寄来的信。一想到它他就觉得累极了。李尔从自己在寒冷的清晨醒来开始，原原本本地向他描述自己所过的圣诞节。在庆祝活动中的某个一刻，李尔勋爵受到羞辱：加来市长让他久等。所以轮到他的时候，他也让市长久等……于是双方都给他写信：谁更重要呢，秘书官大人，是总督还是市长？说是我呀，说是我！

亚瑟·李尔勋爵是世界上最随和的人；不过很显然，市长跟他较劲时是个例外。但是他欠国王的钱，七年来没有还过一便士。他也许得采取什么措施；王室的财务主管就此给他来过一封信。在这件事情上……国王在自己的几大宫殿里藏有秘密资金，以备急需之用，亨利·诺里斯则凭借作为国王贴身侍从的地位，掌管着那些资金，而鉴于某种传统，他从未弄清那些钱的来源和用途；不知道怎样才能将它们解冻，也不知道它们从何而来，储存了多少，或者除诺里斯之外谁能接触它们……因为一旦诺里斯因为情势需要而被解职。或者一旦诺里斯遇到意外。他重新放下笔，开始想象那些意外。他双手抱着头，指尖贴着疲倦的双眼。他看到诺里斯从马上栽了下来。看到诺里斯摔倒在泥泞中。他在心里说，“回去扒你的算盘吧，克伦威尔。”

他的新年礼物已经开始源源而至。爱尔兰的一位拥护者给他送了一卷白色的爱尔兰毛毯和一瓶白兰地。他很想让自己裹着毯子，喝光那瓶酒，然后躺在地上睡上一觉。

爱尔兰的这个圣诞节很平静，四十年来头一次这么安宁。这主要是因为他绞死了一些人以儆效尤。不是很多：只是些关键分子。这是一种艺术，一种必要的艺术；爱尔兰的首领一直在恳求皇帝把他们的国家作为入侵英格兰的跳板。

他深吸一口气。李尔，市长，羞辱，李尔。加来，都柏林，秘密资金。他希望查普伊斯及时赶到金博尔顿，但不希望凯瑟琳恢复过来。他知道自己本不该诅咒任何人死亡。死神是你的君主，你不是他的保护人；当你以为他在别的地方忙碌时，他会破门而入，在你身上擦拭自己的靴子。

他清理了一下文件。又有一些关于僧侣们的记录，说他们整夜泡在酒馆里，天亮时才踉踉跄跄地回到修道院；又有一些主持被人发现在树篱下与妓女鬼混；又有一些祈愿，又有一些恳求；有人谈及玩忽职守的牧师不肯为孩子洗礼或埋葬死者。他将它们推到一旁。够了。有位陌生人——从字迹上看是个老人——给他写信，说伊斯兰教徒的皈依即将到来。可我们能为他们提供怎样的教会呢？信里说，除非马上有巨大的变化，否则那些异教徒将处于比以往更加黑暗之中。您是宗教事务代理，克伦威尔大人，您是国王的代理人：您对此会有何举措呢？

他想，不知道土耳其人是否也让自己的子民这么劳累，就像亨利对我这样？如果我生来是个异教徒，我可能会成为海盗。可能会航行在地中海上。

当他翻到下一页时，几乎笑出声来；不知道是谁把一份庞大地产的转让证放在他的面前，是国王转给查尔斯·布兰顿的。有牧场和林地，荆豆和石楠，一处处庄园坐落其中：诺森伯兰伯爵亨利·珀西把这块地产转让给了国王，以部分冲抵他的巨额债务。亨利·珀西，他想：我跟他说过，因为他参与了整垮沃尔西，我会找他算账的。天啊，我的手指都还没有动，他就被自己的生活方式给毁了。剩下的只是取消他的伯爵爵位，就像我曾经发誓要做到的那样。

门被小心翼翼地推开；是雷夫·赛德勒。他抬头一看，十分意外。“你应该回自己府里的呀。”

“我听说您去过宫里，先生。我想可能有信需要写。”

“看看这些吧，但不是今晚。”他把那些转让文件归拢起来。“布兰顿这个新年不会得到很多这样的礼物。”他把发生的事情告诉了雷夫：萨福克的口无遮拦，查普伊斯的惊愕表情。他没有全部告诉他萨福克所说的话，没有提到他没有资格处理他的上司的事务；他摇了摇头，说：“查尔斯·布兰顿，我今天看到他……你知道他过去曾经被称为大帅哥吧？国王的亲妹妹都爱上了他。可是现在，他那张宽大的平板脸……他简直跟接油盘一样毫无魅力可言。”

雷夫拉过一张矮凳，若有所思地坐下来，他的前臂搁在桌子上，头枕在胳膊上。他们习惯了彼此的默默相伴。他把蜡烛稍稍挪近，皱着眉又看了几份文件，在页边上做了些标记。国王的面孔浮现在他面前：不是今天的那个亨利，而是在狼厅时的亨利，从花园里走来，一脸的魂不守舍，外套上洒着雨滴：他身旁是简·西摩那张苍白的圆脸。

过了一会儿，他看了看雷夫：“小伙子，你还好吧？”

雷夫说：“这座屋子总是弥漫着苹果的香气。”

的确，大宅坐落在果园之中，夏天似乎在存放水果的顶楼流连不去。奥斯丁弗莱的花园是新近栽种，树苗都绑在木桩上。但这是一幢老宅；它曾是一座农舍，却是由亨利·科利特爵士——也就是圣保罗大教堂学识渊博的教长之父——建来自用。亨利爵士去世后，克里斯蒂安夫人在此度过余生，然后，根据亨利爵士的遗嘱，宅子被转让给布商协会。他持有它五十年的租契，可以一直到他终老，再由格利高里接手入住。格利高里的孩子们可以享受着烘焙的香气及蜂蜜、苹果片、葡萄干和丁香的芬芳，在这里渐渐长大。他说，“雷夫，我得让格利高里结婚了。”

“我会做一个备忘录的，”雷夫说着，大笑起来。

换作一年前，雷夫可笑不出来。他的第一个孩子托马斯在接受洗礼后只活了一两天。雷夫像基督徒那样接受了命运，但也因此变得老成起来，已经变成一位老成持重的年轻人。海伦与她的第一任丈夫生过几个孩子，但从未出过事；她非常伤心。不过今年，在经历一场令她恐惧的漫长而剧烈的阵痛之后，她的摇篮里又有了一个儿子，他们又给他起名为托马斯。但愿这个名字带给他比他哥哥更好的运气；尽管他降临到这个世界时不情不愿，看上去却很强壮，雷夫也终于松了口气，享受起为人父亲的快乐。

“先生，”雷夫说。“我一直都想问您。那是您的新帽子吗？”

“不是，”他严肃地说。“这是西班牙及帝国大使的帽子。你想试一下吗？”

门口有了动静。是克里斯托弗。他不会像平常人那样进来；他把房门都视为敌人。他脸上还有篝火留下的黑印。“有个女人来找您，先生。非常紧急。赶都赶不走。”

“是个什么样的女人？”

“很老。但也没有老到你想把她踢下楼去。在这么冷的晚上你不会这么干。”

“哦，真不像话，”他说。“去洗洗脸，克里斯托弗。”他转向雷夫。“一位不认识的女人。我脸上没有墨水吧？”

“还好。”

在他的大厅里，有个女人在烛光下等着他，她掀开面纱，用卡斯提尔语跟他说话：是玛丽亚·威洛比夫人，以前叫玛丽亚·德·萨利纳斯。他大吃一惊：这怎么可能呢？他问，深更半夜的，她独自一人冒着大雪从伦敦的家中来到这里？

她打断了他。“我是没办法了才来找你。我无法接近国王。没时间耽搁了。我得要一个通行证。你得给我一个证明。否则等我到了金博尔顿，他们也不会放我进去。

但是他换成英语；只要是跟凯瑟琳的朋友们打交道，他都需要证人。“夫人，你无法在这种天气出行。”

“给。”她摸索出一封信。“你看看吧，这是王后的医生亲手写的。我的主人正在痛苦、恐惧和孤独之中。”

他接过那封信。大约二十五年前，当凯瑟琳的随从刚刚到达英格兰时，托马斯·莫尔将他们描述为一群驼背的侏儒，来自地狱的难民。他无法置评；当时他自己还不在英格兰，远离宫廷，不过这很像是莫尔的诗意的夸张。这位女士来得稍晚一些；她是凯瑟琳的亲信；只是因为她嫁给了一位英国人，她们才分开。当时她很漂亮，而现在，虽然成了寡妇，她仍然很漂亮；她知道这一点，并且会加以利用，即使她正因为痛苦而缩着身子并且冻得脸色发紫。她解下自己的斗篷，交给雷夫·赛德勒，仿佛他站在一旁就是出于这个目的。她穿过房间，捧着他的双手。“圣母马利亚，让我去吧，托马斯·克伦威尔。你不会拒绝我这个请求。”

他看了雷夫一眼。小伙子对西班牙人的热情就像对在外面挠门的湿漉漉的狗一样无动于衷。“你得理解，威洛比夫人，”雷夫冷静地说，“这是一桩家事，甚至不是需要经过枢密院的事情。不管你怎样向秘书官大人求情，但对于谁能去探望亲王遗孀，只有国王说了算。”

“你瞧，夫人，”他说。“天气很不好。就算今晚雪融了，内地的情况只会更糟。就算我派人护送你，也无法保证你的安全。你可能会从马上摔下来。”

“我会走到那儿去！”她说。“你会怎样阻拦我呢，秘书官大人？把我铐起来吗？你会让你的黑脸乡巴佬把我捆起来，锁在密室里，直到王后去世吗？”

“你真可笑，夫人，”雷夫说。他似乎觉得有必要介入进来，保护他（克伦威尔）不上那女人的当。“正如秘书官大人所说。这种天气你无法骑马。你不再年轻了。”

她压低嗓门说了句什么，不知道是祈祷还是诅咒。“赛德勒大人，谢谢你的殷勤提醒，没有你的忠告，我还以为自己是十六岁呢。哦，瞧见了吧，我现在是个英国女人了！我知道怎样正话反说。”她脸上掠过沉吟之色。“红衣主教肯定会让我去的。”

“那么实在遗憾，他没有在这里亲口告诉我们。”但是他从雷夫手里接过斗篷，披在她的肩上。“那就去吧！我看得出来你下了决心。查普伊斯将带着通行证去那里，所以，也许……”

“我发誓天一亮就动身。如果我做不到，就让上帝背弃我吧。我会赶在查普伊斯的前面，他不像我这样迫不及待。”

“即使你到了那里……那地方条件恶劣，那些路根本就算不上路。你可能会抵达城堡了却摔上一跤。甚至就在城墙脚下。”

“什么？”她问。“哦，我明白了。”

“贝丁菲尔德有令在身。但他不会把一位女士留在雪地里。”

她亲吻了他。“托马斯·克伦威尔。上帝和皇帝会酬谢你的。”

他点了点头，“我相信上帝。”

她一阵风似的出去了。他们能听见她大声询问：“这些奇怪的雪堆是什么？”

“我希望他们不要告诉她，”他对雷夫说。“她是天主教徒。”

“从来没有人那样亲吻过我，”克里斯托弗抱怨道。

“也许你洗脸后就有了，”他说。他密切地注视着雷夫。“你是不会让她去的。”

“我不会，”雷夫生硬地说。“这种招数不会用在我身上。而就算用在我身上……不，我还是不会，我会害怕违逆国王。”

“所以你会昌顺，一直活到老。”他耸了耸肩。“她会去。查普伊斯会去。而史蒂芬·沃恩会盯着他们两人。你明天上午过来吗？把海伦和她的女儿们带来吧。不要带小宝宝，天太冷了。格利高里说，我们要奏乐，然后把教廷踩为平地。”

“她喜欢那对翅膀，”雷夫说。“我们的小女儿。她想知道能不能每年都戴。”

“我看不出有什么不能的。直到格利高里有一个差不多大的女儿。”

他们拥抱了一下。“尽量睡会儿吧，先生。”

他知道，只要他的脑袋一挨枕头，布兰顿的话就会在他脑海里回响。“一旦涉及国家大事，你就不可能处理，你没有资格跟君王们交谈。”发誓向“接油盘”公爵报复也毫无意义。他会毁掉自己，这一次也许是彻底毁掉——居然在格林威治大叫大嚷说亨利戴了绿帽子。就算是老朋友，肯定也不会就这样不了了之吧？

另外，布兰顿的话也有道理。在外国国王的宫廷里，公爵可以代表国王。红衣主教也一样；即使是像沃尔西那样出身卑微的红衣主教，他的教职能抬高他的地位。还有加迪纳那样的主教；他也许身世可疑，但从职务上说，他是温彻斯特主教史蒂芬，任职于英格兰最富裕的主教教区。而克伦穆尔却仍然是无名无分。国王赏给他的头衔，国外无人能懂，国王交给他的工作，国内无人能做。他承担多种职责，事务缠身：没有贵族身份的克伦威尔大人早早出门，没有贵族身份的克伦威尔大人深夜回家。亨利曾经想给他大法官的职位；不，别去烦扰奥德利勋爵了，他当时说。奥德利干得很好；事实上，奥德利是根据他的授意行事。不过，也许他本该接受的？想到佩戴大项链，他就叹了口气。很显然，你不可能既当大法官又当秘书官吧？而他不会放弃秘书官的职位。就算这使他地位较低也没关系。就算法国人不理解也没关系。让他们根据结果来判断吧。布兰顿可以大叫大嚷，免受责罚，跟国王关系亲密；他可以拍拍国王的背，亲热地叫他哈里；他可以跟国王一起拿那些古老的玩笑和比武场上的惊险事件来说笑。但骑士时代已经过去。不久后的一天，比武场会长出青苔。放债人的时代已经来临，趾高气扬的海盗的时代已经来临；银行家与银行家坐在一起，国王们则成为他们的侍从。

最后，他打开百叶窗，向教皇道了晚安。他听见了上面排水管里的滴水声，听见积雪从头顶的瓦上滑过时的沉闷呻吟，接着，一大块干净的积雪坠落下来，短暂地阻挡了他的视线。他的目光追随着它；随着“噗”的一声，犹如一阵白烟一般，掉下去的雪与地上被踩烂的融雪混在一起。他对河上的风的判断没有错。他关好百叶窗。雪已经开始融化。那个灵魂的超级捣乱者，还有他的红衣主教团，正在黑暗中融化滴水。

新年时，他去雷夫位于哈克尼的新宅看望他。这是一幢由砖瓦和玻璃建成的三层楼房，与圣奥古斯丁教堂毗邻。夏末他第一次来时，就注意到雷夫的幸福生活所需的一切已经准备就绪：厨房窗台上的盆栽罗勒，播过种的园地，蜂房里的蜜蜂，窝里的鸽子，以及搭好的便于玫瑰攀援的花架；还有那些有待绘画的镶有白色橡木装饰板的墙壁在闪闪发光。

如今，宅子已经落成入住，福音书里的场景在墙上栩栩如生：基督在传教，一位难以置信的管家在迦南品尝美酒。从客厅沿着陡峭的楼梯往上走，可以到达一个房间，海伦的几位女仆在做针线活，而她自己则在朗读廷德尔的福音书："……你们得救是本乎恩。"圣保罗可能不会忍受一个女人去教导别人，但这不完全是教导。海伦摆脱了早年的贫困生活。那位殴打过她的丈夫已经死去，或者已经山高水远权当已经死去。她可以成为正在效忠亨利、前程大好的赛德勒的妻子；她可以成为一位安详的女主人，一个有学问的女人。但她无法摆脱自己的历史。有朝一日，国王会说："赛德勒，你为什么不带你妻子进宫呢？她很丑吗？"

他会插话道："不，陛下；她非常漂亮。"但雷夫会补充说，"海伦出身卑微，不懂宫廷礼仪。"

"那你干吗要娶她？"亨利会问。接着他的表情会柔和起来：哦，我知道，是因为爱。

现在，海伦握着他的手，祝他好运常在。"我每天都向上帝为您祈祷，因为自从您将我收留进您府里后，您就是我幸福的源泉。我祈祷上帝保佑您健康好运，并让国王听取您的建议。"

他亲吻了她，并把她视为亲生女儿似的紧紧拥抱她。他的教子在隔壁房间大叫。

主显节前夕，最后一块杏仁蛋糕被吃完。星星被取下，安东尼在一旁指挥。它的尖角被装上护套，然后被小心翼翼地搬到储藏室。孔雀翅膀窸窸窣窣地罩上了亚麻布，再挂在门后的钩子上。

沃恩传回报告，说老王后有所好转。查普伊斯对她的情况非常乐观，所以已经踏上返回伦敦的路程。刚去时，他发现她非常消瘦，虚弱得难以坐起来。但是现在，她又可以进食了，她的朋友玛丽亚·德·萨利纳斯的陪伴让她倍感宽慰；这位夫人在城墙脚下发生了事故，看守不得不让她进去。

但是后来，他（克伦威尔）将会听说，1 月 6 日傍晚——差不多就是我们正在把圣诞物品收藏起来的时候，他想——凯瑟琳变得心绪不宁。她觉得自己快不行了，到了晚上，她对自己的牧师说想领圣餐：她不安地询问，现在几点了？还不到四点，他告诉她，但如果情况紧急的话，祷告时间也可以提前。凯瑟琳静静地等待着，嘴唇微微翕动，手心里握着一枚圣章。

她说，她这一天会死。她研究过死亡，多次预想过死亡，也并不畏惧它的降临。她口授了关于葬礼安排的遗嘱，但没有指望得到实施。她请求付钱打发她的仆人，希望她的债务能够还清。

上午十点时，有位牧师为她施涂油礼，将圣油涂在她的眼皮、嘴唇和手脚上。这双眼皮现在将闭上，再也不会睁开，她再也不会去看或看见。这些嘴唇已经结束祷告。这双手再也不会签署文件。这双脚已经走完了旅程。正午时，她的呼吸变得粗重，她在走向生命的终点。两点钟时，雪地上的光线反射进她的房间，她离开了人世。当她快要咽气时，看守们的阴暗身影围了过来。他们不愿意打扰那位老牧师，以及那几位从她床边缓缓挪开的年长女侍。在她们帮她梳洗之前，贝丁菲尔德已经派出最快的骑手回来报信。

1月8日：消息到达宫里。它从国王的房间渗透出来，飞快地爬上楼梯，传到王后的女侍们正在更衣的房间，穿过厨工们挤在一起打盹的小房，沿着酿酒厂和储存鲜鱼的冷藏室的巷子和过道，再一次穿过花园到达长廊，然后纵身一跃，进入安妮·博林那铺着地毯的房间，安妮双膝跪地，喃喃道，“终于啊，上帝，终于等到了这一刻！”乐师们开始调音准备庆祝。

安妮王后穿着一条黄色的长裙，就像她第一次出现在宫中、戴着面具翩翩起舞时那样：那是1521年。所有的人都记忆犹新，或者嘴上说都还记得：博林家的二女儿，长着一双引人注目的黑眼睛，步伐轻快，舞姿优雅。当时在巴塞尔的富人阶层，黄色已经开始成为时尚；短短几个月里，如果一位布商能够得到这种颜色的布料，就可以大赚一笔。紧接着，突然满处都是黄色，袖子、长筒袜，甚至——对那些只买得起一小片的人来说——发带。到安妮的首秀时，它已经普及到了国外；在皇帝的领地上，你会看到一位妓女拢起自己肥大的乳房，系紧黄色的胸衣。

安妮知道吗？与当年只有她父亲一个人为她出钱时相比，她今天的裙子的价值是当时的五倍。裙子上缀有珍珠，所以她走动时，会隐约闪烁着淡黄色的光芒。他对罗奇福德夫人说，我们是该称之为新颜色呢，还是一种旧颜色的回归？夫人，你会穿这种颜色吗？

她说，我个人认为它不适合任何肤色。而安妮应该只穿黑色。

在这个开心的场合，亨利想炫耀一下公主。她现在还不到两岁半，你会觉得这么小的孩子肯定会到处寻找她的保姆，但伊丽莎白在被大家抱来抱去时，却咯咯笑着，摸摸他们的胡子，或拍拍他们的帽子。她父亲在怀里一颠一颠地逗着她。“她期待看到她的小弟弟，对吧，小胖墩？”

群臣有些骚动；全欧洲都知道安妮的状况，但这是第一次公开提及。“我也跟她一样迫不及待了，”国王说。“已经等得够久了。”

伊丽莎白的面孔不再像婴儿时那样圆嘟嘟的。雪貂脸公主万岁。老臣们说，在她身上，他们能看到国王的父亲以及国王的哥哥亚瑟王子的影子。不过她的眼睛像她母亲，又大又圆，骨碌碌地转个不停。他觉得安妮的眼睛很漂亮，但在它们流露出感兴趣的神色时——就像一只猫看见某个小动物摆动的尾巴时那样——那双眼睛就最漂亮。

国王将他的小宝贝接过去，柔声细气地跟她说话。“上天啰！”他说，并把她抛起来，再稳稳地接住，然后在她头上亲了一下。

罗奇福德夫人说：“亨利有一颗温柔的心，对吧？当然，他喜欢所有的孩子。我曾经看到他亲一个陌生人的孩子，差不多也是那样。”

孩子刚刚显出不耐烦的迹象，就被人裹在皮衣里抱走。安妮的视线紧跟着她。亨利仿佛想起应尽的礼节一般，说：“我们得同意全国为亲王遗孀举行悼念。”

安妮说："他们不知道她。能怎么悼念呢？对他们来说她算什么？一个外国人而已。"

"我想这样更合适，"国王勉强说道。"因为她曾经被授予王后的头衔。"

"那是个错误，"安妮说。她毫不留情。

乐师们开始演奏。国王拉着玛丽·谢尔顿跳起舞来。玛丽笑逐颜开。她刚才的半个小时都不在这里，而此刻则脸泛红晕，双眼发亮；不难想象她刚才在干什么。他想，如果老费希尔主教能看到这场舞会，一定会以为基督的敌人来了。他很吃惊地发现自己在以费希尔主教的眼光观察这个世界——尽管只是一瞬之间。

费希尔主教被处死之后，他的首级在伦敦桥上一直保存完好，于是伦敦人开始有了神迹之说。最后，他让守桥人把它放了下来，装入一个附有重物的袋子沉进了泰晤士河。

在金博尔顿，凯瑟琳的遗体即将接受防腐处理。他想象着黑暗中的窸窣声、叹息声，而全国上下正在准备祈祷。"她给我留了一封信，"亨利说。他把它从黄色外套的里层掏出来。"我不想看。给你，克伦威尔，把它拿走吧。"

他把信折起来时，顺便瞟了一眼："最后，我谨此发誓，在我的眼中你高于一切。"

舞会之后，安妮召见他。她神情严肃、冷静而专注：一副公事公办的样子。"我想让国王的女儿玛丽小姐了解我的想法。"他注意到了那尊敬的称呼。不是"玛丽公主"。但也不是"那个西班牙人的私生女"。"既然她母亲去世了，再也不能影响她，"安妮说，"我们可以期望她在自己的错误方面不再那么顽固不化。天知道，我完全没有必要安抚她。但我觉得，如果我能化解国王和玛丽之间的敌意，那么他会感激我的。"

"他会衷心感激你，夫人。而且这是一种宽宏之举。"

“我想成为她的母亲。”安妮的脸红了；听上去实在不太可能。“我没有指望她称我为‘母亲大人’，但我希望她会称我为殿下。如果她愿意遵从她的父亲，我会很愿意把她留在宫里。她会有很高的地位，比我低不了多少。我不会指望她对我毕恭毕敬，只需要保持王室成员之间的平常礼节，就像一家人，像晚辈对长者那样就行。让她放心，我不会让她为我牵裙裾。她也不必跟她妹妹伊丽莎白公主同桌用膳，所以不会出现她低人一等的问题。我想这个提议很公平。”他等待着。“如果她能给我应有的尊重，一般情况下，我都不会走在她的前面，相反，我们可以手牵手一起走。”

对于像安妮王后这样特别在意自己高贵地位的人来说，这是一系列前所未有的让步。但是他想象着玛丽在听到这番话时的表情。他很庆幸自己不必亲自在场看到那一幕。

他恭敬地道了晚安，但安妮又把他叫回来。她低声说道：“克伦穆尔，这就是我的提议，只能到此为止了。我决心说到做到，那么我就无可指责了。但我觉得她不会接受，如果那样的话，我们双方都会感到遗憾的，因为那表明我们会一直争斗下去，直到最后一口气。我们两人将会不共戴天。所以告诉她，我会保证在我死去之后也不会让她活下来嘲笑我。”

他去查普伊斯的官邸表示慰问。大使一身黑衣。他的房间里寒风瑟瑟，似乎是直接从河上吹过来的风；他心里满是自责。“我多么希望自己没有离开她！可她当时似乎好多了。那天早上她坐了起来，她们还帮她梳了头。我看到她吃了一点面包，一两口的样子，我以为是好转的迹象。我满怀希望地离开了，但过了几个小时她就不行了。”

“你不应该责备自己。你的主人会知道你已经尽力了。毕竟派你过来是为了盯着国王，你冬天不可能离开伦敦太久。”

他想，凯瑟琳的案子从一开始我就在场：上百名学者，上千名律师，上万小时的争论。几乎是从反对她婚姻的声音第一次出现时开始，因为红衣主教把一切都告诉了我；夜深人静时，他总是端着一杯酒，谈论国王的婚姻大事以及他认为会出现何种局面。

会很糟糕，他说。

“唉，这火盆，”查普伊斯说。“这也算火盆吗？这也算气候吗？”柴火上冒出的烟从他们身边飘过。“只有烟和气味，毫无热度！”

“装一个炉子吧。我有一些炉子。”

“哦，是啊，”大使抱怨道，“但那样的话，仆人会往里面塞垃圾，直到把它们塞爆。或者烟囱散架，于是你只好去海那边找人来修理。对炉子我很了解。”他搓了搓发紫的双手。“你知道，我跟她的牧师谈过。我说，在她临终之际，问问她亚瑟王子是否让她保留着处女之身。一个弥留之际的女人说出的话，全世界的人肯定都会相信。但他是一个老人。由于悲痛和忧虑，他全忘了。所以现在，我们永远不得而知了。”

这是一次重大的坦白，他想：也许真相并不像凯瑟琳这些年来告诉我们的那样。“可你知道吗，”查普伊斯说，“在我离开她之前，她对我说了一件令人不安的事情。她说，‘也许全是我的错。我原本可以体体面面地退下来，让国王重新结婚，可我却一直违逆他。’我对她说，夫人——因为我大吃一惊——夫人，您在想什么呢，您完全有权利，大部分的舆论，不管是世俗的还是教会内部的——‘唉，可是，’她对我说，‘对律师们来说，这个案子有疑点。国王是不容违逆的，如果我错了，那就是我逼迫国王依着自己的坏性子行事，所以对于他的罪过，我也有一部分责任。’我对她说，好夫人，只有最苛刻的人才会这么说；让国王承担自己的罪责吧，让他自己去负责。可她摇了摇头。”查普伊斯也痛苦而迷惑地摇摇头，“所有那些死去的人，费希尔主教，托马斯·莫尔，卡尔特修道院的圣僧们……‘我快要死了，’她说，‘拖着他们的尸体。’”

他默然以对。查普伊斯穿过房间走到他的书桌旁，打开一个嵌花小盒子。“你知道这是什么吗？”

他拿起那朵丝花，动作很小心，以免失手将它掉在地上。“是的。亨利送给她的礼物——她生下新年王子时收到的礼物。”

“这表现了国王体贴的一面。否则我不会相信他有那么温柔。我敢肯定我自己不会想到这么做。”

“尤斯塔西，你是一个可悲的老单身汉。”

“而你是个可悲的老鳏夫。当你可爱的格利高里出生时，你给你妻子送了什么？”

“哦，我想……是一个金盘子。一个金杯子。反正是可以摆在她的架子上的东西。”他把丝花还给他。“市井妇人往往想要可以掂得出重量的礼物。”

“我们分手时，凯瑟琳给了我这朵玫瑰，”查普伊斯说。“她说，这是我唯一可以遗赠的了。她告诉我，从保险箱里挑一朵花就走吧。我吻了吻她的手，就动身上路了。”他叹了口气。他把花放在桌子上，双手笼进袖子里。“他们告诉我，那个小妾在向占卜师求教她肚子里的孩子的性别，虽然她以前也问过，而他们全都告诉她是儿子。嗯，王后的死改变了小妾的地位。但也许不是以她希望的方式。”

他没有接话，只是等待着。查普伊斯说：“我听说亨利得到消息后，还在宫里炫耀他的小私生女。”

他告诉大使，伊丽莎白是个早熟的孩子。但话说回来，你别忘了，亨利当年在比他女儿现在只大不到一岁的时候，就骑马穿过伦敦——他坐在一匹战马的马鞍上，离地有六英尺，用肥嘟嘟的小手抓着马前鞍。他对查普伊斯说，你不能因为她小就不把她放在眼里。都铎家的人一出生就是勇士。

“哦，好吧，”查普伊斯掸掉袖子上的一丝灰尘。“就假设她是都铎家的人。有些人对此持有怀疑。而头发证明不了什么，克伦穆尔。想想看，我只要到大街上去，不用撒网就可以捞到半打红头发的人。”

“那么，”他笑着说，“你认为安妮的孩子可能是任何过路人的？”

大使犹豫着。他不想承认自己在关注法国的传闻。“不管怎么说，”他吸了吸鼻子，“就算她是亨利的孩子，也还是一个私生子。”

“我得告辞了。”他站起身。“哦，我该把你的圣诞帽带过来的。”

“你可以先留着。”查普伊斯缩着身子。“我得服丧一段时间。但是你可别戴，托马斯。你会把它撑大变形的。”

“简称赖斯利”从国王那里直接过来，带来了关于葬礼安排的消息。

“我对他说，陛下，您会把遗体运回圣保罗大教堂吧？他说，她可以在彼得伯勒安息，彼得伯勒是一个古老而高贵的地方，而且这样更节省。我非常震惊。但我坚持自己的观点，对他说，这类事情有过先例。陛下的妹妹玛丽，萨福克公爵的妻子，就被运到圣保罗大教堂接受民众吊唁。您不是称凯瑟琳为您的嫂子吗？他却说，哦，可我妹妹玛丽当过王后，曾经嫁给法国国王。”赖奥斯利皱起眉头。“而凯瑟琳不是王后，他说，尽管她的父母各是一国之君。国王说，她会享有作为威尔士亲王遗孀的一切待遇。他问，亚瑟去世时用的那块盖棺布在哪里？肯定是在服装保管库的什么地方。它可以再次使用。”

“有道理，”他说。“威尔士亲王的服饰。来不及去织新的了。除非我们一直拖着，不让她入土为安。”

“她好像要求为她的灵魂做五百场弥撒，”赖奥斯利说。“可我没打算告诉亨利这件事，因为他一天一个样，你永远不知道他相信什么。反正号角一吹，他就去做弥撒了。王后也跟他一起去了。她还带着微笑。他则戴了一条新的金项链。”

赖奥斯利的语气表明他只是好奇：仅此而已。不存在对亨利的评价。

“嗯，”他说，“如果你去世了，彼得伯勒是一个再好不过的地方。”

理查德·里奇带着一份财产清单去了金博尔顿，还就凯瑟琳的财物与亨利发生了争执；倒不是因为里奇爱戴老王后，而是因为他拥护法律。亨利想要她的金银餐具和毛皮衣服，但里奇说，陛下，如果您从未与她结过婚，那么她就是一个单身女人而不是已婚女人，如果您不是她的丈夫，您就没有权利得到她的财产。

他想到这一点就觉得好笑。“亨利会得到毛皮衣服的，”他说，“里奇会为国王找一个折中的办法，相信我。你知道她本该干什么的吗？把它们捆起来送给查普伊斯。那才是个最怕冷的家伙。”

玛丽小姐给安妮王后捎了口信，以回复她关于当她母亲的好心提议。玛丽说她已经失去了世界上最好的母亲，不需要有人替代。至于说与她父亲的小妾友好相处，她可不会降低自己的身份。她不会跟一个与魔鬼握过手的人牵手。

他说：“也许是时机不对。也许她听说了跳舞的事情。还有那条黄裙子。”

玛丽说，在她的荣誉和良心允许的范围内，她会顺从她父亲。但她只会做到这一步。她不会发表任何要求她承认她母亲没有与她父亲结婚，或者接受安妮·博林所生的孩子为英格兰继承人的声明或宣誓。

安妮说：“太放肆了！她凭什么以为自己可以讨价还价？如果我生的是儿子，我知道她将是什么下场。她最好现在跟她父亲讲和，别等到太晚的时候再哭着跑来求他宽恕。”

“这是很好的忠告，”他说。“但恐怕她不会接受。”

“那我就无能为力了。”

“坦率地说，我也这样认为。”

对于安妮·博林，他觉得自己也无能为力了。她已经被加冕为王后，被宣布为王后，她的名字被写进了法令和案卷：但如果民众不接受她为王后……

凯瑟琳的葬礼定于 1 月 29 日举行。早期的账单源源而来，是置办丧服和蜡烛的开销。国王仍然心情大好。他在吩咐举行宫廷娱乐活动。本月第三周将有一场马上长矛比武大赛，格利高里将作为选手出场。那孩子已经在紧张地准备。他一遍又一遍地找来他的甲胄师，将他呼来唤去；他对自己的马也在不断地改变主意。“父亲，我希望不要抽中跟国王交手，”他说。“我倒不是怕他。但那样会很左右为难，一方面要记住是他，另一方面又要尽量忘记是他，要尽可能击中，但是天啊又只能点到为止。想想看，万一我运气不好把他挑下马了可怎么办？你能想象他被挑落马下吗，而且是被我这样一个新手？”

“我才会不担心，”他说。“亨利开始长矛比武的时候，你还不会走路呢。”

“这才是最麻烦的事情，先生。他的身手不像以前那么敏捷了。侍从们都这么说。诺里斯说，他不再有任何顾虑。诺里斯说如果你不怕的话就不行，而亨利相信自己技艺最高，所以他不怕任何对手。而你应该害怕，诺里斯说。这能让你保持敏锐。”

“下一次，”他说，“从一开始就抽到国王那一队。这样就避免了问题。”

“这怎么做得到呢？”

哦，亲爱的上帝。你怎么做得到任何事情呢，格利高里？“我会打个招呼，”他耐心地说。

“不，不要。”格利高里显得很苦恼。“这不是有损我的荣誉吗？如果您去做安排的话？这件事情我得自己解决。我知道您什么都懂，父亲。可您从未上过赛场。”

他点点头。随你吧。他儿子叮叮咣咣地走了。他那个性情温和的儿子。

新年开始了，简·西摩仍然在王后身边侍候，她脸上常常掠过令人难以琢磨的表情，仿佛她是在一团云里活动。玛丽·谢尔顿告诉他：“王后说，如果简答应亨利，他一天之后就会厌倦她，如果她不答应，他到头来还是会厌倦她。然后，简就会被遣回狼厅，她的家人会把她关进修道院，因为她对他们再也没有用处了。而简一言不发。”谢尔顿笑了起来，但并无恶意。“简觉得这不会有太大差别。因为她现在是在一所可以移动的修道院里，被她自己的誓言所束缚。她说，‘秘书官大人认为，如果我让国王握我的手，哪怕是他求我说，“简，把你的小手递给我吧！”那我也会犯下很大的罪过。由于秘书官大人在教会事务中的地位仅次于国王，而且是个非常虔诚的人，所以我很在意他的话。’”

一天，简经过时，亨利一把抓住她，并让她坐在他的腿上。这是个玩笑之举，很孩子气，是一时冲动，毫无恶意——后来他难为情地这样为自己开脱。简既不笑也不说话。她静静地坐着，直到被对方放开，仿佛国王只是一把普通的折叠椅。

克里斯托弗来到他身边，小声说：“先生，街上的人都在说凯瑟琳是被人谋害的。有人说国王把她锁在一个房间里，把她活活饿死了。有人说他给她送了杏仁，她吃了后就中毒死了。还有人说您派了两个持刀的杀手，他们挖出了她的心脏，别人查看时，发现您的名字被人用很大的黑体字刻在上面。”

“什么？在她的心脏上？‘托马斯 · 克伦威尔’？”

克里斯托弗犹疑着。“嗯……也许只是您名字的首字母。”

第 二 部

1. 黑皮书

伦敦，1536 年 1 月—4 月

听到有人大喊“着火了”时，他翻了个身，又返回梦乡。他以为大火是一个梦；他经常做这种梦。

接着他醒了过来，因为克里斯托弗正在对着他的耳朵喊：“快起来！王后着火了。”

他连忙下床，只觉得寒气刺骨。克里斯托弗喊着：“快点，快点！她快烧成灰了。”

片刻之后，他来到王后的楼层，发现空气中弥漫着布料烧糊的浓烈气味，一群女人正叽叽喳喳地围着安妮，而安妮则坐在椅子上，没有受伤，她身上裹着黑色的绸衣，双手捧着一杯热过的葡萄酒。酒杯有点摇晃，酒溅了一些出来；亨利眼含泪水，搂着她，以及她肚子里的继承人。“如果我跟你在一起就好了，亲爱的。如果我晚上留在这里就好了。我可以马上让你脱离危险。”

他喋喋不休地念叨着。感谢上帝看护我们。感谢上帝保佑英格兰。如果我。用毯子或被子，压在上面。我，马上，把火扑灭。

安妮喝了一大口酒。“都过去了。我没受伤。求求你，我的好丈夫。安静。让我把这喝完。”

在那一瞬间，他看到亨利很让她恼怒；他的关心，他的宠爱，他的依恋。在一月的这个深夜里，她无法掩饰这种恼怒。她的睡眠被打断，脸色显得苍白。她转向他(克伦威尔),用法语说:“有预言说,有位英格兰王后将被火烧死。我想这不会是指在她的床上。是一支被疏忽的蜡烛引起的。或者大概是这样。”

“是谁疏忽了呢?”

安妮哆嗦了一下,移开目光。

“我们最好采取一些措施,”他对国王说,“旁边一定要备有水,每轮值班的人中,派专人检查王后身边的灯是否都已熄灭。我想不明白为什么没有这种习惯。”

所有这些事情都记录在从爱德华国王时期所传下来的黑皮书上。它对王室的日常生活都有规定:实际上,它规定了方方面面,只有国王的寝宫例外——那里的活动是不透明的。

“如果我当时陪着她就好了,”亨利说,“但是,你瞧,因为我们希望……”

英格兰国王不能与怀有他孩子的女人过性生活。流产的风险实在太大。于是他寻找别的伴侣。今天晚上,当安妮从她丈夫怀里挣脱开来时,你可以看到她僵硬着身子,但是在白天,两人的位置却完全颠倒。他已经注意到安妮尽力跟国王没话找话。而他往往态度生硬。扭转肩膀。似乎要否认对她的需要。可他的目光却跟随着她……

他很恼火;这些都是女人的事情。而且,仅仅裹着一件绸缎睡衣的王后的身体似乎也太瘦小,不像一个即将在春天分娩的女人,这也是女人的事情。国王说:“火离她不是太近。只是挂毯的一角烧了。是吊在树上的押沙龙。那一幅很不错,我希望你……”

“我会从布鲁塞尔找人过来,”他说。

火没有碰到大卫王的儿子。他因为长发挂住了而吊在树枝上:他瞪圆了眼睛,张着嘴呼喊。

离天亮还有几个小时。宫里的房间一片寂静,仿佛在等待一个解释。守卫们会巡夜;他们刚才在哪儿?难道不该有位女侍睡在王后床尾的小床上，陪着王后吗？他对罗奇福德夫人说："我知道王后有敌人，但怎么会让他们靠她这么近呢？"

简·罗奇福德态度傲慢；她以为他是想责怪她。"你瞧，秘书官大人。我该跟你说实话吗？"

"我希望你能。"

"第一，这是一件家事。不在你的职责范围之内。第二，她并没有危险。第三，我不知道是谁点燃了蜡烛。第四，就算我知道也不会告诉你。"

他等待着。

"第五：其他人也不会告诉你。"

他等待着。

"如果，可能碰巧，有人在熄灯后来看望王后，那么，这也是一件我们该遮掩的事情。"

"有人。"他琢磨着这个词。"有人是为了纵火，还是出于别的什么目的？"

"出于卧室里的通常目的，"她说。"我并不是说确实存在这样一个人。即使有我也会一无所知。王后知道如何保守自己的秘密。"

"简，"他说，"如果有朝一日，你想解除良心上的重担，那么不要去找牧师，来找我好了。牧师会赦免你，但是我会给你酬劳。"

真理与谎言之间的界线有何特点呢？它具有渗透性和模糊性，因为掺杂了大量的谣言、虚构、误解和添油加醋的故事。真理可以推倒大门，真理可以在街上呐喊；但是真理必须令人愉快和讨人喜欢，才不至于躲在后门抽泣。

凯瑟琳死后，他在处理她的后事时心里一动，探索起她早年生活的传奇。一堆账本构成一个扣人心弦的故事，丝毫不亚于任何海怪或食人族的传说。凯瑟琳总是说，从亚瑟去世到嫁给年轻的亨利王子之间的那些年里，她过着痛苦的生活，无人理睬，十分贫困：吃头一天的剩鱼等。有人为此责怪老国王，但当你看到这些账本时，你会明白他其实非常慷慨。凯瑟琳的手下一直在骗她。她的餐具和珠宝不断地流向市场；在这方面，她肯定跟他们串通一气吧？他发现她很奢侈，也很大方；换句话说，有王室做派，丝毫没有量入为出的概念。

你不禁想到，还有哪些事情是你一直相信——毫无根据地相信——的呢？他父亲沃尔特为他掏过钱，起码加迪纳这么说过：作为他捅伤别人的补偿，从而摆平了伤者一家。他想，如果沃尔特并不恨我呢？如果他只是生我的气，才在酿酒厂的院子里对我乱踢呢？如果是我自作自受呢？因为我总是叫嚷："第一，我鉴别酒的能力比你强；第二，我什么都比你强。第三，我是帕特尼王子，揍得过从温布尔登来的任何人，让他们从莫特莱克过来吧，我会把他们揍成肉泥。第四，我已经比你高一英寸了，看看我在门上刻的印记吧，去呀，去呀，去靠墙站着比一比。"

他提笔写道：

安东尼的牙齿。

问：它们是怎么了？

在回答我（托马斯·克伦威尔）时，安东尼的说辞：

被他狠心的父亲给揍掉了。

给理查德·克伦威尔的回答：他被教皇围困在一座堡垒中。在国外的某个地方。某一年。某个教皇。堡垒遭到破坏，对方发起猛攻。由于他当时站在一个非常不利的地点，牙齿就全被炸掉了。

给托马斯·赖奥斯利的回答：他在冰岛的海上当水手时，船长用它们跟别人交换日用品，对方是个能在牙齿上雕刻象棋的人。他不明白这桩交易的性质，直到穿着毛皮衣服的人来将它们敲了下来。

给理查德·里奇的回答：他在跟一个质疑议会权力的人争论时把它们争掉了。

给克里斯托弗的回答：有人给他下了咒，它们就都掉了。克里斯托弗说："我小时候听说英格兰有人会施魔法。几乎每条街上都有一个女巫。"

给瑟斯顿的回答：他有一个厨师敌人。那个敌人把一批小石头涂成榛子的样子，然后请他吃了一把。

给格利高里的回答：有一条大虫从地里爬出来把它们全都吸掉了，还吃掉了他的妻子。这是去年发生在约克郡的事情。

他在结尾画了一条线。他说，"格利高里，我该怎么处置那条大虫？"

"派一个委员会去对付它，先生，"孩子说。"必须把它干掉。劳兰德·李主教愿意去对付它。或者费兹也行。"

他久久地看着他儿子。"你其实知道这是亚瑟·科卜乐的故事吧？"

格利高里也久久地看着他。"是的，我的确知道。"他似乎有些歉意。"但是当我相信的时候，大家都那么开心。特别是赖奥斯利。尽管他现在变得很严肃了。他以前总是把我的头按到喷水口下来取乐。但现在他抬头望天，还说'国王陛下'。虽然他过去叫他'国王必吓'①，还模仿他走路的样子。"格利高里双手叉在腰上，脚步重重地走到房子的另一边。

他不禁掩口笑了。

① 原文为 His High Horridness，故有此译。

比赛的日子到了。他在格林威治，却找了个托辞没有去观看。那天早晨，国王在自己的私室做早间弥撒时，与他坐在一起，问着一连串的问题：“里彭领地给约克大主教带来了多少收益？”

“二百六十镑多一点，陛下。”

“索斯维尔那边呢？”

“一百五十镑不到，陛下。”

“是吗？我以为会多一些的。”

亨利对主教们的财政状况有了浓厚的兴趣。有人说——他也不会反对——我们应该给主教们一份固定的薪俸，而将他们教区的收益收归国库。根据他的估算，筹集的钱养得起一支常备军。

但此刻不是跟亨利提这件事的时候。国王跪了下来，不知道是在向哪一位保护比武场上的骑士的圣人祈祷。“陛下，”他说，“如果您跟我儿子格利高里交手，能不能手下留情，不将他挑下马？如果您可以控制的话？”

国王却说：“如果小格利高里把我挑下马，我是不会介意的。我会欣然接受，尽管这种可能性很小。而且我们会由不得自己，真的。一旦你策马朝对方冲去，就难以中途停住。”他顿了顿，接着温和地说：“你知道，让对手跌落下来的情况很少见。这不是比赛的唯一目的。如果你担心他到时候表现不佳，那就没有必要了。他技术不错，否则就不会成为一名选手。一个人如果碰到胆小的对手，就不可能折断长矛，他得向你全速冲刺才行。再说，谁也不会表现很差。这是不允许的。你知道纹章官是怎么宣布的。可能是，‘格利高里·克伦威尔表现很好，亨利·诺里斯表现非常好，但我们的君主国王陛下表现最好。’”

“那么您是吗，陛下？”他微笑着，以免这话形成冒犯。

“我知道你们这些委员都认为我该坐在观众席上。我会的，我保证，我也注意到，对像我这种年纪的人来说，最好的时光已经过去了。可是你瞧，克伦，要放弃你从小养成的习惯很难。有些意大利客人曾经为我们——为我和布兰顿——喝彩，他们以为阿基里斯和赫克托复活了。他们就是这么说的。”

但谁是阿基里斯，谁是赫克托呢？一个人被另一个人拖在地上……

国王说：“你把你的儿子培养得很出色，还有你的外甥理查德。即使贵族也莫过如此。他们是你府上的荣耀。”

格利高里表现很好。格利高里表现非常好。格利高里表现最好。“我不想让他成为阿基里斯，”他说，“我只希望他不要被击落马下。”

记分表与人体相对应，也就是说，计分表上将人的头部和躯干标了出来。击中胸甲得分，但肋骨折断不算。击中头盔得分，但头骨破裂不算。比赛过后，你可以拿起计分表，重读当天的记录，但纸上的分数不会告诉你骨折的脚踝有多么疼痛，或者喘不过气来的选手多么艰难地不让自己吐在头盔里。正如选手们总是会告诉你的那样，你真的该去看看，你得亲临其境才行。

格利高里对他父亲不能去观看比赛感到失望。他事先就说要处理文件。梵蒂冈给了亨利三个月的时间，要他重新归顺罗马，否则，将他逐出教会的诏书就会印出来发往欧洲各地，所有的基督徒都会反对他。皇帝的舰队载着为数四万人的武装队伍已经驶往阿尔及尔。喷泉修道院院长一直在蓄意盗用修道院的资金，召了六个妓女享乐，尽管他可能需要间歇性地休息一下。而议会将在两个星期之后开会。

早年在威尼斯时，他曾遇到一位老骑士，那种人以骑马去欧洲各地比武为职业。骑士跟他讲起自己的经历：带着一群随从和一队战马穿越国境，总是从一项赛事赶往下一项赛事，直到年事已高和积累的旧伤使他退出赛场。如今他孤身一人，尽力通过教年轻的贵族而勉强谋生，忍受着他人的嘲弄和时间的浪费；他说，在我那个时候，年轻人都有教养，谨守礼节，可现在我却发现自己在为一些小酒鬼刷马和擦胸甲，如果换作当年，我都不会让他们给我擦靴子；因为瞧我现在，都沦落到跟一个英国人一起喝酒了——你是英国人吧？

骑士是葡萄牙人，但可以说不纯正的拉丁语和一点德语，中间夹杂一些在各种语言中都大同小异的专业术语。在过去的日子里，每一场比武都是一场考验。没有毫无意义地讲排场。女人不是在镀金的帐篷里朝你傻笑，而是被留到比武之后。当时的计分规则很复杂，裁判对犯规行为也毫不留情，所以，你可能折断所有的长矛却还丢了分，你可能将对手挑落马下，得到的却不是一袋金币，而是罚款或记录上的一个污点。一次犯规会跟着你走遍欧洲，所以，比如说，在里斯本犯的规会在法拉拉赶上你；人未到，名声先到，而到头来，他说，如果遇上倒霉的赛季，倒霉的运气，你剩下的就只有名声了；所以当命运之星向你闪烁时，不要得寸进尺，他说，因为那种光芒转瞬即逝。说到这里，不要花钱去信占星术。如果情况会对你不利，难道这是你在给马上鞍时就需要知道的吗？

一杯酒下肚后，老骑士侃侃而谈，仿佛大家都是从事他这一行。他说，你应该把随从安排在障碍的两端，如果马想抄近路的话，就让它转一个大弯，否则你可能把脚绊住，如果两端无人把守就很容易这样，那会非常痛：你碰到过这种事情吗？有些傻瓜把自己的随从集中在中间，也就是双方交锋的地方；但是有什么用呢？是啊，他附和道，毫无用处：他琢磨着“交锋”这个词，文雅动听，却用来描述那极具震撼力的迅猛一击。那些装有弹簧的盾牌，老人说，你见过吗，被击中的时候会弹开？小孩子的把戏。过去的裁判不需要这种装置来告诉他们某位选手已经击中——不，他们用自己的眼睛，那时候他们目光锐利。你瞧，他说：失败有三种情况。马可能失蹄。随从可能失手。胆量可能消失。

你得把头盔戴牢，这样才能有好的视线。身体要坐直，当你准备出击时，也只有到这时，你转过头来，好让你的对手完全出现在你的视野中，然后看着你的长矛的铁尖朝着目标直冲而去。有些人在交锋前的一刹那转移了方向。这很自然，但是要忘记自然的事情。要不断训练，直到你消除本能。只要给你机会，你就总是会转移方向。你的身体想保护自己，你的本能想避免你那披着盔甲的战马和披着盔甲的自己与从对面向你疾驰而来的人和马发生撞击。有些人并不转移方向，却在撞击的那一刻闭上眼睛。这些人可以分为两种：一种是知道自己会闭眼却不由自主，另一种是不知道自己会闭眼。训练的时候，让你的随从在一旁观看。不要做这两种人。

那我该如何提高呢，他对老骑士说，我怎样才能成功？对方的指点是：你得从容地坐在马鞍上，就像去户外漫步一般。放松马缰，但要让你的马步态稳健。在一个到处是飘扬的旗帜、花环、钝剑和矛头具有缓冲作用的长矛的竞技场上，骑马时要像是出去杀敌一样。在竞技场上，冲刺时要像是运动一样。你瞧，骑士说，并拍了一下桌子，我经常见到这样的情况，次数多得我都记不清了：你的人集中精力，准备发起冲刺，但在最后时刻，由于欲望太过迫切而失手：他绷紧肌肉，持矛的手臂贴着身体，矛头稍稍向上，结果偏离了目标；如果你想避免失误，就要避免那样。长矛不要握得太紧，那么在你绷紧全身并收回手臂后，你就可以正好击中目标。不过首先要记住：战胜你的本能。对于荣誉的渴望必须战胜求生的意志；否则，为什么要去战斗？为什么不去当铁匠、酿酒商或羊毛商？如果不想赢，又为什么要参赛，如果不想赢，难道是为了死不成？

第二天，他又见到那位骑士。他（托马索）与朋友卡尔·海因茨一起喝酒回来时，发现老人躺在那里，头歪在陆地上，脚泡在水里；在威尼斯的夜晚，很容易是完全相反的一种情形。他们把他拖到岸上，翻过身来。我认识这个人，他说。他的朋友说，他是谁家的？没有家，不过他用德语骂人，所以，我们就把他送到德国会馆去吧，因为我自己就没有住在托斯卡纳会馆，而是跟一个开铸造厂的人住在一起。卡尔·海因茨说，你在做武器生意吗？他说，不，是圣坛布。卡尔·海因茨说，你可能会既赚到大钱，又了解英国人的秘密。

他们一边聊一边把老人扶起来，这时卡尔·海因茨说，瞧，他们划破了他的钱袋。没把他干掉真是个奇迹。他们乘船把他送到德国商人所住的会馆，火灾之后，那里当时正在重建。你们可以让他睡在仓库的货箱中间，他说。帮他找点盖的，等他醒了之后，给他一点吃喝。他会活下来的。他虽然年纪大了，但很顽强。这是给你们的钱。

真是个古怪的英国佬，卡尔·海因茨说。他说，我自己也曾受惠于陌生人，他们是天使的化身。

水闸有人守卫，是政府而不是商人安排的，因为威尼斯人想了解发生在各国会所里的一切。于是又给了守卫一点钱。他们把老人从船上拖下来；他现在已经半清醒了，挥舞着胳膊，嘴里咕哝着什么，也许是葡萄牙语。他们把他拖到柱廊下时，卡尔·海因茨说："托马斯，你看过我们的画吗？在这里，"他说，"你，守卫，帮个忙，把你的火把举起来，难道连这个也要我们付钱吗？"

火光照在墙上。砖墙上呈现出一大片丝绸，红色的丝绸，也可能是一大摊血。他看到一道白色的弧线，一弯细长的月亮，一把弧形的镰刀；当火光照亮整个墙面时，他看到一张女人的面孔，脸庞的轮廓描成了金色。这是一位女神。"火把举高一点，"他说。她那被风吹乱的长发上戴着一顶金冠。她的身后是点点星辰。"你这是雇谁来画的？"他问。

卡尔·海因茨说："乔尔乔内在为我们画这些，他的朋友蒂兹亚诺在里亚尔托桥的正面绘画，他们的费用由参议院支付。但是天啊，他们会以佣金的方式从我们这儿榨回去的。你喜欢她吗？"

火光触碰着她雪白的肌肤，然后从她身上移开，使她隐入黑暗之中。守卫放低火炬，说，哎呀，这天寒地冻的，你们认为我会为了让你们开心而在这里站一晚上吗？这话有几分夸张，是为了再要点钱，不过，雾气的确漫上了桥梁和道路，海上也刮起了一股冷风。

月亮倒映在运河里，犹如水中的一块石头；他与卡尔·海因茨分手后，看见一位身价不菲的妓女深夜出门，穿着高底鞋[①]在鹅卵石路面上款款而行，几个仆人扶着她的胳膊。她的笑声在空中回荡，黄头巾上的流苏从雪白的喉部掠过，飘向薄雾之中。他注视着她；她没有看到他。接着，她不见了。某个地方的一扇门为她打开，某个地方的一扇门又关上。就像墙上的那个女人一样，她消失了，隐入一片黑暗。广场又空荡荡的；他自己只是映在砖墙上的一个黑影，是夜晚的一个剪影。如果有朝一日我需要消失的话，他说，就应该消失在这里。

但那是很久以前发生在另一个国家的事情了。现在雷夫·赛德勒带来了消息：他必须马上返回格林威治，回到这个阴冷的上午，雨还没有下下来。卡尔·海因茨如今身在何方？也许已经死了。自从那天晚上看到长在墙上的女神之后，他就想找人为自己画一幅，但其他的目的——赚钱和起草法案——占去了他的时间。

"雷夫？"

雷夫站在门口，没有说话。他抬头看着年轻人的面孔。他的手一松，羽毛笔掉了下来，墨水溅到了文件上。他马上站起身，用皮袍裹住自己，似乎这样就可以减缓即将听到的消息对他的冲击。他说："是格利高里？"雷夫摇摇头。

格利高里毫发无损。他一个回合都没有参加。

比赛中断了。

是国王，雷夫说。是亨利，他死了。

啊，他说。

他用骨盒里的粉吸干墨迹。肯定到处都是血，他说。

他手头有一件别人早年送给他的礼物，一把铁制的土耳其匕首，鞘上刻有向日葵图案。在此之前，他一直把它当成一件装饰品，一件古玩。他

① 在贵妇或高级妓女中流行的一种高底木鞋，鞋底很高，以制造一种高挑的效果，但另一方面也使人行走不便，所以常常需要搀扶。

把它藏进衣服里。

*　　*　　*

事后，他会想起自己是多么艰难地出了房门，朝比武场走去。他感到浑身乏力；之前当他以为是格利高里受伤时，不由得全身瘫软，连笔都握不住，以至于现在还双腿发软。他对自己说，不是格利高里；但他的身体还在恍惚之中，一时难以吸收这个消息，仿佛是他自己遭到了致命一击。现在，究竟是该前去掌控局面，还是该抓住这个时刻——也许是最后的时刻——远走高飞：在港口被封锁之前成功逃离？但逃往哪里呢？也许去德国？是否有任何公国或国家能保他平安无事，而令皇帝或教皇或英格兰的新统治者——不管那会是谁——鞭长莫及？

他从来不曾退却过；或者说，也许有过一次，是七岁时从沃尔特身边逃离：但沃尔特一直阴魂不散地跟着他。从那以后：一直是向前，向前，向前！所以他没有犹豫太久，但是后来，他丝毫不记得自己是怎样到达一座宽大的、绣着英格兰纹章的金色帐篷，站在那里看着亨利八世国王的遗体。雷夫说，比赛还没有开始，他绕场一周，用矛头画出范围。突然，他身下的马绊了一下，便连人带马摔倒，马嘶鸣着翻滚在地，将亨利压在底下。侍从诺里斯此刻正跪在尸架旁，一边祈祷，一边泪流满面。周围的盔甲发出模糊的亮光，一张张面孔藏在头盔里，只能看到铁下巴，青蛙嘴，以及窄窄的护目镜。有人说，那畜生像是腿断了似的摔倒了，当时国王身边没有人，所以不能怪任何人。他似乎听到了那可怕的声音，马摔倒时惊恐的嘶鸣、观众的惊叫，以及当庞大的动物与魁梧的人缠在一起、战马与国王同时摔倒时，钢铁和马蹄与钢铁碰撞、金属撞击肉体、马蹄踩断骨头时的刺耳声响。

“拿一面镜子来，”他说，“举到他嘴边。找一根羽毛来看会不会动。”

国王的盔甲已经被解了下来，但仍然穿着黑色的棉比赛服，仿佛在为自己服丧一般。看不到明显的血迹，因此他问，他伤到哪儿了？有人说，他撞到了脑袋；但由于帐篷里一片哭哭啼啼七嘴八舌，他所能得到的信息仅此而已。羽毛，镜子，他们示意已经试过了；他们喋喋不休的舌头就像摇摆不停的钟槌，他们的眼睛犹如嵌在脑袋上的石子，一张张惊愕而茫然的面孔你看看我，我看看你，有人在诅咒，有人在祈祷，他们的行动慢而又慢；谁也不愿意把遗体抬进去，这种责任太重了，会被人看见，会传出去。如果以为国王去世时委员们会高呼"国王万岁"，那就错了。通常情况下，死亡的事实会被隐瞒一段时间。因为必须隐瞒……亨利毫无血色，他吃惊地发现，那卸下盔甲的肌肉十分柔软。亨利仰面而卧，伟岸的身躯平躺在一块海蓝色的布上。他的四肢伸得很直。看上去没有受伤。他摸了摸他的脸。还是热的。命运没有毁坏他的身体。他完好无损，是献给众神的礼物。他们将像当初把他送来时那样再把他接回去。

他张口吼了起来。他们这是什么意思，让国王躺在这里，没有受到基督的祝福，仿佛他已经被逐出教会一般？如果躺在这里的是任何其他人，他们肯定会用玫瑰花瓣和没药来刺激他的感觉。他们会拉他的头发，拧他的耳朵，在他的鼻子底下烧一张纸，掰开他的嘴巴灌进圣水，并在他的脑袋旁吹响号角。所有这些都该一一做到，而且——他抬起头，看到诺福克公爵托马斯·霍华德拼命朝他奔来。诺福克舅舅：王后的舅舅，英格兰第一贵族。"天啊，克伦威尔！"他大声叫道。他的言下之意很清楚。天啊，我总算逮住你了；天啊，你那自以为是的内脏会被掏出来：天啊，不等天黑，你的脑袋就会被插在长矛上。

也许吧。但转瞬间，他(克伦威尔)的身形似乎不断壮大，占据了躺在地上的人周围的全部空间。仿佛是从帐篷顶上俯瞰一般，他看到了自己：身材不断变粗，甚至变高。因此他占据了更多的地方。因此，当诺福克抽搐着、颤抖着向他冲来时，他占据了更多的空间，呼吸着更多的空气，稳稳地站在那里。因此他成了岩石上的一座堡垒，岿然不动，而托马斯·霍华德则从他的墙壁上弹了回去，并畏惧着，退缩着，口里叽叽咕咕地不知道说些什么。“**诺——福——克——大——人**！”他朝他吼道。“诺福克大人，王后在哪里？”

诺福克气喘吁吁。“在地上。我告诉她了。我亲自告诉的。我的身份要求我这样。我的身份，我是她舅舅。她顿时晕了。晕倒了。小矮子想拉她起来。她把她踢开了。哦，我的老天！”

现在由谁代替安妮尚未出生的孩子来统治呢？亨利准备去法国时，曾经说过要让安妮摄政，但那是一年多以前的事了，再说他根本就没有去，所以我们不知道他是否真会这样；安妮曾对他说，克伦穆尔，如果我摄政，你可要当心，我要你对我顺服，否则就要你的脑袋。安妮一旦摄政，就会很快除掉凯瑟琳，还有玛丽：如今凯瑟琳已经去世，她鞭长莫及，但玛丽还在，会任她宰割。诺福克舅舅跪在遗体旁飞快地做了个祷告，然后费力地重新起身：“不，不，不，”他说。“大肚子的女人不行。不能让这样的人统治。安妮不能统治。应该是我，是我，是我。”

格利高里从人群里挤了过来。他还算机灵，找来了财务官大人费兹威廉。“玛丽公主，”他对费兹说。“怎样才能找到她。我必须找到她。否则国家就完了。”

费兹威廉是亨利的老朋友之一，跟他年纪相仿：感谢上帝，他天生就能力很强，不会惊慌失措和胡言乱语。“看管她的是博林家的人，”费兹说。“我不知道他们会不会放她。”

是啊，我真傻，他想，没有跟他们搞好关系，没有提前收买他们，以防这样的情况发生；我说我会送上自己的戒指，好让他们放凯瑟琳，但我没有为公主做类似准备。如果让玛丽留在博林家的手里，她就死定了。如果让她落到天主教徒的手里，他们会拥她为王，那我就死定了。内战将不可避免。

群臣现在都拥入帐篷，七嘴八舌地说着亨利的死因，都在叫嚷着，否认着，哀叹着；声音越来越大，他抓住费兹的手臂：“如果不等我们自己赶到内地消息就传过去了，那我们就永远见不到活着的玛丽了。”她的守卫不会把她吊死在楼梯上，也不会将她刺死，但他们肯定会让她遭遇意外，在路上摔断脖子。那么，如果安妮尚未出生的孩子是个女儿，伊丽莎白就会成为女王，因为我们别无选择。

费兹威廉说：“等等，让我想一想。里奇蒙在哪里？”国王的私生子，已经十六岁。他是一件商品，需要认真考虑，需要确保安全。里奇蒙是诺福克的女婿。诺福克肯定知道他在哪里，诺福克最有可能找到他，跟他讨价还价，把他关起来或者释放：但是他（克伦威尔）不怕一个年轻的私生子，再说，那年轻人喜欢他，在他们所有的交往中，一直都很讨好他。

诺福克此刻正向两边的人嗡嗡嗡地说个不停，就像一只发怒的黄蜂，而旁边的人也当他真是黄蜂一般，纷纷地躲避他，从他身边退开，然后又挪回来。公爵又朝他嗡嗡起来；他（克伦威尔）一把将公爵推开。他低头注视着亨利。他觉得自己看到一只眼皮动了一下，但也可能是幻觉。够了。他站在亨利身旁，犹如坟墓旁的一尊雕像：一个身材魁梧、不会说话、面容丑陋的守护神。他等待着：接着又看到一次颤动，他觉得自己真的看到了。他顿时心跳加快。他把手放到国王的胸口上，就像商人在达成交易时那样轻拍下去，然后平静地说：“国王在呼吸。”

人群顿时轰动起来。既有悲叹，也有欢呼，还有惊慌的哭泣，对上帝的呐喊，对魔鬼的回击。

在棉衣之下，在马毛填充物之内，有纤维性颤动，有生命的震颤：他的手重重地平压在国王的胸口之上，他觉得自己似乎正在唤醒拉撒路[①]。他的手掌仿佛有了某种魔力，在将生命重新输入国王的体内。国王的呼吸尽管微弱，但似乎还平稳。他（克伦威尔）已经看到了未来；他看到了失去亨利之后的英格兰；他大声祈祷，“国王万岁。”

① 在《圣经》中，耶稣曾经将拉撒路从坟墓中唤醒复活。

“把外科医生都找来，”他说。“把巴茨找来。只要是懂点医术的人都找来。如果他还是死了，不会怪他们。我说话算话。把我的外甥理查德·克伦威尔找来。帮诺福克大人搬个凳子，他受惊了。”他很想加上一句，朝“温文尔雅的诺里斯”头上浇一桶水：他不巧注意到，诺里斯的祷告带有鲜明的天主教特色。

帐篷现在非常拥挤，仿佛被拔起了帐杆，只是顶在大家的头顶上。在亨利那一动不动的身体被医生和牧师们簇拥着抬走之前，他看了他最后一眼。他听见一声长长的、干呕似的喘息；不过人们从尸体那儿也听到过这种声音。

“呼吸，”诺福克大喊。“让国王呼吸！”仿佛很听话一般，躺在地上的人深深地、声音很粗地长吸了一口气。接着他骂了一声，然后又想坐起身来。

事情就这样过去了。

但没有完全过去：直到他研究了围在旁边的博林一家的表情，才发现没有完全过去。他们一副木然、困惑的样子。在凛冽的寒气中，他们脸色苍白。没等他们意识到自己的大好机会已经来临，它就消失了。他们怎么这么快就全部赶到？他们是从哪里来的？他问费兹。直到这时，他才发现天色已暗。他感觉只过了十分钟，其实已经有两个小时：从雷夫站在门口，他的笔掉在纸上，已经有两个小时。

他对费兹威廉说，“当然，这事根本就不曾发生。或者就算发生了，也只是无足轻重的小事。”

对查普伊斯和其他大使，他会坚持原来的说法：国王摔下马，撞到了头，昏迷了十分钟。不，我们从没认为他死了。十分钟后他坐了起来。现在他的状态极佳。

他对费兹威廉说，我说这话的口气，会让他们觉得头上那一撞反而让他的情况更好了。他简直是有意这样。每位君王都应该时不时地撞一下头。

费兹威廉乐了。“人在这个时候的念头几乎不可思议。我记得我当时想，我们是不是该把大法官找来？但我并不知道自己当时认为他会怎么办。”

“我当时的念头是，”他坦白道，“派人去请坎特伯雷大主教。我想我当时觉得，国王去世的时候他应该在场。设想一下，如果想把克兰默从泰晤士河上拽过来，会是什么情景。他会先让你跟他一起读福音书。”

黑皮书上是怎么说的呢？没有与此相关的记载。没有人计划过国王具体在哪个时刻摔倒——头一秒还高大威武地坐在马上疾速驰骋，一眨眼就栽倒在地。谁也没有这种胆量。谁也不敢这样去想。王室礼仪没有涉及之处，就可能发生你死我活的争斗。他记得当时费兹威廉在他旁边；格利高里在人群中；雷夫在他一侧，还有他的外甥理查德。国王想坐起来的时候是理查德帮忙去扶的吗，急得医生大喊，“不，不，让他躺下！”亨利双手捂着胸口，仿佛要按住自己的心脏。他挣扎着想起身，嘴里发出含糊不清的声音，听上去像是说话但其实不是，仿佛圣灵已经附体，他在用特异语言讲话。他当时一阵恐慌，心里想，万一他永远不会清醒怎么办？如果国王变糊涂了，黑皮书上是怎么说的？他记得当时外面传来亨利那匹摔倒的马挣扎着想站起来时的嘶叫；不过，他听到的肯定不是那种声音吧，他们肯定已经把它杀了吧？

接着亨利自己吼叫起来。那天晚上，国王扯掉了头上的绷带。那些瘀青和红肿是上帝对白天之事的裁决。他决心要上朝，要让那些关于他已经受伤或死亡的谣言不攻自破。安妮在她的“阁下”父亲的搀扶下走近他。伯爵真的是在搀扶她，而不是装模作样。她看上去苍白而虚弱；如今她的腹部明显隆起。“陛下，”她说，“我请求您，全国人民都请求您，再也不要去比武了。”

亨利示意她靠近，再靠近，直到两人的脸快要贴到一起。他的声音低沉而热烈：“你干吗不趁机把我阉掉？那样你就称心如意了，对吧，夫人？”

大家一片愕然。博林家的人还算聪明，连忙拉着安妮退开，再退开，然后离去，谢尔顿小姐和简·罗奇福德一路慌慌张张、吱吱啧啧的，霍华德-博林家族的人也全都跟了过去。所有的女侍中，只有简·西摩没有动弹。她站在那里看着亨利，国王的目光也朝她直射过来，她的周围顿时敞开一片空间，一时间，她站在那无人的空间里，犹如跳舞时在队列前进之后，只有她一人落在了后面。

后来，他在亨利的卧室里陪伴着他，国王靠在一把天鹅绒椅子里。亨利说，我小的时候，一个夏天的晚上，大约十一点钟时，我跟我父亲在里奇蒙的一条柱廊上散步，他让我挽着他的胳膊，我们正在畅谈，或者说是他在畅谈：突然传来一阵天崩地裂似的响声，整座楼房轰隆作响，脚下的地也不断塌陷。我们站在边缘，世界从我们脚下消失——那情景我终生难忘。但一时间，我不知道自己听到的是什么，那断裂的到底是屋梁还是我们的骨头。上帝仁慈，我们两人仍然站在结实的地面上，可我看到了自己穿过地板，不断下坠，下坠，直到我接触到泥土，闻到坟墓一般潮湿的气息。嗯……我今天摔下来的时候，就是那种感觉。我听到了很多声音。非常遥远。我听不清那些话。我觉得自己飘浮在空中。我没有看到上帝。也没看到天使。

"我希望您醒来的时候没有觉得失望。只看到了托马斯·克伦威尔。"

"我看到你太高兴了，"亨利说。"你母亲在生你的那天都没有像我今天看到你那样高兴。"

寝宫侍从正在一旁，轻手轻脚地履行自己的日常职责，往国王的床上洒些圣水。"行了，"亨利气冲冲地说。"你们想让我受凉吗？即使浇透了也并不比洒一滴更有效。"他转过头来，压低声音说，"克伦，你知道这件事根本没有发生，对吧？"

他点点头。对已经记录下来的内容，他正在删除。以后人们只会知道，在这一天，国王的马摔倒了。但上帝之手将他从地上拉了起来，让他笑声朗朗地坐回了王位。还有一点，在《亨利之书》中要记下来：即使把他打倒，他也会一跃而起。

但王后的话也不无道理。你看到了从老国王时代过来的那些比武者，他们从竞技场上幸存下来，如今却畏畏缩缩，糊里糊涂，一瘸一拐地在宫里走来走去；那些人头部被撞的次数太多，他们走起路来弯着腰，驼着背。而当你的最后审判日来临时，你所有的技艺都会毫无作用。马可能失蹄。随从可能失手。胆量可能消失。

那天晚上，他对理查德 · 克伦威尔说，“那对我是个可怕的时刻。有多少人能像我那样，不得不说‘我只有一个朋友，那就是英格兰国王’？你会以为我拥有了一切。但如果失去亨利，我就一无所有。”

理查德明白这个无奈的事实，说，“没错。”他还能说什么呢？

后来，他换了一种更谨慎的方式，对费兹威廉说出了同样的想法。费兹威廉看着他：若有所思，不无同情。“我不知道，克伦。你并非没有人支持，你知道。”

“请原谅，”他怀疑地说，“这种支持会以什么样的方式来表现呢？”

“我是说，如果你需要它来对抗博林家族，那么你会得到支持的。”

“我干吗需要呢？我跟王后是好朋友。”

“你跟查普伊斯可不是这么说的。”

他点点头。跟查普伊斯交谈的这些人真是有趣；同样，大使选择在不同的人之间所传的这些话也很有趣。

“你当时听到了吗？”费兹说。他的语气很不屑。“在帐篷外面，当我们以为国王已经去世的时候？他们大喊，‘博林，博林！’喊着自己的名字，就像布谷鸟似的。”

他等待着。他当然听到了；他此刻究竟想说什么？费兹与国王关系密切。他和亨利从小就一起在宫里长大，虽然他家属于绅士阶层，而不是贵族。他上过战场。身上留有箭伤。出使过国外，了解法国，了解那里的英格兰领土加来及其权力运作。他是嘉德骑士那个精英圈子里的一员。他很擅长写信，总是简明扼要，既不唐突生硬也不拐弯抹角，不阿谀奉承也不随意敷衍。红衣主教很喜欢他，当他们在警卫室里每天一起用膳时，他对托马斯·克伦威尔也和和气气。他总是和和气气：现在更是这样？“克伦，如果国王没有醒过来，会发生什么事情呢？我永远不会忘记霍华德在那儿高喊，‘应该是我，是我，是我！’”

“那一幕我们都不会从脑海中抹去。至于……”他犹疑着，“嗯，万一发生不测，国王的身体死了，但国家会继续存在。可能会成立一个执政委员会，成员包括司法官员，还有主要的现任枢密院委员……”

“其中包括你自己……”

“的确，我自己。”我自己有好几个职位，他想：不仅仅是秘书官，还是法官，是案卷司长，还有谁比我更受到信任、更顺理成章呢？“如果议会愿意的话，我们可能会成立一个机构，在王后分娩之前摄政，如果她允许，也许还可以……”

“可你知道安妮决不会允许，”费兹说。

“是的，她会大权独揽。不过她与诺福克舅舅会有一场好斗。在这两个人中，我不知道会支持谁。我想会是那位女士吧。”

“愿上帝保佑这个国家，”费兹威廉说，“以及这个国家的所有男人。那两个人中，我宁可接受托马斯·霍华德。如果万不得已，你起码可以向他挑战，要他出来较量一番。如果让那位女士摄政，博林一家就会骑到我们的背上。我们会成为他们的活地毯。她会在我们的皮肤上缝上AB① 两个字母。”他摩挲着下巴。“不过她反正会这样的。如果他给哈里生个儿子的话。”

他知道费兹正在注视着他。“说到儿子，”他说，“我有没有正式地谢过你？如果我能为你做点什么，就告诉我。格利高里在你的指导下进步很大。”

---

① 安妮·博林名字的首字母。

“这是我的荣幸。让他尽快回我那儿去吧。”

我会的，他想，而且带着一两座小修道院的租契，等我的新法案通过之后。他的桌上堆满了为新一期议会会议做准备的文件。他希望过不了几年，格利高里会和他一起并肩坐在下院的席位上。他必须对治理国家有全面的了解。议会的一期会议就是一次受挫训练，一种耐心教育：就取决于你愿意如何去看了。他们商讨战争、和平、冲突、争执、辩论、抱怨、嫉妒、财富、贫穷、真理、谎言、正义、公平、压迫、叛国、谋杀以及公益的启迪和延续；然后又像前辈们所做的那样——很可能是那样——到头来还是原地踏步。

国王出事过后，一切又恢复了常态，但一切又不再是常态。博林家的人、玛丽的拥护者、诺福克公爵、萨福克公爵以及不在国内的温彻斯特主教仍然不喜欢他；更不用说法国国王、皇帝、罗马主教——也被称为教皇。但争斗——每一场争斗——更加激烈了。

在凯瑟琳葬礼的那一天，他发现自己情绪低落。我们将自己的敌人拥抱得多么紧啊！他们是我们的伙伴，是我们的另一个自我。当她七岁那年坐在阿尔罕布拉宫的丝绸垫子上第一次绣花时，他正在他的厨师叔叔约翰的监督下在朗伯斯宫的厨房里擦地板。

所以在讨论凯瑟琳的案子时，他常常从她的角度出发，仿佛是她指定的律师之一。“各位大人，你们提出了这一点，”他曾经说，“但亲王遗孀会辩称……”以及“凯瑟琳会因此而反驳你们”。倒不是因为他支持她的案子，而是因为这样更节省时间；作为她的对手，他设身处地地思考她所关心的问题，判断她的策略，先她一步考虑到了方方面面。查尔斯·布兰顿对此一直感到不解：“这家伙到底站在哪一边？”他总是问。

但时至今日，罗马并不认为凯瑟琳的案子已经完结。梵蒂冈的律师们一旦开始审理一桩案件，就不会仅仅因为一方已经死去而中止。也许在我们全都死去之后，在梵蒂冈的某座地牢里，一位骷髅书记员会咔嗒咔嗒地走来，就教会法规的某一点与他的骷髅同僚进行商讨。他们会对彼此磕着牙齿；他们空洞的眼睛会在眼眶里朝下望去，却发现他们的羊皮纸文稿在光线下已经变为尘埃。谁得到了凯瑟琳的处女之身，是她的第一任丈夫还是第二任丈夫？我们永生永世都不得而知。

他对雷夫说，“谁能理解女人的生活呢？”

“或者她们的死亡，”雷夫说。

他抬起视线。“不会吧！你不认为她是被人毒死的，对吧？”

“有传言说，”雷夫严肃地说，“毒药是放在一些威尔士烈性啤酒里给了她。过去的这几个月里，她似乎喜欢喝那种啤酒。”

他盯着雷夫的目光，忍不住好笑地哼了一声。亲王遗孀，大口大口地灌着威尔士烈性啤酒。“是用皮袋子装的，”雷夫说。“想想那副情景吧，她把皮袋往桌上一扔，大喊‘把它满上’。”

他听到有人朝这边跑来。又发生什么事了？有人在重重地敲门，接着，他的那个威尔士小男孩出现了，正气喘吁吁。“大人，您要马上去国王那里。费兹威廉的人来接您了，我想是有人死了。”

“什么，又有谁死了？”他说。他收起那沓文件，迅速放进一个柜子里并锁好，然后把钥匙交给雷夫。从现在起，他不会让自己的秘密无人照管，不会让新鲜的墨迹留在外面。“这一次我得唤醒谁呢？”

当一辆马车在街上翻了时，你知道是什么情形吗？你碰到的每一个人都亲眼目睹。他们看到有个男人的腿被完全压断。他们看到有个女人咽下了最后一口气。他们看到货物被抢走，车夫被压在前面，小偷就从后面偷。他们听到有个男人大声说出最后的忏悔，而另一个人则低声念出自己的遗嘱。如果所有宣称自己在场的人的确都在场，那么伦敦的三教九流就会都集中到了这一处，监狱里也就没有了小偷，床上没有了妓女，所有的律师全都站在屠夫的肩膀上，以便看得更加清楚。

1 月 29 日那天的后来，他会在前往格林威治的路上，对费兹威廉的人带来的消息感到愕然而忧虑。人们会告诉他，“我在那里，当安妮停止讲话时我在那里，当她放下书、针线活或者诗琴时我在那里，当她因为想到凯瑟琳入土而停止娱乐时我在那里。我看到她脸色变了。我看到她的女侍们围拢过去。我看到她们马上簇拥着她走进她的房间并拴上门，我还看到她走过的地上留下了血迹。”

我们不必相信这一点。不必相信血迹。也许是他们想象出来的。他会问，王后是什么时候开始疼痛的？但似乎没有人能告诉他，尽管他们对事情有密切的了解。他们的注意力都集中在血迹上，而忽略了事实。坏消息从王后的床边泄露出来需要一整天的时间。有时女人的确会出血，但孩子会保住并继续生长。这一次不同。凯瑟琳才刚刚下葬，不会安静地躺在那里。她伸出手来，摇掉了安妮的孩子，所以那孩子过早地降临人世，大小跟耗子差不多。

傍晚时，在王后的房间外面，小矮子坐在石板地上，一边摇晃一边呻吟，她在假装分娩，有人多此一举地说。“你们就不能把她弄走吗？”他问那些女侍。

简·罗奇福德说，“是个男孩，秘书官先生。据我们判断，她怀了不到四个月。”

那就是十月初。我们还在巡游期间。“你可以查一下行程，”罗奇福德夫人低声说。“她当时在哪儿？”

“这重要吗？”

“我以为你很想知道。哦，我知道计划经常改变，有时候很突然。有时候她跟国王在一起，有时候没有，有时候诺里斯跟她在一起，有时候是国王的其他侍从。不过你说的没错，秘书官大人。这并不重要。医生们都很没有把握。我们说不准她是什么时候怀上的。谁在这里，谁又在那里。”

“也许我们该不去深究，”他说。

“唉。既然她又失去了一次机会，可怜的夫人……世界会怎么样呢？”

小矮子笨手笨脚地站起来。她一边看着他，迎着他的目光，一边撩起裙子。他没来得及转移视线。她剃掉了自己的体毛，也可能是别人帮她剃的，她的下体光溜溜的，就像一位老太太或小孩子的下体。

后来，在国王面前，简·罗奇福德握着玛丽·谢尔顿的手，不管说什么都含糊其辞。“孩子看上去像个男孩，”她说，“怀了大约十五周的样子。”

“你这是什么意思，看上去像？”国王问。“你看不出来吗？哦，走开，女人，你从没生过孩子，能知道些什么？在她床边的本该是那些年长的夫人，你在那儿干什么？你们博林家的人就不能让开吗，让更有用的人去侍候？每一次灾难发生时，你们都得挤在那儿吗？”

罗奇福德夫人声音发抖，但她坚持自己的观点。“陛下可以问问那些医生。”

“我已经问过了。”

“我只是在重复他们的话。”

玛丽·谢尔顿哭了起来。亨利看着她，轻声细语地说：“谢尔顿小姐，请原谅我。亲爱的，我没想要把你弄哭。”

亨利正痛苦不堪。他的一条腿被医生包扎了起来，这条腿在十多年前的一次比武中受过伤；它很容易溃烂，而最近这次坠马似乎造成他肌肉撕裂。他逞能的气势已经完全消失；他似乎又回到了梦见他哥哥亚瑟的那段日子，回到他被死者折磨得疲惫不堪的那段日子。这天晚上，他在私下里说，这是她失去的第二个孩子了：不过谁知道呢，可能还有其他的孩子，女人总是将这种事情隐瞒起来，直到她们的肚子大了，我们不知道我有多少继承人就那样流走了。上帝现在想要我怎么样？我必须怎样做才能让他满意？我看他是不会给我男孩子了。

他（克伦威尔）靠后站着，苍白而圆滑的托马斯·克兰默则在安抚国王的丧亲之痛。大主教说，如果我们把所有摔倒或坠落的事故都归咎于我们的造物主，那我们就大大地误解了他。

我还以为他关心每一只掉下来的麻雀，国王像孩子似的蛮不讲理地说，那他怎么不关心英格兰？

克兰默会讲出一些理由。他没怎么去听。他想起安妮身边的那些女人：像蛇一般聪明，像鸽子一般温顺。关于这一天的事件，已经在编成某个故事；是在王后的房间里编的。这场不幸不该怪罪安妮·博林。而是她舅舅诺福克公爵托马斯·霍华德的错。当国王从马上摔下来时，是诺福克猛地冲到王后面前，大叫大嚷地说亨利死了，这对她打击太大，所以肚子里的孩子停止了心跳。

而且：也是亨利的错。是因为他最近以来的那种行为，因为他痴痴地凝视着老西摩的女儿，在小教堂往她的位置上放情书，还把自己桌上的甜食送给她。王后看到他移情别恋，不禁伤心欲绝。那种悲伤搅动了她的五脏六腑，所以未能保住那个没有成形的孩子。

我们要讲清楚，亨利站在他妻子的床尾，听到这一套时冷冷地说。关于这件事情我们要讲清楚，夫人。如果说有哪个女人该怪罪的话，那就是我正在看着的这个女人。等你好些之后我再跟你讲话。现在我告辞了，因为我要去白厅为议会开会做准备，你最好卧床休息直到康复。而我自己，恐怕永远不会康复了。

接着安妮在他身后大喊——或者说是罗奇福德夫人这么说——“别走，别走陛下，我很快会再给你生个孩子，而且会更快，因为凯瑟琳已经死了……”

“我看不出那怎么会使这件事情更快。”亨利一瘸一拐地走了。随后，在他自己的房间里，寝宫侍从们开始为出门做准备，他们轻手轻脚，仿佛他是个玻璃人。亨利现在开始后悔刚才的话说得太轻率，因为如果把王后留在这里，女侍们就得全部留下来，那么他就不可能尽情凝视他的小圆脸简。进一步的劝说也紧随而来，也许是安妮写信来说：这个失去的胎儿是凯瑟琳在世时怀的，所以比不上他们即将要怀的孩子，不确定是哪一天，但是会很快。因为即使这个孩子活了下来并长大成人，有些人还是会怀疑他的权利；而现在亨利成了鳏夫，在基督教世界里，谁也不能质疑他与安妮的婚姻的合法性，因此他们所生的每一个儿子都是英格兰的继承人。

“嗯，这套理论你们怎么看？”亨利问。他的腿上绑着绷带，费力地坐进自己房间的一把椅子里。“不，不要商量，我要你们两个人分别回答，每个托马斯都要发言。”他原本想微笑，露出的却是苦脸。“你们知道法国人都被你们弄糊涂了吗？他们把你们当成一个合体的顾问，在报告里合称你们为克兰穆尔博士。”

他们交换了一个眼神，他和克兰默：屠夫和天使。但国王没有等着他们发表意见，不管是合计的还是分别的；他自顾自地说了下去，就像一个人把匕首插进自己的身体里，看看到底有多痛。“如果一个国王没有儿子，如果他做不到这一点，那么不管他能做别的什么，都毫无意义。胜利，战利品，他所制定的公正法律，他上朝处理的著名事件，都不值一提。”

没错。保持国家的稳定：这是国王与他的民众所达成的契约。如果他没有自己的儿子，就必须找一位继承人，并在他的国家陷入怀疑和混乱、分裂和阴谋之前就给他任命。亨利又能任命谁而不招致嗤笑呢？国王说，“当我想到我为现任王后所做的一切，想到我如何将她从一位绅士的女儿提升到现在的地位……我简直不明白我为什么那样做。”他看着他们，仿佛在说，你们明白吗，克兰穆尔博士？“我觉得，”他困惑不解，搜寻着合适的词句，“我觉得，我好像是被人设计而骗进了这场婚姻。”

他（克伦威尔）看着合体中的另一个自己，仿佛是看着一面镜子：克兰默似乎被难住了。“怎样设计的呢？”大主教问。

“我敢肯定我当时头脑不清醒。不像现在这样清醒。”

“可是陛下，”克兰默说。“国王陛下。恕我冒昧，您现在不可能很清醒。您刚刚承受了一次巨大损失。”

事实上，是两次，他想：今天，你的儿子早产没有保住，你的第一位妻子也已经下葬。难怪你会发抖。

“我好像是受到了引诱，”亨利说，“也就是说，可能有人对我施了魔法，也可能是施了咒。女人们的确用这些东西。果真如此的话，这场婚姻就会无效，对吧？”

克兰默伸出双手，就像一个人想把浪潮推回去一般。他看到他的王后正在渐渐消失：为真正的信仰付出了那么多的王后。“陛下，陛下……国王陛下……”

“哦，安静！”亨利说：仿佛是克兰默挑起了这个话题。“克伦威尔，你当兵的时候，是否听说过有什么东西能治好我这样的腿？我现在把它又摔了一次，医生说坏血一定得出来才行。他们担心会烂到骨头。但不要告诉任何人。我不想消息传到国外。你能派个人去找托马斯·维卡里吗？我想他得为我放血。我需要缓解一下。晚安。”接着，他几乎是压低嗓门补充道，“因为我想，即使是这样一天也该结束了。”

克兰穆尔博士走了出去。在一间前厅里，合体中的一半转向另一半。“明天他就会变的，”大主教说。

“是的。人在痛苦时什么话都说得出来。”

“我们不要放在心上。”

“没错。”

两个人都如履薄冰；相互依靠着，迈着轻微而胆怯的步伐。仿佛当两侧的冰开始破裂时，这样做多少会有点好处。

克兰默不确定地说，“失去孩子的痛苦使他产生了动摇。他当初等了安妮那么久，难道会这么快就抛弃她吗？他们很快就会和好如初的。”

“而且，”他说，“他不是一个愿意承认错误的人。他也许对自己的婚姻心存疑虑。但提出这些疑虑的其他人啊，愿上帝保佑他们。”

“我们必须打消这些疑虑，”克兰默说。“我们两个人必须这样。”

“他想成为皇帝的朋友。既然凯瑟琳不在了，他们之间敌意的根源也就不复存在。所以我们必须面对一个现实，即现任王后……”他不愿意说，成了多余的人；不愿意说，成了和平的障碍。

“她妨碍了他，”克兰默直通通地说。“但他不会牺牲她吧？肯定不会。不会为了讨好查理皇帝或任何人而这样。他们想都不要去想。罗马想都不要去想。他决不会回头的。”

“对。相信我们的好主人吧，相信他会维护教会。”

克兰默听出了他没有说出口的话：国王不需要安妮，不需要她帮他做到这一点。

不过，他对克兰默说，很难想起国王在安妮之前时的样子；很难想象他没有她。她如影随形地跟着他。靠在他的肩上阅读。钻进他的梦里。哪怕就躺在他身边，她还是觉得不够近。“我来告诉你我们该怎么办，”他说。他握住克兰默的胳膊。“我们举办一场宴会，好吗，把诺福克公爵邀请过来？”

克兰默很不情愿。“诺福克？我们干吗要请他？”

“为了讲和，”他轻松地说。“我担心在国王出事那一天，我可能，呃，对他有些不敬，他当时那么自以为是。在一座帐篷里。他冲进来的时候。他的自以为是也情有可原，”他恭恭敬敬地加了一句。“因为他不是地位比我们高的贵族吗？不，我从心底里同情公爵。”

“你干什么了，克伦威尔？”大主教脸色苍白。“你在那座帐篷里干什么了？你对他动手了吗？就像我听说你最近对萨福克公爵动手了那样？”

“什么，布兰顿？我只是在推他。”

“当他不想被人推的时候。”

“那是为他自己好。如果我让他留在国王那里，查尔斯会祸从口出而把自己送进伦敦塔。你瞧，他当时在诽谤王后。”而任何诽谤，任何怀疑，他想，都必须是出自亨利，出自他自己之口，而不能是我或任何其他人之口。“拜托了，拜托，”他说，“我们办一次宴席吧。你得在朗伯斯举办，诺福克不会去我家里，他会认为我打算在酒里放安眠药，然后把他弄到船上卖为奴隶。他会愿意去你那儿的。我会提供鹿肉。我们会做出公爵的几大城堡那种形状的果冻。不会让你破费的。也不会麻烦你的厨师。”

克兰默笑了起来。他终于笑了。哪怕是让他微微一笑，都是一场艰难的战斗。“随你吧，托马斯。我们就举办一场宴会。”

大主教双手握住他的上臂，吻了他的两边脸颊。这是友爱之吻。当他穿过宫殿回到自己的房间时，他并没有觉得宽慰或轻松；宫殿里一片不同寻常的宁静：远处的房间里没有传出音乐，也许她们在低声祈祷。他试图想象那个死去的孩子，那个胎儿，四肢尚在发育，面孔既苍老又智慧。

很少有人见过这种东西。他显然没有。在意大利时，在一个封闭的黑影重重的房间里，他曾经站在一旁，帮一位外科医生举着灯，而医生则剖开一名死者的身体，以了解里面的构造。那是个可怕的夜晚，肠子的恶臭以及堵在喉咙里的血的腥气，还有那些你争我抢地花钱买到机会的艺术家想把他挤开：但他坚定地站在那里，因为他保证过要这样做，他说过他会举着灯。因此，在那群得以观看肌肉从骨头上剥离的名人之中，他成了最幸运的人之一。但是他从未见过女人的腹腔，更不用说一具怀孕女尸的腹腔；没有哪位医生愿意做这种示范，哪怕是为了钱。

他想起凯瑟琳，经过了防腐处理，并已经入土为安。她的灵魂获得了自由，寻找她的第一任丈夫去了：现在正四处游荡，呼唤着他的名字。亚瑟看到她后，会不会大吃一惊？她成了一个矮胖的老太婆，而他仍然是个皮包骨的孩子。

国王已故的哥哥亚瑟不可能有儿子。在亚瑟之后发生了什么呢？我们不得而知，但我们知道他的荣耀从这个世界上消失了。

他想起安妮选择的箴言，绘在她的纹章上：“至为幸福”。

他曾经问过简·罗奇福德，“王后现在怎么样？”

罗奇福德说：“彻夜不眠，悲痛欲绝。”

他本意是想问，她流了很多血吗？

凯瑟琳并非没有过错，但是现在那些过错从她身上解除了。全都堆到了安妮的身上：跟在她身后的黑影，以夜幕作掩护的女人。老王后沐浴着上帝的光辉，她那些夭折的孩子裹在襁褓里放在她的脚旁，但安妮却住在下面这个罪恶的世界，流产后虚汗涔涔，垫着带有血迹的床单。可是她手脚冰冷，心如磐石。

诺福克公爵来了，期待着饱餐一顿。他一身盛装，或者说至少是一身配得上朗伯斯宫的行头，看上去就像一截被狗咬过的绳子，或者是一块被扔在盘子边上的软骨。那桀骜不驯的眉毛下，是一双明亮而凶狠的眼睛。他的头发像铁刷一般。他体型精瘦，身上散发着马、皮革和枪械铺的味道，还奇怪地散发着一种火炉——也可能是正在冷却的灰烬——的气息：很干，很呛。除了一怒之下就可能取消他爵位的亨利·都铎之外，活着的人他谁都不怕，但是他害怕死人。有人说，在他的各处宅邸，一到天黑，你就能听到他噼里啪啦地又关窗户又闩门，以防已故的红衣主教沃尔西飘进窗户或爬上楼梯。如果沃尔西想要诺福克的命，他会静静地躺在餐桌的桌面里，贴着桌面的木纹呼吸；他会从锁眼里冒出来，或者像一只沾有煤灰的鸽子那样，从烟囱里飘然落下。

在公爵看来，既然安妮·博林是他这个显赫家族的外甥女，在她得势之后，他的烦恼就会随之结束。因为他有不少烦恼；他虽然是地位最高的贵族，还是有人跟他作对，对他幸灾乐祸，对他造谣中伤。但是他相信，一旦安妮加冕为后，他就会永远是国王的得力助手。可到头来却并非如此，公爵感到愤愤不平。这桩婚姻并没有像他预期的那样，给霍华德家族带来荣华富贵。安妮将好处据为己有，还有托马斯·克伦威尔也一样。公爵认为安妮应该由她的男性亲属来指导，可她不愿受人指导；事实上，她已经清楚地表明，现在她认为自己——而不是公爵——才是一家之主。在公爵眼中，这不合常情：女人在任何事情上都不能做主，谦恭服从才是她的本分。尽管她是王后，尽管她很富有，还是应该明白自己的本分，否则就应该有人教她明白这一点。霍华德有时公开抱怨：不是抱怨亨利，而是抱怨安妮·博林。他已经发现权宜之计是待在自己的老家，管管自己的夫人，她经常给托马斯·克伦威尔写信，抱怨他待她不好。仿佛他（托马斯·克伦威尔）能把公爵变成举世公认的好爱人，或者起码变得稍稍通情达理。

不过当安妮最近一次怀孕的消息传出来后，公爵带着满脸堆笑的仆人来到了宫廷，过了不久，他那位古怪的儿子也加入其中。萨里是一位非常自负的年轻人，认为自己英俊潇洒、才华出众、一向幸运。但是他的脸有点歪，还把头发剪得像只盖碗一般，这丝毫无助于他的形象。汉斯·霍尔拜因坦承为他作画是一种挑战。萨里今晚放弃了逛妓院的机会，来到了朗伯斯。他的眼睛在房间里东张西望；他也许以为克兰默在挂毯后面藏有光着身子的姑娘。

"嗯，"公爵一边搓着手，一边说。"你准备什么时候去肯宁霍尔看看我，托马斯·克伦威尔？我们那儿打猎可棒极了，一年到头每个季节都有猎物。而且，如果你想要人暖床的话，我们也可以给你找一个，你喜欢的那种平常女人，我们正好有一位女仆，"公爵吸了一口气，"你该看看她的奶子。"他关节突出的手指随手捏了一把。

"嗯，如果她是你的，"他低声说，"我可不想跟你抢。"

公爵朝克兰默瞥了一眼。也许不该谈论女人？但话说回来，克兰默不是一位真正意义上的大主教，在诺福克的眼里根本不是；他只是亨利有一年在低地地区找来的某个小职员，为了一顶主教法冠和每天两顿好饭，而答应对亨利俯首听命。

"天啊，你看起来病怏怏的，克兰默，"公爵幸灾乐祸地说。"你那骨头上似乎都留不住肉了。我也一样。瞧瞧。"公爵从桌旁退开，胳膊肘撞到一个端着酒壶站在旁边伺候的可怜的年轻人。他站起身，撩起长袍，露出一截瘦骨嶙峋的小腿。"的确很瘦吧？"

太瘦了，他附和道。肯定是因为羞辱，才将托马斯·霍华德折磨得皮包骨的吧？在一起时，他的外甥女总是打断他的话，呛得他哑口无言。她嘲笑他佩戴的圣章和圣骨，其中有些非常神圣。用膳时，她朝他微微欠身，说，来吧，舅舅，把我手上的食物屑拿一片去吧，你越来越瘦了。“我的确如此，”他说。“不知道你是怎么长肉的，克伦威尔。瞧瞧你，衣服里面那么壮实，食人魔会把你烤了吃的。”

“哦，是啊，”他笑着说，“我就面临这种危险。”

“我想你是喝了在意大利弄到的某种药粉，才保养得这么好。我猜你是不会把秘诀透露出来的吧？”

“把你的果冻吃完吧，大人，”他耐心地说。“如果我真的听说有这种药粉，一定会给你一些样品。我唯一的秘诀就是晚上睡觉。我与我的造物主和平相处。当然还有一点，”他悠闲地靠在椅背上，补充道，“我没有敌人。”

“什么？”公爵说。他的眉毛向上一挑，几乎与头发相连。他又给自己添了一些瑟斯顿做的果冻城垛，有红有白，有柔和的石头和鲜红的砖块。他一边大快朵颐，一边就几个话题发表意见。主要是关于威尔特郡伯爵，王后的父亲。他本该以更恰当的方式教育安妮，让她更守规矩。可是他没有，他成天忙于用法语炫耀她，炫耀她会大有出息。

“嗯，她的确出息了，”年轻的萨里说。“对吧，父亲大人？”

“我想，让我越来越瘦的就是她，”公爵说。“她精通各种药粉。有人说她家里养有投毒者。你知道她对老费希尔主教做了什么手脚。”

“她做什么手脚了？”年轻的萨里说。

“你什么都不知道吗，小子？费希尔的厨子被人收买，在汤里放了一种药粉。几乎要了他的命。”

“那不会有什么损失，”那孩子说。“他本来是叛国贼。”

“没错，”诺福克说，“但当时他的叛国罪还有待证实。这儿不是意大利，小子。我们有法庭。嗯，老家伙挺了过来，但从那之后一直未能康复。亨利把那厨子活煮了。”

“可他从未招认，”他(克伦威尔)说。“所以我们不能断定是博林家的人干的。”

诺福克哼了一声。“他们有动机。玛丽最好小心一点。”

“我同意，”他说。“尽管我认为她的主要危险还不是被人投毒。”

“那是什么？”萨里说。

“坏的建议，大人。”

“你认为她该听你的吗，克伦威尔？”年轻的萨里这时放下餐刀，开始抱怨起来。他感叹道，贵族们现在不像国家强盛时期那样受人尊敬了。如今的国王在自己身边留了一批地位低下的人，这不会有任何好处。克兰默在椅子里探身向前，似乎想插话，但萨里瞪了他一眼，仿佛在说，我指的就是你，大主教。

他朝一位仆人点点头，示意他把这位年轻人的杯子斟满。“你在这里讲这种话不合适，先生。”

“我才不管呢，”萨里说。

“托马斯·怀亚特说你在学习写诗。我喜欢诗歌，因为我年轻时跟意大利人在一起。如果你看得起我的话，我很想拜读拜读。”

“你肯定想了，”萨里说。“但我只给我的朋友们看。”

当他回到家时，他儿子出来迎接他。“您听说王后在干什么了吗？她不再卧床休息，大家在谈论她的一些令人难以置信的事情。据说有人看见她在自己房间的炉火上烤榛子，用铜锅把它们翻来翻去，准备给玛丽小姐制作毒甜点。”

“拿铜锅的应该是别的人，”他微笑着说。“某个宠臣。韦斯顿。或者那个叫马克的小子。”

格利高里固执地坚持己见：“是她自己。在那儿烤着。这时国王进来了，看到她在干这个就皱起了眉头，因为他不知道她的用意，而且您瞧，他对她有了疑心。你在干什么，他问，安妮王后说，哦，陛下，有些可怜的女人站在门外，大声为我祝福，我只是在制作一些甜点犒劳她们。国王说，是这样啊，亲爱的？那么愿神保佑你。所以他完全被误导了，您瞧。”

“这是在哪儿发生的，格利高里？你瞧，她在格林威治，而国王在白厅。”

“这没关系，”格利高里兴高采烈地说。“在法国，女巫可以飞，铜锅和榛子等全都可以飞。她就是在那儿学的。事实上，博林家的人全都成了巫师，想用巫术帮她怀上一个儿子，因为国王担心自己没法让她怀上儿子。”

他的笑容变得苦涩起来。“这种话不要在府里到处传。”

格利高里开心地说，“太迟了，府里的人已经在我周围到处传呢。”

他想起简·罗奇福德跟他说过的话，那应该是两年前的事了：“王后曾夸口说，她会让凯瑟琳的女儿吃一顿让她一病不起的早餐。”

早餐还乐呵呵的，中午就没命了。这是他们以前用来描述汗热病时的说法，那种病夺走了他的妻子和两个女儿。而非正常死亡一旦发生，往往比这还要快；能够瞬间致命。

“我要回房间了，”他说。“得起草一份文件。不要让人打扰我。理查德如果想进来的话就可以。”

“那我呢，我能进来吗？比如说，如果房子着火了，您想有人报告的话？”

“不用你来报告。我凭什么要相信你呢？”他拍了拍他的儿子，然后匆匆回到自己的房间，关上了房门。

从表面上看，与诺福克的会面毫无收获。但是他拿出纸张，在顶端写道：

托马斯·博林

这是王后的父亲。他在脑海中想象他的样子。一个腰板笔挺的男人，行动依然敏捷，为自己的长相而自豪，像他儿子乔治一样非常讲究自己的装束：是那种可以检验伦敦金匠的手艺的人，常常用手指捻弄着据称是外国统治者赠送的珠宝首饰。最近这些年来，他一直是亨利的外交官，由于性格冷静，善于安抚，他倒是很适合这一行。博林不是一个行动者，而是喜欢赔着笑脸、捋着胡子袖手旁观；他自以为显得高深莫测，但事实上，他看上去像是在自我陶醉。

不过，一旦机会来临，他还是知道该如何行动，如何让自己的家族往上爬呀，爬呀，一直爬到最高的树枝上。等到刮风的时候，等到刮起1536年那场凛冽大风时，就会高处不胜寒。

我们知道，在他眼中，威尔特郡伯爵的头衔似乎不足以表明他的特殊地位，所以，他为自己编造了“阁下[①]”这个具有法国情调的头衔。听到这种称呼时，他就非常得意。他已经向人表明，大家都应该这样称呼他。从大臣们是否使用这个称呼的情况，你可以大致判断出他们的立场。

他写道：

称呼“阁下”的人有：
博林家的所有人。他们的女眷。牧师。仆人。
寝宫里那些讨好博林家的所有马屁精，即，
亨利 · 诺里斯
弗朗西斯 · 韦斯顿
威廉 · 布莱里顿，等等。

但也有人只是用淡淡的语气，称呼他老“威尔特郡伯爵”，这些人是：
诺福克公爵。
尼古拉斯 · 卡鲁爵士（寝宫侍从），爱德华 · 西摩的表亲，娶弗朗

① 原文为法语词 Monseigneur。

西斯·布莱恩的姐姐为妻。

弗朗西斯·布莱恩爵士，博林家的表亲，但也是西摩家的表亲，还是费兹威廉的朋友。

威廉·费兹威廉，财务官。

他看着这张单子。又加上两位贵族的名字：

亨利·科特尼，埃克塞特侯爵。

亨利·波尔，蒙塔古勋爵。

这都是英格兰的古老家族；他们的权利由古老的祖先世袭而来；对博林家族那套自命不凡的做派，他们比我们所有人更加感到不满。

他卷起纸张。诺福克，卡鲁，费兹。弗朗西斯·布莱恩。科特尼家族，蒙塔古家族，以及他们的同类。还有萨福克，他恨安妮。这是一串名字。从中你看不出太多的信息。这些人彼此不一定是朋友。他们只是——在不同程度上——那个旧体系的朋友和博林家族的敌人。

他闭上眼睛，呼吸平静地坐在那里。他脑海中浮现出一幅画面。一间宏伟的大厅。他命人在里面摆一张餐桌。

桌架由仆人摆好。

桌面安放完毕。

身穿制服的工作人员摊开桌布，将它整理铺平；像国王的桌布一样，它被圣化，侍者一边低声念诵拉丁文祷词，一边后退几步打量着，看四边是否均匀。

餐桌准备就绪。现在该为客人安排座席了。

仆人将一把沉重的椅子从地板上挪过来，椅背上刻有霍华德的纹章。这是诺福克公爵的座位，他的瘦屁股坐了下去。“克伦，”他可怜兮兮地问，“你有些什么好菜来吊我的胃口？”

现在再搬一把椅子来，他吩咐着仆人。放在诺福克大人的右边。

这是埃克塞特侯爵亨利·科特尼的席位。他说："克伦威尔，我妻子坚持要来！"

"见到您我很高兴，格特鲁德夫人，"他一边说，一边弯腰行礼。"请坐。"在此之前，他一直尽力避开这个鲁莽和爱管闲事的女人。但现在他显出彬彬有礼的样子："只要是玛丽小姐的朋友，我们都很欢迎。"

"是玛丽公主，"格特鲁德·科特尼厉声说道。

"随您吧，夫人，"他叹了一口气。

"亨利·波尔也来了！"诺福克叫道。"他会抢走我的晚餐吗？"

"食物够所有的人吃，"他说。"为蒙塔古勋爵备座。要一把配得上他的王室血统的椅子。"

"我们称之为王位，"蒙塔古说。"顺便说一下，我母亲也来了。"

也就是索尔兹伯里女伯爵玛格丽特·波尔夫人。某些人心目中名正言顺的女王。亨利国王很明智地处理与她及其整个家族的关系。他敬重他们，爱护他们，与他们联系密切。这给他带来了很多好处：他们依然认为都铎家族是篡位者，尽管女伯爵很喜欢玛丽公主，在公主小时候照看过她：她之所以尊重玛丽公主，主要是因为她具有皇族血统的母亲凯瑟琳，而不是因为她的父亲——她称他为威尔士偷牛贼的崽子。

在他的想象中，女伯爵现在拖动椅子坐了下来。她环视着四周。"你这个大厅很气派，克伦威尔，"她不高兴地说。

"是作恶所得，"她儿子蒙塔古说。

他又鞠了一躬。此时此刻，不管怎样他都会忍气吞声。

"嗯，"诺福克说，"我的第一道菜呢？"

"耐心一点，大人，"他说。

他在自己的位置上就座，这是一只简陋的三脚凳，摆在餐桌的下席。他抬头望着这些地位高于他的人。"马上就会上菜。不过，我们要不要先做饭前祷告？"

他抬眼朝屋梁看去。那里刻着或画着死者的面孔：莫尔，费希尔，红衣主教，凯瑟琳王后。在他们下面，是当下英格兰的精英。但愿屋顶不要垮塌。

在以这种方式训练自己想象力的第二天，他（克伦威尔）觉得有必要在现实世界中明确自己的地位；有必要在宾客名单上再增加一些人。他的白日梦还没有涉及宴会的具体环节，所以他不知道自己会提供哪些菜肴。他得做几样好菜才行，否则那些权贵会掀掉桌布，用脚踹他的仆人，怒气冲冲地离去。

所以：他眼下在跟西摩兄弟交谈，虽然是私下进行却很直截了当。“只要国王还跟现在的王后在一起，我也就会站在她这一边。但如果他抛弃她，我就得重新考虑了。”

“这么说，在这个问题上你没有自己的利益？”爱德华·西摩怀疑地说。

“我代表国王的利益。这就是我的使命。”

爱德华知道他再也不会多说。“不过……”他说。安妮很快就会从不幸流产中康复，然后亨利又可以跟她同床，但是很显然，这种可能性并没有使他失去对简的兴趣。游戏已经改变，简的位置必须重新安排。这种挑战让西摩眼睛一亮。如今安妮又一次失败了，亨利可能会希望再婚。朝野上下都在议论纷纷。正是安妮·博林此前的成功上位才让他们有了这样的设想。

“你们西摩家不要抱太大希望，”他说。“他跟安妮一会儿争吵，一会儿和好，而一旦和好，他就对她百依百顺。他们一直都是这样。”

汤姆·西摩说：“一个人为什么会喜欢难缠的老母鸡，而不喜欢丰满的小雏鸡呢？老母鸡能有什么用？”

“汤味浓郁啊，”他说：不过是在心里说，没有让汤姆听见。

西摩一家正在服丧，但不是为亲王遗孀凯瑟琳。泽西总督安东尼·奥特雷德去世了，简的姐姐伊丽莎白成了寡妇。

汤姆·西摩说，“如果国王让简做他的情妇什么的，我们就该留心为贝丝[1]安排一门好亲事。”

爱德华说：“先做好手头的事情吧，弟弟。”

这位活泼开朗的年轻寡妇来到了宫廷，为家庭的战役助一臂之力。他一直以为他们都称这个年轻女人为丽兹，但似乎只有她丈夫才那样叫她，对她的娘家人而言，她叫贝丝。他不禁感到高兴，尽管说不出缘由。如果认为别的女人不该叫跟他妻子一样的名字，未免蛮不讲理。贝丝并不是很漂亮，而且肤色比她妹妹黑，但她身上洋溢着一种自信与活力，让人忍不住会多看几眼。“对简好一点，秘书官大人，”贝丝说。“她并不像一些人认为的那样骄傲。他们不明白她为什么不跟他们说话，可那仅仅是因为她想不出该说什么。”

“但她愿意跟我说。”

“她愿意倾听。”

“这对女人是一种迷人的品德。”

“对所有人都是一种迷人的品德。你觉得呢？不过跟别的女人相比，简更指望男人来吩咐她怎么做。”

“那么她会听从吩咐吗？”

“不一定。”她笑了起来。她的指尖从他的手背上掠过。“来吧。她在等你呢。”

英格兰国王的愿望犹如阳光，在它的温暖下，哪个姑娘不会容光焕发呢？简就不会。她身上的黑衣似乎比家里其他人穿的颜色更深，她还主动开口说，她一直在为已故的凯瑟琳的灵魂祈祷：倒不是说凯瑟琳需要，因为很显然，任何女人如果直接去了天堂……

---

① 贝丝是伊丽莎白的昵称。

“简，”爱德华 · 西摩说，“我现在提醒你，并要你听好和记住我说的话。当你出现在国王面前时，必须装着仿佛根本不存在已故的凯瑟琳这样一个女人。他如果从你口里听到她的名字，就会马上不喜欢你了。”

“瞧，”汤姆 · 西摩说。“克伦威尔现在想知道，你的的确确是处女吗？”

他简直要为她脸红。“如果你不是，简小姐，”他说，“就可以想办法处理。但你现在必须告诉我们。”

她苍白着脸，茫然地看着他：“什么？”

汤姆 · 西摩：“简，你必须弄懂这个问题。”

“是不是从来没有人向你求过婚？没有婚约或者意向？”他感到很无奈。“你从没喜欢过任何人吗，简？”

“我喜欢过威廉 · 多默。但是他娶了玛丽 · 西德尼。”她抬起头：冰蓝色的眼睛一亮。“我听说他们过得很痛苦。”

“多默家认为我们配不上，”汤姆说。“但现在瞧瞧。”

他说：“简小姐，在你家里准备好把你嫁出去之前，你跟别人没有瓜葛，这值得赞扬。因为年轻姑娘常常不是这样，到头来就很悲惨。”他觉得应该阐明这一点。“男人会对你说，他们太爱你了，已经患了相思病。他们会说自己吃不下，睡不着。他们说如果得不到你，就担心自己活不下去。然后，一旦你答应了他们，他们就会马上起身走人，对你不再有任何兴趣。一周之后，他们会像素不相识似的跟你擦肩而过。”

“您也这样做过吗，秘书官大人？”简问。

他犹疑着。

“嗯？”汤姆 · 西摩说。“我们很想听听。”

“我可能做过。在我年轻的时候。我之所以告诉你这些，是怕你的哥哥们不便亲自跟你讲。这不是一件男人非得向自己妹妹坦白的好事。”

“所以你看，”爱德华强调道。“千万不要答应国王。”

简说：“我为什么要答应呢？”

“他的甜言蜜语——”爱德华开口道。

“他的什么？”

皇帝的大使一直躲在官邸里，不肯出来见托马斯·克伦威尔。之前他也不肯去彼得伯勒参加凯瑟琳的葬礼，因为她不是作为王后下葬，而现在他又说他得继续服丧。最后终于安排了一次会面：大使将碰巧从奥斯丁弗莱的教堂做完弥撒回来，而如今住在法院路案卷司长官邸的托马斯·克伦威尔则顺道来查看他位于附近的建筑工程——这是对他的主宅的扩建部分。“大使！”他叫了起来：仿佛大感意外。

今天准备用的砖于去年夏天烧制，当时国王还在西部各郡巡游；制砖用的土于前年冬天挖出，当土块因为霜冻而散落时，他（克伦威尔）正在设法整垮托马斯·莫尔。刚才等待查普伊斯出现时，他一直在对砖瓦工的头儿滔滔不绝地谈论渗水的事情，他绝对不希望出现这种问题。现在他抓住查普伊斯的胳膊，把他带到一旁，躲开锯木坑的噪音和灰尘。尤斯塔西有一大堆按捺不住的问题；你能感觉到它们在他手臂的肌肉里跳跃躁动，在他衣服的布纹中嗡嗡作响。“这位西默尔家的姑娘……”

这一天天色很暗，而且空气寒冷。“今天是钓梭鱼的好天气，”他说。

大使极力控制着自己的惊愕。“你的仆人肯定……如果你要这种鱼……”

“啊，尤斯塔西，我看你不了解这项运动。别怕，我会教你的。想想看，如果独自一人或者带上一位好友，从早到晚都在户外，一小时又一小时地站在泥泞的岸边，感受着头上的树在滴水，观察自己呼出的气息，还有什么比这更有益于健康呢？”

无数个念头在大使的脑海里打架。一方面，一小时又一小时地与克伦威尔在一起：其间他可能丧失警惕，把什么话都说出来。另一方面，如果我的膝关节完全动不了，而不得不让人用担架抬进宫里，那我对我的皇帝主子还何用之有？“我们不能夏天再去钓吗？”他不抱太大希望地问。

“我不能拿你的性命去冒险。夏天的梭鱼可能会把你拽进水里。”接着他的心软了下来。“你说的那位小姐姓西摩。‘东南西北’的‘西’，‘摩挲’的‘摩’。不过有些老人把它念成‘西默尔’。”

“对这门语言我毫无长进，”大使抱怨道。“每个人对自己的名字可以想怎么念就怎么念，而且每天都不一样。我听说，那是个古老的家族，而且那女人本身也不太年轻了。”

“她侍奉过亲王遗孀，你知道。她很喜欢凯瑟琳。实际上，她为她的遭遇感到悲伤。现在她很担心玛丽小姐，据说还给她捎过信，要她振作起来。如果她继续得到国王的宠爱，也许能对玛丽有所帮助。”

“嗯。”大使似乎将信将疑。“我对此有所耳闻，还听说她性情非常温顺和虔诚。但是我担心美好的外表下可能藏有蛇蝎之心。我想见见西默尔小姐，你能安排一下吗？不是跟她会面。只是在一旁看看她。”

“没想到你竟然这么感兴趣。我还以为你更关注的是，亨利如果解除现在的婚姻，后面将迎娶法国的哪一位公主 。”

大使不禁大为惊恐，全身紧张。相对于新的威胁，新的条约，英法两国新的结盟，也许还不如选择你所了解的坏蛋，不如选择安妮·博林？

“但肯定不会吧！”他忍不住叫了起来。“克伦穆尔，你跟我说过这全是编的！你自己也表示过是我主人的朋友，你不会支持与法国联姻吧？”

“冷静，大使，冷静。我没有说我能左右亨利。而且说到底，他可能会决定维持目前的婚姻，而就算不是这样，也可能永不再娶，独守其身。”

“你在笑！”大使责备道。“克伦穆尔！你在偷偷地笑呢。”

他的确在笑。那些建筑工人——腰带上插着工具的伦敦的大老粗工匠——与他们保持着距离，给他们留出了空间。他有些于心不忍，说，“不要期望过高。在国王与他的女人和好如初期间，任何跟她作对的人都不会有好日子过。”

“你会保住她？你会支持她？”大使的整个身体都僵住了，仿佛真的在河岸上待了一整天。“她也许是你的教友——”

“什么？”他睁大了眼睛。“我的教友？像我的皇帝主子一样，我是神圣的天主教会的忠诚信徒。我们只是目前跟教皇不和而已。”

“我换一句话说吧，”查普伊斯说。他斜眼看了看伦敦的灰色天空，似乎想从天上寻求帮助。“不妨说你跟她的联系是物质上的，而不是精神上的。我知道是她提拔了你。这一点我明白。”

“别误解我。我不欠安妮任何东西。提拔我的是国王，而不是任何其他人。”

“你有时候称她为你亲爱的朋友。我记得有好几个场合。”

“我有时候称你为我亲爱的朋友。可你并不是，对吧？”

查普伊斯琢磨着这句话。“我最希望看到的，”他说，“莫过于我们两国之间的和平。在多年的纷争之后，重新恢复友好关系——还有什么比这更能体现一位大使的任职成就呢？现在我们的机会来了。”

“现在凯瑟琳走了。”

查普伊斯对此没有争议。他只是将斗篷裹得更紧。“国王从小妾那里还没有得到过任何好处，现在仍然得不到。欧洲各国都不承认他的婚姻。甚至异教徒都不承认，尽管她一直竭力想跟他们交朋友。目前的现状是：国王不开心，议会很苦恼，贵族很焦躁，全国上下都反感那个女人的自以为是，再这样维持下去，对你能有什么益处呢？”

零星的雨点开始降落下来：沉重而冰冷。查普伊斯又一次急躁地朝天上看去，仿佛上帝在这个关键时刻要拆他的台。他再一次抓住大使的胳膊，带着他走过不平的地面，进入一个避雨之处。建筑工人搭了一个篷子，他让他们出去，口里说着，“伙计们，给我们一点儿时间，行吗？”查普伊斯缩在炉子边，显出一副神秘的样子。“我听说国王提到巫术，”他小声说。“他说他是被某些魔法和弄虚作假的行为所诱惑，才有了这桩婚姻。我看他并没有向你吐露。不过他已经跟他的忏悔牧师说了。如果真是这样，如果他是在被施以魔法的情况下结的婚，那么他可能会发现他根本就不曾结婚，因此可以自由地再娶一位新人。”

他的目光越过大使的肩膀向附近看去。瞧，他说，一年之内，这里会大变样：这些潮湿而冰冷的地方会成为有人居住的房间。他的手指点着那向外伸出的较高楼层，以及装有玻璃的飘窗。

这项工程所需的材料和费用如下：石灰和沙子，橡木和特种水泥，锹和铲子，篮子和绳索，平头钉，大头钉，瓦楞钉，铅管；黄色和蓝色的瓷砖，窗户锁，门闩，插销和铰链，玫瑰形铸铁门把手；镀金粉，涂料，用来熏香新房间的两磅乳香；每位工人每天六便士，以及晚上工作时所用蜡烛的开销。

“我的朋友，”查普伊斯说，“安妮孤注一掷，非常危险。在她出手之前，你要先出手。别忘了她是如何整垮沃尔西的。”

他的过去犹如一座烧毁的房屋那样呈现在他的周围。他一直在建啊，建啊，但清理废墟花了他多年的时间。

在案卷司长官邸，他找到他的儿子，他正在收拾行装，准备离家去接受下一阶段的教育。“格利高里，你还记得圣安坎贝尔吗？你说女人想摆脱没用的丈夫时就向她祈祷。嗯，如果男人想摆脱自己的妻子，可不可以向哪位圣人祈祷？”

“我想没有。”格利高里非常惊讶。“女人祈祷是因为她们没有别的办法。而男人可以请教神职人员，弄清其婚姻不合法的原因。或者他还可以把她赶出去，给她钱让她住在另一座房子里。就像诺福克公爵对他妻子那样。”

他点点头。“这很有帮助，格利高里。”

安妮·博林来到白厅与国王共度圣马提亚节。在一个季节的时间里，她简直判若两人。她身体单薄，营养不良，看上去就像当初等待的那段日子、徒劳地讨价还价的那几年——直到他（托马斯·克伦威尔）出来快刀斩乱麻。她热情洋溢的活力消失了，取而代之的是一种严肃、拘谨、几乎像修女一般的神态。但是她不像修女那样安详自若。她的手指要么捻弄着腰带上的珠宝，要么拉扯着袖子，或者一遍遍地抚摸着脖子上的首饰。

罗奇福德夫人说："她曾经以为成为王后之后，仔细回想加冕的那段时光时会感到欣慰。但现在她说已经忘了。当她努力回忆时，事情却像是发生在别人身上，而她并不在场。当然，她并没有告诉我。她只是告诉了乔治弟弟。"

从王后的房间传出一份报告：有位女先知告诉她，只要亨利的女儿玛丽还活着，她就不会怀上他的儿子。

你不得不表示佩服，他对他的外甥说。她准备出手了。她像一条蛇，你不知道她什么时候会发起攻击。

他一直认为安妮是一位高明的战略家。他从未相信她是一个热情、率真的女人。她的所作所为都经过算计，就像他一样。他这些年来已经注意到，她一直谨慎地利用着自己眼波流转的双眸。他心里想，不知道怎样才会让她恐慌。

国王在唱着：

"我最大的愿望伸手可触，
我的心愿总是在眼前；
我无须再苦苦地哀求，
求她允许我住进心间。"

原来他是这么认为。他尽可以一遍遍地哀求，不过对简毫无作用。

但国家的大事必须向前推进，可以采取如下措施：通过立法，规定威尔士占有一定的下院议席，使英语成为法庭语言，削减威尔士边界地区领主的权力。通过立法，解散年收益少于两百英镑的小修道院。通过立法，成立增收法院这样一个新机构，负责处理来自这些修道院的收益流入：理查德·里奇可以担任其首席法官。

三月，议会否决了他的新济贫法案。关于富人可能对穷人负有某些义务——如果你像英格兰的绅士们那样，在羊毛贸易中发了财，那么，对那些失去土地的人，那些没有工作的工人，无田可种的农民，你就负有某些责任——下院觉得这一点实在难以理解。英格兰需要道路、堡垒、港口和桥梁。人需要工作。老老实实的工作原本可以保证国家的安全，可是你却看着他们四处要饭，这是一种耻辱。难道我们不能把人手与工作两者结合起来吗？

但议会无法理解创造就业怎么成了国家的职责。这些事情不是在上帝的掌控之中吗，贫穷和无所依靠不是他的永恒秩序的一部分吗？凡事皆有时：有挨饿的时候，也有盗窃的时候。如果连下半年的雨，烂掉田里的谷物，那其中一定有天意；因为上帝了解自己该做什么。对有钱和具有事业心的人来说，仅仅是为了给不愿工作的人一口饭吃，就要他们支付所得税，简直是岂有此理。如果克伦威尔秘书官认为饥荒会诱发犯罪：那么，现有的绞刑吏还不够吗？

国王亲临下院支持该法案。他想做受人爱戴的亨利，做他的子民的父亲，他的羊群的牧人。但议员们面无表情地坐在自己的席位上，瞪得他退了回去。法案受到全面抨击。“到头来成了一项惩罚乞丐的法案，”理查德·里奇说。“与其说是维护穷人，还不如说是反对他们。”

“也许我们可以再提交一次，”亨利说。“等到一个更好的年份。别灰心，秘书官大人。”

这么说：会有更好的年份，对吧？他会继续努力；等他们放松警惕时绕过他们，将法案提交上院并压倒反对意见……对付议会的办法多种多样，可有时候，他但愿能将那些议员踢回各自的老家，因为如果没有他们，他办起事来会更快。他说：“如果我是国王，可不会这么不声不响地接受。我会吓得他们全身发抖。”

理查德·里奇是本次议会的议长；他紧张地说，“别去招惹国王，先生。你知道莫尔以前常说的话。‘如果狮子了解自己的力量，你就很难去驾驭它。’”

“谢谢你，皱皱爵士，”他说。“一个已经躺进坟墓的满身是血的伪君子说的话，对我是莫大安慰。对眼下的情形，他还有别的要说吗？因为如果有的话，我会从他女儿那里取回他的首级，在白厅踢来踢去，直到他永远闭嘴。”他大笑起来。“下院那些家伙。让他们见鬼去吧。他们脑袋空空，鼠目寸光，只会考虑自己的口袋。”

不过，如果说他的议会同僚们在为自己的收入担忧，那么他对自己的收入则感到乐观。虽然较小的修道院要解散，但他们可以申请网开一面，而所有这些申请都会呈送他的手里，并附上一笔打点费。国王不会把他所有的新地产都留在自己手中，而是会将它们租出去，于是，又会不断有人向他申请租用这里或那里，租用庄园、农场、牧场；每位申请人都会向他表达一点心意，可能是一次性酬金，也可能是年金，而年金到头来会传给格利高里。做生意向来就是如此，好处呀，优惠呀，时不时地转一笔钱来保持对方的关注，或者答应收益分享：眼下有太多的生意，太多的交易，太多的他出于礼貌而不便推辞的别人的心意。全国上下没有人比他工作更努力。不管你怎么评价托马斯·克伦威尔，他得到的一切都是他辛苦赚来的。而且他随时提供借贷：向威廉·费兹威廉，尼古拉斯·卡鲁爵士，还有那个独眼老坏蛋弗朗西斯·布莱恩。

他把弗朗西斯爵士请来，并将他灌醉。他(克伦威尔)对自己有信心；年轻的时候，他跟德国人一起学会了喝酒。一年多以前，弗朗西斯·布莱恩与乔治·博林发生过争执：至于原因，弗朗西斯记不清了，但至今余恨未消，在醉成一团烂泥之前，他还站起来手舞足蹈地将争吵激烈时的场景表演了一番。关于他的表妹安妮，他说，“跟女人相处时，你很想知道如何把握分寸。她到底是娼妓，还是淑女？安妮希望你把她当圣母马利亚一般看待，但与此同时，她还希望你把钱放在桌上，直奔主题，然后走人。”

弗朗西斯爵士偶尔也很虔诚，典型的罪人往往都是这样。大斋节就要到了："你该进入一年一度的疯狂忏悔了，对吧？"

弗朗西斯掀起那只瞎眼上的眼罩，揉了揉结疤的地方；很痒，他解释道。"当然了，"他说，"怀亚特得到过她。"

他（托马斯·克伦威尔）等待着。

可紧接着，弗朗西斯一头趴在桌上，打起鼾来。

"地狱的牧师，"他若有所思地说。他喊下人们进来。"把弗朗西斯爵士送回去，交给他府里的人。不过帮他裹暖和一点，我们将来可能需要他的证词。"

他心里想，不知道到底要给安妮在桌上留多少钱。她已经让亨利付出了失去荣誉和内心安宁的代价。在他（克伦威尔）眼中，她只是另一位商人。他敬佩她展示自己商品的方式。他本人并不想购买；但她有足够的顾客。

爱德华·西摩现在已经被提拔为国王的寝宫侍从，这是王恩浩荡的体现。国王还对他说，"我想，我应该让小雷夫·赛德勒当我的侍从。他出身于绅士家庭，而且是一位讨人喜欢的年轻人，放在我身边很好，我觉得这对你也有帮助，对吧，克伦威尔？不过，他可不能一天到晚在我面前放文件。"

雷夫的妻子海伦听到这个消息时，不禁哭了起来。"他将离开我去宫里，"她说，"一去就是几个星期。"

他陪她坐在布里克府的客厅里，尽可能地安慰她。"我知道，这是雷夫这辈子遇到的最好的事情，"她说。"我为此而哭真是很傻。但离开他我受不了，他也离不了我。当他回来晚的时候，我会派人去路边张望。我但愿我们这辈子的每个夜晚都能住在同一个屋檐下。"

"他是个幸运的人，"他说。"我不只是说他得到国王的恩宠而幸运。你们两人都很幸运。这么恩爱。"

亨利当年与凯瑟琳相亲相爱时，经常唱起一首歌：

“我不为害，我不伤人，
我娶的人儿我爱得真。”

雷夫说，“整天陪着亨利，你的内心得很坚强才行。”

“你的内心就很坚强，雷夫。”

他可以给他一些建议。选自《亨利之书》。亨利从小到大听到的都是赞美之声，说他性情随和，一表人才，于是他渐渐以为，全世界都是他的朋友，所有人都希望他开心。因此在他看来，任何痛苦，任何延误、挫折或霉运都有违常理，都不可思议。凡是他认为无聊或令人不快的活动，他都会尽力把它变成一种娱乐，而一旦找不到丝毫乐趣，他就会回避；这对他来说既合理又自然。他手下有那些委员来代他绞尽脑汁，而如果他发脾气，就可能是他们的错；他们不该阻挠或惹恼他。他不希望别人说，“不，但是……”他希望别人说，“是的，而且……”他不喜欢悲观怀疑的人，他们懒得多言，只是在文件的页边上草草算出他的宏伟计划所需的费用。所以要默默地心算，不要让人看见。别指望他始终如一。亨利以能够理解自己的委员、能理解他们的秘密看法和希望而自豪，但是他决意不让委员们理解他。只要不是——或者似乎不是——源于他自己的计划，他都表示怀疑。你可以跟他争论，但必须注意方式和时机。最好对什么都表示赞同，除非是最为重要的观点，要表现出自己需要指点和教诲的样子，而不要从一开始就坚持己见，让他觉得你自以为懂得比他多。争论时言语要委婉，要给他留余地：不要咄咄逼人，将他挤到墙角。要记住他的情绪取决于其他人，所以想一想在你上次见过他之后，最近是谁跟他在一起。要记住他不仅希望听到你说他有权力，还希望听到你说他很正确。他从不犯错。只是有人打着他的幌子犯错或者用错误信息蒙蔽他。亨利希望听到别人说他表现很好，不管是在上帝面前还是在人面前。“克伦威尔，”他说，“你知道我们该试一试什么吗？克伦威尔，这样肯定会为我争光吧，如果我……？克伦威尔，这样肯定会让我的敌人惊慌失措吧，如果我……？”而这些都是你上周向他提出的建议。没关系。你不要功劳。你只要行动。

但是不需要这些谆谆教导。雷夫有生以来一直在为此而受训。他身材矮小，没有运动天赋，以前从来都无法练习马上长矛比武或其他竞技，偶然起一阵小风都会把他从马鞍上吹下来。但是他有能力做好这件事。他知道如何观察。他知道如何倾听。他知道如何递送密信，有时候，信的内容太过机密，以至于上面没有任何内容；有时候，一条消息太过实在，其含意似乎被清晰地印在泥地上，而它的形式却弱不禁风，仿佛是由天使来传递。雷夫了解自己的主人；亨利是他的主人。但克伦威尔是他的父亲和朋友。

你可以跟国王一起开心玩乐，你可以跟他一起讲笑话。但是正如托马斯·莫尔过去常说，这就像是与一头被驯服的狮子一起玩耍。你搅乱它的鬃毛，拉扯它的耳朵，可你心里一直在想，那些爪子，那些爪子，那些爪子。

在亨利的新教会里，大斋节像教皇统治时期一样阴冷难熬。痛苦、没有肉食的日子使人们的脾气变得烦躁。亨利谈起简时，眨了眨眼睛，泪水就涌上眼眶。“她那双小手，克伦。那双小手啊，像孩子的一样。她毫无心机。而且从不说话。就算她说话时，我也得低下头去才能听清。而停顿时，我能听见自己的心跳。她那一点点绣品，那几小片丝绸，那绣有翠鸟的袖子，肯定是从某位仰慕者送给她的布上裁下来的，某个爱上了她的可怜小子……不过她从未接受过他。她的小袖子，她的小珍珠项链……她一无所有……她一无所求……”一滴泪珠终于从亨利的眼里流出来，滑过他的脸颊，消失在他那灰黄交杂的胡须中。

注意他谈论简时的语气：那么谦卑，那么腼腆。就连克兰默大主教肯定也能区别这副形象，与现任王后截然相反的可怜形象。新世界的所有财富都不会满足她的胃口；而一个微笑就会让简心存感激。

我要给简写一封信，亨利说。我要送她一个钱包，因为她离开王后的寝宫后，自己会需要钱。

纸和笔都送到他的手边。他坐下来，叹了口气，然后开始写信。国王的字写得工工整整，这种字体是他小时候从他母亲那里学来的。他一直没能提高速度；他越想写快，字母就越像要往回走似的。他不禁同情他："陛下，您愿意口述，让我来帮您写吗？"

这不会是他第一次帮亨利写情书。越过他们的君王低垂的脑袋，克兰默满是责备地抬起眼睛，与他的目光相遇。

"看看吧，"亨利说。他没有把它递给克兰默。"她会明白我需要她，对吗？"

他读了起来，尽量设身处地地从一位未婚姑娘的角度去阅读。他抬起头。"表达得非常婉转，陛下。而她非常单纯。"

亨利把信接回去，又增加了一些感情强烈的词句。

现在是三月底。西摩小姐惶恐不安地要求见一见秘书官先生；尼古拉斯·卡鲁爵士安排了见面，不过尼古拉斯爵士自己并不在场，他还没有准备好参与谈话。她守寡的姐姐陪着她。贝丝探究性地看了他一眼，然后垂下明亮的双眸。

"我的难处就在于，"简说。她直盯着他；他想，也许她要说的就是如此：我的难处就在于。

她说，"你无法……国王大人，国王陛下，你每时每刻都无法忘记他是谁，即使他要求你忘记。他越是口里说，'简，我是你谦卑的追求者，'你就知道他越是不谦卑。而且你每时每刻都在想，万一他不讲话了而我得开口，那可怎么办？我觉得自己如坐针毡，而且那些针都是针尖朝上。我不停地想，我会习惯的，下次就会好一些，可只要他一进来，口里叫着，

‘简，简……’我马上就像一只被开水烫了的猫。不过，你有没有见过被开水烫了的猫，秘书官大人？我没有。不过我想，既然才这么短的时间我就那么怕他——”

“他希望人们怕他。”这是一句大实话。但是简太专注于自己内心的挣扎，没有听见他的话。

“——如果我现在就怕他，那与他朝夕相对会是什么情形？”她停住话头。“哦。我想你知道。你多数日子都见到他，秘书官大人。不过。我想还是不一样。”

“对，不一样，”他说。

他看到贝丝同情地抬眼望着妹妹。“但是克伦威尔大人，”贝丝说，“不可能总是谈什么议会法案、给大使的信、财政收入、威尔士、僧侣、海盗、叛国行径、《圣经》、宣誓、信任、监护、租赁、羊毛价格以及我们是否该为死者祈祷，等等。有时肯定还有别的话题吧。”

她对他的情况的总结让他深感触动。她仿佛理解了他的生活。他心里涌起一股冲动，很想握住她的手请她嫁给他；尽管他们并没有上过床，她似乎很善于提纲挈领，对此他的大多数职员都会自愧不如。

“嗯？”简说。“有吗？别的话题？”

他无法思考。他双手挤压着自己那顶软帽。“马，”他说。“亨利想了解一些工艺或手艺之类的情况，一些简单的事情。我年轻时学过钉马蹄铁，他想了解一下，钉马蹄铁的正确方法，这样他就能用一些不为人知的知识让自己的铁匠目瞪口呆。还有大主教，也是一个碰到什么马都会骑一骑的人，他胆子较小，但马很喜欢他，他年轻的时候学过如何驾驭它们。当国王厌倦了上帝和人的时候，我们就跟他谈论这些事情。”

“还有呢？”贝丝说。“你们在一起的时间很多。”

“有时候也谈狗。猎狗，它们的品种和优点。堡垒。修建堡垒。大炮。及其射程。大炮铸造厂。亲爱的上帝。”他把手插进头发里。“我们有时也说，哪天我们要一起出去，骑马去肯特郡，去林地，去看看那里的铁器制造厂，研究一下他们的具体操作方式，并向他们建议一些铸造大炮的新方法。可我们从未实施。我们总是事务缠身。”

他感到伤心至极。犹如突然失去亲人一般。与此同时，他还觉得，如果有人在房间里放一张羽毛褥垫床(这不可能)，他会把贝丝按在上面，与她尽情地销魂一场。

“哦，就这样了，”简用听天由命的语气说。“我不可能造一门大炮来救自己的命。很抱歉占用了您的时间，秘书官大人。您最好回威尔士去吧。”

他明白她的意思。

第二天，简收到了国王的情书，还有一个沉甸甸的钱包。这一幕是在有人目睹的情况下进行的。“这个钱包我必须还回去，”简说。(不过是在用她的小手掂量、抚摸了之后才这样说。)“我必须请求国王，如果他想送钱给我，那就等到我缔结一桩体面的婚姻时再送吧。”

至于国王的信，她说最好不要拆开。因为她很了解他的心，他那殷勤而火热的心。就她自己而言，她唯一拥有的是作为一个女人的荣誉，是她的处女膜。所以——不行，真的——她最好不要拆开封印。

接着，在把它还给信使之前，她双手捧着它：在封印上印下自己纯洁的一吻。

“她吻了它！”汤姆·西摩叫道。“这是着什么魔了？先是他的封印。接下来，”他窃笑着，“该是他的权杖了！”

兴奋之下，他打掉了他哥哥爱德华的帽子。这个玩笑他开了二十年或者更久，爱德华却从来不觉得好笑。但唯独这一次，他露出了笑容。

国王收到简退回来的信时，仔细听取了信使的汇报，然后喜上眉梢。“看来我不该把它送出去。克伦威尔跟我提到过她的天真和美德，看来完全情有可原。从现在起，我不会做任何有损她荣誉的事情。事实上，我会只在她家人在场时才跟她讲话。”

如果爱德华·西摩的妻子能来到宫里，他们就可以举办一次家庭聚会，国王就可以与他们共进晚餐，而丝毫不会冒犯简的端庄。也许爱德华应该在宫里有一套房间？他提醒亨利道，我在格林威治的那些房间跟您的直接相连：如果我搬出来，让西摩一家住进去，怎么样？亨利朝他笑了。

自狼厅之行后，他就一直在密切研究西摩兄弟。他将不得不与他们合作；亨利的女人总是拖家带口，他不是在森林里找到的藏在树叶下的新娘。爱德华庄重严肃，但是他愿意向你敞开心扉。汤姆待人亲切，在他看来是这样；亲切而滑头，表面上友好温和，脑袋瓜却一直转个不停。但那也许不是最聪明的脑袋瓜。汤姆·西摩不会给我带来任何麻烦，他想，而爱德华我能把握得住。他在未雨绸缪，考虑国王表明自己愿望的时刻。格利高里和皇帝的大使两个人已经指出了解决问题的办法。“既然他能将与结发妻子度过的二十年宣告无效，”查普伊斯曾对他说，“那么，我敢肯定你有能力找到一些让他摆脱小妾的理由。除了那些雇来为他捧场的人之外，原本从来就没有人认为这桩婚姻有效。”

不过，他琢磨着大使的“没有人”一说。也许皇帝的宫里的确没有：但英格兰全国上下的人都已经宣誓拥护这桩婚姻。他对他的外甥理查德说，要通过法律的手段来废除它，并不是一件轻而易举的事，哪怕是国王这样要求。我们稍稍等一段时间吧，不要找任何人，而让他们找上门来。

他要求列一份清单，使博林家族 1524 年以来得到的各种钱物都一目了然。“我手头最好有这样一份东西，以备国王需要。”

他并不是要拿走任何东西。而是恰恰相反，要增加他们的财产。增添他们的荣誉。附和他们的笑话。

不过你得当心自己笑话的对象。国王的弄臣塞克斯顿曾经开安妮的玩笑，说她是个下流婆子。他以为自己可以放肆，但亨利气冲冲地穿过大厅，给他一顿猛揍，揪住他的脑袋往墙上撞，然后把他逐出了宫廷。据说尼古拉斯·卡鲁出于怜悯而收留了他。

安东尼为塞克斯顿的遭遇感到愤愤不平。作为一名弄臣，他不愿意听到同行的落魄；尤其是因为他错只错在有先见之明，安东尼说。哦，他说，你也在听厨房里的风言风语。但弄臣说，“亨利把真相和塞克斯顿一起赶了出去。可如今，真相总是能从闩着的门底下以及烟囱里爬进来。他总有一天会让步，并邀请它站到炉边。”

威廉·费兹威廉来到案卷司长官邸，与他一起坐下来。“嗯，王后近来如何，克伦？你们还是好朋友吗，尽管你也与西摩一家共进晚餐？”

他笑而不答。

费兹威廉跳了起来，一把将门拉开，看是否有人藏在外面，然后重新坐下，接着讲下去。“回头想想吧。他对博林的追求，以及与她的婚姻。在成年人的眼里，国王是什么形象呢？就像一个只顾自己开心的人。也就是说，像个孩子。那样充满激情，对一个女人那样百依百顺，而说到底，她与其他的女人也没什么两样。有人说这不像男人。”

“是吗？嗯，我太吃惊了。我们不能让人说亨利不是男人。”

“一个男人”——费兹威廉强调着这个词——“一个男人应该能控制自己的感情。亨利表现出很强的意志力，但缺乏智慧。这会害了他。她会害了他。这种伤害会继续。”

看来他不会叫她安娜·博林娜、安娜小姐或小妾。所以，既然她会害了国王，对一位爱国的英格兰人来说，将她废黜也就合情合理吧？这种可能性呈现在两人面前，已经提及，但依然有待探讨。当然，反对现任王后及其继承人是叛国罪；在这方面唯有国王例外，因为他不能违背自己的好恶。他提醒了费兹威廉这一点：接着又补充道，即使亨利反对她，你也不要附和。

“可我们对王后是什么期望呢？”费兹威廉问。“她应该具备一个普通女人的所有美德，但是应该有过之而无不及。她应该比她们更端庄，更谦逊，更谨慎，更顺从：这样才能母仪天下。有些人在问自己，安妮具备以上任何品质吗？”

他看着财务官：接着说。

“我想我可以跟你开诚布公，克伦威尔，”费兹说：（他又到门口查看了一遍）“身为王后，应该性情温和，怀有悲悯之心。她应该让国王宽容仁慈——而不是使他变得残酷无情。”

“你心里有具体的事例吗？”

费兹年轻时在沃尔西府上待过。红衣主教落难时，谁也不知道安妮起了什么作用；她把手藏在袖子里。沃尔西知道自己不能指望她的宽容，而且的确没有得到她的宽容。但费兹似乎把红衣主教抛到了脑后。他说：“我并不为托马斯·莫尔辩护。他不像自己想象的那样擅长处理国家大事。他自以为可以影响国王，他自以为可以控制他，他以为亨利还是那个可以让他牵着手走的性情随和的年轻王子。但亨利是一位国王，要求说一不二。”

“没错，还有呢？”

“我希望在莫尔的问题上，能够是另外一种结果。一位学者，曾经还当过大法官，就那样被拖进雨中，砍掉脑袋……”

他说：“你知道，有时我都忘记他已经不在了。听到什么消息时，我就想，莫尔对此会怎么说？”

费兹抬起头。“你没有跟他谈心吧？”

他笑了起来。“我没有向他讨教。”不过当然了，我的确会向红衣主教咨询：在我有限的睡眠中的隐秘空间。

费兹说：“当托马斯·莫尔不肯参加安妮的加冕礼时，就毁掉了与她讲和的机会。在那之前一年，如果她能证明他犯了叛国罪，一定早就干掉他了。”

“但莫尔是一位精明的律师。在许多其他方面也很优秀。”

“玛丽公主——我应该说玛丽小姐——她可不是律师。而只是个没有朋友的小姑娘。”

“哦，我还以为她的皇帝表兄算是她的朋友。而且是一个非常好的朋友。”

费兹似乎很恼怒。“皇帝是树立在另一个国家的一个伟大的偶像。时间一天天过去，她需要一个离她更近的保护人。她需要有人伸张她的利益。别来这一套，克伦——别这样绕圈子了。”

“玛丽只需要保持呼吸，”他说。“很少有人说我绕圈子的。”

费兹威廉站起身。“行了。明白人不用多说。”

他们的感觉是，英格兰出了问题，必须得到解决。问题不是出在法律或习俗上。而是某种更深层的东西。

费兹威廉离开了房间，接着又转身回来，很突然地说，“如果下一位是老西摩的女儿，有些人会妒忌的，他们认为自己的显赫家族更应该受到青睐——但话说回来，西摩家是一个古老的家族，而且她不会给他惹出这种麻烦。我是说，男人都跟在她后面，就像狗跟在——嗯……西摩家的那个小姑娘，你只要看看她，就知道从来没有人掀过她的裙子。”这一次他真的走了；不过朝他（克伦威尔）的帽子的方向挥挥手，略带嘲讽地给他敬了个礼。

尼古拉斯·卡鲁爵士前来看他。他胡子里的每一根纤维都充满密谋的意味。他几乎以为骑士坐下来时会朝他眨眨眼呢。

进入正题时，卡鲁出奇地干脆。“我们想废掉小妾。我们知道你也想这样。”

“我们？”

卡鲁抬起头，眼睛在竖起的眉毛下望着他；就像用弓弩射出了最后一支箭，现在必须艰难地走过这片区域，寻找朋友或敌人，或者仅仅是找一个夜晚藏身之所。他费力地解释起来。“在这件事情上，我的朋友包括这个国家古老的贵族阶层中的许多人，他们有高贵的血统，而且……”他看了看克伦威尔的脸，急促地说了下去。“我指的是那些非常接近王位的人，老爱德华国王的一系。埃克塞特侯爵，科特尼家族。还有蒙塔古勋爵

和他弟弟杰弗里 · 波尔。以及玛格丽特 · 波尔，你知道她曾经是玛丽公主的家庭教师。”

他抬起眼睛。“玛丽小姐。”

“随你吧。我们称她为公主。”

他点点头。“我们不要因此而妨碍我们讨论她。”

“我刚才提到的这些人，”卡鲁说，“是我所代表的主要人物，不过你会知道，全英格兰大多数人都会很高兴看到国王摆脱她。”

“我觉得全英格兰大多数人既不了解也不关心。”当然，卡鲁指的是*我的*英格兰的大多数人，是古老家族的英格兰。对尼古拉斯爵士而言，任何其他的国家都不存在。

他说，“我想，埃克塞特的妻子格特鲁德对这件事很积极。”

卡鲁倾身向前，透露出一个巨大秘密，“她一直跟玛丽有联系。”

“我知道，”他叹了口气。

“你读了她们的信？”

“我读了每个人的信。包括你的。不过你瞧，”他说，“这有点像是密谋反对国王，对吧？”

“绝对没有。他的荣誉正是这件事情的核心所在。”

他点点头。明白了。“所以呢？你们需要我干什么？”

“我们需要你跟我们联手。我们愿意接受西摩的女儿为王后。那姑娘是我的亲戚，而且大家都知道她支持正宗的宗教。我们相信她会让亨利回归罗马。”

“这正是我所关心的事情。”他喃喃道。

尼古拉斯爵士探过身来。“克伦威尔，我们的麻烦在于，你是一名路德教徒。”

他抚住自己的外衣：抚住心脏。“不，先生，我是一名银行家。路德让那些发放有息贷款的人进地狱。我怎么可能支持他？”

尼古拉斯爵士开心地笑起来。“我以前不知道。如果没有克伦威尔借钱给我们，我们会在哪儿呢？”

他问，“对安妮·博林怎么处理？”

“我不知道。进修道院？”

于是交易全部谈妥：他（克伦威尔）将帮助那些古老的家族，那些真正忠诚的人；然后，在新格局下，他们会顾念他的功劳：他对于这件事的热情也许能让他们忘记他在过去三年里的渎神行为，否则他会受到严厉的惩罚。

“还有一件事，克伦威尔。”卡鲁站起身。“下次别让我久等。你这种人让我这种人在接待室里无所事事①，未免很不合适。”

“哦，原来那声音是你在踢脚后跟啊！”尽管卡鲁身上是大臣所穿的缎面棉衣，他总是想象他披着奢华的铠甲：不是用于打斗，而是从意大利买来向朋友炫耀的那种铠甲。那么踢脚后跟就会是一种热闹的情景：咔嗒，咔嗒。他抬起头。“我没有怠慢之意，尼古拉斯爵士。从现在起我们要加快速度。将我视为你的得力助手，联起手来准备战斗。”

这是卡鲁可以理解的豪言壮语。

现在费兹威廉在与卡鲁交谈。卡鲁又跟他妻子谈，他妻子是弗朗西斯·布莱恩的姐姐。他的妻子又跟玛丽谈，或者至少是给她写信，让她知道她的前景在随时改善，安娜小姐可能会被取代。最起码这是让玛丽稍安勿躁的一种办法。他不想让她听到安妮正在发起新一轮行动的传言。她可能会惊慌，会设法逃跑；据说她有各种荒谬的计划，比如给她身边的博林家的女人下药，然后趁着夜色逃走。他提醒过查普伊斯——不过话语当然不是太多——如果玛丽真的逃跑，亨利可能会归咎于他，而且不管他是否受到外交身份的保护。从最好的情况来看，他会像弄臣塞克斯顿那样被

---

① 原文 kicking his heels，指“无所事事”，字面意义为“踢脚后跟”。下文中克伦威尔有意取其字面义调侃对方。

赶出去。而最糟的结果则可能是，他再也看不到自己祖国的海岸。

弗朗西斯·布莱恩在让狼厅的西摩一家了解宫里的各种活动。费兹威廉和卡鲁正在与埃克塞特侯爵以及他妻子格特鲁德交谈。格特鲁德在晚餐时又与皇帝的大使交谈，还有波尔一家，他们是心照不宣的天主教徒，过去四年来一直处于叛国罪的边缘。没有人跟法国大使交谈。但每个人都在跟他(托马斯·克伦威尔)交谈。

总而言之，他的新朋友们所提的疑问是：既然亨利可以休掉一位妻子，而且她还是西班牙的女儿，他难道就不能给博林的女儿一笔赡养费，把她打发到某个乡下的宅子去吗？何况在婚姻文件中还发现了问题！在共同生活二十年之后，他抛弃了凯瑟琳，引起了全欧洲的反感。除了在这个国家之外，他与安妮的婚姻没有得到任何人的承认，而且维持还不到三年；他可以宣布它无效，说那是一时荒唐。他毕竟有自己的教会、自己的大主教来代为处理。

他在脑海中重复着一个请求。“尼古拉斯爵士？威廉爵士？你们能赏脸到寒舍用餐吗？”

他并没有真的打算请他们。消息会马上传到王后那里。一个会意的眼神就够了，或者点一下头，眨一个眼。但是在想象中，他再一次设宴请客。

领头的是诺福克。然后是蒙塔古和他德高望重的母亲。科特尼和他年老色衰的妻子。不声不响地跟在后面进来的，是我们的朋友查普伊斯先生。“哦，该死，”诺福克不高兴地说，“我们现在必须说法语吗？”

“我来翻译吧，”他自告奋勇地说。但现在叮铃咣当地闯进来的是谁？是“接油盘”公爵。“欢迎，萨福克大人，”他说。“请坐。当心不要把食物碎屑弄到你的大胡子里去了。”

“我倒希望有碎屑。”诺福克已经饿了。

玛格丽特·波尔冷冷地瞪了他一眼。“你摆好了桌子。为我们安排了座位。却不给我们餐巾。”

“很抱歉。”他叫来一位仆人。“您可不能弄脏了手。”

玛格丽特·波尔抖开餐巾。上面印有死去的凯瑟琳的面孔。

酒贮藏室那边传来一阵喧闹。弗朗西斯·布莱恩闯了进来，他已经喝完了一瓶酒。“与好朋友共度时光……”他一屁股坐在自己的座位上。

这时，他(克伦威尔)朝仆人们点点头。又取了一些凳子来。“把它们加进去，”他说。

卡鲁和费兹威廉进来了。两人径直坐下，既没有微笑也没有点头。他们手里拿着餐刀，已经准备饱餐一顿了。

他环顾了一下客人。一切准备就绪。接着是拉丁语饭前祷告；他宁可用英语，不过他愿意迁就大家。他们按天主教徒的方式，很夸张地在自己胸前划着十字。他们望着他，满怀期待。

他呼唤侍者进来。房门顿时敞开。满头大汗的侍者将大餐盘摆到桌上。肉似乎很新鲜，事实上还没有宰杀。

这只是一次微小的失礼。大家得坐在那里，垂涎欲滴。

博林一家被摆在他的手边，等待宰割。

如今雷夫进了国王寝宫，因此，对被提为寝宫侍从的乐师马克·史密顿有了更密切的了解。想当年，马克第一次出现在红衣主教的大门口时，穿的是一双打有补丁的靴子和一件粗帆布马甲——那件马甲原本属于一个块头更大的男人。红衣主教让他穿上了精仿毛料衣服，但自从进入王府后，他就穿起了绸缎，骑着一匹配有西班牙皮革马鞍的高头大马，缰绳握在戴着手套的手中，手套上坠有金色流苏。他的钱从何而来？安妮出手非常大方，雷夫说。有传闻说她给了弗朗西斯·韦斯顿一笔钱，让他稳住债主。

你能理解，雷夫说，因为国王现在不那么钟爱王后了，她就很希望身边有些对她俯首帖耳的年轻人。她的房间里总是人来人往，国王寝宫的侍从不断地来传这样或那样的口信，并留下来玩个游戏或唱一首歌；没有口信要传达的时候，他们就编出一个。

那些不太受王后青睐的侍从就很想跟新来的人闲谈，把各种小道消息一股脑儿告诉他。而有些事情他并不需要别人来说，他可以自己去看，自己去听。门后的低语和嬉闹。偷偷地嘲笑国王。嘲笑他的衣服，他的歌曲。暗示他在床上表现不佳。那些暗示如果不是出自王后之口，还能来自何处？

有些人成天谈论自己的马。这匹马很稳健，但我以前那匹跑得更快；你这匹小母马很漂亮，但是你真该瞧瞧我见过的那匹枣红马。而亨利呢，谈的则是女人：凡是他看到的女人，他几乎都能找到可爱之处，并想出一两句恭维之话，哪怕她相貌平平，又老又古怪。如果是年轻女人，他会更加如痴如醉：你不觉得她的眼睛是多么漂亮，她的脖子是多么白，她的嗓音是多么甜，她的手是多么美吗？一般来说，是只动眼睛不动手：最多也只是脸微微一红，壮着胆子说一句，“你不觉得她肯定有一对漂亮的小馒头吗？”

有一天，雷夫听到隔壁有韦斯顿的声音，在滔滔不绝、自得其乐地模仿国王：“你不觉得她的下体有多么湿吗，简直是你摸过的最湿的了。”一阵咯咯的笑声，是心照不宣的窃笑。接着有人说，“嘘！附近有克伦威尔的密探。”

亨利·诺里斯最近不在宫中，而是在自己老家。雷夫说，他值班时，想制止那种谈论，有时似乎还感到生气；但有时又忍俊不禁。他们谈论王后，认为……

说下去，雷夫，他说。

雷夫不喜欢汇报这些。他觉得做偷听者不光彩。他仔细斟酌了一下才开口。“王后需要赶快再怀一个孩子来讨国王的欢心，但孩子从哪儿来呢，他们问。既然不能指望亨利来成事，他们这些人中，谁能帮他一个忙？”

“他们得出什么结论了吗？”

雷夫挠了挠头顶，头发都竖了起来。你知道，他说，他们不会来真的。谁都不会。王后很神圣。就算他们色胆包天，也不敢犯这种滔天大罪，而且他们太怕国王，尽管他们笑话他。再说，她也不会那么傻。

“我再问你一遍，他们得出什么结论了吗？”

“我想是人各为己。”

他大笑起来。“那就乱成一锅粥了。”

他希望这些将来都不需要。如果要对付安妮，他希望有更干净的方式。这都是愚蠢的闲话。但事情已经发生，雷夫无法抹去自己听见的话，他无法抹去自己了解的事。

三月的天气，四月的天气，冰冷的阵雨，零星的太阳；这一次，他与查普伊斯是在室内见面。

“你似乎很忧虑，秘书官大人。到火边来吧。”

他甩掉帽子上的雨滴。“我有心事。”

“你知道吗，我觉得你这几次安排与我见面，只是为了让法国大使生气。”

“哦，没错，”他叹了口气，“他非常妒忌。说实在的，我很想更频繁地拜访你，但消息总是传到王后那里。她就想方设法地借机来整我。”

“我想祝福你有一位更仁慈的女主人。”大使的言外之意是：找新女主人的事情进展如何了？查普伊斯已经跟他提过，我们的君王之间就不能达成一项新的协议吗？比如跟玛丽有关的协议，可以保护她和她的利益，也许还可以让她重新被列为继承人，排在亨利与一位新妻子所生的任何孩子之后？当然，只是假设现任王后走了之后。

“啊，玛丽小姐。”近来每次提到她的名字，他都习惯用手碰碰帽子。他能看出大使为之感动，他能看出他在准备把它写进报告中。“国王愿意举行正式会谈。他会很乐意与皇帝结成友好关系。他说的就是这些。”

“现在你得让他切入实质。”

“我能影响国王，但不能为他担保，任何臣民都不能。我也有难处。要想得到他的赞同，你就得揣摩他的意愿。但一旦他改变主意，你就无路可退了。”

他的主人沃尔西曾经忠告过，让他把想要的东西说出来，不要擅自猜测，因为猜测不好你可能就毁了自己。但是自沃尔西之后，对国王没有说出来的命令，也许更难忽略了。他让房间里弥漫着不满的情绪，当你请他签署文件时，他抬头望天：仿佛在期待拯救一般。

“你担心他转过头来对付你，”查普伊斯说。

“他会的，我想。总有一天。”

有时他夜里醒来，会想起这件事情。有些大臣已经功成身退。他能想出一些例子。当然，想得更多的是另外一种情形，如果你三更半夜毫无睡意的话。“如果真到了那一天，”大使说，“你会怎么办？”

“我能怎么办？用耐心武装自己，把其余的一切交给上帝。”并希望尽快了断。

“你的虔诚令人敬佩，”查普伊斯说。“如果遭到不幸，你会需要朋友的。皇帝——”

“皇帝决不会为我着想，尤斯塔西。也不会为任何普通人着想。红衣主教当初出事时，就没有任何人动过一根指头帮帮他。”

“可怜的红衣主教。但愿我当时更了解他。”

“别在我面前说漂亮话了，”他尖刻地说。“已经过去了。”

查普伊斯探究地看了他一眼。火越烧越旺。蒸汽从他的衣服上升起来。雨水拍打在窗户上。他打了个寒颤。“你病了吗？”查普伊斯问道。

“没有，我不能病。如果我卧病在床，王后会把我赶起来，说我是装样子。你如果想让我高兴，就把那顶圣诞帽拿出来吧。很遗憾你因为服丧而把它收了起来。复活节的时候再戴会正合适。”

“我想你是在拿我的帽子寻开心，托马斯。我听说它保存在你那儿的时候受到了不少嘲弄，不只是你的职员，还有你的马夫和驯犬员都笑话它。”

“恰恰相反。很多人都想一戴为快。我希望在教会的所有重大节日都能看到它。”

“还是那句话，”查普伊斯说，“你的虔诚令人敬佩。”

* * *

他将格利高里送往他的朋友理查德·索斯维尔那里，去学习公共演讲术。离开伦敦，离开气氛紧张的宫廷，对他是一件好事。他的周围到处是不安的迹象，大臣们三五成群，只要他一靠近，他们就马上散开。如果要铤而走险——而他认为自己是在铤而走险——格利高里就不必在这里经受痛苦和疑惑的煎熬。让他听到事情的结局就行；他不需要亲身经历。他现在没有时间向头脑单纯的年轻人解释复杂的世事。他得关注整个欧洲的骑兵和大炮的动静，还有海上的船只，以及商人和将士的情况：来自美洲的金币源源流入皇帝的国库。有时候，和平与战争看起来很相似，你无法将两者区别开来；有时候，这些岛屿看上去很小。欧洲传来消息说，埃特纳火山爆发了，使西西里岛到处洪水泛滥。葡萄牙遭遇了旱灾；在各个地方，都充溢着妒忌与争夺、对未来的恐惧、对饥荒的恐惧或者正在遭受饥荒、对上帝的恐惧以及不知道用什么方式和什么语言安抚他。当他得到这些消息时，往往都是两周之后了：由于潮汐的阻碍，邮差速度很慢。多佛的防御工事刚要建成完工，加来的围墙却濒临倒塌；冰霜冻裂了墙体，在水门和灯笼门之间形成了一条大缝。

耶稣受难日那天，安妮的施赈官约翰·斯基普在国王的小教堂做了一次布道。那似乎是一则寓言；矛头好像指向他(托马斯·克伦威尔)。当听过布道的人逐字逐句地解释给他听时，他露出开心的笑容：那些人有的是幸灾乐祸，有的是善意提醒。他不会被一次布道所打倒，也不会觉得自己被比喻所迫害。

小时候，他有一次对他父亲沃尔特非常生气，便朝他冲去，想一头撞向他的肚子。可当时正值康沃尔叛军大举进攻之前，由于大家以为帕特尼是叛军的必经之地，沃尔特一直在为自己及其朋友制作护身盔甲。因此，当他一头撞上去时，只听得“砰”的一响，然后他才感觉到疼痛。沃尔特正在试穿自己的新发明之一。“这会给你一点教训，”他父亲冷冷地说。

他经常想起它，想起那个铁肚皮。他还觉得自己也拥有了一个，而且没有金属的不便和重量。“克伦威尔的胃口很大，”他的朋友们说；他的敌人也这么说。他们是指他食欲好，来者不拒，什么都敢吃：不管是早晨刚刚起床，还是晚上临睡之前，一片血淋淋的肉都不会让他恶心，如果你在深夜里将他叫醒，他还是会感到饥肠辘辘。

蒂尔尼修道院的财产清单送了过来：有红色土耳其绸缎和白色亚麻布制作的法衣，上面绣有金色的动物图案。两块白色的布鲁日绸缎做成的祭坛布，红色金丝绒的坠边犹如斑斑血迹。还有厨房用品：秤砣，夹子，火钳，肉钩。

冬去春来。议会已经解散。复活节：涂有姜汁的羊肉，谢天谢地没有鱼。他想起以前孩子们绘制的复活节彩蛋，给每一只绘有斑点的蛋壳加上一顶红衣主教的帽子。他想起他的女儿安妮，她热乎乎的小手捂住蛋壳，好让颜色渗透散开：“快看！*Regardez*①！”那一年她在学法语。接着是她吃惊的面孔；她好奇的舌头伸出来舔了手心的颜料。

皇帝在罗马，有消息说他与教皇进行了七个小时的会谈；其中有多长时间是密谋针对英格兰呢？也可能皇帝是为他的国王兄弟求情？有传言说，皇帝将与法国签订协议：果真如此，对英格兰可是个坏消息。该继续谈判了。他着手安排查普伊斯与亨利会面。

有人从意大利给他寄来一封信，开头写着，“尊贵的大人……”他想起了那位小工，赫拉克勒斯。

---

① 法语，意为“看”。

* * *

复活节后的第三天，皇帝的大使在宫中受到乔治·博林的欢迎。一看到光彩照人的乔治——他的牙齿和珍珠母纽扣都闪闪发亮——大使就像一匹受惊的马那样翻起了眼睛。他以前也受到过乔治的接待，但今天没有料到会遇见他：他以为会见到自己的哪位朋友，比如卡鲁。乔治用一口优美高贵的法语跟他详细地解释着。您会先与陛下一起听弥撒，然后，如果您肯赏脸，我会很荣幸地款待您，请您出席十点钟的私人午餐。

查普伊斯四处张望：克伦穆尔，救命！

他笑眯眯地退开一步，看着乔治在那儿张罗。我会想念他的，他在心里说，等他大势已去之后：到时候我会把他赶回肯特郡，去数他的羊群和老老实实地关心他的粮食收成。

国王本人朝查普伊斯笑了笑，并亲切地打了招呼。接着，他（亨利）朝楼上自己那间包厢走去。查普伊斯走进乔治的随从之中。“Judica me, Deus，[1]”牧师吟诵道。“审判我吧，上帝，并将我的事业与邪恶的国家分离开来：将我从不公正、不诚实的人那里解脱出来。”

查普伊斯这时转过头来，狠狠地瞪了他一眼。他咧嘴笑了。“我的灵魂啊，你为什么忧伤？”牧师问：当然是用拉丁语。

当大使缓缓迈开步子，走向圣坛领受圣体时，他周围的随从都像熟练的舞者一样，整整齐齐地隔开半步跟在他后面。查普伊斯有些畏缩；他身边都是乔治的朋友。他扭头瞥了一眼。我在哪儿，我该怎么办？

恰在此时，正好在他视线的方向，安妮王后突然从自己的私人包厢走下来：高昂着头，身上是天鹅绒和黑貂皮服装，脖子上佩戴着红宝石。查

---

① 拉丁语，意为“审判我吧，上帝”。

普伊斯犹豫不决。他不能前进，因为害怕挡住她的路。他也不能后退，因为乔治和他的心腹在推挤着他。安妮转过头。粲然一笑：戴着宝石的脖子优雅地微微前倾，向敌人行了个礼。查普伊斯皱紧眉头，向小妾鞠了一躬。

这么多年了！这么多年来，他一直刻意地挑选着路线，所以从来不曾与她正面相遇，从来不曾面临这种残酷的选择，从来不曾要讲究这该死的礼节。但是他还能怎么办呢？事情很快会传出去。传回到皇帝那里。让我们但愿和祈祷查理将会理解。

这一切在大使的脸上显露无遗。他(克伦穆尔)跪下来领受圣餐。圣体在他的舌头上变成了面食。当这个过程发生时，应该闭上眼睛以示虔诚；但在这特别的情形中，上帝会原谅他四处张望。他看到乔治·博林开心得涨红了脸。他看到查普伊斯屈辱得面孔煞白。他看到亨利一步一步地从包厢下来时金光闪闪。国王步态从容，步履缓慢；脸上泛着庄严而胜利的光彩。

尽管身上缀有珍珠母纽扣的乔治竭尽全力，离开教堂时，大使还是得以脱身。他大步朝他走来，紧紧地抓住他的胳膊。“克伦穆尔！你早就知道这种安排。你怎么能让我如此难堪？”

“这是为你好，我向你保证。”接着，他严肃而若有所思地补充道，“如果不了解国王们的性格，尤斯塔西，你身为外交官又有何用？他们的想法跟常人不同。在我们这些平常人的眼中，亨利似乎有悖常理。”

大使的眼睛一亮。“啊。”他长嘘了一口气。就在这一刻，他恍然大悟，明白亨利为什么要强迫他公开向一位他再也不想要的王后行礼。亨利意志坚定，他很固执。现在他达到了目的：他的第二次婚姻已经得到承认。现在只要他愿意，就可以将其解除。

查普伊斯将自己的衣服裹紧，仿佛感觉到了一股来自未来的寒风。他悄声说，“我真的必须跟她弟弟共进午餐吗？”

“哦，是的。你会发现他是一位可爱的东道主。毕竟，”他举起一只手掩面而笑，“他和他的全家不是刚刚享受了一场胜利吗？”

查普伊斯缩得更紧了。“刚才见到她我大吃一惊。我从来没有那么近距离地看过她。她看上去就像一个单薄的老太婆。那个袖子上绣有翠鸟的，是西摩小姐吗？她毫无姿色。亨利看上她什么了？”

“他认为她很愚蠢。他觉得这样省心。”

“他显然被迷住了。她身上肯定有某种东西，陌生人不容易看出来。”大使窃笑着。“毫无疑问，她很有神秘感。”

“谁也不知道，”他毫无表情地说。“她是一个处女。”

“在你们宫里待了这么久之后吗？亨利肯定受骗了。”

“大使，这件事我们以后再谈。你的东道主来了。”

查普伊斯双手叠放在胸前，向罗奇福德勋爵乔治深深地鞠了一躬。罗奇福德勋爵同样还礼。他们手挽着手，慢慢走开。罗奇福德勋爵听起来好像在吟诵赞美春天的诗篇。

“唔，”奥德利勋爵说，“多么精彩的表演啊。”微弱的阳光映照在大法官的项链上。“走吧，伙计，我们去吃点东西。”奥德利呵呵笑了起来。“可怜的大使。他看起来像是被奴隶贩子运往北非海岸一般。他不知道自己明天会在哪个国家醒来。”

我也不知道，他想。奥德利一向是个快活的人。他闭上眼睛。他感受到了某种暗示，某种提示，说他已经度过这一天中最好的时光，虽然现在才十点钟。“克伦？”大法官说。

事情是在午餐之后不久开始全部乱套的，并且是以最糟糕的方式。他把亨利和大使一起留在一扇窗户旁，让他们温言软语地互相安抚，嘀嘀咕咕地讨论结盟，向彼此提一些过分的建议。他先是注意到国王脸色大变。由白里透红变成煞白，再变成通红。接着他听见亨利的声音，咆哮如雷：“我想你太自以为是了，查普伊斯。你说我承认你的主子有统治米兰的权利：但也许法国国王有同样的权利，甚至可能更多。别自以为了解我的政策，大使。”

查普伊斯猛地后退几步。他想起简·西摩问过的话：秘书官大人，你有没有见过被开水烫了的猫？

大使开口了：低声恳求着。亨利厉声打断他，“你的意思是说，我原本视为基督徒国王之间礼尚往来的行为，其实是讨价还价之举吗？你同意向我的王后妻子躬身行礼，然后马上就送账单给我吗？”

他（克伦威尔）看到查普伊斯安抚性地举起一只手。大使试图插话，想息事宁人，但亨利不给他机会，他的声音响彻整个房间，目瞪口呆的人群以及挤在后面的人都听得清清楚楚。“你的主子不记得我以前是怎么帮他的吗，当他早期陷入麻烦的时候？当他的西班牙子民起来造反的时候？我向他开放海域。我借给他钱。可我得到了什么回报？”

片刻的停顿。查普伊斯不得不飞快地回想，回想他任职之前的那些年头。“借钱？”他弱弱地说道。

“只有背信弃义！想想吧，如果你愿意的话，我当初是如何帮助他对付法国人的。他承诺给我领土。可紧接着我却听说他要跟弗朗西斯议和。他的话我凭什么要相信一个字？”

查普伊斯尽力挺直身体：尽管身材矮小。“小斗鸡，”奥德利对着他的耳朵说。

但是他（克伦威尔）没有分神。他的眼睛紧盯着国王。他听到查普伊斯说，“陛下。君王之间不该有这种疑问。”

“是吗？”亨利咆哮道。“如果是在过去，我绝对不会有这种疑问。我认为每一位君王兄弟都诚实可敬，因为我自己也是如此。但有时候，先生，我告诉你，我们天真而自然的假设必须在痛苦的经验面前让步。我问你，你的主子当我是傻瓜吗？”亨利的声音突然提高；他弯下腰，手指轻轻地拍着膝盖，仿佛在哄一个小孩或一只小狗。“亨利！”他叫道。“到查理这儿来！到你仁慈的主人这儿来！”接着他重新站直，几乎怒不可遏。“皇帝把我当小孩子一样看待。先打一顿，再摸几下，然后又打一顿。告诉他我不是小孩子。告诉他我是我自己国家的皇帝，是一个男人和一位父亲。告诉他不要插手我的家务事。对他的干涉我已经忍耐太久了。他先是想告诉我可以娶谁。然后又想教我怎么管我女儿。告诉他，我会以我自己认为合适的方式去管玛丽，就像父亲管一个不听话的孩子那样。无论她母亲是谁。”

国王的手——实际上，亲爱的上帝，是他的拳头——猛地落在大使的肩膀上。亨利推开大使，大步走了出去。一场盛气凌人的表演。只不过他的一条腿还是有些费力。他扭头大声吼道，“我要求得到深刻而公开的道歉。”

他(克伦威尔)长嘘了一口气。大使穿过房间，口里叽叽咕咕地念叨着什么。他六神无主地抓住他的手臂。“克伦穆尔，我不知道要为什么而道歉。我诚心诚意地来到这里，被人设计与那个人正面相遇，整个午宴期间被迫与她弟弟互相恭维，然后还受到亨利的抨击。他需要我的主人，他少不了我的主人，他只是在玩那个老把戏，想抬高自己的价码，假装他可能为弗朗西斯国王派兵去意大利战斗——那些军队在哪儿呢？我没有看到，我有眼睛，我没有看到他的军队。”

“安静，安静，”奥德利安慰道。“我们会道歉，先生。让他冷静一下。不要怕。先不要给你的好主人写报告，今晚不要写。我们将让会谈继续下去。”

越过奥德利的肩膀，他看到爱德华·西摩穿过人群迅速走来。“啊，大使，”他语气中带着一种不自觉的圆滑与自信，说，“请允许我向你介绍——”

爱德华大步上前，“*Mon cher ami*①……”

博林一家投来恨恨的眼神。爱德华用一口自信的法语临阵救场。他把

① 法语，意为“我亲爱的朋友”。

查普伊斯带到一旁：太及时了。门口出现骚动。国王又回来了，冲进人群之中。

“克伦威尔！”亨利停在他面前，喘着粗气。“跟他讲清楚。皇帝不应该跟我提条件。皇帝应该向我道歉，居然用战争来威胁我。”他满脸通红。“克伦威尔，我很清楚你干了些什么。在这件事情上你太过分了。你答应他什么了？不管你答应了什么，你都没有这个权力。你完全置我的荣誉于不顾。不过我能指望什么呢，你这样的人怎么可能理解君王的荣誉？你说，‘哦，我对亨利有把握，国王在我的掌控之中。’别否认，克伦威尔，我能听到你这么说。你想训练我，对吧？训练成你奥斯丁弗莱的那些小子们那样？你早上过来的时候，我就抬手碰一下帽子，说，‘您好吗，先生？’隔开半步跟在你后面穿过白厅。帮你拿着资料、墨水瓶和印章。干吗不拿一顶王冠呢，用皮袋装着跟在你身后？”亨利气得全身发抖。“我真的相信，克伦威尔，你以为你就是国王，而我才是那个铁匠的儿子。”

事后，他绝对不会说他的心没有悬起来。他不会夸耀自己具备任何理智之人都不具备的冷静。亨利随时都可能向他的卫兵示意；他很可能会发现冰冷的金属抵上了他的肋骨，然后他就完蛋了。

但是他退开了两步；他知道自己未动声色，没有显出后悔、懊丧或恐惧。他想，你永远也当不了铁匠的儿子。沃尔特不会要你待在他的铁匠铺里。仅凭力气远远不够。面对熊熊的火焰，你需要冷静的头脑，当火星飞上屋梁时，你得注意它什么时候落下来，然后坚硬的手掌一挥，将它挥到一旁：在一个满是金属液的铺子里，惊慌失措的人毫无用处。而此时此刻，他的君王那汗涔涔的面孔紧逼到他的脸前，他想起他父亲跟他说过的一些话：如果烫着手了，汤姆，你就抬起双手，在面前手腕交叉，并一直这样举着，直到你找到水或药膏：我说不出是什么道理，但可以缓解疼痛，而如果你同时祈祷的话，可能就不至于太难受。

他举起手掌。手腕交叉。你回去吧，亨利。仿佛被这个手势弄糊涂了——仿佛因为被打断而几乎松了口气——国王停止了咆哮：他后退一步，转过脸去，从而使他(克伦威尔)避开了他的国王那双圆瞪着的充血的眼睛，那凸出的蓝眼白因为离得太近而令他不忍直视。他温和地说：“上帝保佑您，陛下。现在，您能允许我告辞吗？”

于是：不管他是否允许，他都走开了。他走进隔壁房间。你听说过“我的血液在沸腾”这句话吧？他的血液在沸腾。他交叉起手腕。坐到一个箱子上，要了一杯酒。酒送来后，他用右手握住那冰凉的锡杯，手指环着那弧形的杯身：是浓烈的红葡萄酒，他溅出了一滴，便用食指将它擦去，为了弄干净，又用舌头舔了舔，于是它消失了。他不能说这种方法像沃尔特说的那样缓解了他的痛苦。但是他很高兴他父亲陪着他。他需要有人陪伴。

他抬起头。查普伊斯的脸出现在他面前：笑眯眯的，掩饰着自己的幸灾乐祸。“亲爱的朋友。我还以为你最后的时刻到了。你知道吗，我还以为你会昏了头，揍他一顿。”

他抬头笑了。“我从来不会昏头。我所做的，都是有意而为。”

“不过你所说的，可能言不由衷。”

他想，大使已经遭受了不少折磨，仅仅是为了履行职责而已。再说，我也伤害了他的感情，我一直拿他的帽子取笑。明天我要为他备一份礼物，一匹马，一匹比较气派的马，一匹给他自己骑的马。在它离开我的马厩之前，我要亲自抬起一只马蹄，检查一下马蹄铁。

* * *

第二天，国王的枢密院召开会议。威尔特郡大人(或者说阁下)出席了会议：博林一家都是圆滑的猫，懒洋洋地坐在各自的位置上，整理着自己的胡须。他们的亲戚诺福克公爵显得有些疲惫和气馁；在进来的路上，他拦住了他(克伦威尔)，“还好吧，伙计？”

英格兰纹章院院长什么时候这样称呼过案卷司长呢？在会议室里，诺福克把凳子拖来拖去，找到一把适合自己的坐下。“他就是那样，你知道。”他朝他咧嘴一笑，牙齿露了出来。“你站在那里，本来好好的，他突然就把脚下的路给你掀掉了。”

他点点头，耐心地微笑着。亨利进来了，像个生着闷气的大男孩一般坐在桌子上首的椅子上，不看任何人的眼睛。

现在：他希望他的同僚们明白自己的职责。他已经交代过多次。要奉承亨利。要恳求亨利。请求他做你明知道他反正必须要做的事情。这样亨利就会觉得他可以选择。这样他就会很温暖地觉得大家尊重他，仿佛他是在讨论你的而不是他自己的利益。

陛下，委员们说。请求您。为了国家和全体人民，好好考虑一下皇帝的低声下气的提议，考虑一下他哭哭啼啼的哀求。

这样花了十五分钟。然后，亨利终于说，嗯，如果是为了全体人民的利益，我会接受查普伊斯，我们可以继续谈判。我想，我个人遭受的所有羞辱，就只好咽下去了。

诺福克欠身向前。“就把它当成一口药吧，亨利。很苦涩。但是为了英格兰，不要吐出来。”

一旦提到吃药治病，接着就讨论起了玛丽小姐的婚事。不管国王把她安排到什么地方，她都不断地抱怨，抱怨空气不好，食物不够，没有充分考虑她的隐私，抱怨四肢疼痛，头痛，打不起精神。她的医生们建议说，与一位男士的结合会有益于她的健康。如果一位年轻女人的元气受到抑制，她就会变得苍白而单薄，她会食欲不振，开始消瘦；婚姻可以占据她的心神，她会忘掉自己的小病小痛；她的子宫会安定下来，准备派上用场，而再也不会像没有更好的事情可做一般，在她体内四处游荡。在没有男人的情况下，玛丽小姐需要骑上马多运动；对一个受到软禁的人来说，这很困难。

亨利最后清了清嗓子，说，“皇帝已经跟他的委员们讨论过玛丽的事情，这不是什么秘密。他想让她嫁出国门，嫁给在他领土内的他的某个亲戚。”他绷紧嘴唇。“我决不会允许她离开这个国家；或者去任何地方，除非她对我表现出该有的态度。”

他（克伦威尔）说：“她还在为她母亲的去世而悲痛。在接下来的几周里，我相信她会明白自己的本分的。”

“终于听到你开口了，克伦威尔，这多么令人愉快啊，”阁下带着得意的笑容说。“大多数时候，你总是最先讲话，也是最后讲话，中间还不断插话，以至于我们这些更谦虚的委员即使要讲话，也不得不压低嗓门，或者只能互相传纸条。我们能否问一下，你这种新的沉默风格是否跟昨天的事件有任何关系？如果我没记错的话，陛下昨天遏制了一下你的野心？”

“谢谢你，”大法官冷冷地说，“威尔特郡大人。”

国王说：“各位大人，很抱歉我不得不提醒你们，我们的议题是我的女儿。虽然我根本不觉得她的事情应该在枢密院讨论。”

诺福克说：“我可以亲自去一趟内地，去玛丽那儿，一定要她宣誓，我会把她的手放在福音书上，紧紧地按在上面，如果她不肯对国王和我外甥女的孩子宣誓，我将拿她的头往墙上撞，直到它变得像烤苹果一样软。”

“也同样谢谢你，”奥德利说，“诺福克大人。”

“不管怎么样，”国王悲哀地说，“我们没有太多的孩子，失去王国的任何一个孩子，我们都难以承受。我不想失去她。总有一天她会成为我的好女儿。”

听到国王说他不准备为玛丽寻求与国外的王室联姻，说她无足轻重，只是一个人们出于同情才关心的私生女，博林一家靠回到椅背上，露出了笑容。由于帝国大使昨天让他们享受到的那场胜利，他们感到志得意满；不过他们还算明智，没有拿来炫耀。

会议一结束，他（克伦威尔）就被委员们围了起来：只有博林一家朝另一个方向离去。会议进展得很顺利；他的意图都实现了；亨利已经回到与皇帝议和的轨道上来：那么，他为什么还感到如此不安、如此郁闷呢？他用胳膊推开那些同僚，不过还是以很礼貌的方式。他需要呼吸新鲜空气。

亨利从他身边经过，又停下脚步，转过身来，说，“秘书官大人。你愿意陪我走一走吗？”

他们一起走着。一时无言。应该是由君王而不是大臣来提出话题。

他可以等待。

亨利说：“你知道，我希望我们哪一天可以去林地，像我们说过的那样，去跟铁器制造商们聊一聊。”

他等待着。

“我有各种各样的图纸，精确的图纸，还有关于我们的大炮该怎样改进的建议，但老实说，对此我不像你那么懂行。”

再谦卑一点，他想。再谦卑一点点。

亨利说：“你去过森林，见过烧炭工人。我记得你曾经告诉我，他们都是非常贫苦的人。”

他等待着。亨利说：“我想，一个人必须从头开始了解整个过程，不管是做盔甲还是造大炮。要求一块金属具备某种特性、某种硬度，并没有用，除非你了解它是怎样制成，你的工匠可能遇到哪些困难。嗯，我从来没有那么骄傲，我偶尔也跟盔甲师一起坐上一个小时，为我的右手制作金属手套的盔甲师。我想，我们必须研究每一钉，每一铆。”

嗯？然后呢？

他让国王结结巴巴地说下去。

“还有，嗯。还有，噢。你就是我的右手，先生。”

他点点头。先生。多么感人。

亨利说：“所以，我们要不要去肯特郡，去林地？我来挑一周的时间好吗？两三天就行。”

他笑了。“今年夏天不行，陛下。您还有别的事情。再说，那些铁器制造商也跟我们所有人一样。他们得放个假。他们得晒太阳。他们得摘苹果。”

从那双蓝色眼睛的眼角，亨利温和而恳求地看着他：给我一个快乐的夏天吧。他说："我不能像以前那样生活下去了，克伦威尔。"

他是来接受指示的。让我得到简：那么善良的简，叹息起来就像甜奶油一般的简。将我从痛苦、烦恼中解脱出来吧。

"我想我可能该回家了，"他说，"如果您允许的话。在启动这件事之前，我还有很多准备工作要做，而且我觉得……"他不知道用英语如何表达。这种情形时有发生。"*Un peu*①……"但法语他也想不起来了。

"不过你没有病吧？你很快会回来吧？"

"我会找研究教会法规的律师们一起商讨，"他说。"这需要一些日子，您知道他们那些人。我会尽快的。我会跟大主教谈一谈。"

"也许还有亨利·珀西，"亨利说。"你知道她是怎样……订婚，或别的什么，他们之间的关系……嗯，我觉得他们其实是结了婚的，对吧？如果这一点行不通的话……"他摩挲着自己的胡子。"你知道我曾经，与王后在一起之前，我曾经，偶尔，跟她姐姐，她姐姐玛丽，那个——"

"哦，是的，先生。我记得玛丽·博林。"

"——人们会认为，我既然跟与安妮那么亲近的人有了关系，那么我跟她的婚姻就不可能有效……不过，只有在不得已的情况下，你才能走这一步，我不想引起不必要的……"

他点点头。你不想历史说你是骗子。当年在大臣们面前，你要我公开宣称你跟玛丽·博林从无瓜葛，你自己则坐在那里频频点头。你清除了所有的障碍：玛丽·博林，亨利·珀西，你把他们撇到一边。可是现在我们的要求变了，我们身后的事实也就跟着变了。

"那么再见了，"亨利说。"要严格保密。我相信你的谨慎，还有你的能力。"

听到亨利道歉是多么必要，但又是多么可悲。他一反平常地对诺福

① 法语，意为"有点"、"一点"。

克、对他那声“还好吧，伙计？”产生了敬意。

赖奥斯利先生在一间接待室里等着他。“这么说您接到指示了，先生？”

“是的，我得到了一些暗示。”

“您知道它们什么时候能够明确吗？”

他笑了。“简称”说，“我听说在枢密院会议上，国王说要把玛丽小姐嫁给一位臣民。”

会议最终确定的显然不是这样吧？转眼间，他觉得自己恢复了常态：听到自己在边笑边说，“哦，天啊，‘简称’。这是谁告诉你的？我有时候觉得，”他说，“如果让感兴趣的各方——包括外国使臣——都来参加会议，可以既省时又省事。会议的内容反正会泄露出去，为了避免误听和误解，还不如让他们亲自从头听到尾。”

“这么说，是我弄错了？”赖奥斯利说，“因为我想，把她嫁给一位臣民，嫁给一个身份比较低的人，肯定是现任王后想出来的主意吧？”

他耸耸肩。年轻人愣愣地望着他。要到若干年之后，他才能明白是怎么回事。

*　　*　　*

爱德华·西摩希望见他。他心里很清楚，西摩一家也会成为他的宴席上的宾客，哪怕只能坐在桌子底下，捡些碎屑残渣。

爱德华神情慌张，惴惴不安。“秘书官大人，从长远看——”

“在这件事情上，一天也可以算长远。让你妹妹离开这里，让卡鲁带她去他位于萨里郡的府邸。”

“不要以为我想了解你的秘密，”爱德华小心地斟字酌句。“不要以为我想打探不该我了解的事情。但为了我妹妹，我想多少知道一点——”

“哦，我明白了，你想知道她是否该定制结婚礼服了？”爱德华恳求地看了他一眼。他严肃地说："我们会想办法解除他们的婚姻。眼下我还不知道以什么理由。"

"但他们会反抗的，"爱德华说。"博林一家如果倒台，会把我们全都拉下去。我听说有些蛇即使已经奄奄一息，皮肤还会分泌毒液。"

"你有没有抓过蛇？"他问。"我抓过一次，在意大利。"他伸出手掌。"但没有留下痕迹。"

"那我们得严格保密，"爱德华说。"不能让安妮知道。"

"嗯，"他苦笑着说，"我想我们不可能永远瞒住她。"

不过，如果他的新朋友们继续在接待室里缠住他，拦住他的路并向他躬身行礼，如果他们继续窃窃私语，挤眉弄眼，或者用胳膊肘你戳戳我、我推推你的话，安妮会知道得更快。

他对爱德华说，我得回去关上门好好考虑一下。王后在密谋着什么，我不知道具体情形，可能是邪恶、见不得人的事情，也许因为太见不得人，连她自己都不清楚是什么，而只是依稀出现在梦里：但是我得赶快，我得代她梦到它，我得把它梦出来。

根据罗奇福德夫人的说法，安妮抱怨说，自从她出了月子之后，亨利总是在注视她；而且眼神跟过去不一样。

很长一段时间以来，他都注意到亨利·诺里斯在注视王后；他看到自己坐在某个高处，就像雕刻在门顶上的猎鹰一样，注视着亨利·诺里斯。

从目前来看，安妮似乎还没有觉察到停留在她头顶上方的翅膀，没有留意到当她转来晃去时那道研究着她的路线的目光。她不停地谈论着她的孩子伊丽莎白，她的手上拿着一顶小帽子，是刺绣工刚刚完成的一顶饰有丝带的漂亮帽子。

亨利淡淡地看着她，仿佛在说，你干吗给我看这个，这对我有什么意义？

安妮抚摸着那条丝带。他感觉到一丝丝怜悯，还有片刻的内疚。他仔细打量着王后袖子上那精美的丝绸镶边。那是出自某个跟他已故的妻子一样能干的女人之手。他非常密切地观察着王后，觉得对她很了解，就像母亲了解自己的孩子、或者孩子了解自己的母亲那样。他知道她衣服上的每一道针脚。他注意到她每一次呼吸的起伏。你心里装着什么，夫人？这是有待打开的最后一扇门。现在他站在门口，手里拿着钥匙，几乎有些害怕把它插进锁孔。因为万一它不行，万一钥匙对不上，而他不得不在那儿捣鼓着，并且知道亨利一直在看着他，还听见国王的舌头不耐烦地啧啧有声，就像他的主人沃尔西肯定曾经听到的那样，那可如何是好？

果真那样的话，嗯。曾经有过一次——是在布鲁日吧？——他撞垮过一扇门。他并没有撞门的习惯，但是他有一位客户想要结果，并且当天就要。锁可以撬开，但是得找内行的人，而且得花时间。如果你有肩膀和靴子，就不需要技术和时间。他想，当时我还不到三十。还很年轻。他的右手心不在焉地揉着左肩和前臂，仿佛想起了当时的瘀伤。他想象着自己进入安妮的身体，不是作为情人，而是作为律师，手里拿着文件和令状；他想象着自己进入王后的心中。在她的心房，他能听到自己的鞋跟咔嗒作响。

在家里，他从箱子里拿出他妻子的祈祷书。这是她的第一任丈夫汤姆·威廉斯送给她的，他是个大好人，但不像他自己这么富有。现在每次想起汤姆·威廉斯，浮现在他脑海中的就是一位面孔模糊的仆人，穿着克伦威尔府的制服，帮他拿着外套，也可能是牵着他的马。由于他现在随时可以翻阅国王图书室里的那些精美的书籍，这本祈祷书就显得很不起眼；那片金箔哪儿去了？但这本书里还有伊丽莎白的气息，他可怜的妻子，她那白色的帽子，直率的性情，要笑不笑的神态，还有那忙于做女红的手指。有一次，他曾经观察丽兹编织丝带。丝带的一端钉在墙上，她举着双手，每一根手指不停地绕着线圈，只见她手指飞舞，他根本看不清是怎么回事。“慢一点，”他说，“让我看看你是怎么编的，”但是她笑了起来，说，“我慢不了，如果我停下来去想是怎么做的，那就根本做不成。”

2. 幽灵的主人

伦敦，1536 年 4 月—5 月

“过来陪我坐会儿。”

“为什么？”伍斯特夫人很警惕。

“因为我有蛋糕。”

她笑了。“我可是很贪吃。”

“我甚至有仆人侍候。”

她盯着克里斯托弗。“这孩子是仆人？”

“克里斯托弗，伍斯特夫人先要一个靠垫。”

羽绒靠垫非常松软，上面绣有老鹰和花朵的图案。她双手接过去，心不在焉地抚摸着，然后放到背后，身体靠在上面。“哦，这样舒服多了，”她笑着说。伍斯特夫人有孕在身，她的一只手静静地放在肚子上，犹如绘画中的圣母。这个小房间是他的调查法庭，房间的窗户敞着，外面是春天的和煦空气。他不介意有谁进来看他，不介意他们来来往往时看到了谁。谁不愿意与有蛋糕的人一起待一会儿呢？而且秘书官大人总是十分友好，乐于助人。“克里斯托弗，给夫人拿一条餐巾，然后去外面坐着晒十分钟太阳。随手把门关上。”

伍斯特夫人——伊丽莎白——看着门被关上；接着她欠身向前，小声说道，“秘书官大人，我有大麻烦了。”

“这个，”他指指她的身体，“可不好解决。王后嫉妒你现在的情况吗？”

“嗯，她让我寸步不离地留在她身边，其实没有这个必要。她每天都会问我怎么样。我不可能找到一位更仁慈的女主人了。”但她脸上却显出疑虑的神色。“从某些方面来说，如果我回到乡下的家里会更好。而现在呢，留在宫中，大家都对我指指点点。”

“那你认为最先说你闲话的是王后吗？”

“还能有谁？”

宫里有传言说，伍斯特夫人肚子里的孩子不是伯爵的。也许是有人恶意散布的；也许是什么人的玩笑之谈；也许是有人觉得无聊了。她脾气温和的哥哥——大臣安东尼·布朗——曾经闯进她的房间责备她。“我告诉他，”她说，“别找我的茬。干吗怪我？”仿佛同样感到愤怒一般，她手上的凝乳馅饼也在油酥壳里颤抖。

他皱起眉头。“我们退一步说吧。你的家人之所以责备你，是因为人们在议论你，还是因为他们说的是实情？”

伍斯特夫人擦了一下嘴唇。“你以为就为了几块蛋糕，我就会坦白吗？”

“我来帮你平息这件事吧。如果可以的话，我很愿意帮助你。你丈夫有理由生气吗？”

“哦，男人啊，”她说，“总是在生气。气得连自己有几根指头都数不清楚。”

“这么说可能是伯爵的孩子？”

“如果生下来是个健壮的男孩，我敢说他会承认的。”蛋糕吸引了她的注意力：“那块白色的，是杏仁酪吗？”

伍斯特夫人的哥哥安东尼·布朗是费兹威廉同父异母的兄弟。（这些人彼此之间都有亲戚关系。好在红衣主教给他留下了一张表，只要有婚礼举行，他就会在上面更新信息。）费兹威廉和布朗以及名誉受损的伯爵一直在私底下商讨对策。费兹威廉曾对他说，你能查出来吗，克伦，因为我肯定是查不出来的，王后的那些女侍究竟在干些什么？

“另外还有那些债，”他对她说。“你的处境很糟糕，夫人。你借遍了所有的人。你买了些什么？我知道国王身边有不少讨人喜欢的年轻人，他们幽默诙谐，总是深情款款，随时准备给女士们写情书。你用钱换取他们的奉承吗？”

“不是奉承。是赞美。”

“你该免费得到的。”

“我想这话很受用。”她舔了舔手指。“你很懂人情世故，秘书官大人，所以知道，如果你给一个女人写情诗，一定会附上账单的。”

他笑了起来。“没错。我知道我的时间的价值。但我没有想到你的仰慕者们那么吝啬。”

“但那些小伙子们啊，他们要做的事情太多了！”她挑了一片糖渍紫罗兰，一点点地吃着。“我不知道我们干吗要说无所事事的年轻人。他们没日没夜地忙碌，希望出人头地。他们不会把账单送过来。但是你得为他们的帽子买一颗宝石，或者为他们的衣袖买镀金纽扣。或者付钱给他们的裁缝。”他想起了马克·史密顿，想起他的华丽服饰。“王后也是这么花钱的吗？”

“我们称之为赞助，而不是花钱。”

“我接受你的更正。”天哪，他想，男人可以嫖娼，还美其名曰“赞助”。伍斯特夫人掉了几颗葡萄干在桌上，他很想将它们捡起来喂进她的嘴里；她可能会觉得无所谓。“那么，王后在当赞助人的时候，有没有在私底下赞助？”

“私底下？我怎么可能知道？”

他点点头。这就像网球比赛，他想。她回给我的这个球真高明。

“赞助的时候，她穿什么衣服？”

“我没有亲眼见过她光着身子。”

“那么你认为，那些献殷勤的人，你并不认为她跟他们发生过关系？”

“我既没看到也没听到。”

“但是在关着的门背后呢？”

“门常常关着。这很平常。”

“如果我请你出庭作证，你会宣誓并重复这句话吗？”

她轻轻抹掉一点奶油。“门常常关着？这一点没问题。”

“为此你准备收多少钱？”他微笑着；目光停留在她的脸上。

“我有点怕我丈夫。因为我借了钱。他并不知道，所以请你……不要说出去。”

“让你的债主们来找我。至于以后，如果你需要赞美，可以上克伦威尔的银行来支取。我们会照顾好我们的顾客，我们的条件也很优厚。这一点众所周知。”

她放下餐巾；从最后一块奶酪蛋糕上挑出最后一片樱草花瓣。她走到门口，又转过身来。她突然想起了什么。她一手拢住裙子。“国王想找个理由甩掉她，对吗？而房门关着就够了？我不想她受到伤害。”

她明白了眼前的形势，起码是明白了一部分。恺撒的妻子必须无可指责。怀疑会毁了王后，而一丝一毫的真相则会加快她的毁灭；你不需要一张留有弗朗西斯·韦斯顿或别的哪位诗人的精液痕迹的床单。“甩掉她，”他说，“是的，有可能。除非这些传言被证明是一场误会。我敢肯定你的情况就是这样。我敢肯定，等你的孩子出生后，你丈夫会满意的。”

她的脸色一亮。“这么说你会跟他谈谈？但不是关于债务？也跟我哥哥谈谈？还有威廉·费兹威廉？你会说服他们让我清静一点，好吗？我所做的事情，其他的女侍都做过。”

“谢尔顿小姐也是吗？”他说。

“那根本不算新闻。”

“还有西摩小姐。”

“那倒真是新闻。”

“罗奇福德夫人呢？”

她迟疑着。“简·罗奇福德不喜欢这种娱乐。”

“为什么，是罗奇福德大人不称职吗？”

“不称职。”她似乎在揣摩这个词。“我没有听到她这么描述过。”她笑了。“但我听到她谈起过这件事。”

克里斯托弗回来了。这个解除了思想包袱的女人从他身边飘然而过。

“哦，你瞧瞧，”克里斯托弗说。“她把上面的花瓣全都挑着吃了，把蛋糕芯留了下来。”

克里斯托弗坐了下来，对着剩下的蛋糕狼吞虎咽。他特别喜欢蜂蜜和糖。饿着肚子长大的孩子你一眼就能看出来。一年中最美好的季节即将来临，空气温和舒适，树叶绽出嫩绿，柠檬蛋糕添加了薰衣草的香味：刚刚摆好的蛋挞插上了小枝罗勒；还有那切成两半的草莓，浇上了用文火熬过的泡在糖浆里的接骨木花。

圣乔治节。在整个英格兰，布龙和纸龙在热热闹闹地游街，后面跟着身披锡制盔甲的屠龙战士，他们用生锈的旧剑敲打着盾牌。处女们编织着树叶花环，春天的花儿被送进教堂。在奥斯丁弗莱的大厅里，安东尼将一头绿鳞怪兽吊在顶梁上，怪兽翻着眼睛，伸着舌头，显出色眯眯的样子，让他依稀想起了什么，但一时又难以名状。

这是嘉德骑士团召开会议的日子，如果有任何骑士去世，他们将推选出新的成员。嘉德骑士是基督教世界骑士制度中最高级别的荣誉：法兰西国王和苏格兰国王都是其成员，还有王后的父亲“阁下”和国王的私生子哈里·菲茨罗伊。今年的会议在格林威治举行。很显然，外国的成员不会参加，但这成为他的新盟友的一次聚会：威廉·费兹威廉，埃克塞特侯爵亨利·科特尼，诺福克大人，还有查尔斯·布兰顿——他似乎已经原谅了他(托马斯·克伦威尔)在会见厅推搡他的事情：他现在把他叫了出来，说，“克伦威尔，我们之间存在着分歧。但我的确常常对哈里·都铎说，留心一下克伦威尔，别让他跟着他那位忘恩负义的主子一起倒霉，因为他从沃尔西那里学到了不少本事，因此对你可能有用。”

“是吗，大人？非常感谢你帮我美言。”

“哦，是啊，我们看到了结果，因为你现在富了，对吧？”他呵呵一笑。“哈里也富了。”

“我总是乐于以合适的方式表达谢意。请问，大人在会议上会投谁的票？”

布兰顿朝他使劲地眨了个眼。“相信我好了。”

由于伯格威尼勋爵去世而出现了一个空缺；但是有两人希望获得这个位置。安妮一直在宣扬乔治弟弟的功劳。另一位候选人是尼古拉斯·卡鲁。在收票和计票之后，国王念出的是尼古拉斯爵士的名字。乔治家的人连忙转弯挽救局面，说他们并没有抱什么期望：这个空缺早就许诺给了卡鲁，弗朗西斯国王三年前就亲自请求国王将这个位置授予他。王后即使有所不满，也没有表现出来，而国王和乔治·博林还有一项计划要讨论。五朔节的第二天，国王一行将前往多佛检查港口的新工事，乔治将以五港同盟港务长官的身份随行：在他(克伦威尔)看来，这不是乔治能够胜任的职务。他自己打算陪同国王前往。他甚至可以去加来待上一两天，处理一下那里的事务；于是他让人放出风去，他即将到达的消息可以让卫戍部队保持戒备。

哈里·珀西从自己的领地赶来参加嘉德骑士团会议，目前住在他位于斯托克纽因顿的宅邸。这也许有点帮助，他对他的外甥理查德说，我可以派个人去探探他的口风，看他是否准备收回就之前的婚约一事说过的话。如有必要，我会亲自去一趟。但这个星期我们得分秒必争。理查德·桑普森在等着他，他是王室教堂的主任牧师，教会法规博士(在剑桥、巴黎、佩鲁贾、锡耶纳均享有盛名)：是国王第一次离婚案的代理人。

主任牧师工工整整地放下资料时，只会说一句，“这可有点棘手。”外面还有一辆吱吱呀呀的骡车，上面装有更多的文件，全都包裹得严严实实，以防天气突变：那些文件可以回溯到国王最早表达的对第一位王后的不满。他对主任牧师说，当时我们都很年轻。桑普森笑了起来，是教士特有的笑声，就像开关衣柜时的嘎吱声。“我几乎不记得自己年轻过了，但我想我们肯定都年轻过。其中有些人还无忧无虑。”

他们想争取解除婚姻，看亨利能否脱身。“我听说，哈里·珀西一听到你的名字，就吓得大哭，”桑普森说。

“他们太夸张了。近几个月来，我和伯爵打过多次交道，彼此都很客气。”

他不停地翻看第一次离婚案的文件，看到了红衣主教的笔迹：在页边上标出的修改、建议和箭头。

他说：“除非安妮王后决定进修道院。如果那样，他们的婚姻就会自动解除。”

“我相信她会成为一位出色的女修道院院长，”桑普森客套地说。“你试探过大主教大人的想法吗？”

克兰默不在国内。他在有意拖延。“我得让他明白，”他对主任牧师说，“没有了她，我们的事业，我是说，英语《圣经》的事业，会发展得更好。我们希望神的圣言在国王的耳朵里听起来犹如天籁，而不像安妮贪心不足的唠叨。”

他用了“我们”这个词，出于礼貌而将主任牧师包括在内。至于桑普森在心底里是否致力于改革，他毫无把握，不过他关心的是表面的遵从，而主任牧师总是非常合作。

“关于巫术这个小问题，”桑普森清了清嗓子，“国王不会要我们去认真追究吧？如果真的查出有人使用灵异手段，诱惑他走进这桩婚姻，那么，他当初的赞成当然并非出于自愿，婚约也就无效；不过，当他说自己受到法术、魔咒的诱惑时，他肯定是用的比喻手法吧？就像诗人可能谈到女性的仙女般的魅力、她的手腕、她的诱惑等一样？哦，看在上天的分上，”主任牧师温和地说，“别这样看着我，托马斯·克伦威尔。这件事我宁可不去插手。我宁可再把哈里·珀西找来，我们联手揍他一顿，让他清醒清醒。我宁可将玛丽·博林的事情抖出来，而她的名字，我得说，我曾希望再也不要听到。”

他耸了耸肩。他有时会想起玛丽；如果当初接受了她的投怀送抱，不知道会怎么样。在加来的那个夜晚，他靠得那么近，都能感觉到她的气息，带有甜食、香料和葡萄酒的气息……不过当然了，在加来的那个夜晚，任何具有正常功能的男人都可以满足玛丽。主任牧师轻柔的话语打断了他的思绪：“我可以提个建议吗？去找王后的父亲，跟威尔特郡伯爵谈谈。他是个明事理的人。几年前我们一起出使过毕尔巴鄂，我一直觉得他是个明事理的人。要他让他女儿不声不响地离开吧。省得我们大家要痛苦二十年。”

因此，他准备跟“阁下”谈一谈：他让赖奥斯利做谈话记录。安妮的父亲带来了自己的资料，而乔治弟弟则只带来了讨人喜欢的自己。他总是一道风景：乔治喜欢衣服上缀有饰带和流苏，喜欢上面有点状或条纹图案和开缝[①]。今天，他的白色天鹅绒里面是红色丝绸，每一处开缝都露出一团鲜艳的红色。他不由得想起在低地国家时曾经看过的一幅画，画面上是一位被活活剥皮的圣人。那人小腿上的皮整整齐齐地搭在脚踝上，犹如穿着一双软皮靴，但他脸上的神情却坚定而安详。

他把自己的文件放在桌上。“我就不多费口舌了。你明白眼前的形势。国王已经了解了一些情况，而如果他早就知情的话，就不会有与安妮夫人的这场所谓婚姻。”

乔治说：“我跟诺森伯兰伯爵谈过了。他坚持他的誓言。之前不存在婚约。”

“那就太遗憾了，”他说。“我不知道该怎么办。也许你能帮帮我，罗奇福德大人，亲自给我一些建议？”

---

① 中世纪欧洲服装的一种装饰方法，即在外层衣服上开缝以露出里层的布料，有炫富意味。

“我们会帮你进伦敦塔，”乔治说。

“记下来，”他对赖奥斯利说。“威尔特郡伯爵大人，我可以回顾一些情况吗？你儿子可能不太了解。在你女儿和哈里·珀西这件事情上，已故的红衣主教曾经责问过你，提醒你他们两人不能结亲，因为你们家地位低下而珀西家地位显赫。而你的回答是，你不能对安妮的所作所为负责，你管不了自己的孩子。”

托马斯·博林似乎恍然大悟，并调整着自己的表情。“原来是你啊，克伦威尔，坐在暗地里记录的那个人。”

“我从未否认过，大人。当时你没怎么得到红衣主教的同情。至于我自己，身为一位父亲，可以理解这种事情是怎样发生的。当时你坚持说，你女儿与哈里·珀西已经越过了界限。你指的是——用红衣主教喜欢用的话说——干草堆和温暖的夜晚。你暗指他们已经生米煮成熟饭，是一桩事实婚姻。”

博林得意地一笑。“但是后来，国王公开了对我女儿的感情。”

“所以你重新考虑了你的立场。人们常常这样。我现在请你再重新考虑一次。如果你女儿真的嫁给了哈里·珀西，对她会更好。那么她与国王的婚姻可以宣布无效。国王就有权另选一位佳人。”

自从他女儿勾搭上国王之后，十年来的自我扩张使博林有了钱财、地位和自信。他的好日子就要到头了，而他（克伦威尔）看得出他决定放弃抵抗。女人总会衰老，男人喜欢花心：这是老生常谈，即使是受过涂油礼的王后也无法逃脱这种命运，去书写自己的结局。“那么，安妮会怎么办？”她父亲问道，语气中听不出特别的关心。

他像卡鲁所说的那样回答，“进修道院？”

“我希望得到妥善的安置，”博林说。“我指的是，对我们家而言。”

“等等，”乔治说。“父亲大人，不要跟这个人谈这种承诺。不要跟他讨论。”

威尔特郡伯爵冷冷地对他儿子说，“先生，冷静点儿。事情就是这样。克伦威尔，她能保留她作为女侯爵的财产吗？还有我们，她的家人，也维持现状，不受影响？”

“我想国王更希望她退隐。我相信我们能找到一座管理良好的修道院，她可以在那里坚持自己的信仰和观念。”

“我感到恶心，”乔治说，并侧过身去，不看他父亲。

他说：“记下罗奇福德大人感到恶心。”

赖奥斯利的笔在沙沙作响。

“但我们的地产呢？”威尔特郡伯爵说。“还有我们的职位？我可以继续担任国王的掌玺大臣，对吧？还有我儿子，他的职务和头衔——”

“克伦威尔想除掉我，”乔治猛地站起身。“这是明摆着的事实。对于我为保卫这个国家所做的一切，他总是不停地干涉，他写信到多佛，到三维治，他的人到处都是，我的信总是被转到他手里，我的命令总是被他取消——”

“哦，坐下，”赖奥斯利说。他笑了起来：既为乔治的表情感到好笑，也笑他自己的不耐烦和无礼。“当然了，大人，如果你愿意的话，也可以站着。”

罗奇福德一时有些无措。他唯一能做的就是原地跺着脚，强调他正在站着；就是捡起帽子，说，“我同情你，秘书官大人。如果你成功地把我姐姐赶下台，那么她前脚一走，你的新朋友们就会马上除掉你；如果你没有成功，而她和国王重归于好，我就会马上除掉你。所以，不管你是成是败，克伦威尔，这一次你太自不量力了。”

他和和气气地说：“我之所以要找你谈，罗奇福德大人，仅仅是因为你对你姐姐的影响力比其他任何人都大。我答应保证你的安全，作为你好心帮助的回报。”

老博林闭上眼睛。“我会跟她谈的。我会跟安妮谈谈。”

“也跟你这个儿子谈一谈，因为我再也不会跟他谈了。”

威尔特郡伯爵说：“我真是不理解，乔治，你居然看不清眼前的局势。”

“什么？”乔治说。“什么？什么？”他父亲把他拖走时，他口里还在什么什么的叫着。走到门口时，老博林礼貌地躬身告别，“秘书官大人。赖奥斯利大人。”。

他们目送着父子两人出去。“他的话很有意思，”赖奥斯利说。“眼前的局势是什么，先生？”

他整理着文件。

“我记得红衣主教倒台后，”赖奥斯利说，“宫里上演过一部剧。我记得弄臣塞克斯顿穿着一身红袍，扮演红衣主教，还有四个魔鬼分别抓着他的胳膊或腿，把他扔进了地狱。他们都戴着面具。我一直在想，不知道乔治——”

“抓右胳膊的那个，”他说。

“哦，”“简称”说。

“我去了大厅尽头的幕后。我看到他们脱下毛乎乎的衣服，还看到罗奇福德大人取下面具。你干吗不跟着我呢？你本来可以亲眼看看的。”

赖奥斯利先生笑了。“我不想到那幕后去。我担心你可能把我也当成演员，那我在你心里就永远是坏人了。”

他对那个夜晚记忆犹新：当骑士的典范变成猎犬、发出嗜血的咆哮时，空气中弥漫着动物的腥臊气味，当红衣主教被拖在地上扭动打滚时，所有的人都发出轻蔑和嘲弄的声音。接着，大厅里有人喊了一句：“你们真丢人！”他问赖奥斯利，“当时开口说话的不是你吧？”

“不是。”“简称”不会撒谎。“我想可能是托马斯·怀亚特。”

“我想也是。这些年来我一直在想着这件事。你瞧，‘简称’，我得去见国王。我们要不要先来一杯酒？”

赖奥斯利先生连忙起身。找来了一位仆人。日光照在一只锡壶的弧形肚子上，加斯科涅葡萄酒倒进了酒杯。“我给弗朗西斯·布莱恩颁发了这种酒的进口许可证，”他说。“应该是三个月前的事了。他真是没品味，对吧？没想到他把它卖给了国王的贮酒室。”

他去见亨利，将卫兵、仆人和侍从都打发走；没有人为他通报，所以亨利听到动静时，吃惊地从乐谱上抬起头来。“托马斯·博林很识时务。他只是迫切希望在陛下这里保留好印象。但从他儿子那里，我得不到丝毫的配合。”

“为什么？”

因为他是个白痴？“我想，他相信陛下的主意可以改变。”

亨利大为不悦。“他应该了解我。乔治第一次进宫时，还是个十岁的小孩子，他应该了解我。我不会改变主意的。”

从某种意义上说，没错。像螃蟹一样，国王会横着走向自己的目标，但与此同时他会收紧钳子。被夹在里面的是简·西摩。“告诉你我是怎么看罗奇福德的吧，”亨利说。“他现在，嗯，已经三十二了吧，但仍然被称为威尔特郡伯爵的儿子，仍然被称为王后的弟弟，他不觉得已经应该自立，膝下也没有任何继承人，连女儿都没有。我已经尽我所能地提携他。我多次派他代表我出使国外。我想，这种事要到此为止了，因为如果他不是我的妻舅，就不会有任何人理睬他。但他也不至于一贫如洗，还是会得到我的恩宠。只要他不做绊脚石。因此得有人提醒他一下。我得亲自跟他谈吗？”

亨利似乎很恼火。这种事情不该由他来处理。应该由克伦威尔来代他处理。把博林一家打发走，把西摩一家迎进来。他要做的是更符合国王身份的事情：为自己事业的成功而祈祷，以及给简写情歌。

“稍等一两天吧，陛下，我会把他单独找出来谈。我想，当着威尔特郡伯爵大人的面，他觉得一定要摆摆样子，做做姿态。”

“是啊，我很少弄错，”亨利说。“只不过是要面子而已。好了，你听。”他唱了起来：

“菊花啊清新甜美，

紫罗兰苍白憔悴，

不是我变化不定……”

“你会发现我在改写的是一首老歌。除了‘英’之外，还有哪些词与‘定’押韵？”

你还需要什么呢，他想。他起身告辞。走廊上点着火把，丝毫不见人影。在四月里这个星期五的晚上，宫里的气氛让他想起了罗马的公共浴池。空气闷浊，其他人泡在水里的身影从你旁边滑过——可能是你认识的人，但他们光着身子时，你就认不出来。你的皮肤热一阵，又冷一阵，然后又热一阵。脚下的砖滑溜溜的。两侧的门都半开着，就在几英寸之外，在你的视线看不到却离你很近的地方，正在发生一些见不得人的事情，身体的非自然媾和，男人与女人，还有男人与男人。你觉得恶心，因为那浑浊的热气，还因为你所了解的人性，你会奇怪自己怎么会来到这里。但是你曾听说，一个人一生中至少要去一次公共浴池，否则他不会相信人们所说的发生在这里的事情。

“其实，”玛丽·谢尔顿说，“秘书官大人，即使你没有派人去找我，我也会想办法来见你。”她的手在颤抖；她抿了一口酒，便凝神看着杯子，仿佛在占卦一般，然后抬起那双动人的眼睛。“我祈祷再也不要有这样的日子。南·科巴姆想见你。还有玛乔里·霍斯曼。以及所有的寝宫女侍。”

“你有什么要告诉我吗？还是你只想在我的资料上哭一场，把墨水写的字弄得稀里哗啦？”

她放下杯子，向他伸出双手。他被这个动作所打动，那就像一个孩子在向你表明她的手很干净。“我们试着理一下思路好吗？”他轻声问道。

王后的房间里，整天都是吵嚷、摔门和脚步跑动的声音：还有压低嗓门的谈话声。“我但愿自己不在宫里，”谢尔顿说。“我但愿在别的地方。”她把手收了回去。“我应该结婚。趁着我还年轻，找个人嫁了，生几个孩子，这也是奢望吗？”

“好了，别为自己难过了。我还以为你会嫁给哈里·诺里斯。”

“我也曾这么以为。”

“我知道你们闹过别扭，但那是一年前的事情了吧？”

“我想是罗奇福德夫人告诉你的。要知道，你不该听她的话，她喜欢瞎编。不过没错，这是真的。我跟哈里吵过，或者说他跟我吵过，因为小韦斯顿不分时候进出王后的房间，哈里认为他喜欢上了我。我也这么认为。但是我没有逗引过韦斯顿，我发誓。”

他笑了起来。“但是玛丽，你的确在逗引男人。事情就是这样。由不得你自己。”

“所以哈里·诺里斯说，我要朝那只小狗的腰上狠踹一脚，让他终生难忘。虽然哈里并不是那种人，到处踢小狗什么的。我的王后表姐说，拜托，不要在我的房间踢他。哈里说，看在王后您高贵的面子上，我会把他带到院子里再踢——”她忍不住笑了起来，尽管声音发颤，充满痛苦。“——而弗朗西斯就一直站在那里，虽然他们谈论他的时候当他是空气一般。接着弗朗西斯说，好吧，我倒想看看你怎么踢我，因为你这么一把年纪了，诺里斯，站都站不稳——”

“小姐，”他说，“你能长话短说吗？”

“但他们就这样争吵了一个多小时，你挖苦我，我嘲弄你，争风吃醋。王后也乐此不疲，怂恿他们斗下去。后来，韦斯顿说，别心烦了，诺里斯先生，因为我来这里不是为了谢尔顿小姐，而是为了另一个人，你们也知道是谁。安妮说，不，告诉我，我猜不出来。是伍斯特夫人吗？还是罗奇福德夫人？好了，说吧，弗朗西斯。告诉我们你爱上谁了。结果他说，夫人，是您自己。”

“那王后怎么说？”

“哦，她责骂了他。她说，你不该说这种话，为了英格兰王后的荣誉，我弟弟乔治也会来踢你的。她边说边笑。就这样，哈里·诺里斯跟我吵了起来，为了韦斯顿。接着韦斯顿又跟他吵了起来，为了王后。然后他们两个人又跟威廉·布莱里顿吵了起来。”

“布莱里顿？这跟他有什么关系？”

“嗯，他碰巧进来了。”她皱起眉头。“我想就是那时，或者是别的什么时候他碰巧进来了。王后说，好了，我的人来了，威尔一向直来直去。但是她在折磨他们所有的人。你无法理解她。她一会儿在朗读廷德尔大人的福音书，过了一会儿……”她耸耸肩，“她嘴巴一张，又原形毕露。”

根据谢尔顿的叙述，一年就这样过去了。哈里·诺里斯和谢尔顿小姐又开始讲话了，不久就和好如初，哈里又上了她的床。一切都跟从前没有两样。直到今天：4月29日。“今天上午的事情是因马克而起，”玛丽·谢尔顿说。“你知道他总是晃来晃去吧？总是待在王后的会客室外面。她进进出出时，不会跟他说话，但是会笑着拉拉他的袖子，或者碰碰他的胳膊肘，有一次还弄断了他帽子上的羽毛。”

“我从没听说过这样的调情，”他说。“法国人是这么做的吗？”

“今天早上，她说，哦，瞧瞧这只小狗，并揉乱他的头发，拉拉他的耳朵。他痴痴的眼睛满含泪水。于是她对他说，你为什么这么伤心，马克，你没理由伤心啊，你是来这儿供我们取乐的。他自动跪了下来，说，‘夫人——’，可是她打断了他。她说，哦，看在圣母的分上，站起来吧。我注意到你就已经是给你恩宠了，你还指望什么？你以为我该把你当绅士一样跟你讲话吗？我不可能，马克，因为你是个下等人。他说，不，不，夫人，我没有奢望您对我说一个字，您看我一眼我就知足了。于是她等待着。因为她以为他会赞美她的眼神的魅力。赞美她的双眸勾魂夺魄等。但是他没有，他只是哭了起来，说了句‘再见’，便头也不回地走了。她大笑起来。接着我们进了她的房间。”

“慢慢说，”他说。

“安妮说，他以为我是从巴黎花园来的什么货色吗？你知道，那是——”

“我知道巴黎花园是什么。”

她的脸红了。“你当然知道。罗奇福德夫人说，还不如让马克从哪个高处摔下去，就像你的小狗布赫呱一样。王后便哭了起来，并扇了罗奇福德夫人一巴掌。罗奇福德夫人说，你再这样的话，我就一定会还手，你根本不是什么王后，而不过是一位骑士的女儿。克伦威尔秘书官大人已经查清你的德性，你就要完蛋了，夫人。”

他说：“罗奇福德夫人太沉不住气了。”

“哈里·诺里斯这时进来了。”

“我刚才还在想他在哪里。”

“他说，这吵吵闹闹的是怎么回事？安妮说，帮我一个忙，把我的弟妹拖去淹死吧，这样他就可以再找一个对他可能有点用的人。哈里·诺里斯感到不解。安妮对他说，你不是发过誓，说你可以为我做任何事情，可以为了我光着脚走到中国吗？哈里说，你知道他有点古怪，他说，我想我当时说的是光着脚走到沃尔辛厄姆。是啊，她说，然后就在那儿忏悔你的罪过，因为你在指望死人的遗产，如果国王发生不测，你就想得到我了。”

他很想把谢尔顿的话记下来，但是却不敢动，以免她就此住口。

“然后王后转向我，说，谢尔顿小姐，现在你明白他为什么不娶你了吧？他爱的人是我。他自己是这么说的，很久以来都是这么说的。现在我很希望他将罗奇福德夫人装进麻袋拖到河边，可他却不肯用行动来证明他的爱。然后罗奇福德夫人就跑了出去。”

“我想我能理解。”

玛丽抬起头。“我知道你在笑话我们。但这真可怕。对我来说真可怕。因为我本来以为说诺里斯爱她只是他们之间的一个玩笑，直到这个时候才发现其实不是。我发誓诺里斯当时脸色煞白，他对安妮说，你要把你的秘密全部说出来吗，还是只说一部分？然后他也走了，甚至没有向她躬身行礼，于是她就跑去追他。我不知道她说了些什么，因为我们全都呆若木鸡。”

把秘密说出来。全部或者一部分。“有哪些人听到了这些？”

她摇摇头。“也许有十来个人。他们没法不听。”

然后，王后就像发了疯一般。“她看着我们围在她身边，她想让诺里斯回来，她说必须找一个牧师来，说哈里必须发誓，说知道她是一位贞洁、忠诚的好妻子。她说他必须收回他说过的所有话，她也会收回自己的话，然后他们会在她的房间里把手放在《圣经》上发誓，说刚才都是信口胡说。她害怕罗奇福德夫人会去告诉国王。”

“我知道简·罗奇福德喜欢传坏消息。但不至于是这种坏消息。”不至于向一位丈夫。说他的好朋友与他的妻子在讨论他的死亡，在考虑他们事后将怎样互相安慰。

这是叛国罪。很有可能。设想国王之死。法律对此有明文规定；从梦见到希望再到实现，仅仅是一步之遥。我们称之为“想象”他的死亡：思想是行为之父，而行动又天生蒙昧、丑恶和不成熟。玛丽·谢尔顿不明白自己看到的是什么。她以为这只是情人之间的争吵。她以为这只是她漫长的爱情生涯和为爱所吃的苦头中的一个插曲。“我想，”她呆呆地说，“哈里·诺里斯现在再也不会娶我了，甚至懒得假装要娶我了。如果你上个星期问我王后是否跟他有染，我会说没有，但现在看来，他们之间显然有过这种语言和眼神上的交流，至于行动方面，我怎么可能知道呢？我想……我不知道该怎么想了。”

“我会娶你，玛丽，”他说。

她不由自主地笑了。“你不会的，秘书官大人，你总是在说要娶这位小姐或那位夫人，但我们知道你在待价而沽。”

“哦，这么说，又回到了巴黎花园。”他耸耸肩，笑了；但是他觉得必须跟她简洁扼要，把话挑明。“现在听我说，你必须小心谨慎，保持沉默。你眼下要做的事情——你和其他的夫人小姐们——你们必须保护好自己。”

玛丽内心很矛盾。“事情不会很糟，对吧？如果国王听到了，他会知道怎样去看吧？他可能会认为这全是无聊的玩笑，毫无恶意？这全是猜测，也许我是情急之下才这么说的，谁也无法知道他们之间发生了什么，我也不能发誓说知道。”但是你会发誓的，他想；过不了多久你就会。“你瞧，安妮是我的表姐。”这姑娘的声音有些发颤。“她为我做了一切——”

他想，甚至把你推到国王的床上，当她怀着孩子的时候：好让亨利肥水不流外人田。

“她会怎么样？”玛丽的眼神严肃起来。“他会离开她吗？有这种传言，但安妮不相信。”

“她必须多抱一些希望。”

“她说，我总是能让他回心转意，我有办法。你也知道她的确总是如此。但不管哈里 · 诺里斯做过什么，我都不会在她身边待下去了，因为她会肆无忌惮地把他从我身边夺走，就算她以前没有这样。有教养的女人不该是这种相处之道。罗奇福德夫人也不会待下去。简 · 西摩已经走了，因为——嗯，我不想说是什么原因。而伍斯特夫人今年夏天要回家待产。”

他看到这个年轻女人的眼睛在转动着，思考着，算计着。有个问题渐渐呈现在她的面前：如何为安妮的寝宫补充人员。“不过我想，英格兰的女士们多的是，”她说。“她倒不如重新开始。是的，一个新的开始。加来的李尔夫人一直盼着把女儿们送过来。我是说，她与她第一任丈夫的女儿们。她们都很漂亮，我想经过训练之后一定能够胜任。”

这些人啊，不管是男人还是女人，仿佛都被安妮 · 博林施了魔法，所以他们看不清周围的局势，也听不出自己话语中的含意。他们在愚昧中生活了太久。“所以你要给李尔大人写信，”玛丽信心十足地说，“如果她能把女儿们送进宫，一定会感激你一辈子。”

“那你呢？你有什么打算？”

“我要好好想一想，”她说。她从来不会消沉太久，所以男人才喜欢她。会有其他的时机，其他的男人，其他的方式。她站起身，亲吻了一下他的脸。

这是星期六的夜晚。

星期天："真希望你今天上午在这里，"罗奇福德夫人兴致盎然地说。"那一幕真是值得一看。国王和安妮站在大窗户前，下面院子里的人都能看到他们。国王已经听说她昨天与诺里斯的争吵。嗯，全国上下都传遍了。看得出来国王简直气疯了，脸色铁青。她站在那里，双手交叠着放在胸前……"她自己也叠起双手，向他演示着。"你知道吧，就像国王那幅大挂毯上的以斯帖王后①那样？"

他不难想象那具有丰富质感的场景，织物上的大臣们聚集在痛苦的王后身边。一位似乎很淡定的女侍抱着一把诗琴，可能是要去以斯帖的房间；其他人则在一旁议论纷纷，女人们扬起光滑的面孔，男人们则侧着脑袋。在那些佩有珠宝首饰和戴着精致帽子的大臣之中，他寻找着自己的面孔，结果却是徒劳。也许他正在别的什么地方密谋：可能是一束断线，一截线头，一个难解的线结。"没错，"他说，"就像以斯帖那样。"

"安妮肯定是派了人去接小公主，"罗奇福德夫人说，"因为有位保姆很快就带她上去了，安妮把她一把抱过去，并举起来，仿佛在说，'丈夫，你怎么能怀疑这不是你的女儿？'"

"你是在猜测他这样问。你并没有听见他的话。"他的声音很冷淡；他自己都听出来了，这种冷淡让他感到惊讶。

"从我站的地方听不到。但我觉得这对她不妙。"

"你没有过去吗，去安慰她一下？她是你的女主人。"

"没有。我来找你了。"她控制住自己的情绪，语气突然严肃起来。"我们——她的女侍们——想说出一切，好挽救我们自己。我们担心她不说实话，到头来让我们因为隐瞒实情而受到责罚。"

---

① 《圣经》人物，由于貌美而被波斯国王亚哈随鲁选为王后，后来利用自己对国王的影响力使被俘的以色列人免受迫害。

“夏天的时候，”他说，“不是去年而是前年的夏天，你曾经告诉我，你觉得王后迫不及待想怀一个孩子，而且担心国王无法让她怀上。你说他满足不了王后。这些话你现在愿意重复一遍吗？”

“我很惊讶你没有把我们的谈话记录下来。”

“当时谈了很久，而且——恕我直言，夫人——主要是暗示，而不是具体的细节。我想知道，如果让你上法庭宣誓，你会是什么态度。”

“要审判谁？”

“这正是我希望能够确定的。如果你好心帮助的话。”

他听见自己顺口说出这些话。如果你好心帮助的话。你会平安无事。为了国王陛下。

“你知道，诺里斯和韦斯顿的情况已经曝光，”她说。“关于他们怎么向她表白。不只是他们两个人。”

“你不认为那些话只是出于礼貌吗？”

“出于礼貌，你不会在黑暗中鬼鬼祟祟。乘船跑来跑去。借着火把溜进溜出。还拿钱买通门卫。这种情形已经有两年多了。你无法知道自己看到的是谁，以及在什么地方、什么时间看到他们。要想看清楚，你得有一双非常敏锐的眼睛才行。”她顿了顿，以确信他在专心听着。“比如说，国王在格林威治。你看见某位侍从，正在伺候国王。然后轮到他歇班时，你会以为他在乡下；但是你自己正在王后身边当班，却看到他突然出现。你就想，你怎么在这儿？诺里斯，是你吗？有很多次，我以为他们中的某个人在威斯敏斯特，可是却在里士满瞥见了他。或是他本该在格林威治，却出现在汉普顿宫。”

“如果他们彼此换个班，也算不了什么。”

“但我指的不是这一点。不是时间的问题，秘书官大人。而是地点。是王后寝宫的走廊，她的会客室，她的卧室门口，有时还包括花园的楼梯，或者一扇因为某种疏忽而没有锁的小门。”她倾身向前，指尖摩挲着他放在文件上的那只手。“我指的是他们在晚上进进出出。如果碰到有人询问他们怎么在那儿，他们就说是为国王送私信，但不能透露是送给谁。”

他点点头。国王寝宫的侍从传递口信，这是他们的职责之一。他们往来于国王和贵族之间，有时是国王和外国大使之间，当然也包括国王和他的妻子之间。他人不得探问。不得要求他们解释。

罗奇福德夫人靠到椅背上。她轻声说道，“他们结婚之前，她经常用法国方式跟亨利行事。你知道我指的是什么。”

“我不知道你指的是什么。你自己去过法国吗？”

“没有。我以为你去过。”

“是当兵。在军队里，性爱之术并不高雅。”

她琢磨着这句话，接着口气变得生硬起来。“你想让我难堪，来阻止我说出我不得不说的话，可我不是什么童贞女，没有理由闭口不谈。她引诱亨利玩新花样，把精液射在别的地方。所以现在他痛斥她，怪她不该让他那样。”

“机会失去了。我理解。”精子白白浪费了，滑进了她身体的某个洞口或者喉咙。他原本可以用本本分分的英国方式跟她行事。

“他说那是肮脏的行为。但是上帝眷顾他，亨利根本不知道肮脏起于何处。我丈夫乔治总是跟安妮在一起。不过我以前告诉过你了。”

“他是她弟弟，我觉得这很自然。”

“自然？你认为这叫自然吗？”

“夫人，我知道，一位友爱的弟弟和冰冷的丈夫，你很希望这本身是一种罪。但是没有哪项法令做出这种规定，也没有任何先例可以给你宽慰。”他犹疑着。“别以为我对你没有同情之心。”

因为在诸事不顺的情况下，像简·罗奇福德这样的女人能怎么办呢？继承了丰厚遗产的寡妇可以有出头之日。商人的妻子凭借勤劳和智慧，可以接手生意，攒起自己的小金库。受到丈夫虐待的劳动妇女可以得到强壮的朋友的帮助，他们会整夜站在屋外敲盆敲锅，直到那个胡子拉碴的混蛋只穿着一件衬衣跑出来驱赶他们，而他们会掀起他的衣服，嘲笑他的阳具。但是，一位已婚的年轻贵妇却求助无门。她身单力薄，只能指望有一位不拿鞭子抽她的主人。“你知道，”他说，“你父亲默里勋爵是我非常敬重的一位学者。你从来没有跟他商量过吗？”

“有什么用呢？”她很是不屑。“我们结婚的时候，他说他已经为我尽力了。做父亲的都是这样说。在为我与博林定亲时，他花的心思还不及卖一只小猎犬那么多。既然你认为有一个温暖的窝和一盘碎肉，那还需要知道什么呢？你不会问一头畜生想要什么。”

“所以你从没想过可能解除婚姻？”

“是的，克伦威尔大人。我父亲对各方面都进行了调查。非常彻底，就像你期望一位朋友所做的那样。婚前不存在别的承诺，没有别的婚约，一丝一毫的影子都没有。就算你与克兰默联手也无法判定我们的婚姻无效。婚礼那天，我们和朋友们共进晚餐，乔治对我说，我之所以这样做，只是因为我父亲说我必须这样。你得说，对一个憧憬爱情的二十岁的姑娘而言，这话可真够受的。于是我回敬了他，对他反唇相讥：我说，如果不是我父亲强迫，我会对你避而远之，先生。后来，天黑了，我们被侍候上了床。他伸出手，拨弄我的乳房，说，这玩意儿我见得多了，而且很多都更棒。他说，躺下来，张开双腿，让我们尽尽责任，给我父亲添个孙子，而一旦我们有了儿子，就可以分开了。我对他说，如果你觉得自己能行的话就来吧，向上帝祈祷你今晚就能播种，然后你就可以把你的挖洞器拿开，我就再也不用看到它了。”她短促地一笑。“但是你瞧，我不能生育。或者说我不得不这么想。也可能是我丈夫的种子太差或太弱。天知道，他把它撒在一些不明不白的地方。哦，乔治信奉福音，圣马太是他的引路人，圣路加佑护他。没有人像乔治那么虔诚，他对上帝的唯一不满就是上帝造的人身上洞口太少。如果乔治能碰到一个腋下有个小洞的女人，他一定会高呼‘太好了’，并将她金屋藏娇，然后天天去她那儿，直到新鲜劲儿过去。你瞧，乔治百无禁忌。就算是一只雌性小猎狗朝他摇摇尾巴，汪汪几声，他也会扑上去干上一场。”

他有生以来第一次感到哑口无言。他知道自己脑海里将永远抹不掉乔治与一只小猎狗纠缠在一起的恐怖场面。

她说：“我担心他让我染了病，所以我才一直没怀上孩子。我觉得我体内有什么东西在毁掉我。有一天我可能会因此而死。”

她曾经请求过他，如果我突然死了，让他们对我的尸体进行解剖检查。当时她就觉得罗奇福德会毒死她；现在她更是确信他已经下了手。他喃喃道，夫人，这真够你受的。他抬起头。“但问题不在这里。如果乔治了解一些国王必须知道的关于王后的情况，我可以让他出庭作证，但我无法知道他是否会说出来。我无法强迫弟弟去告姐姐。”

她说：“我不是说让他当证人。我告诉你的是他待在她的房间。只有他们两个人。而且关着门。”

“可能是谈话？”

“我曾经站在门边，但没有听到声音。”

“也许，”他说，“他们在默默祷告。”

“我看到过他们互相亲吻。”

“弟弟可以亲吻自己的姐姐。”

“他不可以，不能用那种方式。”

他拿起笔。“罗奇福德夫人，我不能写下‘他用那种方式吻她’。”

“他的舌头伸进她的嘴里。她的舌头也伸进他的嘴里。”

“你要我把这一点记下来吗？”

“如果你担心自己忘了的话。”

他想，这件事如果在法庭披露出来，一定会引起全城轰动，如果在议会提及，主教们肯定会在座位上手淫。他拿着笔，等待着。“她为什么要做这种事，为什么要违背常伦？”

“为了巩固地位。你肯定也明白吧？伊丽莎白长得像她，算是她的运气。想想看，如果她有了个儿子，却长着一张韦斯顿那样的长脸，或是看起来像威廉·布莱里顿，国王会怎么想？但如果他长得像博林家的人，别人就不能说他是野种。”

还有布莱里顿。他记了下来。他想起布莱里顿曾经跟他开玩笑说自己能够分身两地：那是个冷笑话，是个不友善的笑话，而现在，他想，现在我倒是笑了。罗奇福德夫人说，“你在笑什么？”

“我听说，在王后的房间里，在她的情人之间，谈论着国王之死。乔治参与过吗？”

“亨利如果知道他们怎么嘲笑他，怎么议论他的阳具，一定会气疯的。”

“我要你好好想一想，”他说。“要明白你现在在干什么。如果你在法庭上或枢密院指证你丈夫，那么在往后的日子里，你会发现自己成了孤家寡人。”

她的表情在说，难道我现在朋友很多吗？“人们不会怪我，”她说，“而只会怪你，秘书官大人。在别人眼中，我是一个没有头脑和心机的女人。而你不一样，足智多谋，不会放过任何人。别人会认为是你从我口里套出了真相，不管我是否愿意。”

他觉得似乎不需要多说了。“为了保持这种印象，你必须按捺住自己的喜悦而装出痛苦的样子。一旦乔治被抓起来，你必须帮他求情。”

“这我可以做到。”简·罗奇福德伸出舌尖，仿佛这一刻非常甜美，她简直可以品尝。“我很安全，因为国王不会注意到我，我能保证。”

“接受我的忠告吧。不要跟任何人谈起。”

“你也接受我的忠告，去跟马克·史密顿谈谈。”

他告诉她，“我这就要回斯特普尼的家了。我邀请了马克来吃晚餐。”

“为什么不在这里招待他？”

“你不觉得这里很不清净吗？”

“不清净？哦，我明白了，”她说。

他目送着她出去。直到雷夫和“简称”进了房间，门才关上。两人虽然脸色苍白凝重，但还是很沉着：由此可见他们没有偷听。“国王希望开始调查，”赖奥斯利说。“要慎之又慎，但是要尽快。发生了那场风波——那次争吵——之后，他对那些议论再也不能置若罔闻了。他还没有找诺里斯。”

“是的，”雷夫说。“寝宫的侍从都认为，事情全都过去了。据说王后自己已经平静下来。明天的比武将照常进行。”

“我想，”他说，“雷夫，你能不能去见一下理查德·桑普森，告诉他，事情已经超出了我们的控制范围，并请他不要外传。可能根本不需要诉请判定婚姻无效。或者最起码，我想王后将不得不接受国王提出的任何要求。她没有多少讨价还价的余地。我想亨利·诺里斯已经在我们的掌控之中。还有韦斯顿。哦，还有布莱里顿。”

雷夫·赛德勒抬起眉毛。“我还以为王后不认识他呢。”

“他似乎总是在不该出现的时候出现。”

“您好像很平静，先生，”“简称”说。

“是的。好好学一学。”

“罗奇福德夫人怎么说？”

他皱着眉头。“雷夫，你去找桑普森之前，请坐下来，坐在桌子的上首。假装你是国王的枢密院，在召开机密会议。”

“全体委员都在场吗，先生？”

“诺福克和费兹威廉，还有所有的人。好了，‘简称’，你是王后寝宫的女侍。站起来。你能行个礼吗？谢谢。现在，我是仆人，给你搬来一个凳子。上面再放一个靠垫。坐下来，向委员们笑一笑。”

“好吧，”雷夫迟疑地开口道。但紧接着他就进入了角色。他伸出手去，抬起“简称”的下巴。“你有什么可以告诉我们的，美丽的夫人？请张开你的红唇，都说出来吧。”

“这位漂亮的女士声称，”他（克伦威尔）挥了挥手，说，“王后作风轻浮。她的行为引起了不端和无视上帝之法的嫌疑，虽然没有人亲眼目睹过触犯法规的举动。”

雷夫清了清嗓子。“有人可能会问，夫人，你之前为什么不说出来？”

“因为反对王后就是叛国。”赖奥斯利先生反应很快，少女口吻的理由脱口而出，“我们别无选择，只有帮她掩护。我们能怎么办呢，跟她讲道理，劝她不要那样轻浮吗？我们不能那样。她让我们感到畏惧。别人只要有追求者，她都会妒忌。她想把他从她身边抢走。如果她认为别人犯了错，就会肆无忌惮地威胁，不管是对年轻的还是年长的女侍，她可以就那样毁了一个女人，瞧瞧伊丽莎白·伍斯特吧。”

“所以你现在再也无法忍受，非说不可了？”雷夫说。

“现在失声痛哭，赖奥斯利，”他吩咐道。

“就当是哭过了。”“简称”轻轻地擦着自己的脸。

“多么精彩的一出戏啊。”他叹了口气。“真希望我们现在都可以卸下伪装回家。”

他想起了塞恩·马多克，温莎镇河上的船夫：“她跟她弟弟有一腿。”

还有他的厨师瑟斯顿：“他们都排成一队，拨弄着自己的小鸡鸡。”

他想起托马斯·怀亚特曾经跟他说：“那就是安妮的伎俩，她先说好的，好的，好的，然后突然说不行……最让人受不了的是，她常常向我暗示，几乎是在炫耀，她拒绝了我却允许其他人。”

他问过怀亚特，你觉得她有多少情人呢？他的回答是，“十来个？或者一个都没有？或者上百个？”

他自己曾经以为安妮是个冷淡的女人，把她的处女膜拿到市场上卖了个最高的价钱。但那种冷淡——是在婚前。在亨利爬到她身上，然后再爬下来之前——事成之后，他回到自己的卧室，而留下她独守空床，伴着天花板上摇曳的团团烛光，以及女侍们的轻言细语，还有一盆温水和一块布巾：当她擦洗自己时，耳边响着罗奇福德夫人的声音，“小心一点，夫人，不要把威尔士亲王洗掉了。”不久，黑暗中只剩下她一个人，床单上还有男人的汗味，也许地铺上还有一位不中用的女仆，在那里翻来覆去地抽着鼻子：她孤独地聆听着河上和宫里的细微声音。接着她开口说话，但除了女仆的梦呓之外，毫无回应：她开始祈祷，也毫无回应；她侧过身去，用双手抚摸自己的大腿，轻触自己的乳房。

所以，如果有一天，她的贞操之线戛然而断，而对碰巧站在旁边的随便哪个人，她说的都是好的，好的，好的，好的，好的，到头来会怎么样？哪怕那个人是她弟弟？

他对雷夫和“简称”说，“我今天所听到的事情，我从没想到会在一个基督教国家听到。”

两位年轻人等待着：他们看着他的脸。“简称”说，“我仍然扮女侍吗？还是可以坐下来做记录了？”

他想，在英格兰，我们把年幼的孩子送到别人的府上，所以等他们长大后，兄弟与姐妹重逢时，常常就像初次见面。想想那会是一种什么情景：这位你所知道的迷人的陌生人，与你心有灵犀。你们稍稍有点一见钟情：只是一个小时，一个下午。接着你们就此开个玩笑；那丝隐约的柔情却挥之不去。这是一种让男人变得文明的感情，使他们对处于弱势一方的女人能保持尊重——否则他们就可能恣意妄为。但是再进一步，犯下色戒，从一闪之念一跃而成具体行动……牧师们说，诱惑与犯罪紧密相连，两者之间间不容发。但事实显然并非如此。你吻那个女人的脸颊，没关系；然后你会啃她的脖子吗？你说，“亲爱的姐姐，”紧接着你就把她拉到身边，掀起她的裙子吗？当然不会。还得穿过一个房间并宽衣解带。你不会在梦游时这么做。你不会在无意识中与人通奸。你不会看不见眼前的这个人是谁。她没有蒙住自己的面孔。

但话说回来，也可能是简·罗奇福德在撒谎。她有理由这样。

“通常情况下，”他说，“关于下一步怎么办我很少感到迷惑，可我现在发现，我得处理一件几乎不敢启齿的事情。我只能描述部分情况，所以不知道该如何起草起诉书。我觉得自己就像是在集市上办畸形人展览一般。”

在集市上，醉汉们掏出钱来，但对你的展品却大为不屑。“这也叫畸形人？连我丈母娘都觉得太小菜一碟了！”

他们的同伴也连声起哄，哈哈大笑。

可你接着对他们说，噢，各位乡邻，我刚才给你们看的只是试试你们的胆量。请再赏一点钱，我会让你们看看我的帐篷里面有什么。再坚强的人看了也会发抖。我保证你们从没见过这样的怪物。

于是他们看了，接着就吐了一地。然后你清点着那些钱，将它锁进钱箱。

马克来到了斯特普尼。“他带来了乐器，”理查德说，“他的诗琴。”

“告诉他不用带进来。”

如果说马克刚才还兴致勃勃，那么现在就有些怀疑犹豫了。他站在门口，说，“先生，我还以为我是来为您表演的。”

“当然是这样。”

“我以为会有很多人，先生。”

“你认识我的外甥理查德·克伦威尔先生吧？”

“当然，我还是很乐意为你们演奏。也许您想要我听听您那些唱诗班的孩子们的表演？”

“今天不用。因为你可能会忍不住过分夸奖他们。不过，你愿意坐下来陪我们喝一杯吗？”

“如果你能当我们的三弦琴演奏者就好了，”理查德说。“我们这里只有一个，而且他总是跑回法纳姆去看他的家人。”

“可怜的孩子，”他用佛兰芒语说，“我看他是想家了。”

马克抬起头。“我不知道您会说我的家乡话。”

“我知道你不知道。否则你就不会用它对我那么不敬了。”

“先生，我保证我从来没有任何恶意。”马克想不起是否说过自己的东道主什么话或者说过哪些话。但他的神情表明他想起了自己的大致态度。

“你曾经预言我会被绞死。”他张开双臂。“可我却活得好好的。不过我现在遇到了困难，尽管你不喜欢我，但我没有别的办法，只好来找你。所以我请你帮助我。”

马克坐在那里，双唇微张，后背僵直，一只脚对着门，表明他很想尽快脱身。

“你瞧。”他合起双掌：仿佛马克是竖在面前的一尊圣像。“我的男主人和女主人，也就是国王和王后，有了矛盾。这一点大家都知道。现在，我最大的愿望就是他们能够重归于好。为了整个王国的安宁。”

那孩子听到这话，马上就来了劲。“但是，秘书官大人，宫里有传言说，您现在跟王后的敌人搅在一起。”

“为了更好地了解他们的行动，”他说。

“我才不信。”

他看见理查德在凳子上不耐烦地动了动。

“这段日子很艰难，”他说。“我记得自红衣主教倒台以来，还从来没有像现在这样紧张和痛苦的时候。事实上，马克，如果你觉得难以相信我，我也不怪你，宫里充满了敌意的情绪，谁也无法相信别人。但我之所以找你，是因为你跟王后关系密切，而其他侍从都不愿意帮助我。我有能力犒赏你，并且会保证你得到应得的一切，只要你能让我了解王后的一些想法。我需要知道她为什么不开心，以及我能为此做些什么。因为她如果心神不宁，就不可能怀上继承人。如果她能生下继承人：啊，那我们所有的眼泪就会干了。”

马克抬起头。“哦，她不开心并不奇怪，”他说。“她恋爱了。”

“跟谁？”

“跟我。”

他（克伦威尔）探身向前，胳膊拄在桌子上：接着抬起一只手掩住面孔。

“你很惊讶，”马克说。

他不只是感到惊讶。他心里想，我还以为会很难。却没想到像顺手摘花一般。他放下那只手，对那孩子露出笑容。“可能没有你想象的那么吃惊。因为我一直在观察你们，我也看到了她的手势，她传情的眼神，还有许多爱意的流露。既然公开场合都这么明显，那私底下就更不用说了吧？而且，任何女人迷上你也显然在情理之中。你是个非常英俊的年轻人。”

“尽管我们以为你是个鸡奸者，”理查德说。

“我不是，先生！”马克满脸绯红。“我跟他们一样，是个十足的男人。”

“这么说，王后认为你很出色？”他笑着问。“她跟你试过了，觉得你很合她的意？”

那孩子的目光躲闪着，像丝绸从玻璃上滑过一般。“我不能谈论这些。”

“当然不能。但我们必须得出自己的结论。我想，她不是个毫无经验的女人，如果没有精湛的表现，就不会引起她的兴趣。”

“我们这些穷人，”马克说，“虽然出身贫穷，在那方面却毫不逊色。”

“没错，”他说。“不过绅士们会尽量向女士们隐瞒这一点。”

“否则，”理查德说，“每位公爵夫人都会在树林里跟伐木工偷情了。”

他忍不住笑了起来。“只不过公爵夫人太少，而伐木工太多。你会以为他们之间肯定会竞争。”

马克看着他，仿佛他在亵渎一起圣迹。“如果你是指她有别的情人，那么我从没问过她，我不会问的，但我知道他们都嫉妒我。”

“也许她也跟他们试过，但对他们感到失望，”理查德说。“而我们的马克赢了头奖。恭喜你，马克。”他欠身向前，以典型克伦威尔式的直率方式问道，“多长时间一次？”

“逮着机会可不太容易，”他说。“尽管她的女侍们也串通一气。”

“她们也不是我的朋友，”马克说，“甚至会否认我跟你们说的事情。她们是韦斯顿、诺里斯等大人的朋友。她们根本不把我放在眼里，经常揉乱我的头发，称我为仆人。”

“王后是你唯一的朋友，”他说。“却是多么特别的朋友！”他顿了顿。“到某个时候，会需要你说出其他那些人是谁。你给了我们两个名字。”马克听到他的语气变了，不禁愕然地抬起头。“现在把他们的名字全都说出来。并回答理查德大人的问题。多长时间一次？”

那孩子被他盯得一动也不敢动。但他至少享受了自己的巅峰时刻。至少能说自己让秘书官大人大吃一惊：当今世界上，很少有人能说这种话。

他等着马克开口。“好吧，也许你不说是对的。最好是用纸笔记下来，对吧？我得说，马克，我的职员们会跟我一样震惊。他们会手指发抖，将墨水溅到纸上。枢密院的委员们听到你的成功时，同样会感到震惊。很多大人都会嫉妒你。你不能指望他们的同情。‘史密顿，你有什么秘密？’他们会问。你会满脸通红地说，啊，先生们，我不能透露。但是你会全部透露出来的，马克，因为他们有的是办法。你要么主动坦白，要么被迫招认。”

他把目光从马克身上移开，那孩子惊呆了，身体也开始颤抖：在从未得到满足的一生中，他信口吹嘘了五分钟，紧接着，就像紧张的商人一般，马上就看到上天送来了账单。马克一直生活在自己编造的故事里：塔中的美丽公主听到窗外传来动人的天籁之音，她抬眼望去，借着月光，看到了卑微的乐师在弹奏诗琴。不过，除非乐师原来是王子所扮，故事就不可能有美好的结局。门开了，凡人的面孔拥了进来，美梦也随之破灭：你是在斯特普尼，这是初春的一个温暖的傍晚，最后的鸟鸣渐渐融入黄昏的寂静，什么地方有人在闩门，凳子在地板上拖动，狗在窗户底下汪汪叫，而托马斯·克伦威尔对你说，“我们都想吃晚餐了，让我们速战速决，纸和笔都在这里。这是赖奥斯利大人，他会帮我们做记录。”

“我说不出任何名字，”那孩子说。

“你的意思是说，王后只有你一个情人？她是这样告诉你的。但是我想，马克，她一直在欺骗你。你得承认，她可以轻易做到这一点，既然她也一直在欺骗国王的话。”

“不。”那可怜的孩子摇着头。“我认为她忠贞不贰。不知道我刚才怎么会说出那些话。”

“我也不知道。没有人拷打过你，对吧？也没有逼迫或诱惑过你。你是主动说出来的。理查德大人可以为我作证。”

“我收回刚才的话。”

“我觉得不行。”

一时静默之中，夜幕下的房间调整着位置，人影也在移动。秘书官大人说，“有点冷，我们得生火了。”

只不过是居家过日子的一个平常要求，但马克却以为他们是要烧死他。他从凳子上跳起来，朝门口冲去；这也许是他第一次表现出来的一点聪明，但身形粗壮、神态友好的克里斯托弗却挡在门口，把他拦了回来。“坐下吧，小帅哥。”克里斯托弗说。

木柴已经架好。但扇了好长时间，才把火点燃。随着几声轻微的、令人欣慰的毕剥声，仆人在围裙上擦着手，退了出去，而马克看着门在他身后被关上，满脸失落，也可能是羡慕，因为此时此刻，他宁愿自己在厨房里做小工或者是去扫茅坑。“哦，马克，”秘书官大人说。“有人告诉我，野心是一种罪。尽管我一直没能明白这与发挥自己的才能之间有什么区别，而《圣经》要求我们发挥自己的才能。所以，现在你在这里，我也在这里，我们两人曾经都是红衣主教的仆人。你知道吗，如果他能看到我们今晚坐在这里，我想他丝毫也不会感到惊讶？好了，言归正传。在王后的床上，你取代的是谁，是诺里斯吗？也可能你们有一个轮值表，就像王后寝宫的女侍们那样？”

“我不知道。我收回刚才的话。我无法告诉您名字。”

“如果其他人也有罪，却让你一个人受苦，未免太不公平。当然了，他们的罪比你更重，因为他们都是国王亲自奖赏和提拔的侍从，都受过良好的教育，有些已经成年：而你却心地单纯，年纪轻轻，依我说，不仅该受到惩罚，也应该得到同情。现在把你和王后通奸的情况告诉我们，还有你所知道的她与其他人的关系，如果你的交代能够及时、全面、清楚而彻底，国王有可能会开恩。”

马克几乎没有听见他的话。他四肢发抖，呼吸急促，开始哭了起来，说话也结结巴巴。现在最好直来直去，很干脆地问一些易于回答的问题。理查德问他，“你看到这个人了吗？”克里斯托弗指了指自己，以免马克还不太确定。“你觉得他好相处吗？”理查德问。“你愿意单独跟他一起待上十分钟吗？”

“五分钟就够了，”克里斯托弗说。

他说：“我向你解释过，马克，赖奥斯利先生会记下我们所说的话。但他不一定会记下我们所做的事。明白了吗？那只有我们自己知道。”

马克说：“圣母马利亚，救救我吧。”

赖奥斯利先生说，“我们可以将你带到伦敦塔，那里有肢刑架。”

“赖奥斯利，我们可以借一步说话吗？”他挥手示意“简称”走出房间，到了门口，他压低嗓门对他说，“最好不要具体说明是怎样的痛苦。就像尤维纳利斯[①]所说的那样，最折磨一个人的是他自己的思想。还有，不要做空头威胁。我不会对他用刑。我不想让他坐着轮椅去受审。如果对这样一个可怜的小家伙我都需要用刑……那下一步呢？连睡鼠也踩死吗？”

“您批评得对，”赖奥斯利先生说。

他把手放在赖奥斯利的手臂上。“没关系。你做得非常好。”

这种事情即使对最有经验的人也是一种考验。他想起当年有一天，在

① 尤维纳利斯(约 60—约 140)，古罗马讽刺作家，作品主要抨击古罗马社会的罪恶和荒唐。

铁匠铺里，铁水烫到了他的皮肤。他一时剧痛难忍，张着嘴，失声大叫，声音撞击在墙壁上。他父亲跑了过来，说，“手腕交叉，”并扶他走到水边，帮他涂抹膏药，但事后沃尔特对他说，“我们都会碰到这种事情。你就是这样学习的。你学会按照你父亲教你的方法去干活，而不是按照你半小时前脑袋一热才想出来的某个蠢办法。”

他想着这些，重新回到房间，问马克道，“你知道吗，人可以从痛苦中得到教训？”

但是，他解释道，必须有合适的条件。要吸取教训，你就必须有未来：如果有人帮你选择了这种痛苦，然后尽情地、长久地折磨你，直至你死了才罢手，那可怎么办？也许你可以找到苦难的意义。你可以把它献给在炼狱中挣扎的灵魂，如果你相信炼狱的话。这对那些灵魂洁白发亮的圣人也许有用。但是对马克 · 史密顿没有用，他犯了滔天大罪，主动承认是通奸者。他说：“没有人想要你痛苦，马克。这对任何人都没有好处，没有人对此感兴趣。就连上帝也不感兴趣，我当然更是这样。你的哭喊对我毫无用处。我需要的是有意义的词语，是我能记录下来的东西。你此前已经说过了，再重复一遍并不难。所以，现在怎么办是你的选择。是你的责任。据你自己所述，你已经罪不可赦了。不要让我们全都成为罪人。”

即使是现在，也许有必要让那孩子想象一下前方之路的各个阶段：从牢房走到刑讯室：然后是等待，当绳索被展开或无辜的烙铁放去烧烫时的等待。其间，你脑海中的所有念头都会不翼而飞，取而代之的是无形的恐惧。你的身体被抽空，然后充满惊恐。你脚步踉跄，呼吸艰难。眼睛还能看，耳朵还能闻，但大脑却无法弄清所见所闻的含义。时间也变了样，分分秒秒成了日日年年。刽子手的面孔时而像巨人一般出现，时而又出奇的遥远和渺小，犹如黑点一般。有人说：时间到了，把人带过来，让他坐下。这些话还有一些其他的平常含义，不过如果你挺了过来，那它们就只有一种含义，也就是痛苦。烙铁从火焰中拿起来时嘶嘶作响。绳子像蛇一样弯了起来，绕成一个环，等待着。对你而言，已经为时太晚。你现在不会开口，因为你舌头肿胀，塞满了嘴巴，有话也讲不出。之后，当他们将你从刑具上放下来扔到草垫上的时候，你会开口。你会说，我熬过来了。我活了下来。自怜和自爱会打开你的心扉，所以，一看到任何善意的举动——比如说，给你一条毯子或一杯酒——你就会心潮澎湃，自动开口。那些话脱口而出。此前将你带到这个房间，不是让你思考，而是让你感受。而到头来，你感受到的东西已经太多。

但马克不会经历这些；因为他现在抬起头来："秘书官大人，您能再说一遍我得招供些什么吗？明确地说……是什么？有四件事情，但我已经忘了。"他深陷在话语的丛林中，越是挣扎，棘刺就越深地扎进肉里。如果需要的话，可以帮他翻译一下，但他的英语似乎一向都很流利。"但是您能理解，先生，我不可能告诉您我不知道的事情吧？"

"不可能？那你今晚就得留下来做客了。克里斯托弗，这件事就交给你了，我想。到了早上，马克，你会为自己的力量感到惊奇。你会头脑清楚，记忆过人。你会明白，保护那些跟你一样有罪的侍从对你并没有好处。因为如果你们调换一下位置，相信我，他们丝毫都不会为你着想。"

*　　*　　*

他目送克里斯托弗就像牵着一个傻瓜一般，牵着马克的手带他出去。他挥了挥手，示意理查德和"简称"去吃晚饭。他本想跟他们一起去，但发现自己什么都不想吃，或者只想像他小时候吃过的那样，来一盘马齿苋沙拉，叶子是早上摘的，包裹在湿布里。当年是因为没有更好的东西可吃，而且一盘也管不饱肚子。但是现在够了。红衣主教倒台后，他为他府里许多可怜的仆人都找了工作，自己也收留了一些；如果马克当年不是那么无礼，他可能也会收留他。那么他就不会像现在这样成为一个倒霉蛋。对他的矫揉造作，大家会善意地奚落，直到他更加成熟。他将有机会去其他人的府上展示自己的才能，他将学会珍惜自己和更好地利用自己的时间。他将学会怎样赚钱谋生，并娶个妻子：而不是将最好的年华浪费在国王妻子的房门外，像小狗一般东嗅嗅西挠挠，等着她碰碰他的胳膊，或者折断他帽子上的羽毛。

半夜时分，府里的人全都休息之后，国王有口谕传来，说他取消了本周的多佛之行。不过，马上比武会照常进行。诺里斯进入了参赛名单，还有乔治·博林。他们被分在两队，一个代表挑战方，一个代表卫冕方：也许他们会两败俱伤。

他没有入睡，脑海里思绪万千。他想，我从来没有为了爱而彻夜难眠，尽管诗人说这很平常。现在，我却为了截然相反的感情而毫无睡意。不过话说回来，对安妮，他并没有恨，而只有淡漠。他甚至不恨弗朗西斯·韦斯顿，就像你不会恨一只叮人的蚊子一样；你只是想上帝为什么要创造它。他可怜马克，但回头想想，我们都当他是孩子：我像马克这么大的时候，已经漂洋过海和穿越欧洲诸国的边界。我曾经躺在沟里叫喊，并艰难地挣扎出来，让自己踏上漂泊之路：不是一次而是两次，一次是逃离我父亲，还有一次是逃离战场上的西班牙人。我像马克或弗朗西斯·韦斯顿这么大的时候，已经在波尔蒂纳里和弗雷斯科巴尔迪两个家族崭露头角，而早在我像乔治·博林这么大之前，就已经在帮他们处理欧洲的生意；在安特卫普，我干过破门而入的事情；而回到英格兰时，我已经改头换面。我一直在使用别国的语言，让我欣喜和意外的是，我的母语说得比当年离开时还要流利；我向红衣主教毛遂自荐，与此同时，我娶妻成家，并在法庭上表现不凡，我会走进法庭，朝法官们微笑示意，讲起话来有理有据，条理清晰，而法官们很高兴我跟他们笑脸相对，而不是咄咄逼人，所以往往会支持我。人生中许多看似灾难的事情其实并非灾难。几乎任何事情都可能有转机：出了每一条沟，都会有一条路，只要你能看得见。

他想起多年来从未想过的那些诉讼。当时的看法是否公正。如果是对他自己，是否也会那样判断。

他想，不知道自己能否睡着，如果睡着又会梦到什么。只有在梦里，他才属于自己。托马斯·莫尔曾经说，你应该在家里为自己建一间隐修室，一间隐居室。不过莫尔就是那样：可以将任何人拒之门外。其实，你不可能将自己的公众身份和私人身份分割开来。莫尔认为你可以，但是最后，他却将那些他称之为异教徒的人拖回他位于切尔西的府邸，这样他就能在自己温馨的家里随心所欲地迫害他们。如果你一定要将两者分开，也未尝不可：走进你的书房，说，“别打扰我，让我看看书。”但是你能听见房间外面有人在呼吸和走动，不满的情绪在发酵，人们在咕咕哝哝地表达自己的期望：他是公众人物，属于我们大家，他什么时候才会出来呢？对民众来来去去的脚步声，你无法充耳不闻。

他在床上翻了个身，说了句祷告。深夜里，他听到有人喊叫。更像是孩子做噩梦时的哭喊，而不像成年人痛苦的叫声；半睡半醒之中，他想，是不是该有个女人去安抚一下？紧接着他想，那肯定是马克。他们把他怎么了？我说过不要动手的。

但是他没有动。他觉得手下的人不会违背他的命令。他想，不知道格林威治的人是否已经入睡。军械库离宫殿太近，在比武前的几个小时，那里铁锤敲敲打打的声音常常此起彼伏。敲打、铸型、焊接、在打磨机上打磨的工序都已经完成；剩下的只是最后拧一拧铆钉，上点油，活动活动，最后调整一下，好让迫不及待的比赛选手安心。

他想，我为什么要给马克夸口的机会，让他搬起石头砸自己的脚呢？我原本可以速战速决；我原本可以告诉他我需要什么，然后恐吓他一通。可我却怂恿了他；这样就把他自己牵连了进去。关于安妮，如果他说出实情，就会罪责难逃；而如果他撒谎，还是难逃罪责。我已经准备对他实施逼供，如果有必要的话。在法国，严刑拷打是家常便饭，就像吃肉必须放盐一样；在意大利，它是广场上的一项运动。而在英格兰，法律不允许这样。但如果国王首肯，或者说特许，则可以使用。伦敦塔里的确有肢刑架。没有人能够承受。没有任何人。对大多数人来说，它的用途太过明显，只需要看一眼就已经足够。

他想，我要告诉马克这一点。这会使他好受一些。

他掖了掖身上的被子。片刻之后，克里斯托弗进来叫醒了他。灯光照得他睁不开眼。他坐起身来。“哦，天哪。我刚刚才睡着。马克为什么喊叫？”

那孩子笑了起来。“我们把他关进了圣诞物品贮藏室。是我自己想出来的。您还记得吗？我第一次看到装着套子的圣诞星时，对您说，先生，那个满是尖角的东西是什么？我以为是一种刑具。嗯，那间屋子黑洞洞的，他磕磕绊绊地碰到了圣诞星，被尖角戳着了。接着，孔雀翅膀从护套里伸出来，用指头摸了摸他的脸。于是他以为自己是与一个幽灵一起关在黑暗中。”

他说：“你们得让我再休息一个小时。”

“但愿您没病吧？”

“没有，只是因为没睡好而难受。”

“用被子蒙住头，像死人一样躺着，”克里斯托弗说。“我一小时后带着面包啤酒再来。”

马克跌跌撞撞地走出房间时，已经吓得脸色惨白。他的衣服上沾着羽毛——不是孔雀的翎毛，而是教区的六翼天使翅膀上的绒毛——以及来自三博士长袍上的金粉。一长串名字脱口而出，滔滔不绝，他不得不时不时地打断一下；那孩子似乎双腿发软，理查德只好搀着他。他以前从未遇到这种问题，从未将人吓到这种地步。絮絮叨叨的声音中，似乎提到了“诺里斯”，还有“韦斯顿”，应该差不了多少：接着，马克说出了一串侍臣的名字，由于速度太快，它们仿佛连在一起，一晃而过，他听到了“布莱里顿”的名字，说，“记下来，”他肯定自己还听到了卡鲁、费兹威廉、安妮的施赈官以及坎特伯雷大主教的名字；他自己当然也在其中，其间，那孩子还宣称安妮与自己的丈夫有通奸行为。“托马斯·怀亚特，”马克细声细气地说……

“不，没有怀亚特。”

克里斯托弗探过身去，用指关节敲了一下那孩子的头。马克顿时住口，看了看周围，想弄清怎么会感到疼痛。接着，他又喋喋不休地招供起来。国王寝宫大大小小的侍从都被他念叨了一遍，还有些他们不知道的人，可能是他以前的平淡生活中认识的厨师或厨房里的小工。

“把他重新关到鬼屋去，”他说，马克大叫一声，安静下来。

“你跟王后偷情了多少次？”他问。

马克说：“一千次。”

克里斯托弗轻轻扇了他一耳光。

“三四次。”

“谢谢。”

马克说：“你们会把我怎么样？”

“那取决于审判你的法庭。”

“王后会怎么样？”

“那取决于国王。”

“不会是好下场，”赖奥斯利说，并笑了起来。

他转个身。“‘简称’。你今天很早啊？”

“我睡不着。能借一步说话吗，先生？”

看来，两人今天换了位置，是“简称”皱着眉头把他叫到一旁。“您得把怀亚特算进来，先生。他父亲托您照顾他的事情，您过于上心了。如果真到那一步，您保护不了他。宫里对他和安妮之间的关系已经议论多年。他是最有嫌疑的人。”

他点点头。要向赖奥斯利这样的年轻人解释清楚他为什么看重怀亚特，不是一件容易的事。他想说，他跟你和理查德·里奇不一样，尽管你们也都很不错。他不只是为了听到自己的声音而开口讲话，也不只是为了争个输赢而与人辩论。他也不同于乔治·博林：他不会同时给六个女人写情诗，指望将其中的某一个骗到哪个昏暗的角落里快活一番。他写诗是为了劝诫和净化，是为了掩饰而不是表达自己的需要。他理解荣誉的含义，但从不自吹自擂。他完全有资格当朝臣，却很看淡这种地位。他研究世事却不持鄙夷之心。他理解世事却没有排斥之情。他怀着希望却并不幻想。他从来不做白日梦。他眼光敏锐，耳朵也能捕捉别人听不到的声音。

但他决定用赖奥斯利所能理解的方式解释一下。他说："不是怀亚特拦着不让我见国王。当我需要国王签字时，不是怀亚特将我赶出国王寝宫。在国王耳边不断地恶意中伤我的也不是他。"

赖奥斯利先生若有所思地看着他。"我明白了。问题不在于谁有罪，而在于谁的罪对您有用。"他笑了笑。"我很钦佩您，先生。您处理这些事情很老练，而且没有故作内疚。"

他不确定自己希望得到赖奥斯利的钦佩。起码不是基于此类原因。他说："刚才提到的这些人也许都可以消除嫌疑。或是就算仍然有嫌疑，他们也可以想办法求情而继续为国王效劳。'简称'，我们不是牧师。我们不需要他们那种忏悔。我们是律师。我们要一点点地挖掘真相，只需要能为我们所用的那部分真相。"

赖奥斯利点点头。"但我还是要说，把托马斯·怀亚特算进来吧。即使您不抓他，您的新朋友们也会的。而且我一直在想，先生——如果是我固执的话，请原谅——事成之后，您的新朋友们会怎么样呢？如果博林一家倒了，而且他们似乎非倒不可，那么玛丽公主的支持者会说是他们的功劳。他们不会感谢您付出的努力。他们跟您讲话时也许会彬彬有礼，但由于费希尔和莫尔的事情，他们永远都不会原谅您。他们会把您赶下台，还可能将您彻底毁掉。卡鲁、科特尼家族等，那帮人会统揽大权。"

"不。统揽大权的会是国王。"

"但他们会劝说和怂恿他。我指的是玛格丽特·波尔的孩子们，那些古老的家族——他们理所当然地认为自己应该施加影响，并且不达目的不罢休。您这五年来所取得的成就，会被他们毁于一旦。他们还说，如果他娶了爱德华·西摩的妹妹，她会让他回归罗马。"

他咧嘴一笑。“嗯，‘简称’，在托马斯·克伦威尔与西摩小姐的争斗中，你会支持谁？”

但“简称”显然说得对。他的新盟友们没有把他放在眼里。他们认为自己的胜利是天经地义，仅仅因为他们答应原谅他，他就得跟随他们，为他们卖力，并为自己做过的一切而懊悔。他说：“我不会说自己能预测未来，但我的确知道一两件他们并不了解的事情。”

你永远都不可能知道赖奥斯利会向加迪纳汇报哪些情况。但愿是一些让加迪纳不解地抓耳挠腮和吓得发抖的事情。他说：“法国那边有什么消息？我知道，温彻斯特那本为国王的最高权力辩护的书引起了不少议论。法国人认为他是受到胁迫而写的。他允许别人那么看吗？”

“我能肯定——”赖奥斯利开口道。

他打断了他。“没关系。我发现自己很喜欢它在我头脑中形成的画面，加迪纳哭哭啼啼地说自己受到抨击的画面。”

他想，让我们看看这一信息是否会传回去。他觉得“简称”常常一连几个星期都忘了自己是主教的仆人。这个年轻人容易激动和紧张，加迪纳的咆哮会让他难受；而克伦威尔是一位亲切随和的主人，总是很好相处。他对雷夫说过，我很喜欢“简称”，你知道。我对他的事业很感兴趣。我喜欢观察他。如果我跟他闹翻了，加迪纳会再派一个密探来，那可能会更糟。

他回到一群人旁边，说，“好了，我们最好把可怜的马克送进塔里。”那孩子已经双膝跪地，正在哀求不要再把他与圣诞物品关在一起。“让他休息一会，”他对理查德说，“换一个没有幽灵的房间。给他拿些吃的。等他头脑清醒后，写下他的正式陈述，并且要有充分的人证，然后才让他离开这里。如果他难以对付，就交给克里斯托弗和赖奥斯利大人，干这种事情他们比你更合适。”克伦威尔家的人不用劳神费力地干粗活；如果说他们以前干过，那种日子也已经过去了。他说：“如果马克离开这里之后想翻供，塔里的人会知道怎么处理。一旦你拿到他的供词以及所有想要的名字，就去格林威治见国王。他会等着你。不要把消息透露给任何人。你要亲自向国王汇报。”

理查德像对付一个木偶似的将马克 · 史密顿拖了起来，而且也像对待一个木偶似的毫无恶意。不经意中，他脑海里出现了骨瘦如柴、顽固不化的老费希尔主教踉踉跄跄地走上断头台的情景。

已经是上午九点。五朔节的露珠已经从草叶上蒸发。在全国各地，人们从树林里砍来了苍翠的树枝。他饥肠辘辘，吃得下一大块羊肉，还有海蓬子，如果有人从肯特送了一些过来的话。他需要坐下来理理发。他还没有完全掌握一边刮胡子一边口授信函的艺术。也许我会把胡子留起来，他想。那样会节省时间。不过真到那时，汉斯又会坚持再给我画一幅画。

此时此刻，在格林威治，他们应该正在比武场上撒沙。克里斯托弗说：“国王今天会上场吗？他会不会与诺里斯大人交手，并把他干掉？”

不会，他想，那种事情他会留给我。从他这种男人经常光顾的工场、仓库和码头过去，在俯瞰着比武场的高塔里，仆人应该在为贵妇们摆上丝绸靠垫。帆布、绳索和沥青已经让位于绫罗绸缎和上好的亚麻布。熏人的焦油和臭气、喧闹的声响、河水的气息都不复存在，取而代之的是玫瑰香水的芬芳，以及为迎接这一天而为王后穿衣打扮的女仆们的低语。在收拾走王后吃剩的小分量早餐——一点白面包和几片甜果脯——后，她们拿来衬裙、外裙和袖筒供她挑选。她们将裙子的丝带束紧、打结，将她装扮得漂漂亮亮，并佩戴上珠宝首饰。

应该是三四年前吧，为了给自己的第一次离婚辩护，国王曾经拿出过一本书，名为《真相之镜》。据说书中的部分内容出自他自己之手。

现在安妮 · 博林让人拿来了她的镜子。她看着自己：脸色发黄，喉部瘦削，锁骨就像两枚刀片。

1536 年 5 月 1 日：毫无疑问，这是骑士时代的末日。此后发生的事情——尽管这种盛会还会继续——不过是一场飘扬着旗帜的了无生气的游行，不过是一场尸体的搏斗。国王会离开比武场。这个日子会结束、中止，会像胫骨一般折断，像断牙一般被吐出。王后的弟弟乔治·博林会走进丝绸帐篷，卸下盔甲，放下贵妇们交给他佩戴的花结和缎带。他取下头盔后，会交给随从，用模糊的双眼打量世界，打量着刻成纹章的猎鹰和蹲伏的豹子，还有那些利爪和牙齿：他会觉得自己项上的脑袋犹如软乎乎的果冻一般摇摇欲坠。

白厅：那个夜晚，他知道诺里斯已被拘禁，因此去见国王。在外厅时，他抽空问了雷夫一句：他怎么样？

“嗯，”雷夫说，“你可能以为他会像爱好和平的埃德加一样大发雷霆，恨不得找个人来当他投枪的靶子。”他们想起在狼厅的那顿晚餐，不由得相视一笑。“但是他很平静。平静得出奇。似乎早就知道，很早以前就心知肚明。而且根据他明确表达的旨意，他现在是一个人待着。”

一个人：不过还能有谁陪伴他呢？指望“温文尔雅的诺里斯”对他轻言细语已是枉然。诺里斯此前掌管着国王的私人钱袋；现在你会以为国王的钱没人管了，正沿着大路流走。天使的竖琴被劈成两半，不再有和谐的琴声；钱袋的绳子已经割断，衣服上的丝结已经扯开，露出了里面的皮肉。

他站到门口时，亨利的目光转了过来：“克伦，”他沉重地说，“过来坐吧。”他挥手示意守在门边的侍从退下。他拿起酒，给自己倒了一杯。“比武场上发生的事情，你的外甥应该已经告诉你了。”他温和地说，“理查德是个好孩子，对吧？”他的眼睛看着远处，似乎想转移话题。“我今天待在观众席中，根本就没有上场。她当然是一如往常：怡然自得地被她的女侍们簇拥着，一副盛气凌人的神态，但时而向这位侍从点头微笑，时而跟那位侍从止步寒暄。”他干笑了一声，显得难以置信。“哦，真的，她可真会寒暄。”

接着比赛开始，纹章官高声点出每一位骑手的名字。亨利·诺里斯运气不佳。他的马似乎受了什么惊吓，耷拉着耳朵犹豫不前，还跳跃着想把骑手掀下来。（马可能失蹄。随从可能失手。胆量可能消失。）国王给诺里斯传了个信，建议他退回来；可以给他换一匹坐骑，国王自己的战马之一，那些马依然披挂齐整，以备他一时兴起要上场显显身手。

“这是平常的好意，”亨利解释道，并在椅子里动了动，就像有人要他做出说明一般。他点点头：当然，陛下。诺里斯最终是否返回赛场，他并不知道。下午三点左右时，理查德·克伦威尔穿过人群，来到包厢，跪在国王面前，并马上凑近国王的耳朵低语起来。“他跟我解释了乐师马克如何被抓，”国王说。“他已经全部招了，你的外甥说。什么，是自愿招的吗？我问他。你的外甥说，你们对马克什么都没干。他毫发未损。”

他想，不过我得烧掉那对孔雀翅膀了。

“后来……”国王说。一时间，他犹疑着，就像诺里斯的马一样：接着沉默起来。

他不会接着讲下去。但是他（克伦威尔）已经知道了事情的经过。听完理查德的话后，国王从座位上起身。仆人们顿时忙碌起来。他吩咐一位随从，“找到亨利·诺里斯，告诉他我要去白厅，现在就去。我需要他的陪同。”

他没有解释，没有逗留，也没有跟王后讲话。但是在回去的路上，诺里斯陪着他：诺里斯感到不解，感到惊讶，恐惧得几乎从马上掉下来。“我痛斥了他一顿，”亨利说，“说他居然干出这种事。还有马克那孩子的供词。他只是一个劲地说自己是无辜的。”接着又是一声轻蔑的干笑。“但是随后，财务官一直在审问他。诺里斯承认自己爱她。可是当费兹指出他犯有通奸罪，以及他希望我早死，以便他可以娶她时，他矢口否认，说没有，没有，没有。你要去审一审他，克伦威尔，不过你审他的时候，要把我在路上对他说过的话再告诉他一遍。只要他坦白，并供出其他人的名字，我也许会宽大为怀。”

“马克·史密顿向我们供出了一些名字。”

“我可不会相信他，”亨利不屑地说。“我不会将我称之为朋友的那些人的性命押在一名小小的提琴手身上。关于他说的那些话，我希望有进一步的证据。我们要看看那位女士被抓时会怎么说。”

“他们的供词显然应该够了，陛下。您知道哪些人有嫌疑。让我把他们都抓起来。”

但亨利的思绪已经转移。“克伦威尔，如果一个女人在床上翻过来，侧过去，不断地摆出各种体位，那意味着什么？到底是什么会让她做出这种事情？”

答案只有一个。经验，陛下。对于男人以及她自己的欲望的经验。他没有必要说出口。

“有一种方式很适于怀孩子，”亨利说。“男人睡在女人的上面。这是教会所许可的，在获准的日子里。有些牧师说，尽管兄弟与姐妹发生关系是重罪一桩，但如果女人骑在男人身上，或者男人像对待母狗一样与女人交媾，那就更是罪加一等。由于这些以及其他我不想一一列举的行为，索多玛[①]毁于一旦。恐怕任何沉迷于这种罪恶的男女基督徒都会遭到报应：你觉得呢？一个不是在妓院里长大的女人，又是从哪里学到这些东西的呢？”

“女人彼此会交流，”他说，“跟男人一样。”

“但是对一位庄重、虔诚、唯一的职责就是生儿育女的女人来说呢？”

“我猜她可能想激发她丈夫的兴趣，陛下。这样他就不会想去巴黎花园或别的什么名声不好的地方。譬如说，如果他们结婚很久了的话。”

“但是三年呢？这也算久吗？”

“不算，陛下。”

“甚至还不到三年。”一时间，国王忘记了我们谈论的不是他自己，而是某个假设的敬畏上帝的英格兰人，某个伐木工或农夫。“她那种念头是从哪儿来的？”他追问道。“她怎么知道男人会喜欢那样？”

---

① 古巴勒斯坦的一个城镇，据《圣经·创世记》记载，因为城中居民的邪恶，天降大火，将它与蛾摩拉城一起焚毁。

答案显而易见：她姐姐以前上过你的床，也许她跟她姐姐有过交流；但他把话咽了回去。因为此时此刻，国王的思绪离开了白厅，重新回到了乡野，回到了粗手笨脚的农夫及其系着围裙戴着帽子的妻子身上：那男人在胸前画个十字，请求教皇的许可，然后掐灭蜡烛，十分严肃地跟他妻子行起房事，她的双膝对着顶梁，他的臀部上下起伏。完事之后，这对虔诚的夫妇跪到床边，一同祷告。

但是有一天，农夫外出干活之后，伐木工的小徒弟溜了进来，掏出他的阳具：来吧乔安，来吧珍妮，趴在桌上，让我教你一些你妈妈从未教过你的东西。于是她战战兢兢；于是他教给了她；而那天晚上，当老实巴交的农夫回到家里，爬到她身上时，随着他的每一下冲刺，她心里想着的都是一种更新奇、更痛快、更下流的方式，这使她兴奋地睁大了眼睛，不由自主地喊出另一个男人的名字。心肝儿罗宾，她说。心肝儿亚当。而当她丈夫想起自己的名字是亨利时，他难道不会抓着脑袋感到纳闷吗？

国王的窗外已经暗了下来；他的王国越来越冷，他的委员也感到冷飕飕的。他们需要点灯和生火。他打开门，房间里转眼就到处是人：侍从们犹如在黄昏中归巢的燕子一般穿来穿去。亨利几乎没有注意到他们的存在。他说：“克伦威尔，你以为那些流言蜚语没有传到我耳中吗？何况街头巷尾都已经传遍了。你瞧，我是个单纯的人。安妮告诉我她是处女之身，我就选择相信了她。她说自己是个冰清玉洁的姑娘，就这样骗了我七年。她既然能这样瞒天过海，那还有什么干不出来的呢？明天你可以逮捕她，还有她弟弟。人们所传的她的某些行为不宜在正派的人之间谈论，以免他们纷纷效仿，犯下自己做梦都想不到居然会存在的罪恶。我要你和其他委员都守口如瓶，谨慎行事。”

“对一个女人的过去，”他说，“我们很容易上当受骗。”

比如说乔安或者珍妮，也许在这种乡村生活之前曾经有过另外一种生活呢？你以为她成长于森林另一边的一块空地。现在你却得到可靠的消息，说她是在一个港口小城长大，还曾经在桌上为水手们跳裸体舞。

后来他会想到，不知道安妮是否已经明白自己即将面临的处境？你会以为她应该是在格林威治祈祷，或者给自己的朋友们写信。但如果他听到的消息没有错的话，她却并非如此，在这最后一个上午，她仍然漫无目的地晃荡，做的事情一如既往：她去了网球场，并就比赛结果下了赌注。稍晚的时候，有信使来请她去出席国王的枢密院会议，陛下自己并不在场：缺席的还有秘书官大人，他正在别处忙着。委员们告诉她，她将被指控与亨利·诺里斯和马克·史密顿通奸：还有另一位绅士也牵涉其中，目前尚不清楚是何人。在对她提起诉讼之前，她必须去伦敦塔。费兹威廉后来告诉他，她当时是一副难以置信和盛气凌人的神态。她说，你们不能审判一位王后。谁有资格来审判她？但是接着，当她听说马克和亨利·诺里斯已经招供时，便哭了起来。

离开会议室后，她被送回自己的房间用膳。两点钟时，他和大法官奥德利前往那里，费兹威廉也一同随行。财务官先生和善的面容露出紧张之色。“今天上午开会的时候，听到他们直截了当地告诉她亨利·诺里斯已经招供，我很不满。他向我承认了他爱她。他并未承认有任何行为。”

“那你是什么反应，费兹？”他问。“你当时说出来了吗？”

“没有，”奥德利回答。“他只是坐立不安，愣愣地盯着不远处。对吧，财务官大人？”

“克伦威尔！”诺福克一边高声喊着，一边穿过那帮大臣朝他大步奔来。“哎呀，克伦威尔！我听说乐师已经向你招了。你对他干什么了？真希望我也在场。这可以为印刷商提供一个精彩的段子了。亨利抚弄琴弦，乐师则抚弄他妻子的私处。”

“如果你听说有这样的印刷商，”他说，“就告诉我，我会让他关门的。”

诺福克说：“但是听我说，克伦威尔。我不希望那个瘦皮猴毁了我的高贵家族。如果她行为不检点，那也只是博林家的事，不该连累到霍华德家的人。我也不想威尔特郡伯爵彻底完蛋。我只想让他拿掉‘阁下’那个愚蠢头衔，如果你愿意的话。”公爵开心地露齿一笑。“他自鸣得意了这么多年，我想看到有人灭灭他的威风。你会记得我从未推动过这桩婚事。不，克伦威尔，那是你一手推动的。我总是在提醒亨利·都铎注意她的人品。也许这会让他明白今后该听听我的。”

“大人，”他说，“你拿到逮捕证了吗？”

诺福克挥了挥手中的羊皮纸。他们走进安妮的房间时，她的男仆们正在卷起那块大桌布，她仍然端坐在自己的御座上。她——瘦皮猴——穿着深红色金丝绒裙子，那张精致光滑的椭圆形面孔转向他们。很难想象她吃了任何东西；房间里一时默然无声，令人很不自在，大家脸上的紧张之色都清晰可见。委员们必须等待，直到桌布全部卷好，餐巾折叠整齐，履行完正当的礼节。

“你来了，舅舅，”她说。声音很小。她逐一跟他们打着招呼。“大法官。财务官。”其他委员在他们身后推挤着。似乎许多人都盼望过这个时刻；他们盼望安妮会跪地求饶。“牛津伯爵大人，”她说。“还有威廉·桑迪斯。你好吗，威廉爵士？”似乎逐一叫出他们的姓名能让她感到欣慰。“还有你，克伦穆尔。”安妮倾身向前。“你知道，是我造就了你。”

“他也造就了你，夫人，”诺福克没好气地说。“而且他肯定后悔了。”

“不过先后悔的是我，”安妮说。她笑了起来。“而且我更后悔。”

“准备动身了吗？”诺福克说。

“我不知道怎么准备，”她干脆地说。

“就跟着我们走吧，”他(克伦威尔)说。他伸出一只手。

“我不想去塔里。”还是那细小的声音，除了礼貌之外，听不出任何别的情绪。“我想去见国王。难道不能带我去白厅吗？”

她知道答案。亨利从不道别。想当年，在一个炎热无风的夏日，他曾经离开温莎，而将凯瑟琳抛在身后；两人自此再未相见。

她说：“很显然，各位大人，你们不能就这样把我带走吧？没有任何必需品，也没有值班的仆人，我应该带上我的女侍。”

“你的衣服会有人送去，”他说。“也会有女仆侍候你。”

“我希望带上我的寝宫女侍。”

他们面面相觑。她似乎还不知道告发她的正是那些女侍，不管秘书官大人走到哪里，她们都围在他的身边，迫不及待地说出他所需要的任何信息，以拼命保全自己。“好吧，如果我不能选择……起码是我府里的一些人。好让我保持体面。”

费兹清了清嗓子。“夫人，你府里的人将被遣散。”

她瑟缩了一下。“克伦穆尔会为他们找到去处的，”她轻轻地说。“他对仆人一向不错。”

诺福克用胳膊肘碰了碰大法官。“因为他是跟那些人一起长大的，对吧？”奥德利别开脸：他一贯都站在克伦威尔这一边。

“我想我不会跟你们中的任何一个人走，”她说。“我只愿意跟威廉·布莱一起走，如果他愿意送我的话，因为上午开会时，你们全都诋毁我，但是布莱非常绅士。”

“天哪，”诺福克呵呵笑道，“跟布莱一起走，对吗？我会把你夹在我的胳膊下，将你屁股朝天地拖到船上。你是想这样吗？”

委员们不约而同地转过头来，对他怒目而视。“夫人，”奥德利说，“请放心，你会受到应有的礼遇。”

她站在那里，伸手拎起自己的深红色长裙，小心翼翼地一点点拎起来，仿佛再也不愿触碰尘世的地面。“我弟弟在哪儿？”

有人告诉她，最后一次看到他是在白厅：这话没错，不过现在可能有卫兵去抓他了。“还有我的父亲‘阁下’呢？我真是不明白，”她说。“他为什么不在这里陪着我？他为什么不跟各位大人一起坐下来解决这个问题？”

“后面无疑会解决的。”大法官的声音几乎小得像猫一样。“你会舒舒服服，该有的东西都会有的。已经做了安排。”

“但是安排待多久呢？”

没有人回答。在她的房间外面，伦敦塔总管威廉·金斯顿正在等待着。金斯顿身材魁梧，体型与国王相当；他为人庄重，但是他的职务和长相一直让最坚强的人也心生恐惧。他想起了沃尔西，想起金斯顿当年去内地逮捕他时的情景：红衣主教双腿发软，不得不坐在箱子上喘口气。他低声对奥德利说，本该把金斯顿留在家里，我们自己带她过去的。奥德利喃喃道，“当然，我们是可以那样；不过秘书官大人，你不觉得你自己也是够吓人的吗？”

他们来到室外后，大法官的态度变了，这让他感到不解。在国王的栈桥边，石兽的脑袋在水中起伏，他们——这些大人们——的影子也随波荡漾，而被推翻的王后则像镜中的火苗一般摇曳着：他们的周围沐浴着午后的和煦阳光，耳边传来阵阵鸟鸣。他扶安妮上了船，因为奥德利似乎不愿意碰她，而她又躲着诺福克；她似乎想试探一下他的想法，低声说道，“克伦穆尔，为了沃尔西的事情，你一直都没有原谅我。”费兹威廉瞥了他一眼，咕哝了一句什么，但是他没有听清。红衣主教当权时，曾经对费兹赏识有加，也许他们此刻有着同样的念头：安妮·博林现在也尝到被人轰出家门、赶到河上的滋味了吧，随着船桨的一次次划动，你的整个生命也就一步步退出人生舞台。

诺福克在他外甥女的对面坐下，他抽动着嘴唇，啧啧有声地说，“你明白了吧？你现在明白了吧，夫人！把自己的家人踢到一边，你明白会是什么下场了吧？”

“我想‘踢到一边’这个词不恰当，”奥德利说。“她并没有那样。”

他恼怒地瞪了奥德利一眼。在指控乔治弟弟的问题上，他已经要求谨慎行事。他不希望安妮突然哭闹起来，将谁打翻落水。他一言不发，只是注视着水面。护送他们的是一队持戟卫兵，他欣赏着他们手中的精制斧刃以及斧刃上的锋利光芒。从制造兵器的角度来说，那些长戟的造价出奇地低廉。但作为战场上的一种武器，它们也许有过辉煌的时光。他想起了意大利，想起了那里的战场，以及手持长矛冲锋陷阵。伦敦塔里有一间炸药库，他很想去那里跟炸药师们谈一谈。但也许可以改天再说。

安妮说："查尔斯·布兰顿在哪儿？我敢说，没能看到这一幕，他肯定觉得遗憾。"

"我想他跟国王在一起，"奥德利说。他转过身来，对他小声说道，"正在对国王说你的朋友怀亚特的坏话。对此你要有所准备，秘书官大人。"

他的目光落在远处的河岸上。"怀亚特那么优秀，失去他就太可惜了。"大法官嗤之以鼻。"情诗救不了他。反而会毁了他。我们知道他写的是谜语一般的诗。不过我想，国王也许会觉得它们已经被解开了。"

他不这么认为。有些语码非常微妙，乃至于在半行之内，或者在一个音节、一处停顿之中，而产生完全不同的含义。他没有问过怀亚特任何使他不得不撒谎——尽管他可能会掩饰——的问题，为此他一直并且将会感到自豪。罗奇福德夫人曾向他解释，安妮本该掩饰或装装样子的：第一次与国王共度春宵时，她本该表现得像个处女，僵硬地躺在那儿，默默哭泣。"但是，罗奇福德夫人，"他反对道，"如果看到对方那么恐惧，任何男人都会不战而退的。国王可不是强奸犯。"

哦，那好吧，罗奇福德夫人说。她至少应该奉承他。她应该表现出又惊又喜的样子。

他不喜欢这个话题：从简·罗奇福德的语气里，他感受到了女人那种奇特的冷酷心理。她们用上帝赋予她们的可怜武器——恶意，奸诈，欺骗的手段——来战斗，在彼此的交流中，她们可能会闯入男人都绝对不敢涉足的禁地。国王的身体没有边界，优美流畅，犹如他的王国：这是一个自我修建或自我侵蚀的岛屿，各种物质被冲进或咸或淡的水中；它有海岸圩田，有湿地，有被开垦利用的边缘地区；它有感潮水域，有排放的污水污物，有英格兰女人经常挂在嘴边的沼泽，以及只有手举火把的牧师们才敢蹚过的黑暗泥潭。

河面上的风很冷；几周之后才能迎来夏天。安妮注视着河水。她抬起头来，说，“大主教在哪儿？克兰默会为我辩护的，还有我的主教们，他们都是我一手提拔的。把克兰默找来，他会发誓说我是一个好女人。”

诺福克欠身向前，对着她的脸说：“主教会朝你吐唾沫，外甥女。”

“我是王后，你们如果加害于我，就会受到诅咒。会发生大旱，直到我获释。”

费兹威廉轻轻地哼了一声。大法官说：“夫人，正是有关诅咒和巫术之类的蠢话，才让你落到如此境地。”

“哦？我还以为你说我是个不守妇道的妻子，现在你又说我还是女巫吗？”

费兹威廉说：“提起诅咒话题的可不是我们这些人。”

“你们不能把我怎么样。我会发誓我很忠诚，国王会相信的。你们根本就找不到证人。你们甚至不知道如何指控我。”

“指控你？”诺福克说。“干吗要指控你，我都感到纳闷。直接把你扔出去淹死，会省去我们很多麻烦。”

安妮不再说话。她缩成一团，尽量远离她舅舅，看上去就像一个小孩子。

船在宫门外停下来时，他看到金斯顿的副手埃德蒙·沃尔辛厄姆正在巡视着水面；站在一旁与他交谈的则是理查德·里奇。“皱皱，你在这儿干什么？”

“我想您可能会需要我，先生。”

王后上了岸，扶着金斯顿的手臂站稳。沃尔辛厄姆向她躬身行礼。他似乎有些不安，一时环顾着众人，不知道该向哪位委员打招呼。“我们要鸣炮吗？”

“这是惯例，对吧？”诺福克说，“只要是有重要人物依国王之意来到这里。我猜她也算重要人物吧？”

“是的，但一位王后……”对方说。

“鸣炮吧，”诺福克命令道。“伦敦的民众应该知道。”

“我想他们已经知道了，”他说。“大人难道没有看到他们沿着河岸奔跑吗？”

安妮抬起头，扫视着岸上的雕栏石砌，及其窄小的凸肚窗和格栅。不见任何人类的面孔，只有一只渡鸦扑扇着翅膀，并在她头顶发出令人惊讶的人一般的声音。“哈里·诺里斯在这儿吗？”她问。“他难道没有证明我的清白？”

“恐怕没有，”金斯顿说。“他也没能证明自己的清白。”

就在这时，安妮突然变得异样，他事后会觉得有些难以理解。她仿佛溶解了一般，摆脱了他们的控制，从他和金斯顿的手中滑落，她仿佛变成了水，躲开了他们，而当她重新变成人形时，已经四肢着地趴在鹅卵石路面上，仰脸恸哭。

费兹威廉和大法官——乃至她舅舅——都不由得后退几步；金斯顿皱着眉，他的副手摇摇头，理查德·里奇似乎很难过。他（克伦威尔）搀住她——因为其他人都不愿伸手——让她站起身来。她的身体轻飘飘的，当他扶起她时，她的哭声戛然而止，犹如突然停止呼吸一般。她默默地靠着他的肩膀站稳，倚着他：神情专注，心照不宣，准备迎接他们联手要做的下一件事情，也就是置她于死地。

当他们转身返回王室游船时，诺福克大声说道，“秘书官大人，我要见国王。”

“唉，”他说，似乎的确感到遗憾：唉，这不可能。“陛下要求静一静，不想被人打扰。很显然，大人，遇到这种情形你也会这样。”

“遇到这种情形？”诺福克重复道。公爵一时哑然，至少在他们缓缓驶进泰晤士河的中心航道时，他感到语塞：他皱着眉头，无疑是想到了自己那位饱受虐待的妻子及其出轨的可能性。他觉得最好的回应是嘲弄一番：“不如这样吧，秘书官大人，我知道你对我的公爵夫人很友好，你看这样如何？克兰默可以解除我们的婚姻，然后只要你愿意，她就是你的了。什么，你不想要她？她会带上自己的铺盖，还有一匹可以骑的骡子，而且她吃得不多。我会每年再付 40 先令，让我们握手成交。”

“大人，住口，”奥德利厉声说道。他不得不搬出斥责他的最后一招：“想想你的祖先吧。”

“克伦威尔做不到，”公爵讥笑道。“你给我听着，克伦。只要我说要见都铎，就没有哪个铁匠的小子可以说不行。”

“他可以焊接你，大人，”理查德 · 里奇说。他们没有注意到他也不声不响地上了船。“他可以将你的脑袋敲打之后重新定型。秘书官大人具备你绝对想象不到的手艺。”

他们都感到晕乎乎的，是刚才在码头上那可怕的一幕所留下的影响。“他可以把你敲得彻底变个样，”奥德利说。“你早晨醒来时也许是一位公爵，到中午可能就变成了马夫。”

“他可以熔化你，”费兹威廉说。“你开始时是一位公爵，最后可能变成一滴铅灰色的液体。”

“你的余生可能成为金属架，”里奇说。“或者铰链。”

他想，你该哈哈大笑，托马斯 · 霍华德，你该哈哈大笑或者勃然大怒：到底会是哪一种反应呢？如果你发火，我们起码能往你身上浇水。公爵抽搐了一下，哆嗦着转过身去背对着他们，极力控制住自己：“告诉亨利，”他说，“告诉他我宣布跟这姑娘断绝关系。告诉他我不再认她是我的外甥女。”

他（克伦威尔）说：“你会有机会表忠心的。如果举行审判，会由你来主持。”

“起码我们认为会是这种程序，”里奇插话道。“王后受审的事还前所未有。大法官是什么意见？”

“我没什么意见。”奥德利举起手掌。“像以往一样，你跟赖奥斯利和秘书官大人都已经商量好了。只不过——克伦威尔，你不会让威尔特郡伯爵也坐在法官席上吧？”

他笑了。“她父亲吗？不，我不会的。”

“我们该如何指控罗奇福德勋爵？”费兹威廉问。“如果真的要指控他的话？”

诺福克说：“是审判他们三个人吗？诺里斯，罗奇福德，还有那个拉琴的？”

“哦，不是，大人，”他镇定地说。

“还有吗？我的天哪！”

“她有多少个情人？”奥德利说，他几乎抑制不住自己的好奇。

里奇说：“大法官，你见过国王了吗？我见过了。他因为焦虑而面色苍白，已经病倒了。如果让他的贵体受到什么伤害，这本身其实就是叛国罪。事实上，我想我们可以说伤害已经发生了。”

如果狗也能嗅出叛国罪的话，里奇就是一只大警犬，是犬中之王。

他说：“至于如何指控这些人，是指控他们隐瞒叛国罪还是本身犯有叛国罪，我愿意听听其他人的意见。如果他们声称只是目睹了别人的罪行，就必须说出那些人的名字，必须老实公开地把自己了解的情况告诉我们；但如果他们不肯指名道姓，我们就只好怀疑他们也是同犯。”

几声炮响不期而至，水面掀起了波澜；你的身体内、骨子里都感觉到了那种震动。

当天晚上，金斯顿从塔里派人给他送来一封信。他已经吩咐过总管，把她说的每一句话和做的每一件事都记下来，而金斯顿虽然有时反应不够敏捷，但恪尽职守，恭顺谨慎，在这方面可以令人放心。委员们缓缓上船的时候，安妮曾经问他，“金斯顿先生，我要进地牢吗？”不，夫人，他向她保证道，你会待在你举行加冕礼之前住过的房间。

他汇报说，听到这话，她号啕大哭，“我受当不起。上帝怜悯我。”接着，她跪倒在石板路上，一边祈祷一边哭，总管说：然后，非常不可思议的是——至少他这么认为——她又开始大笑起来。

他一言不发地把信交给赖奥斯利。赖奥斯利看完后抬起头来，开口说话时，他的语气很严肃。“她干了些什么，秘书官大人？或许是我们还没有想象到的事情。”

他恼火地看着他。“你不会又要搬出巫术那一套吧？”

“不会。可是。既然她说自己受当不起，就等于说她有罪。或者我就是这么认为。但我不清楚是有什么罪。”

“想想我以前说过的话。我们要的是怎样的真相？我说的是所有真相吗？”

“您说，只需要能为我们所用的真相。”

“我重申这一点。但是你知道，‘简称’，我本来没必要的。你领悟得很快。一次就应该够了。”

这是一个温暖的傍晚，他坐在敞开的窗户旁，他的外甥理查德陪伴着他。理查德知道什么时候该保持沉默，什么时候该开口讲话；他觉得这是一种家族的性格。除了理查德，他只愿意让雷夫·赛德勒陪在身旁，而雷夫在国王身边。

理查德抬起头来。“我收到格利高里的一封信。”

“哦，是吗？”

“您知道格利高里的信是什么风格。”

“‘阳光明媚。我们尽情地打猎，非常开心。我很好，您呢？由于时间关系，就此搁笔。’”

理查德点点头。“格利高里没有变。不过我想，他还是变了。他想回到您身边。他觉得应该跟您在一起。”

“我想尽量不让他介入。”

“我明白。但也许您该答应他。您不能总是拿他当孩子。”

他沉吟着。如果他儿子要渐渐习惯为国王效力，也许就该了解这意味着什么。“你可以离开了，”他对理查德说。“我可能会给他写信。”

理查德停留了片刻，关上窗户，将夜晚的空气挡在外面。走出房门后，他的声音还在继续，温和地吩咐着：把我舅舅的皮袍拿来，他可能会需要，再给他多送几盏灯。有时候，知道还有人——除了拿钱干活的仆人之外——在关心他，在顾及他的身体是否舒适，他会感到意外。他想，不知道王后觉得怎么样，她在塔里有了新的仆人：金斯顿夫人已经被安排在女侍之列，尽管他也派了些博林家的女人留在她身边，但可能并非她自己想要的人。那些女人都很老练，知道如何见风使舵。她们会仔细聆听哭声和笑声，以及“我受当不起”之类的话语。

他认为自己能理解安妮，而赖奥斯利却不能。当她说王后的房间让她受当不起时，她并不是要认罪，而只是说出这样一个事实：我不配，我因为失败了而不配。她在有生之年决定要做的一件事就是：得到亨利，并将他抓牢。现在她把他输给了简·西摩，任何法庭对她的审判都不会像她的自我审判那么严厉。自从亨利昨天离开她，她就成了一个冒牌货，身穿王后的服装，受命住在王后的房间里，就像一个孩子或宫中的弄臣。她知道通奸是罪孽，叛国是违法，但相比之下，失败更是罪大恶极。

理查德探进头来，说，“您的信，要我帮您写吗？免得您的眼睛太累？”

他说：“安妮的心已经死了。现在她再也不会给我们惹麻烦了。”

* * *

他已经请求国王待在自己的寝宫，尽量不接见任何人。他严格命令卫兵将求见者——无论男女——一律拒之门外。国王的判断可能会受到最近一位谈话对象的影响，他不希望这样；他不希望亨利被人劝说、诱导或改变主意。亨利似乎愿意接受他的意见。过去这些年来，国王渐渐淡出了公众的视线：开始是因为想与他的小妾安妮独处，后来是因为想甩开她。在他的寝宫后面，还有一些秘密的房间；有时，在他被侍候着躺上那张大床以及大床被圣化之后，蜡烛也全部熄灭，他就会掀开锦缎床单，轻手轻脚地下床并走进一间密室，爬上另一张鲜为人知的床，像一位自然人那样，光着身子独自睡上一觉。

正是在这样一间悬挂着《人类之堕落》的挂毯的密室里，在一片静寂之中，国王对他说，“克兰默派人从朗伯斯送来了一封信。给我读一下吧，克伦威尔。我让人读过一遍了，但是你再读一遍。”

他拿起信纸。你能感觉到克兰默写信时是多么勉强，心里但愿墨水漏出，字迹模糊。安妮王后很赏识他。安妮听从了他的建议，推广了福音事业；安妮也利用过他，但克兰默永远看不到这一点。“‘我大惑不解，’他写道，‘完全不知道该怎么想；因为在我的心目中，没有比她更好的女人。’”

亨利打断了他。“你瞧，我们全都受骗了吧。”

“‘……由此我不禁想到，’”他读道，“‘她应该是无辜的。但话说回来，我想，如果她不是肯定有罪，陛下就不会采取这一步。’”

“等着吧，等他听到那一切，”亨利说。“这类事情他会闻所未闻。起码我希望他是这样。我想这种事简直史无前例。”

“‘我想让您知道，在世界上所有的人中，除了陛下您之外，她是我最敬爱的人……’”

亨利又一次打断了他。“但你会发现他接着又说，如果她有罪，就应该受到毫不留情的惩罚，以儆效尤。因为是我让她平步青云。他接着还说，任何热爱福音的人都不会偏向她，而是会恨她。”

克兰默继续写道，“为此，我相信陛下对福音真理的支持会一如既往，丝毫不减，因为陛下对福音的支持不是源于对她的爱情，而是源于对真理的热情。”

他(克伦威尔)把信放了下来。似乎什么话都被他说了。她不可能有罪。但是又肯定有罪。我们——她的教友们——与她断绝关系。

他说：“陛下，如果您需要克兰默，就派人去召他吧。你们可以互相安慰，也许还能一起弄明白这一切。我会告诉您的人让他进来。您好像需要新鲜空气。下楼去私人花园吧。不会有人打扰您的。”

“但我一直没有看到简，”亨利说。“我想见见她。我们能把她带到这儿来吗？”

“眼下还不行，陛下。等事情有更多的进展之后吧。街上现在有不少传闻，人们都想围观她，还出现了一些嘲弄她的段子。”

“段子？”亨利大为震惊。“把那些作者查出来。必须对他们严惩不贷。不，你是对的，在尘埃落定之前，我们不能把简带到这儿来。所以，你去她那儿吧，克伦威尔。我要你带上一件信物。”他从那沓文件中翻出一本镶有宝石的袖珍书：是女人用金链挂着坠在腰带上的那种小书。“这是我妻子的，”他说，接着又连忙改口，并难堪地移开视线。“我的意思是说，这是凯瑟琳的。”

他不想花时间去萨里的卡鲁府邸，但似乎又非去不可。那座府邸建于大约三十年前，布局合理，里面的大厅尤为富丽堂皇，绅士们在建房造屋时纷纷效仿。红衣主教在位时，他曾经陪同他去过那里。在那之后，卡鲁似乎还请来了意大利人对花园重新规划。花匠们取下草帽向他致意。园中小径开始洋溢出初夏的绿意。鸟儿在笼中叽叽喳喳。青草剪得如割绒一般整齐。一座座仙女雕塑用石头眼睛注视着他。

既然事态正朝着唯一的方向发展，西摩家的人就已经开始训练简如何当王后。“你进门时要注意，”爱德华·西摩说。简不解地看着他。“要扶着门不动，然后缓缓地走进来。”

“你告诉我要庄重。”简垂下眼帘，向他表明什么是庄重。

“好了，现在出去吧，”爱德华说，“然后再回房间里来。要像个王后，简。”

简不声不响地出去了。房门在她身后嘎吱一响。这时，他们交换了一个眼神。门开了。良久之后——似乎这样才能体现王后的威仪——门口依旧空无一人。接着，简出现了，缓缓步入门内。“这样好些吗？”

“知道我怎么想吗？”他说。“我想，从现在起，简不用自己开门了，所以这没关系。”

“我觉得，”爱德华说，“总是这么谦卑可能会令人乏味。抬起头来看着我，简。我想看到你的表情。”

“但是，”简低声说，“你凭什么以为我想看到你的表情呢？”

一家人全都聚集在走廊里。有那两兄弟，行事稳健的爱德华和率性而为的汤姆。有丑名在外的老色鬼约翰爵士。还有玛乔莉夫人，年轻时远近闻名的大美人，约翰·斯凯尔顿①曾经为她谱写过诗篇，称她“贤良、谦恭而温顺”。那种温顺如今已不明显：她看上去严肃而自得，似乎通过隐忍和努力，终于苦尽甘来，尽管这耗费了她近六十年的光阴。

那位守寡的姐姐贝丝·西摩走了进来。她手里拿着一个用亚麻布裹着的包裹。“秘书官大人，”她一边打着招呼，一边向他行了个礼。接着，她转向她的弟弟，“来，汤姆，把这个拿着。坐下吧，妹妹。”

简坐到凳子上。你还以为有人会递给她一块写字板，开始教她 ABC。“好了，”贝丝说，“这个要取下来。”一时间，她仿佛是在对她妹妹发起攻击：双手用力一拉，扯下她的半月形头饰，并掀起垂纱卷成一团，塞进候在一旁的母亲手里。

戴着白色便帽的简显得无遮无掩，十分痛苦，她的面孔瘦小苍白，就像卧床不起的病人一般。“帽子也取掉，全部重来，”贝丝吩咐道。她拉着系在她妹妹下巴底下的帽带。“这是怎么回事，简？这带子好像被你咬过。”玛乔莉夫人拿出一把绣花剪刀。随着“咔嚓”一声，带子断了。她姐姐一把取下帽子，简的那头稀疏的浅色头发披在了肩膀上。老伪君子约翰爵士哼了一声，移开视线：仿佛他看到了男人不该看的什么东西。头发享受了片刻的自由，但紧接着，玛乔莉夫人就把它抓起来绕在自己的手

① 约翰·斯凯尔顿(1460？—1529)，英国诗人、学者，曾在亨利七世的宫廷生活多年，负责教授后来成为亨利八世的王子。

上，丝毫不顾及简的感受，仿佛那是一团羊毛；在她将简的头发从脖子后面束起、盘好并塞进一顶更硬的新帽子的过程中，简一直皱着眉头。“我们要把它别好，”贝丝说。她专心地忙碌着。“这样更漂亮，只要你能忍受。”

“我自己也向来不喜欢带子，”玛乔莉夫人说。

“谢谢，汤姆，”贝丝一边说，一边拿起包裹。她解开外面的布。“帽子再紧一点，”她说。她母亲依照吩咐拢紧帽子，重新别住。紧接着，一只布匣就套在简的头上。她抬起眼睛朝上看了看，似乎想求助，当铁丝架勒紧她的头皮时，她发出一声轻叫。“哦，我还真没想到，”玛乔莉夫人说，“你的头比我想象的要大，简。”贝丝动手调整着铁丝。简一声不吭地坐着。“这样应该可以了，”玛乔莉夫人说。“稍稍有一点变形。把它往下压。垂片翻起来。差不多到下巴的位置，贝丝。老王后以前就喜欢这样。”她退开几步，打量着此刻正戴着山墙形头饰的女儿——这种头饰很老式，自安妮上台之后就再也没有见过。玛乔莉夫人咬着嘴唇，端详着女儿。“有点歪，”她说。

“是简的问题，我想，”汤姆·西摩说。“身体坐直，妹妹。”

简把手伸到头上，动作小心翼翼，仿佛那东西很烫手。“别碰它，”她母亲厉声说道。“你以前戴过。很快会习惯的。”

贝丝不知从哪里拿出一条质地上好的黑色垂纱。“坐着别动。”她开始把它别在布匣后面，神情非常专注。哎哟，你戳着我的脖子了，简说，汤姆·西摩无心地笑了起来；这是他自己的一个笑话，实在不宜与人分享，不过你能猜出个大概。“抱歉让你久等，秘书官大人，”贝丝说，“但是她得把这弄好。我们不能让她使国王想起……你知道。”

不过还得当心，他不安地想：凯瑟琳过世才刚刚四个月，国王可能也不愿意想起她呢。

“我们手头还有几个架子，”贝丝对她妹妹说，“所以如果这个实在戴不稳，我们可以把它全部取下来，再试别的。”

简闭上眼睛。“我能肯定没问题。”

“你们怎么这么快就找到这些东西？”他问。

“我一直把它们收得好好的，”玛乔莉夫人说，“放在箱子里。像我这样的女人啊，知道它们会重新派上用场。我们现在再也不会看到法国流行的东西了，许多年都不会，如果上帝保佑的话。”

老约翰爵士说：“国王给她送了些珠宝。”

“是安娜小姐用不着了的东西，”汤姆·西摩说。“但很快就会全部送给她。”

贝丝说：“我想，安妮在修道院里不需要它们。”

简抬起眼睛：此刻她抬起视线，与哥哥们的目光相遇，然后又转向一边。听到她开口总是令人意外，她的声音那么柔和，那么生涩，而她的语气与要说的话又是那么不一致。“我看，修道院的法子行不通。首先，安妮会说她怀了国王的孩子。于是他就不得不伺候她，但是会毫无结果，因为永远不会有结果。然后她又会想出新的缓兵之计。而与此同时，我们所有人都不会有好日子过。”

汤姆说：“我想，她可能了解亨利的秘密。并且会把它们卖给她的法国朋友。”

“他们可不是她的朋友，”爱德华说。“再也不是了。”

“但她会试一试的，”简说。

他看着这凝心聚力的一家人：英格兰的这个高贵、古老的家族。他问简，“你愿意竭尽全力，以毁掉安妮·博林吗？”他的语气中毫无责备；他只是感到好奇。

简思索着：但只是思索片刻。“不需要任何人去设计毁掉她。这不是任何人的错。是她毁了她自己。有了安妮·博林那样的所作所为，就不可能活得久。”

现在他得好好研究一下简，研究一下她那低眉顺眼的面孔上的表情。亨利当初追求安妮时，安妮是定定地看着世界：她微抬着下巴，在那容光焕发的皮肤映衬下，那双浅浅的眸子犹如两汪幽黑的潭水。而简呢，扫一眼就够了，然后就会垂下眼帘。她的脸上是一副沉默寡言、若有所思的表情。他见过这种表情。四十年来，他一直在观看各种图画或画像。孩提时代，在逃离英格兰之前，他看过用粉笔画在墙上的叉开的女性下体，或者是礼拜天做弥撒时，一边打着哈欠一边研究一位目光呆滞的圣人。但是在佛罗伦萨，大师们画过面泛银光的圣女，她们娴静而勉强，命运在家人精心的权衡中已经确定；她们将目光转向内心，转向痛苦和荣耀的情景。简看过那些画像吗？难道大师们是从现实生活中撷取了素材，难道他们端详过被家人领进教堂大门的某个订了婚的姑娘的面孔？不管是法国帽子，还是山墙形头饰[①]，这些都不够。如果能够完完全全地罩住自己的脸，简一定不会迟疑，以免世人看透她的心思。

“好了，”他说。把大家的注意力吸引到自己身上，让他感到不大自在。“我之所以来这儿，是因为国王派我送来一件礼物。”

礼物用丝绸包裹着。简一边在手上摆弄着，一边抬起头来。“你曾经给我送过一件礼物，克伦威尔大人。当时从来没有人那样。你可以相信我会铭记在心的，等我有能力回报你的时候。”

就在这时，尼古拉斯·卡鲁爵士走了进来，并皱起眉头。他进门时不像那些地位较低的人，而是像发起进攻的战车或某种令人畏惧的投掷武器那样轰然有声：他现在停在克伦威尔面前，仿佛要向他开炮一般。“那些段子的事我听说了，”他说。“你就不能查禁它们吗？”

“它们没有具体针对某个人，”他说。“只不过是凯瑟琳在位而安妮觊觎后位时的一些讽刺诗被重新翻了出来。”

“这完全不是一码事。这位小姐很贤淑，而那位……”卡鲁不知该如何表达；的确，法庭对她的状况尚无定论，指控的罪名尚未明确，所以很

---

① 安妮·博林喜欢戴时尚的法国帽子，而简·西摩和凯瑟琳则倾向于传统的山墙形头饰。

难用言语来形容她。如果她是叛国者，那么从理论上说，在等待法庭裁决期间，她就已经死了；尽管据金斯顿报告，她在塔里还是尽情地吃喝，听到那些很隐私的笑话时仍然开怀大笑，就像汤姆·西摩一样。

“国王在改编老歌，”他说，“修改里面的一些人和事。皮肤黝黑的女郎不见了，取而代之的是金发白肤的淑女。简知道这类事情是如何发生的。她侍候过老王后。既然简这样的小姑娘都不抱什么幻想，你就得消除你的幻想，尼古拉斯爵士。你已经这么大年纪，不该抱幻想了。”

简一动不动地坐在那儿，手中仍然拿着礼物，包装也未拆开。“你可以打开，简，”她姐姐温和地说。“不管里面是什么，都是你的了。”

“我在听秘书官大人说话，”简说。“从他身上可以学到很多东西。”

“但对你没多大用处，”爱德华·西摩说。

“我不知道。如果能跟随秘书官大人十年，我也许能学会坚持己见。”

“你的幸福命运是成为王后，”爱德华说，“而不是普通职员。”

“这么说来，”简说，“你感谢上帝让我生为女人了？”

“我们每天都跪谢上帝，”汤姆·西摩缓慢而彬彬有礼地说。这位温顺的妹妹居然要人恭维，对他是一件新鲜事，他一时还反应不及。他瞥了他哥哥爱德华一眼，耸耸肩：抱歉，我尽力了。

简打开自己得到的奖赏。她让链子从手指间滑过；链子很细，像她自己的发丝一般。她把小书放在掌心，翻了过来。在金黑两色瓷漆的封面上，有两个用红宝石镶嵌而成的相互交错的首字母：H和A[1]。

“别在意，宝石可以更换的，”他连忙说道。简把礼物递给他。她的脸沉了下来；她还不知道这位至为高贵的国王有多么节俭。亨利本该提醒我一下，他想。在安妮的首字母底下，K依然清晰可见。他将它递给尼古拉斯·卡鲁。“你要看一下吗？”

① 即亨利和安妮两人名字的首字母，下文的K是凯瑟琳的首字母。

爵士摸索着小扣，打开书。“哦，”他说，“是一段拉丁语祈祷文。也可能是一首《圣经》诗歌？”

“我能看看吗？”他把书接过来。“这是《箴言》。‘才德的妇人，谁能得著呢？她的价值远胜过珍珠。’”显然并非如此，他想：三份礼物，三位妻子，却只支付珠宝商一笔账单。他微笑着对简说，“你知道这里提到的这位女子吗？作者说，她身着紫色丝绸。根据这页纸上未能引录的诗歌，我可以告诉你更多有关她的情况。”

爱德华·西摩说，“你应该当主教的，克伦威尔。”

“爱德华，”他说，“我应该当教皇。”

他正要告辞时，卡鲁不容分说地朝他勾了勾手指。哦，老天，他心里想，因为不够谦卑，我现在有麻烦了。卡鲁示意他走到一旁，但并非要责备他。卡鲁低声说道，“玛丽公主非常希望得到她父亲的召见。对国王而言，在这个时候，让他真正的婚内孩子回到身边，难道不是最好的补偿和安慰吗？”

“玛丽留在原处会更好。在这里和枢密院以及大街小巷所讨论的话题，不宜传进一位年轻姑娘的耳中。”

卡鲁皱着眉头。“这话也许有道理。但是她盼望得到国王的口信。或者礼物。”

礼物，他想；这倒可以安排。

卡鲁说，“宫里有些人想去内地拜访她，如果不能让公主来到这里，显然也该放宽对她的限制吧？现在，再让博林家的女人守着她，也不合适了。也许她以前的家庭教师，索尔兹伯里女伯爵……”

玛格丽特·波尔？那个信奉教皇制的顽固不化的母夜叉？但现在不是向尼古拉斯爵士讲出这些确凿真相的时候；可以等到以后再说。“国王会处理的，”他轻松地说。“这是家庭内部的事情。他知道怎么做对他女儿最好。”

到了晚上，蜡烛点燃的时候，亨利会忍不住为玛丽流泪。但是白天，他看到的还是她目前的态度：反叛，固执，仍然不肯屈服。国王说，等这一切过去之后，我会好好履行做父亲的责任。玛丽小姐跟我已经疏远了，这让我很伤心。等安妮走后，我们就可能和好。不过，他补充道，会有一些条件。我的女儿玛丽必须服从的条件，请记住我的话。

“还有一件事，”卡鲁说。“你必须把怀亚特抓起来。”

但是，他却让人请来了弗朗西斯·布莱恩。弗朗西斯笑嘻嘻地进来了：他认为谁也动不了他。他的眼罩上饰有一颗闪闪发光的小绿宝石，不禁让人产生一种不祥之感：那双眼睛一只发绿，另一只……

他端详着它，说，“弗朗西斯爵士，你的眼睛是什么颜色？我是说，你那只眼睛？”

“通常是红色，”布莱恩说。“但大斋节期间我尽量不喝酒。还有基督降临节，以及星期五，也是这样。”他听起来有些哀伤。“干吗叫我来这儿？你知道我站在你这边，对吧？”

“我只是请你来吃晚餐。”

“你也请过马克·史密顿吃晚餐。瞧瞧他现在的下场。”

“不是我要怀疑你，”他说，并夸张地长叹一声。（他真喜欢拿弗朗西斯爵士寻开心。）“不是我，而是大多数人，他们质疑你忠心何在。当然了，你是王后的亲戚。”

“我也是简的亲戚。”布莱恩仍然很轻松，从他靠在椅背上、双脚伸到桌子底下的样子可以看出来。“我还以为我不会受到讯问。”

“凡是与王后家关系很近的人，我都在跟他们谈话。你显然与她家关系很近，你很早就跟他们很密切了；你不是去过罗马吗，为博林家的事情跟他们一起四处奔走，以促成国王的离婚？不过你有什么好怕的呢？你是一位老臣，无所不知。这些知识如果善加利用，善加分享，也许可以保护你。”

他等待着。布莱恩坐直了身子。

“你也希望让国王满意，”他说。“而我想要的只是确定一下，一旦需要，你会对我所要求的任何一点作证。”

他能肯定弗朗西斯的汗中含有加斯科涅酒，他的毛孔里散发着他低价买进、然后又高价卖给国王酒窖的那种劣质过期的玩意儿的气味。

“你瞧，克伦，”布莱恩说。“我所知道的是，诺里斯总是想象着跟她上床。”

“那她弟弟呢，他想象的是什么？”

布莱恩耸耸肩。“她从小被送到法国，直到长大后他们才彼此认识。我知道发生过这种事情，你没听说过吗？”

“没有。我没听说过。在我的家乡，从来没有发生过乱伦。上帝知道，我们那儿犯罪作恶的事情也不少，但有些方面超出了我们的想象能力。”

“我敢打赌，你在意大利肯定见过。只不过有时候，人们亲眼见到了却不敢说出来。”

“我没有什么不敢说的，”他平静地说。“你等着瞧好了。也许我的想象力有些迟钝，跟不上每天暴露出来的情况，但我在努力弄清楚。”

“现在她不是王后了，”布莱恩说，“因为她不是了，对吧……那么，我就可以实话实说了，她是一个骚货，而找自己的家人，不是正好近水楼台吗？”

他说：“按照这种理论，你认为她跟诺福克舅舅也有一腿吗？甚至也可能包括你自己，弗朗西斯爵士。如果她意在自己的亲戚的话。你很讨女人喜欢。”

“哦，老天，”布莱恩说。“克伦威尔，你不至于这么想吧。”

“我只是顺口提及。不过，既然我们在这件事上达成了一致，或者起码表面如此，你能帮我一个忙吗？你可以去一趟大哈林伯里，让我的朋友默里勋爵对即将发生的事情有所准备。这种消息不便在信里透露，如果你的朋友年事已高的话。”

“你认为面对面地谈更好？”他将信将疑地笑起来。“我会说，大人，我亲自来到这里，是免得你太过震惊——你的女儿简不久会成为一个寡妇，因为她丈夫犯了乱伦罪将被斩首。”

“不，乱伦之说我们留给牧师去判定。他的死因将是叛国。而且，我们也不知道国王是否会选择斩首。”

“我想我做不到。”

“但我觉得你做得到。我对你很有信心。权当是一次外交任务吧。你执行过不少外交任务。尽管我不知道你是如何执行的。”

“头脑冷静，”弗朗西斯·布莱恩说。“但这一次我需要喝一杯。你也知道，我很怕默里勋爵。他总是翻出一些老掉牙的手稿，说，‘你看这儿，弗朗西斯！’然后为里面的笑话开怀大笑。你也知道我的拉丁语，会让任何一个学童都感到羞愧。”

“别糊弄我了，”他说。“备马吧。但在你去埃塞克斯之前，还要帮我另外一个忙。去看看你的朋友尼古拉斯·卡鲁。告诉他我同意他的要求，也会跟怀亚特谈一谈。但是提醒他，告诉他不要逼我，因为我不吃那一套。提醒卡鲁可能会抓更多的人，我现在还说不准会是谁。或者就算我知道，现在也不会说。你要明白，也让你的朋友们明白，我得放手去干才行。我不是他们的听差。”

“我可以走了吗？”

“随时都可以，”他淡淡地说。“但是晚餐呢？”

“你可以把我那份也吃掉，”弗朗西斯说。

尽管房间里很暗，国王却说：“我们应该照一照真相的镜子。我想我也有责任，因为我所怀疑的东西我并不曾拥有。”

亨利看着克兰默，仿佛在说，现在该你了：我承认了我的过错，所以赦免我吧。大主教似乎很苦恼；他不知道亨利接下来会说些什么，也不知道自己是否有把握不说错话。剑桥的教育并没有训练他如何应对这样一个夜晚。“这不怪您，”他对国王说。他朝他（克伦威尔）看了一眼，带着强烈的质疑意味。“在这类事情上，在没有证据之前，显然不能指责任何人。”

“你别忘了，”他对克兰默说——因为他淡定从容，能说会道——“你别忘了调查那些嫌疑人的不是我，而是全体委员。枢密院把你请来，将事情摆在你面前，而你也没有异议。大主教大人，正如你自己所言，在这件事情上，未经慎重考虑，我们不会走到这一步。”

“我回头仔细一想，”亨利说，“那么多的事情都变得清晰起来。我受到误导，遭到背叛。失去了那么多的朋友，还有忠仆，失去了，疏远了，逐出了宫廷。更令人难过的是……我想起了沃尔西。那个我称为妻子的女人为了对付他，曾经挖空心思，处心积虑。”

他说的是哪个妻子呢？凯瑟琳和安妮都曾经是红衣主教的对头。“我不知道自己怎么会那么糊涂，”亨利说。“不过，奥古斯丁不是将婚姻称为‘一件致命的、令人盲从的衣物吗？’”

“是金口约翰，”克兰默喃喃道。

“此事暂且不谈，”他（克伦威尔）连忙接话。“如果这桩婚姻得到解除，陛下，议会会请求您再婚。”

“我相信是这样。有多少人既效忠自己的王国，又侍奉上帝呢？甚至繁衍后代的行为本身也是一种罪。我们必须有子嗣，国王则尤其如此，但即使是在婚姻中，我们也被提醒要戒淫欲，有些权威人士不是说，对妻子没有节制的爱也是一种通奸行为吗？”

“杰罗姆，”克兰默低声说：仿佛他宁可否认这位圣人的权威性。“不过还有许多赞扬婚姻的教义，让人更容易接受。”

“采自荆棘的玫瑰，”他说。“教会并没有给已婚男人提供很多的安慰，虽然保罗说我们要爱自己的妻子。陛下，要消除婚姻原本有罪的想法很难，因为若干个世纪以来，那些禁欲主义者一直在宣扬他们比我们高尚。但他们其实不然。对谬论的重复并不能使其成为真理。你同意吗，克兰默？”

我佩服之至，大主教的神情似乎在说。他是一位已婚男人，这与国王和教会的所有法律相违背；他是在德国结的婚，当时是改革派的成员，现在他把格蕾特夫人藏在乡下的屋子里。亨利知道吗？肯定知道。亨利会说出来吗？不会，因为他一心关注的是自己的难题。“现在我想不明白自己当时为什么希望得到她，”国王说。“所以，我才觉得她对我施了魔法和巫术。她声称爱我。凯瑟琳以前也声称爱我。她们口口声声说爱，其实却恰恰相反。我觉得安妮时时刻刻都想打击我。她总是那么反常。想想她是怎样奚落她的舅舅诺福克大人。想想她是怎样对自己的父亲嗤之以鼻。就连对我的行为，她也擅自指手画脚，对一些她根本不懂的事情，她也要把自己的意见强加给我，她对我说的那些话，没有哪个可怜的男人愿意从自己的妻子那里听到。”

克兰默说：“她很放肆，的确。她知道这样不好，并且想管住自己。”

“现在该管住她了，上帝。”亨利的语气很激烈；但紧接着，他就控制住自己，换成受害者的那种悲痛语调。他打开自己的胡桃木文具盒。“看到这本小书了吗？”其实算不上一本书，现在还算不上，不过是一摞系在一起的活页；没有书名页，只是一张纸上留有亨利认认真真的字迹。“这本书正在创作之中。是我写的。是一部戏剧。是悲剧。是我自己的经历。”他主动说道。

他说：“先留着吧，陛下，等我们有更多的时间，再好好拜读。”

“但是，”国王坚持道，“你们必须了解她的本性。我给了她一切，她却对我以怨报德。要让所有的男人都知道，要提醒他们注意女人的真实面目。她们欲壑难填。我相信她跟过上百个男人。”

一时间，亨利看上去就像一只遭到追捕的猎物：被女人的欲望紧追不舍，扑倒在地，撕成碎片。“但是她弟弟呢？”克兰默说。他移开视线，不愿意看着国王。“这可能吗？”

“我猜她无法抗拒他，”亨利说。“干吗要放过他呢？干吗不把杯子里的残渣一饮而尽？她在放纵自己的欲望时，却扼杀了我的欲望。当我靠近她，只是为了履行义务时，她却向我投来那种眼神，任何男人见了都会气馁。现在我明白她为什么会那样了。她想精神抖擞，好迎接自己的情郎。”

国王坐在那里，打开了话匣子。十来年以前，安妮牵着他的手，带他走进森林。在明亮的日光透过苍翠的枝叶投洒下来的森林边缘，他失去了良好的判断力，还有他的纯真。她一整天都缠着他不放，直到他浑身发抖，精疲力竭，但是他甚至无法停下来喘息，无法回头，他迷了路。他一整天都在追她，直至天色渐暗，然后他借助火把的光亮跟着她：突然，她甩开他，灭掉火把，将他一个人撇在黑暗之中。

门轻轻地开了：他抬起头，是雷夫，如果是在过去，也许应该是韦斯顿。“陛下，里奇蒙大人来了，想跟您道晚安。他可以进来吗？”

亨利停住话头。“菲茨罗伊。当然。”

亨利的私生子现在已经是个十六岁的年轻人，但皮肤白嫩，眼神清澈，所以看上去比实际年龄要小。他继承了爱德华四世国王的金红色头发，还有亨利已故的哥哥亚瑟王子的长相。面对身材魁梧的父亲时，他很犹豫、迟疑，唯恐自己不受欢迎。但是亨利站起身，满脸是泪地搂住了他。“我的小儿子，”他对这个身高即将有六英尺的孩子说。“我唯一的儿子。”国王现在哭得很厉害，不得不用袖子擦脸。“她险些毒死了你，”他呜咽着说。“感谢上帝，由于秘书官大人明察秋毫，才及时揭穿了她的阴谋。”

“秘书官大人，”孩子一板一眼地说，“谢谢您揭穿了那个阴谋。”

“她险些毒死你和你姐姐玛丽，险些毒死你们两个人，并让她自己生的那个小不点成为英格兰的继承人。也可能我的王位会传给她后来生下的哪个孩子——上帝保佑，如果有谁活下来了的话。我怀疑她的孩子都保不住。她太邪恶。上帝抛弃了她。为你父亲祈祷吧，祈祷上帝不要抛弃我。我犯了罪，肯定犯了罪。这桩婚姻不合法。”

“什么，这一桩？”孩子说。“这桩也不合法吗？”

“不合法而且被诅咒。”亨利的双手用力抓住孩子的后背，紧紧地搂住他，前后摇晃着：也许大熊就是这样压死自己的幼崽。“这桩婚姻不符合上帝的律法。没有什么能使它合法化。她们都不是我的妻子，这位不是，之前那位也不是，感谢上帝她现在进了坟墓。我再也不用听她哭哭啼啼、祈祷恳求，或者对我的事情指手画脚。不要告诉我存在什么特许，我不想听。没有哪位教皇能免受上帝律法的约束。安妮·博林到底是怎么靠近我的？我为什么会看她？她为什么蒙蔽了我的双眼？世上有那么多女人，那么多清纯、年轻、贤淑的女人，那么多美好、善良的女人。为什么我的命这么苦，总是碰到会毁掉自己肚子里的孩子的女人？”

他突然松开孩子，那孩子不禁踉跄了一下。

亨利抽了抽鼻子。“好了，走吧孩子，回到你自己那清白无辜的床上去。还有你，秘书官大人，回到……你自己的家人身边去吧。”国王用手帕擦了擦脸。“我今晚太累，不能做忏悔了，大主教大人。你也可以回家了。不过你要再来，赦免我的罪过。”

这似乎是个不错的主意。克兰默有些犹疑：但他不是个催着别人说出秘密的人。他们离开房间时，亨利拿起自己那本小书，专心致志地翻着书页，开始读起了自己的故事。

走出国王的卧室后，他示意在旁边晃悠的侍臣们，“进去看看他是否需要什么。”他们缓慢而不太情愿地进了房间，轻手轻脚地朝亨利走去：不确定自己是否受欢迎，对一切都感到不确定。与好朋友共度时光：但好朋友如今何在？畏畏缩缩地躲在墙边。

他向克兰默道别，拥抱了他一下，低声说：“一切都会好的。”小里奇蒙碰了碰他的胳膊：“秘书官大人，有件事情我得告诉你。”

他很累。今天天刚亮他就起床给欧洲那边写信。“很紧急吗，大人？”

“不是。但很重要。”

设想一下你有一位了解二者区别的主人。“说吧，大人，我洗耳恭听。”

“我想告诉你，现在我有了一个女人。”

“希望她如你所愿。”

那孩子犹豫地笑了笑。“不是那么回事。她是个妓女。是我哥哥萨里为我安排的。”他指的是诺福克的儿子。在火炬的光线下，孩子的脸忽隐忽现，时而明亮，时而黑暗，时而半明半暗，就像处在层层暗影之中。“但事已至此，我是个男人，所以我想，诺福克应该让我和我妻子住在一起。”

里奇蒙已经娶了诺福克的女儿——小玛丽·霍华德。出于自己的打算，诺福克没有让两个孩子住在一起；如果安妮为亨利生下一个婚生儿子，那么这个私生子对国王就一文不值，而诺福克已经想到，如果真是那样，而他女儿还是处女之身的话，也许就可以把她嫁给另外一个对他更为有用的人。

不过那些算计现在都没有必要了。“我会帮你跟公爵谈一谈。”他说。“我想，他现在会迫切希望满足你的愿望。”

里奇蒙涨红了脸：是高兴，还是难为情？这孩子很聪明，对自己的境况心知肚明，不过几天时间，他的情形就得到巨大的改善。他（克伦威尔）能听见诺福克的声音——犹如在国王的枢密院争辩时那么清晰——在说：凯瑟琳的女儿已经成了私生女，安妮的女儿会步她的后尘，所以亨利的三个孩子都是非婚所生。既然如此，干吗不先男后女呢？

“秘书官大人，”那孩子说，“我府里的仆人们都在说，伊丽莎白甚至不是王后生的。他们说，她是被人装在篮子里偷进寝宫，而王后的死婴则被送了出去。”

“她为什么要那样呢？”对于各府仆人间的伦理逻辑，他总是很好奇。

“这是因为，为了当上王后，她与魔鬼达成了交易。但魔鬼总是欺骗你。他让她当上了王后，却不让她生一个能活下来的孩子。”

“不过，你会觉得魔鬼会让她变得更聪明吧。如果她把孩子装在篮子里偷进去，她肯定会偷个男孩吧？”

里奇蒙挤出一丝苦笑。“也许那是她唯一能找到的孩子。毕竟别人不会把孩子扔在大街上。”

其实不然。他正要向新议会提出一项议案，为伦敦那些孤苦伶仃的男孩们提供生活保障。他的观点是，只要照顾好了男孩子，他们就会照顾好女孩子。

“有时候，”那孩子说，“我会想起红衣主教。你有没有想起过他？”他在一只箱子上坐下；他（克伦威尔）也跟着坐了下来。“在我很小很小、跟别的孩子一样什么都不懂的时候，我曾经以为红衣主教是我的父亲。”

“红衣主教是你的教父。”

“是的，但我以为……因为他对我那么慈爱。他会来看我，抱我，尽管他给我送过金盘子之类的贵重礼物，但还送过我绣球和布娃娃，你知道，男孩子都很喜欢……”他低下头，“在很小的时候，我是说当我还穿着袍子①的时候。我知道我的身世是个谜，我还以为原因就在这里，因为我是牧师的儿子。国王来的时候，对我而言是个陌生人。他送给我一把剑。”

“你当时猜想过他是你父亲吗？”

“没有，”孩子说。他摊开双手，显出茫然无助的样子，他小时候就是这样茫然无助。“没有。没有人跟我解释。请不要告诉他。他不会理解的。”

所有让国王感到震惊的事件中，最大的恐怕莫过于知道自己的儿子没有认出他。“他还有许多别的孩子吗？”里奇蒙问。接着，他又用一种仿佛深谙世故般的笃定语气说，“我想肯定有。”

---

① 指很年幼，尚未穿裤子。根据不同的家庭条件，当时的男孩子往往在两岁到八岁之间才开始穿裤子。

“就我所知，他不存在可能威胁到你的权利的孩子。据说玛丽·博林的儿子是他的，但当时她结了婚，孩子随了她丈夫的姓。”

“但我想他现在会娶西摩小姐，等这桩婚事，”孩子结结巴巴地说，“不管是婚事还是别的什么事情，等它成了之后。她也许会生个儿子，因为西摩家的人都很能生养。”

“如果真是那样，”他温和地说，“你就得做好准备，第一个祝贺国王。你得准备好一生一世效力于这位小王子。不过当务之急，请恕我冒昧……如果你近期仍然不能跟你妻子住在一起，就最好找一位善良纯洁的年轻姑娘，跟她事先谈好。那么，等到你跟她分手时，就打发她一点钱，让她守口如瓶。”

“你就是这样的吗，秘书官大人？”这本是无心之问，但一时间，他不禁怀疑这孩子是否在帮什么人打探。

“绅士之间最好不要讨论这种话题，”他说。“学学你的国王父亲吧，他谈到女性时从不用粗俗之语。”也许有些粗暴，他想：但从不粗俗。“行为要谨慎，不要跟妓女搅在一起。千万不能染上疾病，就像法国国王那样。另外，如果你的年轻姑娘给你生了孩子，你就留下来自己抚养，并且知道这不是另一个男人的孩子。”

“但谁能说得准呢……”里奇蒙顿住了。各种世事真相在这个年轻人的脑海中快速闪现。“既然国王都可能被蒙蔽，所有其他的人当然也能被蒙蔽了。如果已婚女人不忠，那么，任何男人都可能在帮另一个男人养孩子。”

他笑了。“但另一个男人也会在帮他养孩子。”

等他有时间好好规划的时候，他打算启动一项对洗礼进行某种形式的登记造册工作，这样他就能清点国王有多少子民，了解他们都是何人——或者至少据他们的母亲所说他们都是何人：姓氏与父亲是两码事，但是你总得从某个地方着手才行。在城里穿行时，他扫视着伦敦人的面孔，会想起自己曾经生活过或经过的城市的街道，不禁陷入沉思。

我原本可以有更多的孩子，他想。他的生活一直很节制，总是极尽理性，但红衣主教曾经编过不少有关他和他的成群妻妾的风流韵事。每当哪个年轻粗壮的重罪犯被拖上绞刑架时，红衣主教就会说，“瞧，托马斯，那肯定又是你的种。”

孩子打了个哈欠。“我太累了，”他说。“可我今天并没有打猎。所以不知道是怎么回事。”

里奇蒙的仆人们候在一旁：他们的徽章是一个用后腿站立的半狮兽图案，蓝黄两色的制服在渐弱的光线中隐隐约约。他们很想像保姆把孩子从泥坑中拎起来一样，将小公爵一把拎走，让他远离克伦威尔此刻所要的任何阴谋。眼下有一种恐怖的气氛，而且是他制造的。没有人知道抓人的事还会持续多久，或者还有哪些人会被抓。他甚至觉得自己也不清楚，而这件事是由他一手主导。乔治·博林被关进了塔里。韦斯顿和布莱里顿已经获准在这个世界上再睡最后一夜，可以有几个小时来处理后事；明天这个时候，他们牢房的门会被打开：他们可以逃，但逃往何处呢？除了马克之外，那些人都没有受到正式审讯：也就是说，受到他的审讯。但是，对战利品的争抢已经开始。诺里斯被关押不到一天，第一封信就来了，请求分享他的某些职位和特权，写信人的托辞是他有十四个孩子。十四张嗷嗷待哺的嘴巴：且不提那男人自身的需要，以及他妻子贪婪的胃口。

* * *

第二天一大早，他对威廉·费兹威廉说，“跟我一起去塔里，与诺里斯谈谈吧。”

费兹说：“不，你自己去吧。这种事我不能干第二次了。我跟他相识多年。第一次都差点要了我的命。”

“温文尔雅的诺里斯”：国王的首席司厕官，高明的纺织工，蜘蛛之王，宫廷恩泽这张巨网的黑色中心：多么精神充沛，多么和蔼可亲，年过四十但看不出年纪。诺里斯总是不动声色，是举重若轻[①]之艺术的活样板。没有人见过他被激怒。从他的气度神态上看，与其说是他赢得了功名，不如说是功名找上了他。他对挤奶工与对公爵一样彬彬有礼；起码在人前是这样。他是比武场上的佼佼者，折断对方的长矛时面带歉意，而清点王国的钱币后，他会用泡有玫瑰花瓣的泉水洁净双手。

不过，哈里富了，就像国王身边的所有人那样，不管多么谨小慎微，还是不由自主地富了。哈里捞取好处时，看上去犹如恭顺的仆人拿走某种让你眼不见心不烦的东西。而当他主动要求某个有利可图的差事时，则表现得像是出自责任心，并帮能力不足的人省些麻烦。

但瞧瞧此刻的"温文尔雅的诺里斯"吧！看到一个大男人哭泣真是令人难过。他一边这样说，一边坐了下来，并询问他在这里的情况，是否吃到了喜欢的食物，以及睡眠如何。他的态度友好随和。"去年圣诞节期间，诺里斯大人，你装扮成摩尔人，威廉·布莱里顿则装扮成光着半个身子的林中猎人或野人，朝王后的房间跑去。"

"看在上帝的分上，克伦威尔，"诺里斯吸了吸鼻子。"你不会当真吧？这么郑重其事地问我，而我们当时的装扮是为了化装舞会啊。"

"我建议威廉·布莱里顿不要暴露身体。你反驳说，王后已经看过多次了。"

诺里斯的脸红了：就像那天一样。"你是有意曲解我。你知道我的意思是，她是已婚女人，所以男人的……男人的下体对她而言并非从未见过。"

"你的意思你自己明白。我只知道你说过什么。你得承认，这种话如果传到国王耳朵里，他可不会认为只是说说而已。还是那一次，当我们站在那儿交谈时，看见弗朗西斯·韦斯顿也装扮了一番。你当时说他是去见

---

① 原文为 sprezzatura，在《狼厅》中，亨利八世将其解释为"一种不刻意努力却把各种事情做得漂亮、圆满的艺术"。

王后。”

“起码他没有光着身子，”诺里斯说。“他穿着一套龙服，对吧？”

“我们看见他的时候，他没有光着身子，这一点我同意。但是你接着说了什么？你跟我说他被王后迷住了。你当时很嫉妒，哈里。而你并没有否认。把你了解的韦斯顿那些见不得人的事情都告诉我。这会使你后面好过一些。”

诺里斯已经镇静下来，擤了擤鼻子。“你说的这些都是断章取义，可以有多种解释。如果你在查找通奸的证据，克伦威尔，就得有更好的办法才行。”

“哦，我不知道。就其性质来说，这种事情很少会有目击证人。但我们可以考虑环境、机会以及明白表达的愿望，可以考虑重大的可能性，可以考虑当事人的坦白。”

“你不会听到我或布莱里顿的坦白。”

“很难说。”

“你不能对我们用刑，国王不会允许的。”

“不需要有正式的安排。”他站起身，一掌拍在桌上。“我可以将手指戳进你眼里，然后如果我要你唱‘冬青树长成青翠①’，你就一定会唱。”他坐了下来，恢复了刚才的温和语气。“从我的角度想想吧。反正别人会说我对你用了刑。他们会说我严刑拷打了马克，他们已经在这么传了。尽管他毫发未损，我发誓。马克是自愿坦白的。他向我招供了一些名字。有些让我很吃惊。但我没动声色。”

“你在撒谎。”诺里斯移开视线。“你想设计让我们互相出卖。”

“国王知道该怎么想。他不需要目击证人。他知道你们以及王后的叛国罪行。”

① 《狼厅》中1527年圣诞节期间宫廷里传唱的一首歌中的歌词。

“你扪心自问，”诺里斯说，“我怎么可能完全置自己的荣誉于不顾，背叛对我恩重如山的国王，并且将一位我所敬仰的女士置于这么可怕的险境？很久很久以前，我的家族就在侍奉英格兰国王。我的曾祖父侍奉过圣人般的亨利六世国王，愿上帝保佑他的灵魂。我的祖父侍奉过爱德华国王，如果他儿子活了下来治理国家，我祖父还会侍奉他儿子。在被蝎子理查德·金雀花逐出国境后，他侍奉过流亡中的亨利·都铎，直到他登基为王，他仍然在侍奉他。我从小就跟在亨利身边。我像兄弟一样爱他。你有兄弟吗，克伦威尔？”

“活下来的没有。”他看着诺里斯，心里有些恼火。他似乎以为凭着能说会道，凭着真诚和坦率，他就能扭转局势。宫廷上下都看到了他垂涎于王后。购物时饱了眼福，显然还动手抚摸过，他怎能指望到头来不用付账？

他站起身，走开，又转回来，摇摇头：他叹了口气。“唉，看在上帝的分上，哈里·诺里斯。我非得给你在墙上写出来吗？国王必须甩掉她。她不能给他生儿子，而且他不再爱她了。他爱上了另一位女士，不将安妮摆脱掉，他就不能得到她。好了，既然你直来直去，我也说得够直了吧？安妮不会安安静静地离开，她曾经对我警告过；她说，如果亨利哪一天甩掉我，我不会善罢甘休。所以，如果她不愿离开，就得有人推她一把，而我得推她一把，除了我还有谁呢？你看清眼下的形势了吗？你愿意收回刚才的想法吗？以前也有过类似的情形，我的老主子沃尔西没能满足国王的愿望，结果怎么样？遭到贬谪，被折磨至死。现在我要吸取他的教训，我指的是要满足国王的一切愿望。他现在被戴了绿帽子，很痛苦，但等到重新当新郎后，他就会忘记的，而这用不了太久。”

“我猜西摩家已经备好了婚宴。”

他笑了。“而汤姆·西摩正在做卷发。大婚那天，国王会很开心，我会很开心，全国上下都很开心，只有诺里斯除外，因为恐怕他已经死了。对此我没有办法，除非你自己坦白，乞求国王的恩典。他答应会恩典的。

而且他说话算话。多数时候都是这样。”

“比赛那天，”诺里斯说，“我陪他骑马离开格林威治，走了那么长一段路。他一路上都喋喋不休地问我，你都干了些什么，坦白吧。我可以把当时告诉他的话也告诉你，我清清白白。但问题是，”他现在失去平静，变得怒气冲冲，“问题是，你和他两个人其实很清楚。请告诉我，为什么是我？为什么不是怀亚特？所有人都怀疑他与安妮有染，而且他从来都没有直接否认吧？怀亚特以前就认识她。他在肯特郡就认识她。在她很年轻的时候他就认识她。”

“那又怎么样？他认识她时她还是个单纯的少女。就算他跟她有关系又怎么样？也许很丢脸，但绝不是叛国。那跟与国王的妻子——英格兰王后——纠缠不清是两码事。”

“我对自己与安妮的关系没什么可羞愧的。”

“你也许为自己对她所怀的心思感到羞愧？你跟费兹威廉这么说过。”

“是吗？”诺里斯黯然地说。“他就是这样理解我的话吗？我感到羞愧？就算是如此，克伦威尔，就算如此……你也不能把我的心思当成犯罪。”

他张开双手。“如果心思就是意图，如果意图性质邪恶……如果你不曾非法地拥有过她，你自己也说没有，那么，你是想合法地拥有她吗，在国王死了之后？你妻子去世快六年了，你为什么没有再婚？”

“你为什么没有？”

他点点头。“问得好。我也这样问自己。但我没有像你那样向一个年轻女子做出承诺，然后又违背诺言。玛丽·谢尔顿因为你而声名扫地——”

诺里斯笑了起来。“因为我？不，是因为国王。”

“可国王不能娶她，你却可以，而且你对她许诺过，可又不当一回事。你以为国王会死，这样你就可以娶安妮为妻了吗？还是你指望在国王有生之年，她玷污自己的婚姻誓言，成为你的情妇？总是两者之一吧。”

“不管我说是哪一种，你都会给我定罪。即使我什么都不说，你也会把我的沉默当作默认，而给我定罪。”

“依照弗朗西斯·韦斯顿的看法，你是有罪的。”

“弗朗西斯居然有看法，这倒很新鲜。他凭什么……？”诺里斯顿住了。“什么，他在这儿吗？在塔里？”

“他被监禁了。”

诺里斯摇摇头。“他还是个孩子。你怎么能这样对待他身边的人？我承认他是个没心没肺、倔强任性的孩子，大家都知道我不喜欢他，也知道我们彼此不合——”

“哦，情敌。”他将手放在胸口上。

“当然不是。”啊，哈里终于被激怒了：他的脸涨成了紫红色，又气又怕而全身发抖。

“你对乔治弟弟怎么看？”他问。“你可能没有料到会有来自她家庭内部的竞争对手。我希望你感到意外。尽管你们这些人的德行常常令我惊讶。”

“我不会中你这种圈套。对你提到的任何人，我都既不说坏话，也不说好话。我对乔治·博林没有看法。”

“什么，对乱伦没有看法？如果你这么无动于衷，毫不反对，我就只好推测可能并非空穴来风。”

“而如果我说，我想可能确有其事，你就会对我说，‘什么，诺里斯！乱伦！你怎么能相信这种令人憎恶的事情？这是你的障眼法，好转移我对你自己的罪行的注意吗？’”

他欣赏地看着诺里斯。“你没有白白认识我二十年，哈里。”

“哦，我研究过你，”诺里斯说。“就像以前我研究过你的主人沃尔西一样。”

“你真是有远见。多么伟大的公仆。”

“到头来却成了大叛徒。”

“我得让你的思路转回来。我不是要你牢记从红衣主教手里得到的各种恩惠。我只是要你回想一次表演，宫里的某段幕间剧。剧里讲的是已故的红衣主教受到魔鬼袭击，被扔下地狱。”

他看到诺里斯的眼睛在转动，显然想起了当时的情景：火光，热气，大呼小叫的观众。他自己和博林抓住受害人的双臂，布莱里顿和韦斯顿则抓住双腿。他们四个人将那个红色的身躯扔来扔去，又摔又踢。为了取乐，四个人把红衣主教变成了一头牲口；他们剥夺了他的智慧、仁慈和高贵，把他变成了一只嚎叫的动物，趴在地板上，用爪子胡乱挣扎。

当然，那不是真正的红衣主教。而是穿着红袍的弄臣塞克斯顿。但观众不停地起哄，仿佛看到的是真人实景，他们高声叫嚷，挥舞拳头，怒骂着，嘲弄着。在后台，四个魔鬼连笑带骂地取下面具，脱去毛乎乎的外套。他们看到托马斯·克伦威尔穿着黑色的丧服，一言不发地靠在墙上。

此时此刻，诺里斯目瞪口呆地看着他：“原来是为这啊？那只是一部剧。正如你自己所说，是一场表演。红衣主教当时已经死了，他不会知道。他在世的时候，落难期间，我没有善待他吗？他被逐出宫廷时，我不是带着国王亲手交给我的信物去追他，并在帕特尼荒野赶上了他吗？”

他点点头。“我承认其他人比你更坏。但是你瞧，你们这些人的行为完全不像基督徒，而更像野蛮人，迫不及待地瓜分他的地产和财物。”

他看到自己不需要继续说下去。诺里斯脸上的愤怒已经被极度惊恐之色所取代。他想，这家伙起码还算有点头脑，明白这是怎么回事：不是一两年的积怨，而是自红衣主教失势后所记下的悲痛之书中的一篇长长的节选。他说：“你这是报应，诺里斯。你没发现吗？还有，”他温和地补充道，“也不完全是因为红衣主教。我不想让你以为我没有自己的动机。”

诺里斯抬起面孔。“马克·史密顿怎么得罪你了？”

“马克？”他笑了笑。“我不喜欢他看我的样子。”

如果他说出来，诺里斯会明白吗？他需要有罪之人。于是就找到了有罪之人。尽管他们所犯的也许并非被控之罪。

两人一时默然。他坐下来，等待着，看着眼前的将死之人。他已经在考虑如何处理诺里斯的那些职务，以及王室的各种赠予。他会尽量帮助那些地位低下的申请者，比如那个家里有十四个孩子的男人，他想掌管温莎的一座公园，并在城堡里谋个管理职位。诺里斯在威尔士的职务可以交给小里奇蒙，这样实质上就回到了国王手中并在他的管控之下。雷夫可以得到诺里斯在格林威治的房产，那么，当他必须待在宫里时，就可以将海伦和孩子们安顿在那里。爱德华·西摩提到过想要诺里斯在克佑区的宅第。

哈里·诺里斯说："我猜你不会只是想把我们处死而已。会有一个过程，一场审判吧？我希望速战速决。我想会的。红衣主教以前常说，别人要花一年时间去做的事情，克伦威尔只需一周就能办成，阻拦或反对他都是白费力气。当你准备动手抓他时，他就已经不见踪影，在你穿好靴子的工夫，他已经跑出了二十英里地。"他抬起头。"如果你想公开处死我，好杀一儆百，那就赶快吧。否则我可能在这个房间里独自痛苦而死。"

他摇摇头。"你会活着的。"他自己也曾这么想，以为自己会悲痛而死：为他的妻子、两个女儿、两位姐姐以及亦师亦父的红衣主教。但是执拗的脉搏却保持着自身的节奏。你以为自己无法呼吸，但你的胸腔不这么想，它一起一伏，发出叹息。你必须不由自主地变得健壮；而为了让你变得健壮，上帝拿走了血肉之心，给了你一副铁石心肠。

诺里斯摸了摸自己的肋骨。"这里很痛。我昨晚感觉到了。我无法呼吸，就坐了起来。再也不敢躺下去。"

"红衣主教被赶下台时，也说过同样的话。这种痛就像磨刀石，他说。刀子在磨刀石上磨啊，磨啊。石头被慢慢磨小，直到他死去。"

他站起身，拿起文件：点点头，告辞而去。亨利·诺里斯：抓左臂的人。

威廉·布莱里顿。柴郡的绅士。小里奇蒙公爵的威尔士仆人，而且是个不称职的仆人。出自一个强横家族的一个强横傲慢、冷酷无情的家伙。

"让我们回想一下，"他说，"回想一下红衣主教时期，因为我清楚地记得，在一场草地滚球比赛中，你府里有家丁杀了人。"

"比赛可能变得很激烈，"布莱里顿说。"你自己也知道。我听说你也玩这种球。"

"红衣主教认为，该清算一下了；于是你们家因为妨碍调查而处以罚款。我常常自问，从那以后有任何变化吗？你觉得自己可以为所欲为，就因为你是里奇蒙公爵的仆人，还因为诺福克喜欢你——"

"是国王本人喜欢我。"

他抬起眉毛。"是吗？那你应该向他投诉啊。因为你被安顿在这么糟糕的地方，对吧？遗憾的是，国王不在这里，所以你只好忍受我和我的好记性了。但我们不用去回想太久远的例子。比如说，就想想弗林特郡的约翰·爱普·艾顿先生的案子吧。事情才发生不久，你不会忘记的。"

"原来是因为这样，我才到了这里，"布莱里顿说。

"不完全是，但暂且撇开你和王后的通奸罪，先集中心思回想一下艾顿案。事情的来龙去脉你很清楚。发生了争吵，然后是相互动手，你的一名家丁丢了命，但艾顿先生在伦敦的陪审团面前经过了正式的审判，结果被判无罪。于是，一贯无法无天的你发誓要报复。你让人绑架了那个威尔士人。你的仆人们马上将他绞死，而这一切——别打断我，伙计——是得到了你的允许和指使。我说这件事，只是举个例子。你以为这只是一个人，关系不大，但是你瞧其实关系很大。你以为一年多过去了，没有人会记得，但是我记得。你相信法律应该依你所愿，正因如此，你在威尔士边界地区的自家地盘上肆意妄为，而日益无视国王的法律和名誉。那地方成了一个强盗窝。"

"你说我是强盗？"

"我说你跟他们是一丘之貉。但你的猖狂跋扈要到头了。"

"你既是法官，也是陪审团，还是行刑官，对吧？"

"你的下场比艾顿遭受的更公正。"

布莱里顿说：“这一点我承认。”

这可真是天壤之别。就在几天前，当柴郡的修道院领地有待分配时，他还在要秘书官大人分给他一杯羹。现在他脑海里肯定响起了那些话——当秘书官大人抱怨他专横霸道时他曾说过的话。我得用现实来教教你，他当时冷冷地说。我们不是格雷会馆里来参加某个律师会议的什么人。在我自己的领地，我家的人拥护法律，而我们愿意拥护的就是法律。

现在，他(秘书官大人)问，“你觉得韦斯顿跟王后有私情吗？”

“也许吧，”布莱里顿似乎对是与否都毫不在意。“我几乎不认识他。他年轻、愚蠢、长得漂亮，对吧，而女人就看重这些？她也许是王后，但毕竟也只是个女人，一旦动了心，谁知道她会干些什么？”

“你认为女人比男人更蠢吗？”

“总的来说是这样。而且更软弱。在爱情方面。”

“你的观点我记住了。”

“怀亚特呢，克伦威尔？这件事没他的份吗？”

他说：“你没资格向我发问。”威廉·布莱里顿；抓左腿的人。

乔治·博林早就年过三十，但依旧像我们在年轻人身上看到的那样神采奕奕，目光明亮而清澈。你很难把他讨人喜欢的样子与他妻子所说的有关他的兽欲联系起来，一时间，他看着乔治，心里不禁怀疑，这个人除了有几分骄傲和得意，还能犯什么过错。凭着翩翩风度和聪明才智，他本可以超然于宫廷及其肮脏的尔虞我诈之上，做一个文雅之士，活动在自己的天地里：找人翻译古代诗人的作品，将其制成精美的版本问世。他本可以骑着漂亮的白马在女士们面前直立腾跃、点头致意。遗憾的是，他喜欢争吵和吹牛，喜欢暗中捣鬼和目中无人。此时此刻，在马丁塔的这个明亮的圆形房间里，当我们看到他，看到他来回踱步，很想与人一争高下时，我们不禁自问，他明白自己为何置身此地吗？也许那个令人惊讶的消息还有待点破？

“也许不该太怪你，”他(克伦威尔)一边说，一边坐了下来。“跟我一起坐到桌边来吧，”他吩咐道。“听说有囚犯凿石挖路，但我不相信真有其事。这也许要花三百年的时间。”

博林说：“你在指控我参与勾结、隐瞒，帮我姐姐隐瞒不端行为，但这种指控不能成立，因为并不存在所谓不端行为。”

“不，大人，不是这些。”

“那是什么？”

“你被指控的不是这些。弗朗西斯·布莱恩爵士具有特别丰富的想象力——”

“布莱恩！”博林看上去很惊慌。“但你知道他是我的敌人。”他开始结结巴巴。“他说了些什么，你怎么能相信他的话？”

“弗朗西斯爵士已经原原本本地给我解释过。我也渐渐明白了。一个男人对自己的亲姐姐几乎毫不了解，而在姐姐出落成大姑娘时，他见到了她。她跟他自己很相像，却又不是他自己。她跟他很熟悉，但是又引起了他的兴趣。有一天，他兄弟式的拥抱比以往时间略长。事情就由此而开始。也许双方都没有觉得他们有什么不妥，直至越过某个界线。但是我自己太缺乏想象力，难以想象那会是什么界线。”他顿了顿。“那是始于她的婚前，还是婚后？”

博林开始全身发抖。他大惊失色；几乎说不出话来。“我拒绝回答这个问题。”

“大人，我已经习惯了跟那些拒绝回答的人打交道。”

“你是在用酷刑威胁我吗？”

“嗯，这么说吧，我并没有对托马斯·莫尔用刑，对吧？我陪他坐在一个房间里。这座塔里的一个房间，就像你现在所待的一样。我倾听他沉默中的喃喃低语。对沉默可以做出解释。会有解释的。”

乔治说：“亨利杀死了他父亲的委员们。他杀死了白金汉公爵。他毁掉了红衣主教，将他迫害至死，还将欧洲最伟大的学者之一斩首。现在他想除掉他妻子和她的家人，并除掉他多年来最亲密的朋友诺里斯。这些人你没有一个比得上，凭什么就以为你的下场会不同呢？”

他说：“你们家的人全都不配提起红衣主教。还有托马斯·莫尔。你姐姐当时一心只想报复。她常常对我说，什么，托马斯·莫尔还没死吗？”

“是谁最先这样诽谤我的？不是弗朗西斯·布莱恩，很显然。是我妻子吗？对。我早该知道的。”

“这是你的猜测。我不置可否。既然你觉得她恨你到这种程度，你对她肯定感到良心有愧。”

“你会相信这么骇人听闻的事情吗？”乔治恳求道，“就凭一个女人的话？”

“你还对其他女人献过殷勤。不到万不得已，我不会要她们出庭作证，这方面我可以尽力保护她们。你一向认为对女人可以弃若敝屣，大人，如果到头来她们也这样对你，你可没什么好抱怨的。”

“这么说，我因为献殷勤而要受审判吗？是的，他们嫉妒我，你们全都嫉妒我，我在对付女人方面比较成功。”

“你还以为是成功吗？你得三思了。”

“我从没听说那是犯罪。与一位心甘情愿的爱人共度时光。”

“你最好不要用这种话为自己辩护。如果其中的一位爱人是你姐姐……法庭会觉得，该怎么说呢……粗鲁而放肆。有失庄严。现在能救你——我是说，可能保全你性命——的就是，把你所了解的你姐姐与其他男人的关系一五一十地说出来。尽管你跟她的关系可能有违人伦，有人说，还有些关系会让你们的黯然失色。”

“你身为基督徒，居然要我做这种事？为将我姐姐置于死地而作证？”

他张开双手。“我没有要你做任何事情。我只是指出一些事实，有些人会当成出路。我不知道国王是否会宽恕你。他也许会将你发配到国外，也可能在你受死的方式上给你恩典。也可能不会。你也知道，对叛国罪的惩处是公开而可怕的；犯人在巨大的痛苦和羞辱中死去。我看你很清楚，你已经亲眼目睹过。”

博林全身瘫软：缩成一团，双臂环抱着身体，仿佛想保护自己的五脏免受刽子手的屠刀；他一屁股坐在凳子上。他想，你之前就该坐下的，我告诉过你坐下，你瞧，我碰都不用碰就让你坐下了吧？他温和地对他说，“你宣称信奉福音，大人，宣称你得到救赎。但你的所作所为没有表明你得到救赎。”

“你不必为我的灵魂费心，”乔治说。“我经常跟我的牧师们探讨这些问题。”

“是啊，他们也这么告诉我。我想你太相信自己会得到宽恕，相信自己还有许多年岁可以随意作孽，而上帝纵使看到了一切，也只能耐心等待，就像一位侍从：你最终会注意到他，答应他的请求，只要他愿意等你到老。是这样吧？”

“对此我会跟我的忏悔牧师谈。”

“现在我就是你的忏悔牧师。你是不是在别人面前说过，国王是性无能？”

乔治对他冷笑了一声。“天气晴好的话，他还能行。”

“你这么说，就等于怀疑伊丽莎白公主的身世。你很容易就能明白这是叛国罪，因为她是英格兰的继承人。”

“就你而言，不得已而求其次。”

“国王现在觉得，从目前的婚姻中，他不可能有儿子了，因为这桩婚姻不合法。他认为有些隐藏的障碍，认为你姐姐对自己的过去有所隐瞒。他准备缔结一桩新的婚姻，一桩纯洁的婚姻。”

“没想到你会做出解释，”乔治说。“你以前从来不会这样。”

“我这样做是出于一个理由——让你明白自己的处境，不抱虚幻的希望。你提到的那些牧师，我会派他们过来。你现在正需要他们相伴。”

“上帝对每一位乞丐都赐予儿子，”乔治说。“他赐予所有的人儿子，不管是非法同居的男女还是合法的夫妇，不管是妓女还是王后。我很奇怪国王的头脑居然那么简单。”

“这是一种神圣的简单，”他说。“他是一位受过涂油礼的君王，所以更接近神。”

博林端详着他的面孔，想看看他是否在开玩笑或者挖苦：但他知道自己丝毫未动声色，他对自己的面孔有这种自信。回顾一下博林的人生历程，你可以说，“他这里不对，那里错了。”他太骄傲，太自命不凡，只管随心所欲，而不愿意干点正事。他需要学会见风使舵，就像他父亲那样；但是他可以学习的时间很快就要耗尽了。有时候你需要维护尊严，但有时候出于安全考虑还得抛弃尊严。有时候你可以抽到一手好牌而暗自得意，而有时候你需要将钱袋扔在桌上，说，“托马斯·克伦威尔，你赢了。”

乔治·博林，抓右臂的人。

在他对付弗朗西斯·韦斯顿（抓右腿的人）之前，那年轻人的家里已经找过他，要给他一大笔钱。他礼貌地拒绝了；如果处于他们那种境地，他也会那样做，只不过很难想象格利高里或他家的任何人会像那个年轻人那样愚蠢。

韦斯顿家的人没有就此作罢：他们又去找国王本人。他们可以捐赠，可以做慈善，可以向国王的金库提供一大笔无条件捐款。他与费兹威廉谈起这件事：“我不便向陛下提出建议。减轻控罪并非没有可能。这取决于陛下觉得自己的名誉会受到多大影响。”

但国王不打算宽容。费兹威廉认真地说：“如果我是韦斯顿家的人，我还是会捐那笔钱。以保障获得恩典。等事情过去之后。”

这正是他在考虑到博林家（那些免于一死者）和霍华德家的人时为自己选择的做法。任何时候，他只需摇一摇那些古老的橡树，金币就会落满一地。

甚至在他来到韦斯顿的囚室之前，年轻人就知道等待他的将是什么；他知道跟自己同时关押的还有哪些人；他知道或者说很清楚对自己的指控；他的看守们肯定谈论过，因为他(克伦威尔)已经切断了他们四个人之间的交流。健谈的看守也能发挥用场；他能慢慢说服囚犯配合、接受、放弃希望。韦斯顿一定猜到他家人的努力未能奏效。看到克伦威尔，你就会想，如果行贿都不管用，那就没有什么行得通了。不管是抗议、否认还是反驳，都无济于事。认错也许还有点用，值得一试。“我嘲弄过你，先生，”弗朗西斯说。“我轻视过你，对此我非常抱歉。你是国王的仆人，我应该把这一点放在心里的。”

“哦，你真是道了一个大歉，”他说，“尽管你应该祈求的是国王和耶稣基督的宽恕。”

弗朗西斯说：“你知道我才结婚不久。”

“而且把你妻子留在乡下的家里。原因显而易见。”

“我能给她写信吗？我有个儿子。还不满一岁。”片刻的沉默。“我希望在我死后，有人为我的灵魂祷告。”

他还以为上帝可以做出自己的决定，但韦斯顿相信对造物主可以敦促、劝说，也许还可以小小地贿赂一下。仿佛看透了他的想法一般，韦斯顿说：“我欠了债，秘书官大人。多达一千英镑。我现在很后悔。”

“像你这么会讨女人喜欢的年轻绅士，没有人指望你节俭。”他的语气很友好，韦斯顿抬起头来。“当然，这些债务远远超出了你的偿还能力，就算考虑到你父亲死后你所继承的财产，也还是一笔沉重的负担。因此，你的挥霍让人不禁会想，小韦斯顿抱着什么期望呢？”

年轻人看了他片刻，脸上是呆呆的、不服气的神情，似乎不明白为什么要这样说他：他的债务跟别的事情有何相干？他不知道这话用意何在。但紧接着他就明白了。他(克伦威尔)伸出一只手抓住他的衣服，以免他惊愕得一头栽倒。“陪审团很容易就能明白这一点。我们知道王后给了你钱。你怎么可能过得那么奢侈呢？这显而易见。如果你希望在图谋害死国王后娶她为妻，那么，一千英镑对你而言就是小菜一碟了。”

当他确定韦斯顿可以坐稳时，便松开拳头放开他。那孩子机械地伸出手，扯了扯衣服，整了整衣领上的小皱边。

“你妻子会得到关照，”他告诉他。“这事你不用担心。国王绝不会迁怒于寡妇。我敢说，她以后得到的照顾会比你以前给她的更好。”

韦斯顿抬起头。“你的说法无懈可击。但我知道这一旦成为证据，分量会有多重。我是个傻瓜，而你一直在冷眼旁观。我知道我是怎样坑了自己。你的行为也无懈可击，因为但凡有可能的话，我就肯定已经伤害你了。我知道我这辈子还……我还不到……你瞧，我以为自己这种日子还能有二十年甚至更久，然后等到我老了，四十五或五十岁的时候，我会向医院提供捐赠，或捐建一座小教堂，于是上帝会明白我悔过了。”

他点点头。“嗯，弗朗西斯，”他说。“我们不知道自己的死期，对吧？”

“但秘书官大人，你知道，不管我有什么过错，在王后这件事上我却是无辜的。我从你的脸上看出你心里其实很清楚，而当我被带出去受死时，所有的人也会知道这一点，国王也会知道，而且私底下还会想起这件事。因此，我会被人铭记。因为无辜者会被人铭记。”

打破这个信念未免残酷；他指望自己的死比生给他带来更大的名声。对于他的后半生，没有理由相信他会比前二十五年更好地加以利用；他自己也说不会。他出身于侍臣世家，自小就是一名侍臣，在君王的庇护下长大：对自己在这个世界上的地位不曾有过片刻的怀疑，不曾有过片刻的担忧，对自己生为弗朗西斯·韦斯顿、天生富贵、天生要效力于一位伟大的国王和一个伟大的民族的巨大荣幸，不曾有过片刻的感恩：他留下的将只有债务、污名和一个儿子：而任何人都可以生儿子，他心里默默地想着；直到他突然想起自己为什么在这里以及到底要干什么。他说：“你妻子已经帮你向国王写信。请求宽大。你的朋友也很不少。”

“而且会帮我不少的忙。”

“我想你不明白，到这种节骨眼上，很多人会发现自己成了孤家寡人。你应该感到高兴。而不该感到委屈，弗朗西斯。命运变幻无常，每一位年轻的冒险家都清楚这一点。接受现实吧。看看诺里斯。他就没有觉得委屈。”

“也许，”年轻人脱口说道，“也许诺里斯认为自己没有理由感到委屈。也许他的懊悔是真心的，而且是必要的。也许他罪该至死，而我却不是。”

“你认为他罪有应得，因为他跟王后有私情。”

“他跟她形影不离。可不是为了探讨福音。”

也许他就要开始揭发了。之前诺里斯对威廉·费兹威廉刚刚松了口，又把话咽了回去。也许真相马上就要揭开？他等待着：看着那孩子双手抱住脑袋；接着，他也说不清是被什么所驱使，突然站起身，说，“弗朗西斯，我先告辞，”然后走出了房间。

赖奥斯利带着他手下的人等在外面。他们靠在墙上，讲着笑话。一看到他，他们就打起精神，显出期待的神色。“审完了吗？”赖奥斯利说。“他坦白了？”

他摇摇头。“每个人都会极力推卸自己的罪责，但不会帮同伴开脱。同样，所有的人都会说‘我是清白的，’但不会说‘她是清白的。’他们不能说。她也许是清白的，但任何人都不会为此作证。”

就像怀亚特曾经告诉他的那样：“最令人痛苦的是，”他当时说，“她向我暗示，几乎是在炫耀，她拒绝了我却应允了其他人。”

“哦，他没有招供，”赖奥斯利说。“您要我们去试试吗？”

他瞪了“简称”一眼，“简称”惊讶之下，不禁踩在理查德·里奇的脚上。“怎么，赖奥斯利，你认为我对年轻人太心慈手软吗？”

里奇蹭了蹭自己的脚。“要我们起草控罪的例子吗？”

“越多越好。对不起，我要出去片刻……”

里奇以为他是出去方便了。他不知道是什么使他突然中止与韦斯顿的谈话而走了出来。也许是当那孩子说“四十五或五十岁”的时候。仿佛一旦人生过半，就有了第二个童年，又掀开了纯真的新篇章。也许其中的单纯触动了他。也可能是他需要呼吸新鲜空气。比如说，你待在一个房间里，门窗紧闭，你能感觉到旁边就是其他人的身体，还感觉到光线在渐渐变暗。在房间里，你摆上棋盘，开始下棋，摆布着你的人马：那些假想的身体，坚如象牙，黑如乌木，你让它们过关斩将。然后你说，我再也受不了了，我得透透气：你冲出房间，来到繁茂的花园里，只见罪人都吊在树上，不再是象牙，不再是乌木，而是血肉之躯：临死之前，他们大声哭号，承认自己的罪行。在这件事情上，是先有果后有因。你的梦想变成了现实。你伸手去拿刀，但血已经流了出来。那些羔羊已经自相残杀，同类相食。它们已经带刀上桌，将彼此切块，把骨头剔得干干净净。

*　　*　　*

即使城里的街道上，山楂花也在绽放。他给塔里的女士们带了一些花。克里斯托弗只好捧着那些花束。小伙子长胖了不少，看上去就像一头被戴上花环准备献祭的公牛。他心里想，不知道《旧约》里的异教徒和犹太人会怎样处理祭品；他们肯定不会浪费新鲜肉，而是会把它分发给穷人吧？

安妮被安置在当初为她的加冕礼而重新装饰过的套房里。他曾亲自监管那项工程，目睹那些长着温柔明亮的黑眼睛的女神在墙上变得栩栩如生。在阳光明媚的丛林里，她们在柏树底下晒太阳；一只白鹿透过树叶向外张望，而猎手们却朝另一个方向跑去，他们的前面是几只一边懒洋洋地前进一边汪汪叫着的猎犬。

金斯顿夫人起身迎接他，他说："请坐，亲爱的夫人……"安妮在哪儿？不在她的会见厅。

"她在祷告，"博林家的一位姑母说。"所以我们没有管她。"

"已经有一会儿了，"另一位姑母说。"我们确定她那儿没有男人吗？"

两位姑母咯咯笑了起来；他没有笑；金斯顿夫人狠狠地瞪了她们一眼。

王后从小祷告室走出来；她听见了他的声音。阳光照在她的脸上，罗奇福德夫人说得没错，她开始有了皱纹。如果不知道这个女人曾经俘虏过一位国王的心，你会觉得她平凡之至。他觉得她永远都摆不脱那种控制不住的轻浮，以及故作的娇羞。像她这样的女人即使到了五十岁，也会认为自己魅力依旧：她们是老一套的打情骂俏高手，只要看到汤姆·西摩那样的目标出现，就会扶着你的胳膊，像小姑娘一般吃吃傻笑，并跟其他女人交流会心的眼神。

但是当然，她决不会活到五十岁。他心里想，在她出庭受审之前，不知道这会不会是他最后一次见她。她在背光处坐了下来，坐在那几个女人中间。塔里总是能感觉到从河边飘来的湿气，就连这些新装修过的明亮房间也让人感到潮乎乎的。他问她是否想要人把裘皮大衣送来，她说，"是的。貂皮大衣。还有，我不想要这些女人。我想要我自己挑的女侍，而不是你挑的。"

"金斯顿夫人之所以侍候你，是因为——"

"因为她是你的密探。"

"——因为她是你的东道主。"

"那我是她的客人吗？客人是来去自由的。"

"我还以为你愿意要奥查德夫人伺候，"他说，"因为她是你以前的保姆。我也没有想到你不愿意要你自己的姑母。"

"她们恨我，两个人都是。我成天看到和听到的就是讥笑和训斥。"

"天啊！难道你指望掌声不成？"

博林家的问题就在这里：他们讨厌自己的亲人。"等我获释之后，"安妮说，"你就不会这样跟我说话了。"

"对不起。我刚才说话未经思考。"

"我不知道国王把我关在这里是什么意思。我猜他是要考验我。这是他想出来的某个花样，对吧？”

她心里并非真的这么想，所以他没有答话。

“我想见见我弟弟，”安妮说。

两位姑母之一的谢尔顿夫人从手里的针线活上抬起头来。“都到这分上了，你这种要求真是愚蠢。”

“我父亲在哪儿？”安妮说。“我不明白他为什么不来帮帮我。”

“他没被关起来就是万幸了，”谢尔顿夫人说。“别指望他来救你。托马斯·博林首先想到的总是他自己，这一点我知道，因为我是他妹妹。”

安妮没有理睬她。“我的主教们呢，他们在哪儿？我培养了他们，保护了他们，推进了他们的宗教事业，所以他们为什么不去国王那儿帮我求情？”

另一位姑母笑了起来。“你指望那些主教出面，为你的通奸罪开脱吗？”

很显然，在这个法庭里，安妮已经受到了审判。他对她说，“帮助国王吧。除非他宽大为怀，否则你就无力回天了，你什么都帮不了自己。不过你可以帮帮你女儿伊丽莎白。你表现得越恭顺，显得越懊悔，经受这个过程时越耐心，那么以后别人提起你的名字时，国王就不会觉得那么怨恨。”

“哦，过程，”安妮说，语气中带着一贯的刻薄。“这会是什么过程？”

“现在正在整理几位侍从的供词。”

“整理什么？”安妮说。

“你听到了，”谢尔顿夫人说。“他们不会帮你掩护的。”

“也许还会抓其他的人，还会有其他的指控，不过如果你现在说出来，向我们坦白，就可以减少所有相关人的痛苦。那些侍从会一同受审。至于你和你弟弟，因为是贵族，也将由贵族们来审判。”

“他们没有证人。他们可以提出任何指控，我也可以拒不承认。”

“没错，”他承认道。“不过关于证人却并非如此。在你被关押之前，夫人，你的女侍们都惧怕你，不得不帮你掩护，但现在她们有了胆量。”

“我相信是这样。”她迎着他的目光；语气很是不屑。“就像西摩有了胆量一样。帮我给她捎个话，上帝正看着她的小把戏呢。”

他起身准备告辞。她抑制着自己的满腔痛苦，但也只是勉强控制住而已，这让他心有不忍。再谈下去似乎毫无意义，但是他说，“如果国王启动解除婚姻的程序，我可能会回来，以听取你的陈述。”

“什么？”她说。“还要这样？有必要吗？杀人还不够吗？”

他鞠了个躬，转身就走。“不！”她将他喊了回来。她已经站起身，拉着他，怯怯地碰着他的胳膊；似乎她希望得到的不是自己的获释，而是他的好感。“你不相信关于我的那些传言吧？我知道你内心并不相信。克伦穆尔？”

良久的沉默。他觉得自己马上就要说出言不由衷的话来：多此一举的信息，毫无用处的消息。他转过身，迟疑着，犹犹豫豫地迈开脚步……

但是接着，她抬起双手，紧紧地抱在胸前，就像罗奇福德夫人向他模仿过的那样。哦，以斯帖王后，他想。她并不清白；她只会假装无辜。他的手垂到了身侧。他别过脸去。他知道她是一个毫无悔意的女人。他相信她会犯各种罪。他相信她是她父亲的女儿，从孩提时起，不管是威逼还是利诱，她都决不会做出可能有损自己利益的事情。但就凭这个姿势，她现在损害了它们。

她看到他的脸色变了。她退后几步，双手环住喉咙：就像要掐死自己一般扣住自己的脖子。“我只有一条细脖子，”她说。“只需要一会儿就完事了。”

金斯顿匆匆跑出来见他；他想要汇报。“她不停地那样做。双手掐在脖子上。而且还大笑。”他这位实诚的看守显得很惊疑。“我不明白这种时候有什么好笑的。还有其他的一些胡话，是我妻子报告的。她说，直到我获释之日，才会雨过天晴。也可能是才会开始下雨。诸如此类。”

他朝窗外瞥了一眼，看到的只是夏天的一场阵雨。片刻之后，太阳就会烤干石头上的湿气。金斯顿说，“我妻子要她别再说那些傻话了。她对我说，金斯顿大人，我会得到公正对待吗？我对她说，夫人，国王最穷的子民都会得到公正的对待。但她只是笑，”金斯顿说。“她还点了晚餐，并且吃得津津有味。她还朗诵诗。我妻子听不懂。王后说那是怀亚特写的诗。她还说，哦，怀亚特，托马斯·怀亚特，我什么时候才能见到你在这儿陪伴我？”

在白厅，他听到怀亚特的声音，便循声走去，一群随从紧跟在他的身后；他现在的随从比以往任何时候都多，有些人他以前从未见过。萨福克公爵查尔斯·布兰顿——魁梧得像一座房子的查尔斯·布兰顿——挡在怀亚特面前，两人正在朝彼此大叫。“你们在干什么？”他喊道，怀亚特停下来扭头说，“在讲和。”

他笑了起来。长着一脸大胡子的布兰顿一边咧着嘴笑，一边咚咚地走开了。怀亚特说，“我已经恳求过他，忘记你对我的旧怨吧，否则会要了我的命的，你希望那样吗？”他厌恶地看着公爵的背影。“我想他的确希望。他的机会到了。很久以前，他就在亨利那儿胡说八道，说怀疑我与安妮的关系。”

“没错，不过如果你回想一下，亨利当时把他踢回了东部的乡下。”

“亨利现在会听的。他会觉得他的话可信了。”他抓住怀亚特的胳膊。既然他能挪动查尔斯·布兰顿，也就能挪动任何人。“我不想在公共场合辩论。你这个傻瓜，我派人叫你去我府里，可不是要你在大庭广众之下发脾气，让别人说，什么，怀亚特，他还在逍遥法外吗？”

怀亚特把一只手搭在他的手上。他深吸一口气，想让自己平静下来。“我父亲告诉我，去找国王，不分昼夜地待在他身边。”

“这不可能。国王不见任何人。你得到案卷司长官邸去见我，但如果那样——”

“如果我去了你那儿，别人会说我被抓起来了。”

他压低嗓门。“只要是我的朋友，就绝不会遭罪。”

“你这个月突然有了一些很奇怪的朋友。天主教朋友，玛丽小姐的人，查普伊斯。你现在跟他们联手，但以后怎么办呢？如果在你甩掉他们之前，他们就甩掉了你，那可怎么办？”

“哦，”他心平气和地说，“这么说，你觉得克伦威尔家的人全都会倒霉？相信我，好吗？嗯，其实你也别无选择，对吧？”

从克伦威尔府，转到伦敦塔：由理查德·克伦威尔护送，整件事情进行得那么轻松，气氛那么友好，你会以为他们是要出门打猎一天。“恳求总管大人善待怀亚特大人，”他告诉理查德。接着，他又对怀亚特说，“这是唯一可以保你安全的地方。一旦你到了塔里，没有我的允许，任何人都不得讯问你。”

怀亚特说：“我一旦进去，就再也出不来了。你那帮新朋友想拿我当牺牲品。”

“他们不会愿意付出那种代价的，”他平静地说。“你了解我，怀亚特。我知道每个人有几斤几两，我知道他们有多大的支付能力。而且不只是以现金的形式。我已经把你的敌人好好掂量了一番。我知道哪些是他们愿意付出的，哪些会让他们止步。相信我好了，在这件事情上，如果他们跟我作对，我会让他们痛不欲生，欲哭无泪。”

怀亚特和理查德上路后，他皱着眉头对赖奥斯利说：“怀亚特曾说，我是英格兰的头号聪明人。”

“他没有夸张，”“简称”说。“仅仅是在您身边，我每天都受益匪浅。”

“不，头号聪明人是他。是怀亚特。他让我们所有的人都琢磨不透。他写他自己，然后又说不是写的自己。当你吃晚饭或在教堂祷告时，他在小纸片上信手写一首诗并塞给你。接着他又给另一个人塞一张纸，纸上还是那首诗，但其中有个词不一样。然后那个人问你，你看到怀亚特写的诗了吗？你说是的，可你们谈论的其实不是一回事。下一次你逮住他时，问，怀亚特，你真的干过诗里描述的事情吗？他笑着对你说，故事的主人公是想象出来的，不是我们认识的人；他还可能会说，我写的不是我的故事，而是你的故事，只是你自己并不知道而已。他会说，我这里写的这个深褐色头发的女人，其实是个金发女人，经过了乔装打扮。他会说，对你所读的东西，你既要坚信不疑又千万不要相信。你指着那张纸，不断地追问他：那这一行呢，这是真的吗？他说，那是诗人的真实。另外，他还说，我无法自由地写作。约束我的不是国王，而是韵律。他说，如果可能的话，我会更直白的：但是我必须押韵。”

“该有人把他的诗拿去出版，”赖奥斯利说。“那样就完事了。”

“他不会同意的。那都是私下交流的东西。”

“如果我是怀亚特，”“简称”说，“我一定要避免别人误解我。我会远离恺撒的妻子。”

“那是明智之举。”他笑了。“但是不适合他，只适合你我这样的人。”

怀亚特写作时，他的诗句会长出羽翼，羽翼张开后，诗句就在其意义上下翻飞。那些诗句告诉我们，权力的规则与战争的规则是一回事，两者的艺术都在于欺骗；你会欺骗别人，到头来也会被人欺骗，不管你是一位使节还是一个求爱者。所以，假设一部作品的主题是欺骗，如果你以为自己把握住了它的含义，你就上当受骗了。当你握拢拳头时，它已经展翅飞走。法规的制定是为了套住意义，而诗歌的创作则是为了逃避意义。一只削尖的羽毛笔可以像天使的翅膀一样轻轻扇动，簌簌作响。天使就是信使。他们是有思想和意志的生灵。我们不能确定他们的羽毛是否也像猎鹰、乌鸦或孔雀的羽毛。如今，他们很少来拜访人类。不过当年在罗马时，他认识一个人，是教皇厨房里负责烤肉的厨师，在红衣主教们从不涉足的梵蒂冈的某个地下贮藏室里，在一条寒气袭人的过道，那人曾经与一位天使迎面相遇；人们经常给他买酒，请他讲述当时的情景。他说天使看上去很壮实，像大理石一般光滑，脸上是冷漠无情的表情，翅膀是由玻璃切割而成。

起诉书送达他手中时，他一眼就看出，上面虽然是文书的笔迹，但表达的却是国王的意思。从那字里行间，他处处都能听到国王的声音：他的愤慨、嫉妒和忧虑。仅仅指出她于1533年10月引诱诺里斯以及同年11月引诱布莱里顿与她通奸还不够；亨利还得想象那些“下流的话语、亲吻、抚摸以及礼物”。仅仅说明她1534年5月与弗朗西斯·韦斯顿勾搭成奸或者去年4月委身于下等人马克·史密顿还不够；还必须谈到情郎们彼此间的满腔嫉恨，谈到王后对他们所注目的所有其他女人的强烈妒意。仅仅指出她与自己的亲弟弟犯了罪还不够：还得想象他们之间的亲吻以及互送的礼物和珠宝，以及当她“将舌头伸进乔治嘴里、并让乔治的舌头伸进她的嘴里来引诱他”时，他们是何种神情。与其说这是一份即将带上法庭的文件，不如说是与罗奇福德夫人或喜欢搬弄是非的任何其他女人的交谈；但尽管如此，它也有长处，成了一个故事，那些听故事的人脑海中将装进一些难以轻易消除的画面。他说：“在每一个地方，对每一次罪行，都要加上‘几天前或几天后’，或类似的词语，以表明犯罪的次数之多，也许甚至比当事人自己所能回想起的还要多。因为这样一来，”他说，“即使否认了某个具体的时间或地点，也不足以影响全部。”

再看看安妮说了些什么吧！根据这份文件，她已经承认，“她从内心里绝对不会爱上国王。”

从来不曾。现在没有。绝不可能。

他皱着眉头看了那些文件，然后发下去讨论。有人提出了异议。要不要加上怀亚特？不，绝对不行。如果他必须受审，他想，如果国王走到那一步，那也要将他与这群乌合之众区别开来，我们要拿一张白纸从头开始；对这个案件，对这些被告，只有一个结果，除了断头台，没有别的出路和方向。

万一有出入，被那些负责记载王室一行某月某日下榻于某处的人看了出来，可怎么办？他说，布莱里顿曾经告诉我他可以分身两地。这样想来，韦斯顿也同样可以。安妮的情人都是幽灵一般，怀着通奸之念在夜幕下来无影去无踪。他们在夜间来去，无人阻拦。他们穿着镶钻的马甲，像蚊子似的从河面上飞过，在黑暗中忽隐忽现。从夜空俯瞰人间的月亮看见了他们，泰晤士河水照得他们像鱼儿、像珍珠一样闪烁。

他的新盟友——科特尼和波尔两家的人——声称，针对安妮的指控并不令他们感到惊讶。那女人是个异教徒，他弟弟也是。众所周知，异教徒都没有道德底线，他们放荡不羁，既不担心人间之法，也不畏惧上帝之法。看到想要的东西就会据为己有。那些出于懒惰或怜悯而（傻乎乎地）宽容异教徒的人，到头来终究会看清他们的本性。

亨利·都铎会因此得到沉痛的教训，这两个古老家族的人说。也许罗马会向困境中的他伸出援手？如果他俯首称臣，那么在安妮死后，教皇也许会原谅他，重新接受他？

那我呢？他问。哦，是的，还有你，克伦威尔……他的新主子们用各种困惑或厌恶的表情看着他。“我将是你们回头的浪子，”他笑着说。“我将是那迷途的羔羊。”

在白厅，人们三五成群地凑在一起窃窃私语，他们各自围成一团，手抚着腰间的短剑，胳膊肘指向身后。而律师中间则涌动着焦虑的暗流，在一些角落里开着小会。

雷夫问他，先生，国王要获取自由，能否不用付出那么大的代价，不用杀那么多的人呢？

你瞧，他说：一旦你走完谈判和妥协的过程，一旦你决定毁掉你的敌人，就必须出手迅速，必须万无一失。甚至在你朝他的方向瞥一眼之前，你就应该准备好他的逮捕证，封锁港口，买通他的妻子和朋友，将他的继承人置于你的保护之下，把他的钱装进你的保险库，让他的狗听你的使唤。不等他早晨醒来，你手里就斧头在握。

当他(克伦威尔)去看望被监禁的托马斯·怀亚特时，金斯顿总管迫不及待地向他保证已经执行了他的指示，怀亚特在这里受到了礼遇。

“王后呢，她怎么样？”

“闹个不停，”金斯顿说。他显得有些不安。“我见惯了各种囚犯，但这样的人还前所未见。她一会儿说，我知道我死定了。一转眼后，她又说出完全不同的话。她认为国王会乘船来将她接走。她觉得是哪儿出了错，是产生了误会。她认为法国国王会为她出面。”看守摇着头。

他看到托马斯·怀亚特在自顾自地玩骰子：是老亨利·怀亚特爵士所痛斥的那种混时间的消遣。“谁赢了？”他问。

怀亚特抬起头。“那个东游西逛的白痴是我的最糟的自我，而那个满口假话的蠢蛋则是我最好的自我，他们两个在对玩。你可以猜猜谁赢了。不过，结局总有可能出人意料。”

“你过得还舒服吧？”

“身体上还是精神上？”

“我只负责身体。”

“你从不退缩，”怀亚特说。他的语气中有几分近乎畏惧的言不由衷的钦佩。但是他(克伦威尔)想，我退缩过，只不过没有人知道，消息还没有传出去。怀亚特没有看到我中断对韦斯顿的审问而突然离开。怀亚特没有看到，当安妮将手搭在我的胳膊上，问我内心里相信什么时，我是什么反应。

他看着眼前的囚犯，坐了下来。他心平气和地说：“我想我为此已经学习了一辈子。我已经自学成才。”他这一生都在学习什么是虚伪。那些曾经恨不得要他命的目光现在流露出假惺惺的敬意。那些曾经想扇掉他帽子的手现在伸出来与他相握，有时还握得很紧。他已经让他的敌人转过身来面对他，跟他联手：就像跳舞时一样。他准备要他们重新转回去，让他们直面自己那漫长而凄冷的余生：让他们感受寒风，感受那无遮无挡之处的刺骨寒风：让他们露宿在废墟上，浑身冰冷地醒来。他对怀亚特说，“你告诉我的所有情况我都会记下来，但我向你保证，等这件事大功告成，我就会把它毁掉。”

“大功告成？”怀亚特对他的措辞感到不解。

“国王获悉他的妻子背叛了他，她跟多个男人有私情，一个是她的弟弟，一个是他的密友，还有一个是她说几乎不认识的仆人。真相之镜摔碎了，他说。因此，没错，捡起碎片就是大功告成。”

“但是你说他获悉，他是怎么获悉的？没有人承认任何事情，除了马克之外。万一他是撒谎呢？”

“当一个人认罪时，我们就不得不相信他。我们不能费尽周折地去向他证明他错了。否则法庭就永远无法运作。”

“但证据是什么？”怀亚特追问道。

他笑了。“真相披着斗篷、戴着面罩来到亨利的门口。他让它进了门，因为他敏锐地猜出裹在里面的是什么，登门拜访的不是陌生人。托马斯，我想他一直都知道。他知道就算她在身体上没有对他不忠，在语言上也表现过，就算她在现实中没有出轨，在梦境中也出轨过。他认为她没有尊重或爱过他，尽管他给了她一切。他认为自己从未让她感到满足，当他躺在她身边时，她把他想象成另一个人。”

“这很平常，”怀亚特说。“这不是常有的事吗？婚姻就是如此。我以前从不知道在法律的眼中这是犯罪。上帝保佑我们吧。全英格兰有一半的人要进监狱了。”

“你知道有些罪状写在了这份起诉书上。还有些罪状，我们没有付诸纸上。”

“如果感情是一种罪，那我承认……”

“什么都不要承认。诺里斯承认了。他承认爱她。如果有人想从你这里得到的就是承认，你可千万不要上当。”

“亨利想要什么？我实在是不明白。我怎么也想不通。”

“他每天的想法都不一样。他想改写过去。他希望根本不要遇见安妮。他希望遇见了她，却将她一眼识破。多数时候他希望她死去。”

“希望不等于行动。”

“等于，如果你是亨利的话。”

“就我对法律的理解，王后的私情根本算不上叛国罪。”

“没错，但侵犯她的男人却犯了叛国罪。”

“你认为他们是强行为之？”怀亚特干巴巴地说。

“不，这只是法律用语。是一种托辞，使我们可以将任何丑闻缠身的王后往好处想。但是就她而言，她也是叛国者，她自己亲口这么说过。希望国王死去，那就是叛国。”

“但是，”怀亚特说，“请原谅我的愚钝。我还以为安妮说的是，‘如果他死了，’或诸如此类的话。让我再给你举个例子。如果我说‘人必有一死’，这也是预言国王之死吗？”

“最好不要举例，”他温和地说。“托马斯·莫尔就是在举例时掉进了叛国的深渊。我现在跟你直说好了。我可能需要你指证王后。我可以接受书面形式的指证，不需要你出庭作证。你有一次去我家时，曾经告诉我安妮是怎么勾引男人的：她说，‘好的，好的，好的，好的，不行。’”怀亚特点点头；他承认说过这些话；他似乎后悔这么说过。“现在你可能需要将这项证词中的一个词换个位置。好的，好的，好的，不行，好的。”

怀亚特没有回答。沉默在继续，将他们包围起来：一种令人昏昏欲睡的沉默，而在其他地方，叶子在张开，山楂花在树上绽放，泉水在叮当作响，年轻人在花园里欢笑。最后，怀亚特开了口，他的声音很不自然：“那不是证词。”

“那是什么？”他探身向前。“你知道我这个人不会跟人进行无关紧要的交谈。我不可能将自己一分为二，一个做你的朋友，另一个做国王的仆人。所以你必须告诉我：你会写下你的想法，并且一旦需要，就说出一个词吗？”他重新坐直。“如果在这一点上你能让我放心，我就会给你父亲写信，也让他放心。告诉他你这次不会有性命之忧。”他顿了顿。“我可以这样吗？”

怀亚特点点头。一个轻微至极的动作，是对未来的点头。

“很好。事情过去之后，为了补偿给你带来的麻烦，为了补偿对你的拘禁，我会做出安排，让你得到一笔钱。”

“我不要。”怀亚特故意扭开脸：就像一个孩子。

“相信我，你要的。你在意大利时的欠债都没有还清。你的债主们找到我了。”

“我不是你的兄弟。你也不是我的监护人。”

他端详着他。“我是，如果你仔细想想的话。”

怀亚特说：“听说亨利还要解除婚姻。杀死她，休掉她，都在一天之内。她就是这样，你瞧。凡事都要走到极限。她不愿做他的情妇，一定要成为英格兰王后；因此就得背弃信仰，制定新法，乃至整个国家都不得安宁。既然得到她费了那么多周折，甩掉她又得让他付出什么代价呢？即使在她死后，他最好也要确定把她钉在棺材里，让她不得翻身。”

他好奇地问，“你对她再没有丝毫柔情吗？”

“已经被她耗尽了，”怀亚特脱口说道。“也许我从来就没有柔情，我也不清楚自己的想法，你知道。我敢说，男人们对安妮怀有各种感情，但只有亨利对她有过柔情。现在他觉得自己被当成了傻瓜。”

他站起身。“我会给你父亲写些让他宽心的话。我会解释你必须在这儿待一小段时间，这样最安全。但是首先，我必须……我们原以为亨利放弃了解除婚姻的念头，但是现在，正如你所说，他又重新提起，所以我必须……”

怀亚特似乎喜欢看到他不快，说，“你不得不去见哈里·珀西，对吧？”

差不多四年前，他身后跟着“简称”，在一家名为“马克和狮子”的廉价酒馆里见到了哈里·珀西，并让他了解了一些人生的真相：其中最重要的就是，不管他怎么想，他跟安妮·博林之间都不存在婚姻。那天，他拍着桌子告诉那个年轻人，如果他仍然要挡着国王的道，就会毁了自己：他（克伦威尔）会任由他的债主们毁掉他，使他丢掉爵位和土地。他拍着桌子告诉他，另外，如果他不忘掉安妮·博林以及他关于她的那些说法，那么，她的舅舅诺福克公爵一定会查出他的藏身之处，把他那两个臭蛋咬下来。

从那以后，他跟伯爵做过不少生意，现在的伯爵病怏怏的，是个萎靡不振的年轻人，负债累累，越来越难以掌控自己的事务。事实上，审判差不多已经完成，他所行使的审判，只不过就大家所知：伯爵的两个臭蛋还安然无恙。在“马克和狮子”的那次谈话之后，连喝了几天酒的伯爵让仆人帮他弄干衣服，擦掉残留的呕吐物：他一身馊味，胡子拉碴，因为之前的呕吐而浑身发抖，脸色发青，就这样出现在国王的枢密院面前，应他（克伦威尔）的要求，改写了自己的热恋史：发誓与安妮·博林毫无瓜葛；声明两人之间从未有过婚约；以身为贵族的名誉担保，他从未动过她；她完全是自由之身，所以国王可以执其手，拥其心，娶为妻。为此他还凭着《圣经》发了誓，《圣经》捧在托马斯·克兰默之前的大主教老渥兰手中：为此他还领受了圣餐，而亨利的双眼一直盯在他的背上。

此时此刻，他（克伦威尔）骑马来到斯托克纽因顿，到伯爵的乡间别墅去见他，别墅位于该市的东北角，就在剑桥大道上。珀西的仆人们牵走了他们的马，但是他并没有马上进去，他从房前退开几步，打量着房顶和烟囱。“在冬天到来之前花上五十英镑，会是一笔不错的投资，”他对托马斯·赖奥斯利说。“不算人工。”如果有梯子，他可以爬上去看看铅板的情况。但这似乎与他的身份不符。秘书官大人可以随心所欲，但案卷司长却必须考虑自己的古老职位及其相关要求。身为国王的宗教特使，他是否可以在屋顶上爬来爬去……谁知道呢？这是个新设不久的职位，还没有人试过。他咧嘴笑了。当然，如果让赖奥斯利大人扶梯子，会冒犯他的尊严。“我在想我的投资，”他对赖奥斯利说。“不仅是我的，还有国王的。”

伯爵欠他一笔数目不小的钱，但是欠国王一万英镑。哈里·珀西死后，他的爵位会被国王收回：所以他也打量着伯爵，看他身体如何。只见他脸色蜡黄，双颊凹陷，看上去比三十四五岁的实际年龄要老；还有空气中弥漫的那种酸味，让他不禁回想起金博尔顿，回想起关在自己房间里的老王后：那个囚牢一般的发霉、不通风的房间，以及她的一名女侍端着一碗呕吐物从他身旁经过的情景。他不太抱希望地说，“你不会是因为我来而病了吧？”

伯爵那双深陷的眼睛看着他。“不是。他们说是我的肝脏问题。不，我得说，克伦威尔，总体而言，你对我还算公道。考虑到——”

“考虑到我以前对你的威胁。”他摇摇头，一副后悔的样子。“哦，大人。我今天站在你的面前，是来可怜地求情的。你绝对猜不到我为何而来。”

“我想我能猜出几分。”

“我请你考虑，大人，你跟安妮·博林已经结过婚。”

“不行。”

“我请你考虑，1523 年或那年前后，你跟她有了秘密婚约，因此，她跟国王的所谓婚姻其实无效。”

“不行。”伯爵不知道从何处找到了他的祖先精神的一点火花，那边境之火在王国的北部熊熊燃烧，并将意欲阻挡的苏格兰人烧成焦炭。“你当时要我发誓，克伦威尔。当我在‘马克和狮子’那儿喝酒时，你找到我，威胁我。我被拖到枢密院面前，被迫凭《圣经》发誓，说我和安妮没有婚约。我被迫与国王一起领受圣餐。你当时看到了，也听到了我的话。我现在怎么能收回呢？你是说我当时作伪证了吗？”

伯爵站起身。他仍然坐着。他并非想无礼；而是觉得，如果他站起来，可能会扇伯爵一耳光，但在他的记忆中，他从未对病人动过手。“不是伪证，”他心平气和地说。“我请你考虑，当时你想不起来了。”

“我娶了安妮，却忘记了？”

他靠回椅背，凝视着他的对手。“你一直都喜欢喝酒，大人，我想，正是因为这样，你才落到现在这一步。在刚才提到的那一天，正如你自己所言，我在一家酒馆找到了你。当你出现在枢密院面前时，是否可能还酒醉未醒？所以也不清楚你在就什么而发誓？”

“我当时很清醒。”

“你的头很痛。你感到恶心。你担心自己会吐在渥兰大主教的圣鞋上。这种可能性让你太过忐忑，所以你想不起任何其他的事情。你没有专心听别人向你提的问题。这根本不是你的错。”

“但是，”伯爵说，“我当时很专心。”

“你当时很难受，委员们全都能理解。我们多多少少都喝醉过。”

“平心而论，我当时很专心。”

“那就想想另外一种可能。也许发誓的时候有些敷衍了事。有些不合规矩。已是高龄的大主教那天自己也不舒服。我记得他捧着圣书时双手都在发抖。”

“他是在发抖。对老年人来说这很常见。但他还是很胜任。”

“如果程序上存在纰漏，那么要你收回当时所发的誓，你就不必感到良心不安了。你知道，也许那甚至不是一部《圣经》？”

“从装帧上看很像《圣经》，”伯爵说。

“我有一本会计方面的书，经常被人当成《圣经》。”

“尤其是被你。”

他笑了。伯爵还没有完全糊涂，现在还没有。

“那圣体呢？”珀西说。“我领了圣餐以封住誓言，那不是上帝的圣体吗？”

他没有回答。这一点我倒可以跟你理论一番，他想，但是我不会给你一个说我是异教徒的机会。

“我不会干的，”珀西说。“我也看不出我凭什么要那样。我所听说的是，亨利想杀掉她。她死了还不够吗？等她死了之后，她跟谁订过婚还有什么关系呢？”

“从某种意义上来说，有关系。他怀疑安妮生的孩子不是他的。但他不想去调查那孩子的父亲是谁。”

“伊丽莎白？我见过那个小家伙，”珀西说。“她是他的孩子。这一点我可以告诉你。”

“但如果她是……就算她是，他现在想剥夺她的继承权，所以，如果他跟她母亲从未结过婚——嗯，事情就变得简单明了。就为他下一任妻子的孩子铺平了道路。”

伯爵点点头。“我明白了。”

“所以如果你想帮助安妮，这就是你最后的机会。”

“解除她的婚姻，让她的孩子变成私生子，这怎么会是帮她？”

“可能会保她一条性命。如果亨利的怒气平息了的话。”

“你一定不会让它平息的。你会火上浇油，并拉起风箱，对吧？”

他耸耸肩。“这跟我没关系。我并不恨王后，让别人去恨她好了。所以，你对她如果还有一点关心——”

“我再也帮不了她。我只能帮助我自己。上帝知道真相。你让我在上帝面前成了一个骗子。现在又想让我在人面前成为一个傻瓜。你得另想办法了，秘书官大人。”

“我会的，”他平静地说。他站起身。“我很抱歉你失去了一次讨国王欢心的机会。”他走到门口，又转过身来。“你很固执，”他说，“因为你很软弱。”

哈里·珀西抬头看着他，“我不只是软弱，克伦威尔。我快要死了。”

“你会熬到审判之日，对吧？我会让你进贵族陪审团。你既然不是安妮的丈夫，就完全可以成为她的法官。法庭需要像你这样既有智慧又有经验的人。”

哈里·珀西在他身后怒吼，但他大步离开大厅，朝站在门外的几个人摇了摇头。“哦，”赖奥斯利大人说，“我还以为你一吓唬，就会让他恢复理智呢。”

“理智已经不翼而飞了。”

“你好像很沮丧，先生。”

“是吗，‘简称’？我想不出是为什么。”

“我们还是可以让国王得到自由。大主教大人会有办法的。哪怕我们不得不把玛丽·博林搬出来，说她们是两姐妹，所以婚姻不合法。”

“问题在于，对玛丽·博林的情况，国王十分清楚。他可能不知道安妮是否已经秘密结婚。但他一直都知道她是玛丽的妹妹。”

“你干过这种事吗？”赖奥斯利大人若有所思地问。“跟两姐妹？”

“都到这分上了，你关心的就是这种问题？”

“只是感到好奇。那会是什么情形。据说玛丽·博林在法国宫廷时就是个大骚货。你觉得弗朗西斯国王跟她们两人都睡过吗？”

他不禁对赖奥斯利刮目相看。“我也许可以从这个角度探讨一下。嗯……因为你一直表现很好，对哈里·珀西既没有动手也没有动口，而是依照吩咐耐心地等在门外，所以我要告诉你一件你会愿意知道的事情。有一次，当玛丽·博林处于空窗期时，曾经要我娶她。”

赖奥斯利大人目瞪口呆地望着他。接着，他嘴里断断续续地蹦出几个词来。什么？什么时候？为什么？直到上马之后，他才说出一句得其要领的话，“上帝啊，你差点成了国王的姐夫。”

“但时间不会太久，”他说。

那天风和日丽。他们匆匆赶回伦敦。如果换一个日子，换一位旅伴，他可能会享受那段旅程。

在白厅下马时，他心里想，但会是哪位旅伴呢，贝丝·西摩吗？“赖奥斯利大人，”他问，“你能读出我的心思吗？”

“不能，”“简称”说。他有些困惑，好像还受到羞辱一般。

“你认为主教能读出我的心思吗？”

“不能，先生。”

他点点头。“那就好。”

皇帝的大使前来看他，头上还戴着那顶圣诞帽。“专门为你戴的，托马斯，”他说，“因为我知道这会让你高兴。”他坐下来，示意仆人上酒。仆人就是克里斯托弗。“你事事都用这个无赖吗？”查普伊斯问。“折磨马克那孩子的是他吧？”

“首先，马克不是孩子，他只是不成熟。其次，没有人折磨过他。”至少，他说，“我既没有看见也没有听见，既没有命令也没有建议，既没有允许也没有明说或者暗示。”

“我感觉到你在为开庭做准备，”查普伊斯说。“一根打了结的绳子，对吧？捆在眉头上？你就是这样威胁要让他的眼睛掉出来？”

他生气了。“也许你老家的人是这么干的。这种行为我还闻所未闻。”

“这么说是用肢刑？”

“审判时你会看到他的。你可以自己去判断他是否受到了伤害。我见过遭受了肢刑的人。不是在这儿。是在国外，我亲眼见过。他们只能被人用椅子抬进去。而马克还像他以前唱歌跳舞时那么敏捷。”

“那好吧。”查普伊斯对激怒了他似乎感到得意。“你们那位异教徒王后现在怎么样？”

“像狮子一般勇敢。了解这一点你会觉得难过。”

“而且很骄傲，但是她会变恭顺的。她可不是什么狮子，只不过是一只在屋顶上唱歌的伦敦猫。”

他想起了自己曾经养过的一只黑猫。马林斯派克。像多数猫一样，在多年的争斗和觅食之后，它一走了之，去别处另谋高就了。查普伊斯说：“你知道，宫里许多人都已经去见玛丽公主了，向她保证在即将到来的日子里为她效力。我还以为你也会去。”

真见鬼，他想，我已经忙得不可开交了，如今还不止如此；推翻一位英格兰王后，可绝不是小事一桩。他说："我相信公主会原谅我眼下不能前往。这也是为了她好。"

"你现在称她'公主'没关系了，"查普伊斯说。"她当然会重新成为亨利的继承人。"他等待着。"她希望，她所有忠诚的支持者都希望，皇帝自己也希望……"

"希望是一大美德。不过，"他补充道，"我希望你提醒她，没有国王的允许，或者是我的允许，就不要见任何人。"

"她无法阻止他们去投靠她。以前在她府里待过的那些人。他们蜂拥而至。这将是一个新世界，托马斯。"

"国王会很希望，现在就很希望，跟她重归于好。他是个好父亲。"

"很遗憾他以前没有更多的机会展示这一点。"

"尤斯塔西……"他顿了顿，挥手让克里斯托弗退开。"我知道你一直未婚，但是你没有孩子吗？别显得那么吃惊。我对你的生活感到好奇。我们彼此必须多一些了解。"

话题的转移让大使戒备起来。"我不喜欢跟女人纠缠。不像你。"

"我不会将孩子拒之门外。从来没有人说是我的孩子。如果有的话，我不会逃避。"

"女士们不愿意跟你有过多的交往，"查普伊斯说。

他不禁笑了起来。"也许你说得对。来吧，我的好朋友，我们共进晚餐吧。"

"等小妾一死，英格兰得到安宁之后，"大使眉开眼笑地说。"我期待着更多如此友好的夜晚。"

*　　*　　*

塔里那些人虽然为自己可能面临的命运感到难过，但是没有像国王那样伤心地抱怨。白天里，他走来走去，犹如《约伯记》里的一幅插图。到了晚上，他就在乐师们的陪伴下，顺河水而下去跟简幽会。

尼古拉斯·卡鲁的府邸尽管美如仙境，但距离泰晤士河有八英里，因此，即使是在初夏季节这种天气晴好的夜晚，夜行起来也颇有不便；国王希望与简守在一起，直到夜幕降临。所以，这位下一任王后只好来到伦敦，暂居在她的支持者和朋友们家里。随着传言四起，人们一会儿跑到这里，一会儿跑到那里，伸长了脖子，睁大了眼睛，好事者堵在大门口，你推我我拉你地爬上墙头，想一睹她的芳容。

她的两位哥哥对伦敦人出手大方，希望帮她赢得他们的拥戴。已经有人传出消息，说她是一位英格兰淑女，是我们的人；不像安妮·博林，许多人认为她是法国人。但是那些看热闹的人却觉得不解，甚至感到愤然：国王不是应该从遥远的异国娶一位伟大的公主吗，就像凯瑟琳那样？

贝丝·西摩告诉他，“简在把钱藏进一只上锁的箱子里，以防国王改变主意。”

“我们都该这样。上锁的箱子是个可以拥有的好东西。”

“她把钥匙藏在胸前，”贝丝说。

“这样就没有人拿得到了。”

贝丝好笑地斜了他一眼。

现在，安妮被捕的消息已经开始传到欧洲，不断有人提出要与亨利联姻，不过贝丝并不知晓。皇帝说，国王可能会喜欢他的外甥女葡萄牙公主，她会带来四十万达克特[①]的陪嫁；而葡萄牙王子唐·路易斯可以娶玛丽公主。或者如果国王对葡萄牙公主不感兴趣，那他觉得米兰公爵的遗孀怎么样？那是一位美貌绝伦的年轻寡妇，也会给他带来一大笔嫁妆。

对那些信奉并能解释预兆的人来说，最近就出现了各种各样的预兆。

---

① 旧时在欧洲许多国家通用的金币。

邪恶的故事从书本走了出来，正在变成现实。有位王后被控犯有乱伦罪而关进了塔里。举国上下，就连大自然本身，都感到不安。鬼魂在过道现身，他们站在窗户旁，靠着墙，想偷听生者的秘密。有座钟未经任何人的触碰就自动敲响。在一个无人的地方，突然传来说话声，空中响起一阵嘶嘶声，犹如滚烫的烙铁被扔进水里。清醒的市民们受到震动，在教堂高呼。在他的门口，有个女人推开人群，抓住了他的马笼头。在卫兵们将她赶走之前，她朝他大喊，“上帝救救我们吧，克伦威尔，国王是个什么样的男人啊！他打算娶多少个妻子呢？”

有生以来，简·西摩的面颊第一次有了红晕；也可能是身上的衣服映衬所致，她的衣服是榅桲果冻一般的柔和而发亮的玫红色。

各种陈述、起诉书、议案在法官、检察官、总检察长和大法官之间传来传去，整个过程的每一步都清晰、有序，意在通过正当的法律手续而置人于死地。乔治·罗奇福德身为贵族，将被分开审判；那几位平民将先他受审。命令传进塔里，“提堂！”也就是说，将犯人——包括韦斯顿、布莱里顿、史密顿和诺里斯——提到威斯敏斯特受审。金斯顿用船运送他们；这是5月12日，一个星期五。他们被武装卫兵押着，穿过怒骂声、打赌声此起彼伏的人群。赌徒们相信韦斯顿会逃过一劫；这是因为他家的人四处打点的结果。但是对于其他人，生死的几率各占一半。马克·史密顿已经全盘招供，所以没有人就他的生死下注；但已经有人在打赌他到底是会被绞死、砍头、煮死、烧死，还是接受国王发明的某种新刑罚。

他站在窗户旁看着下面的情景，对里奇说，他们不懂法律。对叛国罪只有一种处罚：男人会被吊起来，开膛破肚取出内脏；女人则会被烧死。国王可能会把判决改为斩首。只有投毒者才会被活活煮死。就本案而言，法庭只能做出一种判决，它会从法庭传至人群，被错误地理解，于是那些赢家会咬牙切齿，输家则会要求收回自己的钱，接着会是拳脚相向，撕烂衣服，头破血流，而在此期间，犯人会仍然安然无恙地待在法庭里，距离死期还有数天。

他们到了法庭才会听到对自己的指控，而且像以往对叛国罪的审判一样，他们不会有法定代理人。但他们会有说话的机会，可以自辩，还可以传唤证人：如果有人愿意为他们作证的话。最近几年来，有人曾经因为叛国罪受审，最后却无罪释放，但这些人知道自己死罪难逃。他们必须为身后的家人考虑；他们希望国王善待他们，仅凭这一点，就会让他们放弃任何反抗，放弃任何坚称自己无罪的申辩。法庭必须可以顺畅无阻地审判。他们知道，或多或少地知道，作为对他们的配合的回报，国王会开恩，赐予他们斩首之刑，以维持他们最后的尊严；不过，陪审员们在低声议论，说史密顿会被吊起来，因为他出身低微，没有什么尊严需要保护。

审判由诺福克主持。犯人们被带进来时，三位侍从都尽量远离马克；他们想显示对他的不屑，表明自己高他一等。但如此一来，他们三个人就彼此挨得很近，而这又并非他们自己所愿。他发现，他们都不愿意看着彼此，一个个缩着身子尽量留出间隙，一边扯着衣服和袖子，乃至于看上去就像在互相躲闪一般。只有马克会供认罪行。马克被戴上了镣铐，以防他试图寻死：这无疑是一种仁慈，因为他一定会自杀未遂。所以他出庭时毫发无损，就像之前向他许诺的那样，毫无伤痕，但是他控制不住自己的眼泪。他乞求宽恕。其他几位被告话语很少，但是对法庭表示了尊敬：比武场上的三位英雄眼睁睁地看着那位坚不可摧的对手——英格兰国王本人——向他们发起攻击。有些地方他们可以反驳，但是那些罪状、那些日期和细节都飞快地一掠而过。如果他们坚持，也可以辩赢一两点；但这不过是拖延时间，并不能扭转乾坤，他们对此心知肚明。他们进入法庭时，卫兵们站在门口，手中的长戟斧口向后；但是当他们被判了罪出来时，斧口已经朝向了他们。这些死刑犯穿过喧嚣的人群：被推搡着经过两列戟兵形成的夹道走向河边，返回他们的临时住所，他们的休息室，去写下最后的绝笔，并做好精神准备。所有人都已经表示悔罪，尽管只有马克说明了原因。

一个凉爽的下午：等到人群散去，法庭闭庭之后，他发现自己坐在一扇敞开的窗户旁，而书记员们正在对记录进行整理捆扎。他看着他们忙完，才说，现在我要回家了。我要去城里的府邸，去奥斯丁弗莱，把文件送到法院路。消息会悄悄地从英语译成法语，也许还通过拉丁语译成西班牙语和意大利语，经由佛兰德斯传到皇帝的领土，越过德意志公国的边境传到波希米亚、匈牙利以及更远的雪国，由商人扬帆过海传到希腊和黎凡特[1]，传到印度(那里的人们从未听说过安妮·博林，更不提她的那些情人和弟弟)，沿着丝绸之路传到中国(那里的人们从未听说过一个叫亨利八世的人，也没听说过别的什么亨利，就连英格兰的存在对他们也是一个神秘的谜，他们认为那里的男人嘴巴长在肚子上，女人能飞翔，或者猫在治国理政，而人则蹲在老鼠洞口捕鼠为食)。当消息这样传来传去时，他要一手负责那些间隔和沉默、空白和删减以及疏漏、误解或者仅仅是误译。在奥斯丁弗莱的大厅里，他在所罗门王和示巴女王的大画像前站了片刻；那幅挂毯曾经属于红衣主教，但是国王没收了它，后来，沃尔西死后，在他(克伦威尔)获宠之后，国王把它作为礼物送给了他，仿佛感到难为情，仿佛把压根不该拿走的东西悄悄还给它真正的主人。国王曾经看到他出神地——而且不止一次地——凝视着示巴女王的面孔，不是因为他觊觎一位女王，而是因为她让他回想起自己的过去，回想起一位长相恰巧酷似她的女人：安塞尔玛，安特卫普的一位寡妇，他常常想，如果当年没有突然下决心要启程回国，来与自己的同胞打交道，他可能就已经结婚。在那段时间，他常常心血来潮：不是没有考虑，不是没有担忧，但一旦主意已定，他就马上行动。而且他现在还是如此。他的对手们会发现这一点。

“格利高里？”他儿子仍然穿着骑马服，风尘仆仆。他拥抱了他。“让

---

① 旧时的地中海东部岛屿及邻近国家。

我看看你。你怎么回来了？”

“您没有说我不能回来，”格利高里解释道。“您没有绝对禁止。另外，现在我已经学会了公共演讲术。您想听我演讲吗？”

“是的，但不是现在。你不该只带着一两名随从就跑来跑去。有人会伤害你的，因为他们知道你是我的儿子。”

“怎么可能呢？”格利高里说。“他们怎么会知道？”好几个房间的门都开了，楼梯上有了脚步，大厅里满是带着疑问的面孔；来自法庭的消息已经先他一步到达。是的，他证实道，他们都有罪，都已经判刑，至于是否会上泰伯恩刑场我不知道，但我会建议国王让他们速死；是的，马克也一样，因为当他在我这里时，我已经宽恕过他了，那是我能给他的最大的宽恕。

“我们听说他们都负有债务，先生，”他的职员托马斯·艾弗里说，他负责账务。

“我们听说围观的人挤得要命，先生，”他的一位守门人说。

厨师瑟斯顿出来了，身上到处沾着面粉：“瑟斯顿听说有人卖馅饼，”弄臣安东尼说道。“至于我呢，先生，我听说您的新喜剧大受欢迎。除了那些将死之人，所有的人都开怀大笑。”

格利高里说：“但还是有可能缓期执行吧？”

“毫无疑问。”他不想再多说话。有人给了他一杯麦芽啤酒；他擦了擦嘴巴。

“我记得我们在狼厅的时候，”格利高里说，“韦斯顿对您说话那么放肆，所以，我和雷夫就用我们的魔网逮住他，把他从高处扔了下去。但我们其实并没想要他的命。”

“国王震怒了，那么多的杰出侍从都会遭殃。”他这话是为了说给手下的所有人听。“当你们的熟人告诉你们——他们一定会这样——是我将那些人判了刑时，就告诉他们是国王，是法庭，所有的程序都正当合法，取证时没有对任何人刑讯逼供，不管城里的人怎么传。还有，如果有不明情况的人告诉你们，他们死到临头是因为我对他们怀恨在心，拜托你们不要相信。这不是个人恩怨的问题。而且就算我努力了，也救不了他们。”

“但怀亚特大人不会死吧？”托马斯·艾弗里问。大家交头接耳；怀亚特因为慷慨大方和谦恭有礼，在他府里很受欢迎。

“现在我得进去了。我得阅读海外的来信。托马斯·怀亚特……嗯，可以说我给了他一些忠告。我想我们很快就可以在这里见到他，但是请记住，没有什么是确定无疑的，国王的意愿……不。够了。”

他住了口，格利高里跟在他身后。“他们真的有罪吗？”当只有他们两个人时，他问。“为什么是那么多人？如果只定一人之罪，不是更能维护国王的名誉吗？”

他苦笑着说，“那就太抬举那个被定罪的人了。”

“哦，你是指人们会说，哈里·诺里斯那玩意儿比国王的大，并且知道怎样发挥用场？”

“瞧你说的是些什么话。国王宁愿耐着性子忍受，这种事情对别的男人来说，会尽量要保密，但他知道自己无法做到这一点，因为他不是普通人。他相信，或者至少希望表明，王后随随便便，喜欢冲动，本性不好，无法自制。既然发现那么多的男人跟她有过苟且的行为，那么，任何辩解都变成了徒劳，你明白了吗？正因为这样，才先审他们。如果他们有罪，她也就一定有罪。”

格利高里点点头。他似乎明白了，但也许只是似乎而已。如果格利高里说，“他们有罪吗？”他指的是，“他们真的那么干了吗？”但如果他说，“他们有罪吗？”他指的却是“法庭认定他们有罪吗？”律师的世界是一个完全独立的世界，人被撇开在外。这是一场胜利，一场小小的胜利——将纠缠在一起的大腿和舌头清理开来，将那堆喘息的部件平摊在白纸之上：正如高潮过后，身体重新躺到白色的床单之上。他见过写得很漂亮的起诉书，没有任何废话。但这份不是：词语堆堆叠叠，啰里啰嗦，内容很丑陋，形式也难看。针对安妮的计划在孕育时遭到污渎，落地时不是时候，生出来的是一堆不成形状的组织；它等待着被舔舐成形，就像熊宝宝被熊妈妈舔舐成形一样。你养育了它，却不知道养育的是什么：谁曾料想马克会招供，或者安妮会表现得完全就像一个遭受压迫且罪孽深重的女人？正如那几个人今天在庭上所说：我们犯有各种罪，我们全都犯了罪，我们全都有过这样那样的违规犯法之举，即使在教会和福音之光的照耀下，我们也可能不知道那是些什么罪。梵蒂冈的人都是研究罪孽的专家，从那儿传来消息说，在这个困难时刻，亨利国王任何示好的行为，任何和解的姿态，都会受到欢迎；因为对于事态的变化，不管其他人有多么震惊，罗马方面都并不感到意外。当然，在罗马，这很稀松平常：通奸，乱伦，他们只会耸耸肩而已。在班布里奇红衣主教时期，他在梵蒂冈待过，很快就发现教廷里没有任何人明白正在发生的一切；教皇更是被蒙在鼓里。见不得人的事会自生自长，阴谋无父无母，却能茁壮成长：唯一需要了解的就是没有谁能通晓天下之事。

不过在罗马，他想，在法律程序上很少装模作样。在监狱里，如果犯人被遗忘和饿死，或者被看守殴打致死，他们只是将尸体塞进麻袋，然后推着滚着，一脚踢进河里，让它加入台伯河的滔滔水流。

他抬起头。格利高里一直静静地坐在那里，没有打扰他的思绪。但现在他开口了，“他们的死定在什么时候？”

“不会是明天，他们需要时间处理一些事务。王后将于星期一在塔里受审，所以应该是在那之后，金斯顿无法……你瞧，庭审会公开进行，塔里将人满为患……”他想象着一幅不合时宜的争抢画面：想观看王后受审的人们蜂拥而来，因此，死囚们只能艰难地挤开一条道，前往断头台。

“但您会去看吗？”格利高里继续问道。“行刑的时候？在这最后的时刻我可以去陪陪他们，为他们祷告，但如果您不在，我就无法做到。我可能会晕倒在地。”

他点点头。在这种事情上还是实事求是为好。年轻的时候，他曾听到那些街头混混吹嘘自己天不怕地不怕，但割破一根手指就吓坏了，而且，观看行刑毕竟不像观看打架：有人会感到恐惧，而恐惧会传染，但在打架时，你没有时间感到恐惧，直到结束后你的双腿才开始发抖。“如果我不在那儿，理查德也会在的。你这样想很好，尽管会让你痛苦，但我觉得是表明一种尊重。”他无法想象下一周会是怎样的情形。“这取决于……必须解除婚姻，所以关键在于王后，在于她如何帮助我们，是否表示同意。”他在自言自语：“我也可能会跟克兰默一起待在朗伯斯宫。我亲爱的儿子，请不要问我为什么要解除婚姻。只需要知道这是国王的旨意。”

他发现自己无法去想那些将死之人。在他脑海中浮现的却是透过雨帘看到的莫尔在断头台上的情景：随着斧头猛然落下，他已经死去的身体干净利落地弯了下来。红衣主教失势时，托马斯·莫尔对他进行了最为残酷无情的迫害。不过，他想，我并没有恨他。我费尽口舌地劝说他向国王妥协。我以为我能说服他，我真的以为自己能够做到，因为他深谙世事，能把握自己，并具有宏大抱负。最后他却自寻死路。他不停地写啊写啊，说啊说啊，然后就突然一下子葬送了自己。如果说曾经有人几乎是砍掉了自己的脑袋，那就非托马斯·莫尔莫属。

王后穿着红黑两色的衣服，她头上戴的不是山墙形头饰，而是一顶时髦的帽子，帽檐上饰有黑色和白色的羽毛。记住那些羽饰吧，他对自己说；这会是最后一次，或者几乎是最后一次。她看上去怎么样，女眷们会问。他将可以说她看上去很苍白，但毫无惧色。她走进那个偌大的房间，站在那些英格兰贵族面前，他们全都是男人，却没有一个人对她心存欲念，这让她情何以堪？她现在名声扫地，难逃一死，他们的目光不再觊觎她——不管是她的胸脯还是头发或眼睛——而是转移开去。只有诺福克舅舅凶巴巴地瞪着她：仿佛责怪她顶着的不是美杜莎①的脑袋。

在伦敦塔大厅的中央，搭起了一个台子，上面摆了一些长椅，供法官和贵族们就座，两侧的走道上也有一些椅子，但大部分观众都将站着，你推我我推你地不断往前挤，直到卫兵们喊“别再挤了”，并用木桩堵住入口。即使是这样，他们仍然推搡着，那些已经放进来的人被挤到了律师席旁，喧哗声也越来越大。直到手持白色法槌的诺福克高喊肃静，一看到他的满脸凶相，人群中最鲁莽的人也知道他不好惹。

大法官在场，就坐在公爵旁边，给他提供全国最好的法律建议。伍斯特伯爵也在场，也许可以说，这一切就是因他妻子而起；伯爵恶狠狠地瞪了他一眼，让他莫名其妙。萨福克公爵查尔斯·布兰顿也在场，他从见到安妮的第一天起就讨厌她，并且对国王直言不讳。在场的还有阿伦德尔伯爵、牛津伯爵、拉特兰郡伯爵、威斯特摩兰郡伯爵：他（没有贵族头衔的托马斯·克伦威尔）在他们中间轻轻地走来走去，这里打个招呼，那里寒暄几句，让大家全都放心：国王的案子已经做好安排，不会发生也不会容忍意料之外的事情，我们都可以回家吃晚饭，今天晚上可以安稳地睡在自己的床上。桑迪斯勋爵、奥德利勋爵、克林顿勋爵以及许多其他的贵族也都一一就座，他们的名字也就逐一从名单上标出：乔治·博林的岳父默里勋爵握住他的手，说，托马斯·克伦威尔，请看在我的分上，千万不要让这些龌龊的事情连累到我可怜的小女儿简。

他想，你当年问都不问她就把她嫁出去时，她可不是你可怜的小女儿；不过这很常见，你不能责备他没有履行好父亲的职责，因为正如国王曾经悲哀地告诉他的那样，只有非常贫穷的男女才能自由地选择自己所爱。他回握住默里的手，希望他勇敢，并请他就座，因为犯人已经被带上法庭，马上就要开庭。

① 希腊神话中长有蛇发的令人恐惧的女妖。

他向外国使节躬身致意；但查普伊斯在哪儿？有人传话来说，他患了四日热：他让人捎话过去，听到这个消息我很难过，只要是能让他舒服一些的东西，让他尽管派人去我家取好了。如果他的发热是起于今天，星期一：那么明天就会减退，到星期三他就能站起来，但还是颤巍巍的，不过到星期四晚上，他又会再度发烧，卧床不起。

总检察长宣读起诉书，这花了一些时间：既有违反法律之罪，也有悖逆上帝之罪。当他起身进行检控时，心里默默地想，国王希望下午三点之前做出裁决；他环视了一下法庭，看到弗朗西斯·布莱恩仍然是一身外出的装束，准备随时上船去给西摩家送信。别急，弗朗西斯，他想，这可能需要一点时间，这里可能有得一争呢。

案件本身只需要一两个小时，但是有九十五名法官和贵族，他们的名字要一一核实，而且有些人在公开场合发言之前，需要各种令人分散注意力的仪式——换换坐姿，清清嗓子，擤擤鼻子，整整衣服，理理腰带——仅仅是这些加起来，显然就要耗费一天的时间；王后本人很安静，坐在椅子上专注地听着自己的一系列罪行被当庭宣读，那令人晕眩的一长串时间、日期、地点，那些男人，他们的阴茎，他们的舌头：伸进嘴里，从嘴里抽出来，进入身体的不同部位，在汉普顿宫和里奇蒙宫，在格林威治和威斯敏斯特，在米德尔塞克斯和肯特；还有那些下流和嘲弄的话语，争风吃醋，变态之念，王后还说等她丈夫死后，她会选择他们中的某个人做丈夫，但还不能说是谁。“你说过这种话吗？”她摇摇头。“你必须大声回答。”

冰冷而细小的声音说：“没有。”

她只肯说这些：没有，没有，没有：只有一次说了“是的”，是在被问及是否给过韦斯顿钱时，她犹豫片刻，然后承认了；人群顿时一阵轰动，于是诺福克中止诉讼，威胁说如果他们不保持安静，他就要把他们全都抓起来。萨福克昨天说，在任何秩序井然的国家，对一位贵妇的审判都应该适当隐蔽一些；他当时翻了翻眼睛，说，但是大人，这里是英格兰。

诺福克得到了安静，一种窸窸窣窣、不时响起几声咳嗽和低语的平静；他准备让检控继续，便说，“很好，继续吧，嗯——你。”对于要跟这样一个没有贵族身份的人——不是马夫或车夫，而是国王的大臣——说话，他已经不是第一次感到为难：大法官探身向前跟他低语，提醒他也许检察官是案卷司长。“继续吧，大人，”他说，语气客气了一些。“请你继续。”

她否认叛国，问题在于：她从未提高自己的声音，但也不屑于多加解释，或者找借口开脱：以便为自己减轻罪行。也没有人帮她这样做。他想起怀亚特的老父亲曾经告诉过他，一头奄奄一息的母狮子也可以抓伤你，它会突然伸出爪子，给你留下永久的疤痕。但是他没有觉得威胁或紧张，丝毫没有这种感觉。他很善于演讲，以口才过人、话语犀利、声音清晰而著称，但是今天，除了让那些法官和犯人听见之外，他对其他人是否听见并不在乎，因为不管他们听到了什么，到头来都会曲解：因此他的声音在房间里似乎变成了令人昏昏欲睡的低语，犹如乡村牧师低沉地祷告的声音，小得就像一只苍蝇在角落里嗡嗡叫着，不时地撞在玻璃上；透过眼角的余光，他看到总检察长强忍住一个呵欠，不禁在心里想，我做到了我以为自己永远无法做到的事情，审理了通奸、乱伦、阴谋、叛国的案子，并把它变成了例行公事。我们不需要假装激动。毕竟这里是法庭，而不是罗马的马戏场。

到了裁决的时刻：这是一个漫长的过程；法庭请求简明扼要，不要长篇大论，一个词就够了：九十五人认为有罪，没有一个人说无罪。当诺福克开始宣读判决时，再一次出现骚动，你能感觉到外面的人想挤进来的那种压力，以至于大厅似乎在轻轻摇晃，就像停泊在岸边的船一样。“她自己的亲舅舅！”有人叫了起来，公爵一拳头砸在桌上，扬言要杀人。这使得人们安静了一些；他也得以继续宣读下去，“……对你判决如下：你将在这座塔内被处以火刑，或者斩首，因为国王的意愿——”

法官中有人叫了一声。那人欠身向前，激烈地小声说着什么；诺福克似乎很恼怒；律师们窃窃私语，贵族们伸长脖子，想知道为什么又耽搁下来。他缓缓地走过去。诺福克说，“这些家伙说我不对，我不能说火刑或者斩首，而只能说一种，他们说必须是火刑，对叛国的女人就是这种处罚。”

“诺福克大人得到了国王的指示。”他要消除异议，并且立竿见影。“这些措辞是国王的意愿，另外，不要告诉我能做什么不能做什么，我们以前还从未审判过王后。”

“我们只是在摸着石头过河，”大法官温和地说。

“把你的判决读完吧，”他告诉诺福克，并退开几步。

“我想我已经读完了，”诺福克一边挠着鼻子一边说，“……斩首，因为国王的意愿也正是如此。”

公爵放低声音，用平常谈话的音量结束；因此王后根本没有听到对自己的判决的最后半句话。不过她听到了大致意思。他看到她从椅子上起身，仍然很镇静，他想，她对此不相信；她为什么不信呢？他朝弗朗西斯·布莱恩刚才所站之处望去，但那位信差已经走了。

现在得审判罗奇福德了；他们必须先把安妮带出去，再把她弟弟押进来。法庭内的庄严气氛消失了。那些年长的庭审人员需要颤颤巍巍地出去方便，而年轻些的也需要舒展一下腿脚，闲聊几句，了解乔治被判无罪的最新可能性。认为会被判无罪的人居多，但是当他被带进来时，他的脸色表明他未抱幻想。他（克伦威尔）已经对那些坚持认为会判无罪的人说，“罗奇福德大人如果能说服法庭，就会被释放。让我们瞧瞧他会怎样辩护吧。”

他真正担心的只有一件事：罗奇福德不像其他人那样经受不住压力，因为他没有留下任何他所关心的人。他妻子背叛了他，他父亲抛弃了他，而他舅舅将在法庭上主持对他的审判。他认为乔治的发言会雄辩有力，后来果然如此。听到对自己的指控时，他要求逐项逐条地提出来：“因为跟上帝所保证的永恒相比，先生们，你们的世俗时间又算什么呢？”有些人笑了：很佩服他的温文尔雅。博林直接对他(克伦威尔)说，“一条一条地来。时间，地点。我会驳倒你的。”

但这不是一场势均力敌的较量。他有书面材料，如果必要的话，他也可以把它们放在桌上完全不看；他有受过训练的记忆术，有一贯的沉着冷静，在法庭说话的声音不会让他的喉咙吃力，彬彬有礼的态度不会让他的情绪紧张；如果乔治认为他在读出他们给予和接受爱抚的细节时会迟疑，那么乔治就不了解他是如何走到了今天：不了解那些造就了秘书官大人的年代和方式。过不了多久，罗奇福德勋爵就会开始表现得像个涉世未深、泪流满面的孩子；他是在为自己的生命而战，因此，面对一个对结果似乎毫不关心的人，他根本不是对手。法庭如果要判他无罪，那就请便好了，会有另一个法庭，或者是另一个过程，不那么正式，最终会让乔治变成一具残尸。他还想到，过不了多久，年轻的博林就会发脾气，会表现出对亨利的蔑视，然后就会彻底完蛋。他递给罗奇福德一份材料：“这上面写有一些话，据说是王后对你说过的话，你又接着传给了别人。你不用大声念出来。只需要告诉法庭，你说过这些话吗？”

乔治不屑地笑了。他得意地笑着，享受着这个时刻：他深吸一口气，将那些话大声念了出来。“国王无法跟女人成事，他既没有技巧，也精力不济。”

他之所以念出来，是因为他觉得人们喜欢这些。他们的确喜欢，尽管他们的笑声带着惊讶，难以置信。但那些法官——他们才是关键——却清楚地发出了啧啧的反对声。乔治抬起头，摊开双手。“我没有说过这些话。我不会承认。”

但是他现在说了。为了逞一时之能，为了得到人群的喝彩，他对继承权提出了质疑，贬损了国王的继承人：尽管已经提醒他不要那样。他(克伦威尔)点点头。“我们已经听说你散布谣言，说伊丽莎白公主不是国王的孩子。看来的确如此。你甚至在本庭传播了谣言。”

乔治哑然。

他耸耸肩，转过脸去。乔治左右两难，只要提及针对自己的控罪，就构成了真正的犯罪。作为检察官，他宁愿国王的窘境未被提及；不过对亨利而言，这件事情在法庭上公开并不比在大街上谈论造成更大的耻辱，而且酒馆客栈里还流传着小鸡鸡国王与他的巫婆妻子的段子。碰到这种情形，男人多半会怪罪女人。怪罪她做过的某件事，她说过的某些话，当他气馁时她投来的愤怒眼神，以及她嘲弄的表情。亨利害怕安妮，他想。但是跟他的新妻子在一起，他会重振雄风。

他收回心思，收起材料；法官们希望商讨一下。针对乔治的证据都很难站得住脚，但如果这些罪名被推翻，亨利会另找理由来控告他，而这会让他的家族很为难，不仅是博林一家，还有霍华德一家：为此，他想，诺福克舅舅将不会放过他。不管是在本次审判还是之前的审判中，还没有人指责这些罪名不可信。这些人会背着国王密谋，并与王后通奸——这已经成了一件大家可以相信的事情：有韦斯顿是因为他行事草率；有布莱里顿是因为他无恶不作；有马克是因为他野心勃勃；有亨利·诺里斯是因为他跟国王关系密切，十分亲近，他把自己当成了国王本人；有乔治·博林不是尽管他们是姐弟关系，而恰恰因为他们是姐弟关系。大家都知道，为了争权，博林家的人会不择手段；安妮·博林既然踩着倒台者的身体登上了王后宝座，难道就不会将博林家的某个私生子也推上王位吗？

他抬头看了看诺福克，诺福克朝他点点头。这么说，裁决已经确定无疑，判决也已一锤定音。唯一出人意料的是哈里·珀西。伯爵从他的座位上起身。他站在那里，微张着嘴，人们安静下来，不是法庭里一直持续到现在的那种窸窸窣窣、窃窃低语的勉强的安静，而是一种默然无声、有所期待的寂静。他想起了格利高里：您想听我发表演讲吗？接着伯爵向前一歪，发出一声呻吟，随着“砰”的一声，重重地摔倒在地。卫兵们马上围到他俯卧着的身体旁，人群大声喧哗，“哈里·珀西死了。”

不可能，他想。他们会让他苏醒的。现在是下午三点左右，法庭里闷热而密不通风，法官们面前摆满了证据，仅仅是那些书面声明，就足以让一个健康的人累倒。在搭建供法官们就座的台子所用的新木板上，铺有一长条蓝布，他看着卫兵们将布从地板上掀起来，权充抬伯爵的毯子之用；一幕往事骤然闪现：意大利，酷热，鲜血，连拖带滚带挪地把一个奄奄一息的人弄到用布片结成的鞍褥上，那些布片本身也是从死人身上扒下来的，然后再把他拖到一座——那是什么？教堂还是农场？——的墙脚下，只是为了几分钟之后，他一边尽量把自己的肠子从流出来的伤口中再塞回去，仿佛不愿弄脏这个世界，一边在骂骂咧咧中死去。

他一阵恶心，便在总检察长旁边坐下来。卫兵们将伯爵抬了出去，伯爵的头耷拉着，双眼紧闭，双脚轻轻晃动。他的邻居说："这又是一个被王后毁掉的人。我想，若干年后我们也不会知道还有哪些人。"

的确。审判是一种临时的解决方法，是摆脱安妮、迎娶简的权宜之计。其效果还没有得到检验，反响还没有出现。但是他认为国家的心脏会有震动，联邦的肚子会有起伏。他起身走到诺福克身旁，催促他继续审理。乔治·博林——目前处于受审与定罪之间——看上去好像也可能会倒下，并且哭了起来。"扶罗奇福德大人坐下，"他说。"给他弄点喝的。"他犯有叛国罪，但仍然是一位贵族；他可以坐下来聆听自己的死刑。

第二天，5 月 16 日，他来到塔里，与金斯顿一起待在他的长官室。金斯顿正在为不知道该为王后准备怎样的死刑而发愁：她得到的是一种模棱两可的判决，有待国王最后决断。克兰默正在她的房间里，来听取她的忏悔，他将可以婉转地暗示她，如果她配合，就可以减轻痛苦。国王仍然会宽大为怀。

一名卫兵来到门口，对总管说："来了一位客人。不是要见您，先生。而是要见克伦威尔大人。是个外国人。"

来者是让·德·丹特维尔，安妮加冕为王后的那段时间他曾在这里任大使。让神态自若地站在门口："他们说我应该能在这儿找到你，由于时间很紧——"

“亲爱的朋友。”他们拥抱了一下。“我甚至不知道你到了伦敦。”

“我刚刚下船。”

“是啊，看得出来。”

“我不喜欢坐船。”大使耸耸肩；或者至少他的大垫肩动了动，然后又平静下来；在这个温暖的上午，他令人不解地穿着一层又一层的衣服，犹如迎接十一月份的装束。“无论如何，我似乎最好先到这儿，在你又去玩草地滚球之前堵住你，我觉得你在应该见我们的代表时，通常都在玩球。我奉命来跟你谈谈小韦斯顿的事情。”

天哪，他想，理查德·韦斯顿爵士已经设法贿赂了法兰西国王吗？

“你来得正是时候。他已经被判处死刑，明天执行。他怎么了？”

“如果献殷勤也要遭惩处，”大使说，“这未免令人担忧。很显然，那个年轻人并无别的过错，只不过是写了一两首诗吧？说了些恭维话，开了些玩笑？也许国王会饶他不死。我们觉得可以建议他离开宫廷一两年——也许去旅行？”

“他有妻子和一个年幼的儿子，先生。他甚至没有因为顾及他们而收敛自己的行为。”

“那后果就更严重了，如果国王要处死他的话。难道亨利不在意自己的仁君之名吗？”

“哦，他在意，他常常谈起这些。先生，我的忠告是忘记韦斯顿。尽管我的主人敬仰和尊重你的主人，但如果弗朗西斯国王插手这件事情，我的主人不会乐意接受的，因为这毕竟是一桩家事，他觉得这是跟他自身密切相关的事情。”

丹特维尔乐了。“也许的确可以称之为家事。”

“我发现你没有为罗奇福德勋爵求情。他当过大使，我还以为法兰西国王会更关心他。”

“哦，是啊，”大使说。“乔治·博林。我们知道已经改朝换代，明白随后会有许多变化。当然，整个法国宫廷都希望‘阁下’不要出事。”

“威尔特郡伯爵？他一直为法国人竭诚效劳，我明白你们会想念他的。他目前没有任何危险。当然，你们不能指望他像以前那样有权有势。正如你所说的，改朝换代了。”

“我是否可以说……”大使停下来，抿了一口酒，吃了一点金斯顿的仆人端上来的饼干，“在法国，我们觉得这整件事情不可思议？亨利如果想甩掉小妾，不是完全可以做得悄无声息吗？”

法国人不了解法庭或议会。对他们来说，最好的行为就是隐蔽的行为。“而就算他一定要向全世界昭告他的耻辱，一两桩通奸罪也完全够了吧？不过，克伦穆尔，”大使上下打量着他，说，“我们可以用男人对男人的方式交谈，对吧？最大的问题是，亨利能行吗？因为我们听到的是，他刚刚做好准备时，他妻子似乎瞪了他一眼，他就顿时泄了气。在我们看来，这就像巫术，因为巫婆的确常常让男人变成无能。但是，”他眼神中透着怀疑和轻蔑，接着说，“我无法想象任何法国男人会这么挺不住。”

“你必须理解，”他说，“亨利虽然是一个百分之百的男人，但还是一位绅士，而不是一只哼哧哼哧的野狗，在阴沟里跟……哦，我不是在说你们的国王对女人的选择。过去这几个月，”他深吸一口气，“尤其是过去这几周，我的主人经受了巨大的考验和痛苦。他现在要追求幸福。他的新婚姻无疑会给他的王国带来安定，给英格兰增加福祉。”

他侃侃而谈，就像在奋笔疾书一样；他已经在把这些话变成正式的报告。

“哦，是啊，”大使说，“那个小人儿。我们没有听到多少对她的容貌或才智的赞美。这又是一个无足轻重的女人，他不会真的要娶她吧？皇帝为他提供了一些那么合算的联姻机会……或者我们听说是这样。我们理解这一切，克伦穆尔。作为男人和女人，国王与小妾可能会有争执，但这个世界不是只有他们两个人，这里并非伊甸园。说到底，她不适应的还是这种新权术。从某种意义上说，老王后是小妾的保护伞，自从她死后，亨利就一直在处心积虑地想如何重新变成一个受人尊敬的人。因此，他必须娶回一位自己最先见到的诚实本分的女人，实际上，她是否是皇亲国戚并不重要，因为博林家的人被除掉后，克伦穆尔就位高权重，他一定会在枢密院里塞满亲皇帝派的人。”他撇了撇嘴唇；可能是在微笑。“克伦穆尔，我希望你能告诉我查理皇帝给了你多少好处。我可以肯定我们也付得起。”

他笑了起来。“你的主人正如坐针毡。他知道我的国王有源源不断的钱流进来。他担心他会造访法兰西，而且带着全副武装。”

“你知道你们欠弗朗西斯国王的情。”大使很气恼。“教皇当时要把你们的国家从基督教国家的名单上删除，只是因为我们的谈判，那些特别高明和巧妙的谈判，才阻止了教皇。我想，我们一直是你们忠诚的朋友，为你们进行了辩护，甚至比你们自己更为有力。”

他点点头。“我一向喜欢听法国人自我表扬。本周晚些时候，你愿意跟我共进晚餐吗？等这一切完事之后？等你的不安平息之后？”

大使低下头。他的帽徽闪闪发光；那是一枚银骷髅帽徽。“我会向我的主人报告说，很遗憾，在韦斯顿的事情上，我尽力了，但没有成功。”

“就说你来得太迟了。潮水跟你作对。”

“不，我会说克伦穆尔跟我作对。顺便问一下，你知道亨利干什么了，对吧？”他似乎很开心。“他上周派人去请一名法国的死刑执行人。不是从我们自己的城市，而是加来的那位负责砍头的刽子手。他似乎不愿意让任何英格兰人来给他妻子斩首。我真是不明白，他干吗不自己把她带出去，在大街上把她掐死。”

他转向金斯顿。总管现在已经上了年纪，尽管十五年前曾经因为国王的事务出使过法国，但从那以后就再也没有使用过法语；红衣主教的建议是，说英语，说大声。“你刚才听到了吧？”他问。“亨利已经派人去加来请行刑人。”

“天哪，”金斯顿说。“是在审判之前吗？”

“大使先生是这样告诉我的。”

“听到这个消息我很高兴，”金斯顿大声而缓慢地说。“我的心情。轻松了很多。”他轻拍着自己的脑袋。“我想他用的是……”他做了个挥砍的手势。

“没错，大刀，”丹特维尔用英语说。“你们可以期待一场精彩的表演。”他碰了碰帽子，“再会，秘书官大人。”

他们目送着他出去。这本身也是一场表演；他的仆人们得再给他裹上好几层衣物。他上一次出使这里时，由于不适应英格兰的空气、潮湿以及刺骨的寒冷，他不慎发烧，因此不得不长时间捂在被子里，想发汗退烧。

“小让啊，”他看着大使的背影说，“仍然害怕英格兰的夏天。还有他的国王——第一次拜会亨利时，因为恐惧而禁不住全身发抖。我和诺福克不得不搀扶着他。”

“是我理解错了，”总管说，“还是他真的说韦斯顿因为写诗而犯了罪？”

“差不多吧。”安妮仿佛是一本书，敞开了摊在桌上供人随意书写，而原本只有她丈夫才能在页面上写字。

“不管怎么说，我少了一桩心事，”总管说。“你有没有看过女人被烧死？我但愿永远不要看到，因为我相信上帝。”

5 月 16 日晚上，克兰默大主教来见他时，显得病怏怏的，鼻唇沟纹隐约可见。它们一个月前就有了吗？“我希望尽早结束这一切，”他说，“然后回肯特郡去。”

“你把格蕾特留在那儿？”他温和地说。

克兰默点点头。对妻子的名字他似乎难以启齿。每当国王提起婚姻，他就心惊胆战，而最近这些日子里，国王当然很少谈论别的事情。“她担心国王娶了新王后之后，会回归罗马，于是我们就不得不分手。我告诉她，不会的，我知道国王很坚决。但他是否会改变想法，以便牧师可以跟自己的妻子公开地生活在一起……如果我觉得这毫无希望，那么我想就应该让她回家，以免她到头来无依无靠。你知道会是什么情形，过些年后，亲人会离世，他们会忘记你，你会忘记自己的语言，起码我是这么认为。”

“完全有希望，”他坚定地说。“告诉她，不出几个月，在新议会里，我会将所有法规中的罗马的残余彻底清除干净。到那个时候，你知道，”他笑了笑，“一旦那些资产被分……嗯，一旦它们流进了英格兰人的腰包，就不会再回到教皇的腰包。”他说，“王后怎么样了，她向你忏悔了吗？”

“没有。还不到时候。她会忏悔的。最终会的。等到那一步的时候。”

他为克兰默感到高兴。就眼下来说，哪一种情况更糟呢？听一个有罪的女人彻底坦白，还是听一个无辜的女人苦苦哀求？而不管哪一种情况，他都只能无言以对？也许安妮会一直等到毫无缓刑的希望，一直把秘密保留到那个时候。他能理解。换了是他也会这样。

“关于解除婚姻的听证会，”克兰默说，“我把具体安排告诉了她。我告诉她会在朗伯斯举行，就定在明天。她说，国王会到场吗？我说不会，他会派代理人来。她说，他正忙着跟西摩厮守，接着她又责备自己，说，我不该说亨利的坏话，对吧？我说，那样不明智。她对我说，我能去朗伯斯吗，去为自己辩护？我说不行，没有必要，也为你指定了代理人。她似乎很沮丧。但是接着她又说，告诉我国王想要我签什么。不管他想要什么，我都会同意。他也许会允许我去法国，去修道院。他想要我说我与哈里·珀西结过婚吗？我对她说，夫人，伯爵否认了这一点。她就大笑起来。”

他显出怀疑之色。即使是彻底的坦白，即使是一五一十全盘承认罪行，也不会帮到她，现在帮不上了，尽管审判之前也许会有所帮助。国王不愿想起她的那些情人，不管是过去的还是现在的。他已经将他们从脑海中消除。对她也是一样。她不愿相信亨利已经彻底将她抹去。他昨天说，“希望我这两条胳膊很快就能拥简入怀。”

克兰默说：“她无法想象国王已经抛弃了她。就在不到一个月之前，国王还让皇帝的使臣向她鞠躬行礼。”

“我想他那样做是为他自己。不是为了她。”

“我不知道，”克兰默说。“我还以为他爱她。以为他们之间没有隔阂，直到不久之前。我不得不认为自己一无所知。对于男人，对于女人。对于我的信仰，还有别人的信仰。她对我说，‘我会上天堂吗？因为我以前也做了很多好事。’”

她也这样问过金斯顿。也许她逢人就问。

“她谈到善行。”克兰默摇着头。“而只字不提信仰。我希望她能明白，就像我现在能明白一样，我们不是通过自己的善行而得到救赎，而只能是通过基督的献身，通过他的善行，而不是我们自己的善行。”

“哦，我想你不应该认为她一直都是天主教徒。这对她能有什么好处呢？”

“我为你感到难过，”克兰默说，“你得负责查清这一切。”

“当初开始时，我并不知道自己会发现什么。仅仅是因为这一点，我才能够承担下来，因为事事都超出了我的意料。”他想起马克的自吹自擂，想起那几位侍从被带上法庭时缩着身子互相躲闪，避开对方的视线；关于人性，他了解了一些就连他也前所未知的方面。“加迪纳在法国吵吵嚷嚷地要求知道细节，但我发现我不想写出那些细节，它们简直骇人听闻。”

“想办法遮掩一下吧，”克兰默赞同道。不过，国王自己似乎并不回避细节。克兰默说，“他不管去哪里，都带着自己写的那本书。有天晚上，在卡莱尔主教府——你知道弗朗西斯·布莱恩租了那儿吧？——他把它拿了出来。布莱恩正在款待客人时，国王拿出那份书稿，开始大声读起来，一定要让所有的人听。他因为痛苦而糊涂了。”

“毫无疑问，”他说。“不管怎么样，加迪纳会满意的。我告诉过他，等到分发战利品时，他会从中受益。我指的是那些职位，还有现在回到国王手中的那些津贴和款项。”

但克兰默并没有听。“她对我说，我死的时候，身份将不是国王的妻子吗？我说，不是，夫人，因为国王会已经解除你们的婚姻，而我来这里就是为了征得你的同意。她说，我同意。她对我说，但我会仍然是王后吗？我想，根据法规，她仍然是。我不知道该怎么对她说。可她似乎很满意。但是我跟她在一起的时间啊，显得那么漫长。她一会儿大笑，一会儿祈祷，一会儿焦躁不安……她问到了伍斯特夫人，问到她怀的孩子。她说伍斯特夫人已经怀孕五个月左右，但她觉得胎儿的动静不像五个月的孩子那么大，她觉得这是因为伍斯特夫人受了惊吓，或者是为她悲伤。我不想告诉她伍斯特夫人已经提供了不利于她的证词。”

“我会打听的，”他说，“关于伍斯特夫人的身体状况。但不是向伯爵打听。他曾经对我怒目而视。我不知道是怎么回事。”

大主教的脸上闪过一连串令人难以捉摸的表情。“你不知道吗？那我就明白传言不实了。我为此感到高兴。”他犹疑着。“你真的不知道吗？宫里有人说，伍斯特夫人的孩子是你的。”

他目瞪口呆。“我的？”

“他们说你经常跟她在一起，关着房门。”

“那就是通奸的证据吗？嗯，我想可能是的。我这是报应。伍斯特大人会要我的命的。”

“你看起来并不害怕。”

“我害怕，但不是怕伍斯特大人。”

而是害怕即将到来的时间。安妮顺着大理石台阶向天堂爬去，她的善行就像戴在手腕和脖子上的珠宝一样熠熠生辉。

克兰默说：“我说不清是为什么，但她觉得仍然有希望。”

这些日子里，他身边总是有人。他的盟友们在关注他。费兹威廉跟在他身旁，仍然为诺里斯说了一半又收回去的话感到苦恼：一直念念叨叨，绞尽脑汁，想把那些只言片语变成完整的句子。尼古拉斯·卡鲁主要跟简在一起，但爱德华·西摩则在他妹妹和国王寝宫之间来来去去，寝宫的气氛压抑而戒备，而国王就像牛头怪①，隐身在迷宫般的房间里呼吸。他理解他的新朋友们是在保护自己的投资。他们关注着他，留心任何举棋不定的迹象。他们要尽可能地让他深度介入这件事，而他们自己则藏起双手，那么，一旦国王日后有任何反悔，或者质疑事情为什么处理得那么仓促，遭罪的就会是托马斯·克伦威尔，而不是他们。

里奇和赖奥斯利大人也经常出现。他们说："我们想陪在你身边，我们想学习，想看看你怎么做。"但他们不可能看到。小时候，为了逃离家门，跨越海峡远离他父亲，他一文不名地浪迹到多佛，在大街上摆起三张纸牌的游戏。"看到王后了？注意盯紧她。好了……她现在在哪儿？"

王后藏进了他的袖子。钱币装进了他的口袋。赌徒们大喊，"你会挨鞭子的！"

他将死刑令拿去请亨利签署。金斯顿仍然没有收到关于该如何处死那几个男人的指示。他保证说，我会让国王集中心思的。他说，"陛下，塔丘上没有绞刑架，而我认为将他们押往泰伯恩刑场也不是个好主意，人群可能会失控。"

"为什么要失控？"亨利说。"伦敦人并不喜欢这些人，甚至根本就不知道他们。"

"是的，但任何可能引起骚乱的借口，而且如果天气持续晴好……"

国王哼了一声。很好。斩首吧。

马克也一样吗？"我算是答应过他，只要他坦白，就会从轻发落，而您知道，他的确主动坦白了。"

国王说，"法国人到了吗？"

---

① 希腊神话中的半人半牛怪物，为帕西法厄和她爱的公牛所生，被禁闭在克里特代达罗斯造的迷宫里，食人肉为生，后被忒修斯所杀。

“到了，让·德·丹特维尔。他提出了交涉。”

“不，”亨利说。

不是那个法国人。他指的是加来的行刑人。他对国王说，“您觉得是在法国，王后年轻的时候在法国宫廷期间，您觉得她是在那儿第一次失身的吗？”

亨利没有回答。他想了想，然后说：“她总是在向我宣扬，请注意我说的话……总是在向我宣扬法国有多么好。我想你说得对。我一直在琢磨这件事情，我不相信是哈里·珀西得到了她的处女之身。他不会撒谎，对吧？以身为英格兰贵族的名誉担保，他不会撒谎。不，我相信她最初是在法国宫廷被诱骗失身的。”

所以，他无法断定请来那位技术精湛的加来行刑人到底是不是一种仁慈，也不知道对王后实施这种形式的死刑是否仅仅是符合亨利强烈的礼法意识。

但是他想，如果亨利认为毁了她的是某个法国人，某个不为人知、也可能已经死去的外国人，那就更好。“这么说不是怀亚特？”他说。

“不，”亨利脸色阴沉地说。“不是怀亚特。”

他现在最好待在原地不动，他想。这样更安全。不过可以给他捎个信，说他不会受到审判。他说：“陛下，王后在抱怨她那些女侍。她希望让她自己寝宫的女人去侍候她。”

“她手下的人已经解散。是费兹威廉负责处理的。”

“我想有些女侍还没有回家。”他知道，她们还留在自己朋友的府里，希望有一位新的女主人。

亨利说：“金斯顿夫人必须留下，但其他人你可以换掉。只要她能找到愿意侍候她的人。”

安妮可能还不知道自己已经众叛亲离。如果克兰默说得没错，她以为自己以前那些朋友在为她感到难过，但在她人头落地之前，他们其实都惶惶不可终日。“有人会帮她的，”他说。

亨利现在低头看着面前的文件，似乎不知道那是些什么。“死刑令。请您签署，”他提醒道。他站在一旁，看着国王将自己的笔蘸了蘸墨水，在每一份死刑令上签下自己的名字：那方方正正的一串字母重重地落在纸上；说到底，这还是一个男人的手。

当安妮的情人们受死时，他正在朗伯斯，参加在这里审理的离婚诉讼案：这是审理的最后一天，必须如此。他的外甥理查德代表他去了塔丘，回来后向他报告了行刑的经过。罗奇福德表现得很有自制力，发表了一番口若悬河的演讲。他最先被送上断头台，砍了三斧头才终于完事；在那之后，其他人都不再多言。他们都说自己有罪，都说自己该死，但还是没有说为什么有罪；被留到最后、在血泊中站立不稳的马克大声祈求上帝的仁慈和人们的祷告。行刑人肯定稳住了自己，因为在第一次失误之后，其他人都死得干净利落。

从理论上说，事情已经完结。庭审记录已经归他掌握，将送往案卷司长官邸，或者保存，或者销毁，或是暂时搁置一旁，但死者的尸体是一个不洁的、急待处理的难题。尸体必须搬上马车，运进伦敦塔里：他不难想象那种情景，一堆纠缠在一起的无头死尸，犹如胡乱地堆在床上，或者就像战场上的尸体，被掩埋之后又重新挖了出来。进入城堡之后，他们的身上将只剩下衬衫，外套被扒下来，成为对行刑人及其助手的犒赏。紧邻锁链中的圣彼得礼拜堂的墙边，有一片墓地，几位平民将被埋在那里，而罗奇福德将独自前往教堂的地下。但是现在，死者身上已经没有显示各自身份的徽章，辨认起来有些困难。有位殡葬工说，把王后叫来，她了解他们身上的各个部位；但其他人都责备他，理查德说。他说，看守见得太多，很快就不再讲究什么礼法。“我看到怀亚特从钟塔的栅栏边往下看，”理查德说。“他对我打了个手势，我想给他希望，但不知道该如何向他示意。”

他会被释放，他说。但也许要等到安妮死后。

那一天似乎还有待时日。理查德拥抱了他，说，“如果她在位的时间更长，一定会把我们送去喂狗。”

“如果我们让她在位的时间更长，那就是我们活该。”

在朗伯斯，王后的两位代理人已经在场：到场的还有国王的代理人贝迪尔博士和特雷贡威尔博士，以及他的法律顾问理查德·桑普森。还有他自己(托马斯·克伦威尔)，以及大法官和其他委员，包括萨福克公爵——公爵自己的婚姻情况十分复杂，所以他学习了一些教会法规，就像小孩服药那样囫囵吞枣；今天，布兰顿一直坐在那儿苦着脸，并在椅子上动来动去，而牧师和律师们则在细查详情。他们商讨了哈里·珀西的问题，一致认为他对本案没有用处。“我想不明白你为什么没有得到他的配合，克伦威尔，”公爵说。无奈之下，他们讨论起玛丽·博林，一致认为只好让她充当障碍因素；尽管国王也同样有责任，因为他无疑知道，既然他跟安妮的姐姐上过床，就不能跟安妮缔结婚约，对吧？我想在这个问题上存在着含糊之处，克兰默温和地说。她们是两姐妹，这很清楚，但是他得到过教皇的特许，他以为当时仍然有效。他不知道，对这么重大的事情，教皇是不能特许的；这一点后来才明确。

这一切太难以服人。公爵突然说，“嗯，你们都知道她是女巫。如果她对他实施法术骗婚……”

“我想国王没有此意，”他(克伦威尔)说。

“哦，他有，”公爵说。“我想我们来这里就是为了讨论此事。如果她对他实施法术骗婚，那么婚姻就无效，这是我的理解。”公爵抱着双臂，靠回到椅背上。

两位代理人你看看我，我看看你。桑普森看着克兰默。没有人去看公爵。最后，克兰默说：“我们不需要公之于众。我们可以公布裁决，但不公开理由。”

大家松了一口气。他说：“我想，我们不用受到公开的嘲笑，这多少是个安慰。”

大法官说："真相太过稀缺和珍贵，所以有时候必须严加保管。"

萨福克公爵飞快地返回自己的游船，一边大声说，他终于摆脱博林家的人了。

结束国王的第一桩婚姻时曾经久拖不决，而且闹得沸沸扬扬，在整个欧洲，不管是君王的政务会还是集市的广场上，都成为谈资。如果能顾全体面，那么这第二桩婚姻的告终会迅速而隐蔽，不被谈论，少为人知。然而它必须由全城市民和达官贵人来见证。伦敦塔是一座城。它是军械库、宫殿、铸币厂。各种工匠和官员来来往往。但可以派警察维持秩序，可以让外国人撤离。他把这项任务交给金斯顿。他难过地得知，安妮弄错了自己的死期，5 月 18 日凌晨两点，她就起床祷告，并请施赈官和克兰默天一亮就过来，以便她能清洗罪行。似乎没有人告诉过她，每逢行刑当天的早晨，金斯顿天亮时一定会过来，提醒死囚做好准备。她不了解这种惯例，再说，她干吗要了解呢？金斯顿说，从我的角度看看吧：一天之内处死五个人，还要为第二天处死英格兰王后做好准备？城里的相关官员都不在场，怎么能给她执行呢？木匠们还在绿塔为她做断头台，不过值得庆幸的是，她从王室成员的住处听不见那敲敲打打的声音。

不过，总管还是为她的误解感到难过；尤其因为这种误解一直延续到上午较晚之时。这种情形使他和他妻子感到巨大的压力。他报告说，安妮并没有因为多活一天而高兴，而是哭了起来，说很遗憾不能当天就死：她但愿自己摆脱了痛苦。她对法国行刑人的消息已经有所耳闻，而且，"我告诉她，"金斯顿说，"不会有痛苦，只是一眨眼的事。"但是，金斯顿说，她又一次伸手掐住自己的喉咙。她领了圣餐，并以上帝的圣体之名宣称自己是清白的。

如果她真有罪的话，金斯顿说，她肯定不会那样做吧？

她哀悼了已经离去的人。

她还开起玩笑，说别人以后会称她为“无头的安妮”，Anne sans Tête[①]。

他对他儿子说，“如果你跟我一起去现场亲历，那么，这几乎会是你有生以来所做过的最艰难的事情。如果你能面不改色地坚持下来，人们以后就会谈论，这对你会很有好处。”

格利高里只是看着他，说，“对一个女人，我做不到。”

“我会在你旁边，让你知道自己能做到。你不需要去看。当灵魂经过时，我们就跪下，垂下眼睛，并默默祈祷。”

断头台架在一处空旷的场地上，那里曾经是举行比武的竞技场。一支由两百名侍从组成的卫兵正在集合，准备列队走在队伍的前面。昨天的错误、日期的混淆、拖延、错误信息等：一律不得再次发生。当他们还在铺撒锯末时，他就早早地到场；他把儿子留在金斯顿的住所，其他人也在那里集合：包括行政司法长官、高级市政官以及伦敦市的达官显要。他自己站在断头台的台阶上，看看它们是否能承受他的重量；有个撒锯末的人对他说，它很结实，先生，我们都上上下下地跑过了，不过我猜您还是想亲自检查一下。当他抬起头时，行刑人已经到了，正在跟克里斯托弗交谈。那年轻人穿着体面，他得到了一笔钱，用以添置一套绅士的行头，好让他混在一群官员中，不容易被认出来；这样做是为了避免王后恐慌，而且就算衣服弄脏了，他赔的至少也不是自己的钱。他走向行刑人。“你会怎样下手？”

“我会出其不意，先生。”年轻人改用英语说，一边指了指自己的脚。他穿着一双软底鞋，就像室内穿的鞋子。“她根本看不到大刀。我把它藏在那儿，在那个草堆里。我会分散她的注意力。她不会看到我从哪儿

---

① 法语，意为“无头的安妮”。

出来。”

“但你得给我看看。”

那人耸耸肩。“随你好了。你是克伦穆尔吧？他们告诉我你掌管一切。实际上他们还跟我开玩笑，说你如果因为她长得太丑而昏倒的话，有个人会拿起大刀的，他叫克伦穆尔，非常厉害，能砍下赫德拉①的脑袋，我不知道那是什么。但他们说是一条蜥蜴或者是蛇，它的头每砍下一个，就会再长出两个来。”

“这次不一样，”他说。博林家的人一旦完蛋，就真完蛋了。

武器很沉，需要一双手才能拿起。它差不多有四英尺长，两英寸宽，圆形剑梢，双刃。“平常要练，就像这样，”那人说。他像跳舞似的原地一转，高举双臂，仿佛紧握着大刀一般握紧双拳。“你得每天都试一下武器，哪怕只是练练动作。随时都可能有人相邀。我们在加来斩首不太多，但是会去别的城市。”

“这是个不错的行当，”克里斯托弗说。他想试一下大刀，但是他（克伦威尔）还不想松手。

那人说：“他们告诉我，我可以跟她说法语，她会听得懂。”

“是的，说法语好了。”

“但是她要跪下，得有人告诉她这一点。没有枕木，你知道。她必须跪直，不能动。如果她保持不动，一眨眼就会完事。否则就会被削得七零八落。”

他把武器还给他。“我可以为她担保。”

那人说：“在两次心跳之间就完事了。她什么都不知道，就进入了永久。”

他们转身走开。克里斯托弗说：“大人，他对我说，告诉那些女侍，她

---

① 希腊神话中的九头蛇，传说它的头被砍掉后能重新长出来，但最后被赫拉克勒斯杀死。

跪下时得用裙子裹住双腿，以免倒下来的姿势太糟，把那么多杰出侍从已经看过的地方又昭示天下。”

他没有责备这孩子话语粗俗。他是话糙理不糙。事实也会证明，等那个时刻来临时，女侍们也的确这么做了。她们自己肯定讨论过这一点。

弗朗西斯·布莱恩出现在他身旁，他穿着一件皮上衣，身上汗涔涔的。“怎么了，弗朗西斯？”

“我受命一旦她人头落地，就快马加鞭地把消息传给国王和简小姐。”

“为什么？”他冷冷地说。“他们觉得行刑人可能失手吗？”

时间已近九点。“你吃过早餐了吗？”弗朗西斯说。

“我一贯都吃早餐。”但他怀疑国王可能没有吃。“亨利对她几乎只字未提，”弗朗西斯·布莱恩说。“他只是说，他不明白这一切是怎么发生的。当他回想这过去的十年时，他对自己都无法理解。”

他们沉默了片刻。弗朗西斯说：“你瞧，他们来了。”

那肃穆的队伍穿过冷监门：前面是伦敦城的达官显贵，然后才是卫兵。王后和她的女侍们走在他们中间。她穿着深色的锦缎长袍，披着貂皮短披风，戴着山墙形头饰；你会以为在这种时候，要尽可能地遮住自己的面孔，不让别人看到你的表情。那件貂皮披风，他还不知道吗？他想，我上次看到它时，是披在凯瑟琳的肩上。由此看来，这件皮草就是安妮最后的战利品了。三年前，她前去接受加冕时，从铺在大教堂地上的长长的蓝色地毯上走过——那大腹便便的样子，让观礼的人们不禁为她捏了一把汗；而现在，她却只能将就那粗糙的地面，脚上穿着纤秀的女鞋，小心地迈着步子，她的身体空空的，轻轻的，身边仍然有许多双手，准备在她跌倒后将她扶起，安稳地送上死路。有一两次，王后有些踟蹰，整个队伍也只好慢下来；但她并没有跌倒，而是在东张西望，前看后看。克兰默说过，“我不知道为什么，但她觉得仍然有希望。”女侍们——甚至包括金斯顿夫人——都戴上了面纱；她们不希望自己未来的生活与今天上午的工作牵连在一起，不希望自己的丈夫或追求者看到她们时想到死亡。

格利高里不声不响地站到他身旁。他儿子在发抖，他能感觉得到。他伸出一只戴了手套的手，搭在儿子的胳膊上。里奇蒙公爵向他点头示意；他站在一个显眼之处，旁边是他的岳父诺福克。公爵的儿子萨里在跟他父亲低语，但诺福克却直直地看着前方。诺福克一家怎么到了这种地步？

女侍们帮王后取下披风，王后身材弱小，瘦骨嶙峋。她看上去并不像英格兰的强大敌人，但外表具有欺骗性。如果当初能把凯瑟琳送上这个地方，她一定不会手软。如果她仍然在位，玛丽那孩子可能就会站在这里；当然还有他自己，脱下外衣，引颈等待英格兰的粗斧劣刃。他对他儿子说，“马上就要开始了。”她刚才一边走，一边分发施舍物，丝绒手袋现在已经空空如也；她把手伸进去，将它翻了个面，这是勤俭持家的主妇的做法，以确保没有任何浪费。

一位女侍伸出一只手去接手袋。安妮对她看都不看就把手袋递给她，然后走到断头台边。她犹豫着，看着人头攒动的人群，接着开始讲话。人群顿时全体向前移动，但只能勉强挪近她一两步，每个人都抬起头，睁大了眼睛。王后的声音非常小，说出来的话几乎低不可闻，并且都是应景之言：“……为国王祈祷，因为他是一位善良、和蔼、亲切、高尚的君王……”你必须说这些话，因为即使到此时此刻，国王的信使也可能随时来到……

她顿了顿……哦，不对，她的话已经说完。再也无话可说，留在这个世界上的时间也不过几分钟。她吸了一口气，脸上显出不解之色。阿门，她说，阿门。她低下头，接着，她似乎缩起身子，以控制那从头到脚向她全身袭来的颤抖。

有位戴着面纱的女侍走到她身边，跟她说了句什么。安妮抬起颤抖的手臂去取头饰。她轻易地取了下来，没有摸摸索索；他想，肯定没有别在头上。她的头发用一个丝网束在颈后，她把它抖开，双手将长发拢起，并举过头顶，盘了起来；她一只手扶着头发，有位女侍递给她一顶亚麻布帽。她把布帽罩在头发上。你会以为帽子罩不住她的头发，结果却不然；她肯定这样练习过。但现在她又张望起来，似乎等待着提示。她半取下帽子，又重新戴回去。她不知道如何是好，他看出她不知道是否应该把帽带系在下巴底下——如果不系的话，帽子是否戴得稳，或者她是否还有时间把帽带打成一个结，以及她在这个世界上还有多少次心跳。行刑人走了出来，他能看到——他靠得很近——安妮的眼睛紧盯着他。法国人屈膝跪地请求谅解。这是一种礼节，他的双膝没有接触草堆。他示意安妮跪下，当她跪下时，他退开几步，仿佛连她的衣服都不想碰到。他隔着一臂的距离，将一块叠好的布递给一位女侍，并将一只手举到眼前，示意该怎么办。他希望接蒙眼布的是金斯顿夫人；但不管那是谁，动作都很娴熟，但安妮在自己的世界突然变黑时，还是发出一声低呼。她的嘴唇翕动着，祈祷着。法国人挥手让女侍们退开。她们退到一旁，齐齐跪下，其中一位几乎瘫倒在地，被其他人扶住；尽管她们都戴着面纱，但还是能看到她们的手，那无助的、未戴手套的手，只见她们用裙子裹紧自己，仿佛想让自己变小，变安全。王后现在孤零零的，正如她这一生都孤零零的一样。她说，基督怜恤我，耶稣怜恤我，主啊请接受我的灵魂。她抬起一只手臂，手指又去摆弄帽子，他默默地说，把你的手臂放下来，看在上帝的分上，把手臂放下来吧，他心里急切地想着——就在这时，行刑人突然大喊，“把大刀给我。”那颗被蒙住眼睛的脑袋顿时循声一转。那人到了安妮的背后，她摸不清方向，没有发觉他的位置。整个人群中传出一声呻吟，只有这唯一的声音。接着是一片寂静，在这寂静之中，响起一种尖锐的叹息般的声音，也像是穿过锁眼的哨音：那具身体血流如注，那扁平瘦小的身躯变成了一摊血泊。

萨福克公爵仍然站在那里，里奇蒙也一样。所有其他的人，那些跪着的人，现在都站了起来。行刑人谦恭地转过身去，并且已经把大刀递给了随从。他的助手朝尸体走去，但四位女侍先他一步，用自己的身体挡住了他。其中一位女侍凶狠地说，“我们不想要男人碰她。”

他听见年轻的萨里说，“是啊，他们已经碰够她了。”他对诺福克说，大人，管好你的儿子，把他从这儿带走吧。他看到里奇蒙脸色很差，还赞许地看到格利高里走到他面前，像年轻人之间那样友好地鞠了一躬，说，大人，离开这儿吧，走吧。他不知道里奇蒙为什么没有跪下。也许他相信了关于王后想毒死他的传闻，所以不愿意向她表示哪怕是最后的尊重。而萨福克则更容易理解。布兰顿是铁石心肠，对安妮决不宽恕。他上过战场。尽管从未见过这种血流如注的情景。

金斯顿似乎只考虑到死刑，而没有考虑随后的安葬事宜。“上帝啊，”他(克伦威尔)说，没有具体对哪个人，“我希望总管大人没有忘记让人把教堂里的大石板掀起来，”有人回答他道，我看没有，先生，因为它们两天前就掀起来了，以便她弟弟可以埋下去。

总管大人最近几天的表现有失水准，但国王一直让他处于不确定状态，而且正如他后来承认的那样，整个上午，他一直都以为白厅的信使可能会突然来到，要求他们刀下留人：即使在王后被扶着走上台阶，即使到她取下头饰的那一刻。他没有想到棺材，但是一口装箭的榆木箱子被匆匆腾空，抬到了法场。昨天，它本该载着货物前往爱尔兰，每一支箭都准备履行各自孤独的使命。现在，它成了众目睽睽之下的一件物品，一具棺材，里面比较宽大，足以容纳王后瘦小的身躯。行刑人跨过断头台，拎起被砍下的头颅；他用一块亚麻布将它裹了起来，就像裹着一个新生儿那样。他等待着有谁把它接过去。那些女侍自己动手，将王后那被鲜血浸透的遗体搬进箱子里。一位女侍走上前，接过头颅，放在——由于没有别的地方——王后的脚旁。接着，她们直起身，每个人身上都沾有她的血迹，像士兵一样集合列队，机械地离去。

那天晚上，他待在奥斯丁弗莱的家里。他给法国那边的加迪纳写了信。国外的加迪纳：犹如一头蹲伏的野兽，啃着自己的爪子，等待反戈一击的时机。将他发配在外是一种胜利。他不知道这种局面能维持多久。

他但愿雷夫在这里，但他要么是在陪侍国王，要么是回斯特普尼看海伦去了。他习惯了几乎每天都见到雷夫，而无法习惯事情的新秩序。他仍旧期待听到他的声音，听到他和理查德以及格利高里——只要他在家时——的声音，听他们玩着各种恶作剧，那种你即使到了二十五或三十岁、一旦认为家中严肃的长者不在附近就乐此不疲的恶作剧：或者在角落里扭成一团，要把对方推下楼去，或者藏在门背后，来个突然袭击。此刻在他身边的不是雷夫，而是赖奥斯利先生，正来回踱着步子。“简称”似乎觉得应该有人叙述一下白天的情况，就像对编年史家一样；要不，就该描述一下自己的感受。“先生，我仿佛站在海岬上，背对着大海，眼前是燃烧的平原。”

“是吗，‘简称’？那就进来吧，别在那儿吹风，”他说，“来喝一杯李尔勋爵从法国给我送来的这种酒。我通常是留着自己喝的。”

“简称”拿起酒杯。“我闻到了燃烧的建筑，”他说。“还有倒塌的塔楼。事实上，只剩下灰烬。只有残骸。”

“但却是有用的残骸，对吧？”残骸可以制成各种东西：随便问一下海边的居民就知道。

“有个问题您还没有正面回答，”赖奥斯利说。“您为什么不让怀亚特受审？除了因为他是您的朋友之外？”

“我知道你不太看重友情。”他看着赖奥斯利接受了这一点。

“尽管如此，”“简称”说。“我知道怀亚特不会对您构成任何威胁，也从未轻视或冒犯过您。而威廉·布莱里顿呢，横行霸道，冒犯过很多人，总是碍您的事。哈里·诺里斯，小韦斯顿，嗯，他们以前的位置有了空缺，您可以把您的朋友们安排进寝宫，跟雷夫一起。至于马克，那个小不点琴童；我承认，没有他之后，那地方看起来舒服多了。乔治·博林被除掉了，这让博林家的其他人仓皇而逃，‘阁下’将不得不跑回乡下，夹着尾巴过日子。皇帝对发生的这一切会大感快意。遗憾的是，大使因为发烧今天没有到场。他会很愿意看到那种情景。”

不，他不会的，他想。查普伊斯受不了那种血腥。但必要的时候，你就应该从病床上起来，看看你所期望的结果。

“英格兰现在会太平了，”赖奥斯利说。

他脑海中响起一句话——是托马斯·莫尔说的吗？——“狐狸跑回家后的鸡舍的太平”。他仿佛看到残尸遍地，有些是被一口咬死，还有些被撕咬得遍体鳞伤，那是母鸡追赶狐狸、而狐狸惊慌地躲闪和攻击的结果，它一边四处躲闪，一边继续扑杀：那些残尸，那些粘在地上和墙上的带血的羽毛，将被冲洗干净。

“那些演员都解决了，”赖奥斯利说。“把红衣主教抬进地狱的四个人无一漏网；还有马克那个可怜的傻瓜，当时把他们的行为编成了一首诗。”

“四个人无一漏网，”他说。“五个人无一漏网。”

“有位先生问我，如果克伦威尔是这样对付红衣主教那些不太重要的敌人，那不久之后，他会怎样对付国王本人呢？”

他站在那里，望着夜幕越来越深的花园：一时目瞪口呆，这个问题就像插在他肩胛骨之间的一把刀。在国王的所有臣民中，只有一个人会想起这个问题，只有一个人敢提出这个问题。只有一个人敢质疑他对自己的国王所表示的忠诚，他每天所表现出来的忠诚。“这么说……”他终于开了口。“史蒂芬·加迪纳称自己为先生。”

也许从那些照起来让人变形和模糊的小小的窗玻璃中，赖奥斯利看到了一张令他不解的面孔：困惑，恐惧，这些表情通常不会出现在秘书官大人的脸上。因为既然加迪纳想到了这一点，那其他人呢？几个月之后，若干年之后，还有谁会想到这一点？他说：“赖奥斯利，你肯定没有指望我向你解释我的行为吧？你一旦选择了一条路，就不该为它道歉。上帝知道，对我们的国王主人，我只有一腔赤诚。我绝对服从和效忠。如果你密切注意我，就会看到我这样做的。”

当他觉得可以让赖奥斯利看到他的面孔时，才转过脸来。他满面笑容，说，“为我的健康干杯。”

3. 战利品

伦敦，1536 年夏

国王说：“她的衣服怎么处理了？还有头饰呢？”

他说：“塔里的人拿去了。作为他们的犒赏。”

“把它们买回来，”国王说。“我要知道它们已经被销毁。”

国王说：“把所有能进入我寝宫的钥匙都收回来。不管是这里还是其他地方的。所有房间的所有钥匙。我要把锁都换掉。”

到处都是新仆人，或者是旧仆人到了新岗位。弗朗西斯·布莱恩取代了亨利·诺里斯，被任命为寝宫主管，还将得到一百英镑的津贴。小里奇蒙公爵被任命为切斯特和北威尔士总管，并(取代乔治·博林)成为五港同盟长官和多佛城堡总管。托马斯·怀亚特从塔里获释，也得到一百英镑。爱德华·西摩晋升为比彻姆子爵。理查德·桑普森被任命为奇彻斯特主教。弗朗西斯·韦斯顿的妻子宣布再婚。

关于简成为王后之后应该采用的箴言，他跟西摩兄弟已经商讨过。他们决定使用“绝对服从和效忠”。

他们在亨利身上试了一下。他笑了，点点头：十分满意。国王的蓝眼睛很安详。今年——1536 年——的这个秋天，在窗玻璃上，在石雕木刻上，凤凰的徽章将取代戴着皇冠的白色猎鹰；那个已故女人的狮形纹章将会改成简·西摩的豹子，改起来也很省事，那些动物只需换上新的头尾就行。

在白厅的王后寝宫里，他们迅速而低调地举行了婚礼。简被发现是国王的远房表亲，但他们得到了符合形式的各项特许。

仪式之前，他(克伦威尔)陪在国王身边。这一天，亨利十分安静，抑郁不乐，完全不像一位新郎。他不是在想他的上一位王后；她死了十天，他从未提起过她。但是他说，"克伦，我不知道我现在还会不会有孩子。柏拉图说，男人三十至三十九岁之间生的孩子最健康。我已经过了那个年龄。我最好的年华都浪费了。我不知道它们是怎样流逝的。"

国王觉得自己受到了命运的捉弄。"我哥哥亚瑟去世时，我父亲的占星师曾经预言，我主政时将国家兴旺，子嗣众多。"

你起码很兴旺，他想：只要你继续听我的，还会富裕得远远超出你的想象。在你的星座命盘中，托马斯·克伦威尔已经占据一席之地。

已故女人的债务现在也要偿还。她欠下了数千英镑——毛皮货商、制袜商、丝绸商、药商、亚麻布制品商、马具商、印染商、蹄铁匠、胸针制造商——可以用她被没收的财产相抵。她女儿的地位尚未明确，但那孩子眼下衣食富足，不仅有镶着金边的床，还有数顶镀金装饰的白色和紫色缎帽。王后欠了刺绣工五十五英镑，不难看出这笔钱用在何处。

法国行刑人的酬金超过了二十三英镑，但这是一笔不可能再次发生的开销。

*　　*　　*

在奥斯丁弗莱，他拿着钥匙，自己开门走进存放圣诞物品的小房间：马克曾经被关在这里，晚上吓得大喊大叫。孔雀翅膀将只好扔掉。雷夫的小女儿可能再也不要它们了；到下一个圣诞节时，孩子们不会还记得上一个圣诞节的事。

他轻轻取下套在翅膀上的布罩，然后撑开那块布，举起来对着光线，才发现布罩已经有了一条裂口。他明白羽毛是怎样跑了出来，触碰到如今已经死去的那个男人的脸。他发现翅膀已经破旧，似乎被虫咬过，那些熠熠闪亮的眼睛图案也失去了光泽。这毕竟是些华而不实的东西，不值得珍藏。

他想起他的女儿格蕾丝。他想，我妻子对我是否有过不忠呢？当年为了红衣主教的事务，我经常出门在外，其间，她是否跟通过生意结识的某个丝绸商有了私情，或者是否像许多女人那样，跟牧师上过床？他无法相信她会干出这种事。她是个长相平平的女人，但格蕾丝那么漂亮，五官那么秀美。她的模样最近在他的脑海里变得模糊起来；死亡就是这样，它不断地带走，带走，于是，你剩下的记忆就只是一些散落的灰尘般的淡淡痕迹。

他对他妻子的妹妹乔安说，“你觉得丽兹会不会跟别的男人有过关系？我是说，在我们结婚之后？”

乔安不禁愕然。“你怎么会冒出这种念头？快把它赶走。”

他尽力想把它赶走。但是他无法摆脱格蕾丝已经离他越来越远的那种感觉。她死得太早，都没来得及请人为她画一幅画。她来过这个世界，却没有留下一丝痕迹。她的衣服、布球以及穿着罩衫的木娃娃早就送给了其他孩子。但关于他的大女儿安妮，他还保存着她的字帖。他有时会把它拿出来看一看，上面有她亲手写下的名字，遒劲有力：安妮 · 克伦威尔，安妮 · 克伦威尔的书；她在页边画了鱼和鸟，还有美人鱼和狮身鹰首兽。他把它放在一只里外都包着一层红色皮革的木盒里。盒盖上的颜色已经消褪，变成淡淡的粉红。只有把它打开后，你才能看到原来那种夺目的鲜红。

在这种难眠之夜，他往往会坐在桌前。纸张很宝贵。一些边边角角都不会丢弃，而是翻个面，重新使用。他常常拿起一本颇有年头的书信册，却发现上面有前人随手留下的字迹，有的出自早已化为尘土的大臣，还有的出自已经冰冷地长眠在赞扬自己功绩的碑文之下的主教。沃尔西死后，当他第一次以这种方式看到他的手迹——一个匆匆的算式，一份废弃的草稿——时，他的心顿时揪成一团，他不得不放下笔，直到这阵悲痛过去。他已经习惯了这种经历，但今天晚上，当他翻着纸张，看到红衣主教的手迹时，却有一种陌生感，仿佛是某种错觉，也可能是一时眼花，改变了那些字体。这些字迹也许出自某个陌生人，某个你不久前才开始打交道、还不太了解的债主或借债人；也许出自某个小职员，在记录主人的口述。

过了片刻：蜂蜡的火苗微微摇曳了一下，他把书信册推近烛光，那些字又恢复了自身熟悉的轮廓，于是他看见了写下它们的故人之手。白天的时间里，他考虑的都是将来，但到了深夜，往事有时就开始在他脑海中盘旋。不过。他的下一个任务是想办法让国王和玛丽小姐重归于好，不要让国王杀死自己的亲女儿；而在那之前，也不要让玛丽的朋友杀死他。他帮助他们进入了他们的新世界，这个没有安妮·博林的世界，现在，他们会认为也可以没有克伦威尔。他们吃完了他的筵席，现在，他们将想用剩骨头剩菜把他轰走。但这是他的餐桌：他在餐桌之上、残肉之间跑动。他们想把他拉下来，那就让他们试试好了。他们会发现他全副武装，会发现他防卫森严，会发现他与未来牢不可分。他要制定法律，采取措施，为国家以及国王的利益而效力：他要争取更多的头衔和荣誉，要建造房屋，博览群书，也许再生几个孩子，谁知道呢，还要为格利高里娶亲。如果能有个孙子或孙女，会多少弥补他的丧女之痛。他想象自己站在一片亮光下，举着一个幼小的孩子，以便死者能够看到。

他想，不管我多么努力，有朝一日，我也会离去，而就目前的形势来看，那一天可能不会太远：就算我意志坚强、精力充沛又如何？命运反复无常，我要么会死在我的敌人手里，要么会毁在我的朋友手上。那个时刻一旦来临，可能不等墨迹变干我就已经消失。我的身后会留下一大堆山一般的文件，我的继任者——比如说雷夫，比如说赖奥斯利，比如说里奇——会清理那些遗物，说，这是托马斯·克伦威尔时代留下来的一纸旧契约，一份旧手稿，一封旧书信：他们会把那张纸翻个面，在我的遗物上面写字。

1536 年夏：他被封为克伦威尔男爵。他无法称自己为帕特尼的克伦威尔爵士。他可能会觉得好笑。不过，他可以称自己为温布尔顿的克伦威尔男爵。小时候，他曾经逛遍了那些田野。

“不过”这个词就像藏在你椅子底下的一个小精灵。它把墨水变成你还没有看到的文字，变成画过页面、超出纸边的线条。不存在所谓结局。如果你认为有结局，就是误解了它们的本质。它们全都是开端。这里就是一个。

作者手记

几个世纪以来，围绕安妮·博林下台的前后经过，人们一直众说纷纭。证据十分繁杂，有时还互相矛盾；信息的来源也往往可疑，显得真假莫辨，或属于事后推断。关于她的受审，并无官方记录可查，我们只能在其同时代人的帮助下，重新勾勒出她最后的日子，但那些人可能不够准确，有失偏颇，记性不好，置身别处，或以化名隐藏其真实身份。对于安妮在受审和站在断头台上时口里说出来的长篇大论，我们阅读时必须采取怀疑的态度，对那份常常被称为她的“遗书”的文件也一样，因为所谓“遗书”几乎无疑是伪造或者——说得客气一点——虚构的。安妮是个变幻无常的女人，有生之年一直令人难以捉摸，而在死后的几个世纪里，她承载着读者和作者对她的想象，仍然在不断变化。

在本书中，我试图呈现至为关键的几个星期在托马斯·克伦威尔眼中会是怎样的情景。我不是说自己的版本有多么权威，而只是为读者提供一种建议，一种可能。对于该故事的某些为人熟知的内容，小说并未涉及。为了避免人物过于繁多，作品没有提及一位已故的名叫布丽奇特·温菲尔德的夫人，在安妮下台之前就开始传播的有关她的流言蜚语，可能与那位(已经进入坟墓的)夫人有关。由于丝毫没有交代流言蜚语的源头，结果可能就归咎于罗奇福德夫人简，这对她也许有些冤枉。我们都知道她在亨利的第五任妻子凯瑟琳·霍华德的事情中所起的破坏作用，所以对她往往有先入之见。茱莉亚·福克斯在其《简·博林》(2007) 一书中，对简的性格进行了更为正面的解读。

了解安妮最后日子的人会注意到，还有一些方面作品也只字未提，包括一位名叫理查德·佩吉的大臣，他与托马斯·怀亚特几乎同时被捕，但从未受到指控或审判。鉴于他和本故事并无其他关联，而且无人知晓他为何被捕，最好的办法似乎就是省去一个名字，也为读者减轻一份负担。

我十分感谢埃里克·艾夫斯、大卫·罗迪斯、艾莉森·威尔、G·W·伯纳德、丽塔·M·沃尼科和其他许多研究过博林家族之浮沉的历史学家，他们的作品让我受益匪浅。

当然，这本书并不是关于安妮·博林或亨利八世，而是关于托马斯·克伦威尔的政治生涯，这个人仍然有待传记家们的关注。就眼下而言，秘书官先生依然滋润而富态，在层层保护下让人难以接近，就像圣诞馅饼中的一颗精选的梅子；但是我希望继续努力，将他挖掘出来。

致　　谢

衷心感谢各位思想开明的历史学家，他们抽出时间阅读《狼厅》和发表评论，并鼓励本书的创作，也感谢许多读者，他们向我提供了谱系表和零星的家族传说，或者就某些已经消失的地方或几乎被淡忘的人提供了有趣的信息。感谢鲍勃·伍斯特爵士带我参观阿灵顿城堡，那里曾经为怀亚特家族所拥有；感谢威廉·保莱的后人鲁珀特·西斯尔维特，感谢他邀请我到他位于德文郡的美丽家园凯德赫府做客。同样感谢所有向我发出友好邀请的人，我希望在创作下一部小说时能接受你们的邀请。

我要特别感谢我的丈夫杰拉尔德·麦克尤恩，他不得不与那么多看不见的人同处一个屋檐下，并且始终如一地给予我支持和亲力亲为的帮助。

希拉里·曼特尔和她的《提堂》

2012年10月11日，继瑞典皇家文学院宣布中国作家莫言获得诺贝尔文学奖之后，时隔仅数日，10月16日晚，英美文学界中重要性仅次于诺贝尔文学奖的英国布克奖又抛出了一枚重磅炸弹：现年六十岁的英国女作家希拉里·曼特尔凭借2009年布克奖小说《狼厅》(*Wolf Hall*)的续集《提堂》(*Bring Up the Bodies*)再度摘得布克奖。由此，国际文坛产生了第三位两度获布克奖殊荣的作家，前两位分别是澳大利亚国民作家彼得·凯里和南非诺贝尔文学奖得主J·M·库切。希拉里·曼特尔二度折桂的消息传出后，舆论一片哗然，曼特尔创造了布克奖历史上的多个“史无前例”——她是第一位两度获布克奖的英国作家，也是第一位凭借一部作品的续集再添殊荣的作家，更重要的是这是第一位获此殊荣的女性作家。

2009年，曼特尔的小说《狼厅》获得布克奖无疑在全世界刮起了一阵“都铎旋风”。小说主人公是历史上著名的亨利八世的国务大臣——托马斯·克伦威尔，《狼厅》讲述的是克伦威尔如何在错综复杂的政治势力中迅速崛起，攀上权力的顶峰，并扶持了安妮·博林成为亨利八世的第二任王后的故事。而此次获奖的《提堂》则延续了《狼厅》的情节，继续借克伦威尔的眼睛，讲述了安妮·博林如何失势、被亨利八世处以死刑的故事。

荣膺布克奖之后，曼特尔和她的《提堂》再次复制了《狼厅》的获奖奇迹，各种文学大奖扑面而来：科斯塔文学奖、大卫·科恩奖、Specsaver 国家图书奖之“英国年度作家”、2012 年《出版人周刊》十佳图书、《华盛顿邮报》十佳图书……除了收获各种令所有作家羡慕不已的文学奖项之外，曼特尔的作品更是受到了出版界以外的广泛关注——皇家莎士比亚剧团已经将《狼厅》和《提堂》两部作品改编为舞台剧，并于 2014 年 1 月正式公演。更振奋人心的消息是，BBC2 套正紧锣密鼓地筹拍这两部作品的电视剧，预计在 2015 年推出一部长达六小时的迷你电视剧。可以说，一场关于都铎王朝的文化盛宴正在徐徐拉开序幕。

本届布克奖的评委们评价称，曼特尔笔下的克伦威尔堪比《教父》三部曲里的黑手党头目，而曼特尔的小说糅合了细腻的散文风格以及惊心动魄的笔触。“这本书里你能同时看到考利昂[①]和 D·H·劳伦斯的影子，”本届布克奖评委会主席《泰晤士报文学增刊》编辑彼得·斯托瑟德评价说，“这是一个充满血腥的故事。但希拉里·曼特尔是一个能透过血腥思考的作家。她用艺术、文字的力量，创造了道德的两难局面。”

出生于德比郡格罗索普市的希拉里·曼特尔是家中三个孩子中的长女，小时候在德比郡的哈德菲德的磨坊村长大，在当地罗马天主教小学上学。曼特尔的双亲出生于英格兰，但两人都是爱尔兰后裔。幼年时，她的伯祖父、伯祖母都对爱尔兰有着深厚的情结，可惜在她十岁时，这些长辈去世，她身上的爱尔兰情结也渐渐淡去。十一岁后，父母离婚，后来母亲与情人杰克·曼特尔一起搬到了柴郡一个名叫罗米利（Romiley）的小镇同居，希拉里则继承了杰克的姓氏。在她的回忆录《气绝》（*Giving Up the Ghost*）中，她曾解释过贯穿她小说中的原动力——她的家庭背景。十二岁时，她放弃了宗教信仰，这在她心中留下永久的印记：“真的是老生常谈：罪恶感。你从小相信自己是错误的，是邪恶的。对我来说，因为我

---

① 小说《教父》中的主人公。

对别人说的话很当真，于是就养成了一种根深蒂固的内省和自我审视的习惯，对自己异常严厉。”

曼特尔在罗米利的哈里顿教会学校读书。1970 年她去伦敦经济学院攻读法律，后转至谢菲尔德大学，1973 年修到法学学士学位。大学期间，她是一名社会主义者。大学毕业后，她在一家老年医院做社会福利工作，后来又到一家百货商店做销售员。

1974 年，希拉里 · 曼特尔开始了她的写作生涯。她创作的第一本小说就是关于法国大革命的煌煌巨作，即 1992 年才出版的《一个更安全的地方》(*A Place of Greater Safety*) 。小说以历史般精确的视角，讲述了法国大革命中的三个传奇革命家的一生——丹东、罗伯斯庇尔和德穆兰，从他们的童年追溯到 1794 年恐怖统治时期直到三人英年早逝。1977 年，曼特尔与身为地质学家的丈夫杰拉尔德 · 麦克尤恩前往博茨瓦纳生活，后来又在沙特阿拉伯生活过一段时间。三十岁不到的曼特尔正是在博茨瓦纳创作了这部小说的大部分章节，不过，同许多作家的处女作一样，第一部作品的出版之路并不顺利。当她带着这部心血之作返回伦敦时，没有一家出版社愿意出版这部小说。在遭到出版社拒绝的同时，曼特尔还经受着巨大的病痛折磨，多年四处寻医问药，却始终无法确诊。在博茨瓦纳时，她查阅到一本医书，意识到自己可能患的是严重的子宫内膜异位，后来返回伦敦时经医生确诊了。由于当时条件所限，经过手术后她再也无法生育，而且之后持续的类固醇治疗导致她体重激增，外貌也发生了剧变。

曼特尔曾表示“当时自己的人生出现了危机，”她说，“得知自己以后无法生育，健康状况也不明朗，甚至无法治愈，书又被出版社拒绝，我那时只想回家，回到那个在非洲的家。”不过，曼特尔到底没有被命运所打垮，在谈到自己如何度过那段艰难岁月时，她是这么说的，“我头脑很清楚，强烈地感觉自己必须要迎难而上，我意识到自己应该去试试别的题材。于是，我创作了一部篇幅略短、标准的现代小说。”这部“标准的现代小说”就是后来 1985 年出版的、希拉里 · 曼特尔真正意义上的处女作——《每天都是母亲节》(*Every Day Is Mother's Day*)。一年后又出版了续集《空白财产》(*Vacant Possession*)。从此，曼特尔便一发不可收拾，至今已创作了十一部长篇小说，一部短篇小说集及一部自传。

1985年的处女作发表之后，曼特尔就开始涉足不同文类的创作，而且作品的题材跨度极大。小说《盖宰大街上的八个月》(*Eight Months on Ghazzah Street*,1988)直接取材于她在沙特阿拉伯的生活经历，取用一幢城市公寓楼里邻里之间危险的价值观冲突，表现伊斯兰国家和自由的西方间的紧张关系。《弗拉德》(*Fludde*,1989)获得温尼弗雷德·霍尔比纪念奖，故事发生在1956年一个杜撰的名叫Fetherhoughton的北方小村，故事背景发生在修道院与罗马天主教教堂。一个神秘的陌生人在那些受压迫、遭鄙视的人们的生活里带来了炼金术般的转变。1994年的《变温》(*A Change of Climate*,1994)则将故事背景设置在诺福克的乡下，探索了拉尔夫和安娜·埃尔德雷德夫妇的生活，他们抚育四个孩子，将毕生贡献于慈善事业。这对夫妇早年在南非做传教士时，曾身陷囹圄，被驱逐至贝专纳(即后来的博茨瓦纳)，悲剧就是从那里开始的。《爱的考验》(*An Experiment in Love*,1995)获得霍桑登奖，故事发生在1970年的两个大学学期，记录了三个女孩离家去伦敦读大学的过程。撒切尔夫人的形象在小说中有过惊鸿一现，小说主要探讨的是女性的欲望和理想，暗示她们经常受到打击和阻碍。

尽管创作的题材多种多样，但曼特尔始终还是对历史题材青睐有加。接下来的1998年，曼特尔再度挑战历史小说题材，根据18世纪末的真实历史人物查尔斯·奥布莱恩的故事，创作了《巨人奥布莱恩》(*The Giant O'Brien*)。小说没有将奥布莱恩和他的对手苏格兰医生约翰·亨特当成历史人物来写，而是把他们写成一个黑暗暴力的童话中的虚构主人公，也是启蒙时代的必然受害者。曼特尔还为BBC4套将此书改编为剧本。2005年，小说《黑暗深处》(*Beyond Black*)获2006年橘子奖提名。故事发生在千禧年，主人公是一位名叫艾莉森·哈特的专业灵媒，她冷静快乐的外表下隐藏着古怪扭曲的心灵。她周围那一大帮隐形的“朋友”，时时都可能化为人形。小说以幽默睿智的视角揭示了超自然世界也同样可能与普通人的世界一样庸俗平凡。同年，曼特尔受封大英帝国司令勋章（CBE）。

很难想像，如果当初希拉里·曼特尔那部讲述法国大革命历史的作品《一个更安全的地方》在1979年就出版（而非实际上的1992年），她是否还会保持一个历史小说家的身份，抑或是坚定地皈依其他文学类型。不管是何种因缘巧合，2009年《狼厅》的获奖一鸣惊人，这是对希拉里·曼特尔多年来对历史题材孜孜不倦的研究和创作的最高回报。该书不仅在评论界获得一片赞誉，市场反响也空前热烈。2009年9月，刚入围布克奖短名单时，《狼厅》的销量就已经与丹·布朗的超级畅销书《失落的秘符》打成平手，在英国亚马逊网排名紧随其后。2009年10月《狼厅》获布克奖后，次年3月又捧得全美书评人协会奖，对于一本大部头的历史小说来说，同时包揽英联邦及北美大陆英语文坛两项最权威的文学奖项实属不易，而且，该书还创造了多项销售奇迹：至2010年7月，其精装本在英国已售出21万5千册，全世界有30多个国家引进版权，总计销量超过20万册，堪称“史上最畅销的历史小说”。

都铎王朝的传奇无疑是英国历史上最为绚丽的华彩乐章之一，其中亨利八世血腥残酷的宫闱秘辛数百年来给历史学家和升斗小民带来无穷无尽的研究史料和八卦谈资。亨利八世一生换了六个王后，其中两个离婚，两个处决，一个死亡。为了离婚，迎娶安妮·博林，亨利不惜与罗马教廷决裂，大力推行宗教改革，解散修道院，致使英国王室的权力达到巅峰。然而，这所有的丰功伟绩都离不开一个人，那就是历史上赫赫有名的托马斯·克伦威尔。加拿大女作家玛格丽特·阿特伍德在读完《狼厅》的续集《提堂》后，称“克伦威尔之于亨利八世犹如贝利亚之于斯大林”，而狄更斯则将亨利八世评价为“真相是，他是一个混账至极的恶棍，是人性的耻辱，是英国历史上的一抹血污。”[1]可以说，亨利八世与克伦威尔这对君臣的关系远比正史记录得要纠结复杂。

托马斯·克伦威尔何许人也？恶棍，无赖，野心家，政治家，还是改革家？其实，在希拉里·曼特尔对他产生兴趣之前，他在各种文艺作品中早已滥觞——剧本、小说、电影、电视剧无一遗漏过他的身影，只可惜大部分作品中克伦威尔都是以反面人物或配角出现。莎翁的名剧《亨利八世》中，克伦威尔只是个籍籍无名的小配角。美国剧作家马克斯维尔·安德森1948年的作品《千日安妮》(*Anne of the Thousand days*)中，克伦威尔被塑造成一个心狠手辣的无耻之徒。罗伯特·鲍特编剧的电影《四季之人》(*A Man for All Seasons*)（获六项奥斯卡奖）中克伦威尔则成了野心勃勃的大反派，是葬送托马斯·莫尔的元凶，该剧后来在百老汇也上演过。至于电影电视，以亨利八世为背景的作品更是屡见不鲜：2007年风靡全球的美剧《都铎王朝》至今已播四季，其中的克伦威尔是个见风使舵的投机分子，还有2008年的电影《另一个博林家的女孩》……这些影视剧作品在全世界掀起了一股“都铎热”，英国人的历史却能引起全世界粉丝的疯狂追逐，当然其中不乏有帅气迷人的乔纳森·梅耶斯（美剧《都铎王朝》中饰演亨利八世的演员）以及性感尤物斯嘉丽·约翰逊（《另一个博林家的女孩》中饰演玛丽·博林，即安妮·博林的姐姐）的功劳，但更重要的还是那跌宕起伏、波诡云谲的王朝传奇吸引了观众。

抛开稗官野史，正史中的托马斯·克伦威尔究竟是何等人物？他是亨利八世的亲信，担任过首席国务大臣，被封为埃塞克斯伯爵，辅佐亨利八世推行宗教和政治改革，对抗罗马教廷，解散修道院，为英国向近代化国家过渡打下良好的基础。他还促使国会通过了一系列改革法案，其中最

[1] 参见查尔斯·狄更斯的《写给孩子的英国历史》(*A Child's History of England*)，该书是狄更斯为自己的孩子撰写的一本英国历史普及读物。原文为：“The plain truth is, that he was a most intolerable ruffian, a disgrace to human nature, and a blot of blood and grease upon the History of England.”

重要的就是《至尊法案》和《王位继承法》——《狼厅》中那位著有《乌托邦》杰作的圣人托马斯·莫尔就是因为拒绝宣誓拥护《至尊法案》而被处死。伟大的都铎历史学家杰弗里·埃尔顿[1]将克伦威尔视作建立官僚体系和议会构架之人。

时移世易，时间转眼到了21世纪，轮到希拉里·曼特尔出场了。在她的笔下，这个大名鼎鼎，或者说臭名昭著的托马斯·克伦威尔竟然焕发出新的生命力来。曼特尔的《狼厅》中，我们看到了一个为了活命曾鸡鸣狗盗的克伦威尔，他先后当过雇佣兵、听差、厨工、会计师、商人、律师，掌握多种语言，少年时足迹遍布欧洲大陆，能够通篇背诵《新约》，积聚了非凡的商业智慧和权谋之术，最后担任亨利八世的首席国务大臣，成为权倾一时的政治家和改革家。通过克伦威尔的眼睛，我们见证了安妮·博林苦心经营，博取王后宝座，见证了来势汹汹的宗教改革，见证了红衣大主教沃尔西的失宠，见证了圣人托马斯·莫尔的火刑，一幅波澜壮阔的都铎王朝政治、宗教和经济的完整图景跃然纸上。可以说，克伦威尔是串起这一系列重要事件的核心人物，也是这张密不透风的巨网上不可或缺的一个绳结。

曼特尔在2009年接受《纽约客》的采访时，曾被问及如何发现克伦威尔这个人物的。她回答说："幼年接受罗马天主教教育时，我第一次看到这个名字……克伦威尔是所有事件的中心，然而在大多数小说和戏剧中，他却居于次要地位，我想把他置于舞台中心，把众人的注意力聚焦于此人。"诚然，一个优秀的历史小说家，要做的并非是让读者对一段历史有一个全面的了解，而是让读者从一个全新的角度更深刻地了解这段历史，并且意识到自己所触摸的只是历史的一角。正如著名画家小汉斯·霍尔拜因为克伦威尔所绘的那幅肖像画，1534年的克伦威尔正处于人生巅峰，画

---

① 杰弗里·埃尔顿（1921—1994），英国历史学家，主攻都铎王朝时期的英国历史，著作有《都铎王朝治下的英国》（1955）、《都铎王朝的宪法》（1960）、《亨利八世》（1962）等

中的他坐在一张书桌前，手中攥着一卷纸，背靠着墙壁。身着黑色袍子的克伦威尔面色凝重，目视前方，仿佛正在筹谋着什么，至于画外的意蕴情感，读者只能揣测了。

“他看到了画中自己的手，放在面前的书桌上，微握的拳头里有一张纸。看着自己的各个部位，一根一根的手指，仿佛自己被拆散了一般，真是不可思议。汉斯把他的皮肤画得像交际花的皮肤一样细腻，但是他所捕捉的那个动作，那合拢手指的动作，却像屠夫拿起屠宰刀时一样坚定。他戴着红衣主教的绿松石戒指。”(选自简体字版《狼厅》P513)

克伦威尔曾对他的儿子格里高利说，曾经有人说他看上去像是个杀人犯。格里高利回答道，“您难道不知道吗?”在外人眼里，克伦威尔阴鸷冷酷——甚至连他的儿子也是如此看待父亲的，他深谙“人对人是狼”(Homo homini lupus) 之真理，可是曼特尔并没有将他塑造成一个彻头彻尾的冷血之人，面对爱妻和幼女的离世，克伦威尔同样展示了为人夫、为人父的深情一面，为这个冷血之人注入了一丝温暖的人性。《伦敦书评》的书评人科林 · 布罗曾评价《狼厅》说，“这不是历史小说，而是一本平行历史小说 (alternative history novel)，它们构建了克伦威尔的内心生活，它们与我们所知的历史事件与图景相平行。”

除了成功的人物描摹，小说中曼特尔运用的写作手法也可谓大胆前卫，与传统的历史小说大相径庭，得到了专家评委的高度赞赏。当时的布克奖评委会主席詹姆斯 · 诺帝曾说，“我们选择布克奖得主的依据在于参评作品的整体内容，包括该书的篇幅、叙述时潇洒驰骋的语言以及场景的设置等”，而曼特尔在这些方面的表现非常出色，“简直优秀得不可思议”。小说中运用了大面积的心理独白、人物对话，还有大量闪回、倒叙，读者一个不留神便会在历史的轨道中突然穿越了三十年而不知所措。如果说简 · 奥斯丁的小说是由一场场舞会和下午茶中的闲聊构筑而成的话，那么希拉里 · 曼特尔则是将王朝的兴衰起伏浓缩于一次次精心设计的对话之中。小说写作选用的时态是现在时，而非一般历史小说选择的过去时，明显有悖于语法规则，可以揣测作者是打算将这段16世纪的历史以更生动逼真的形式展现在现代读者的眼前，使所有的历史事件仿佛发生在眼前一般。

《狼厅》获得布克奖后，曼特尔突然调整了写作计划，原本她打算用两部小说完成克伦威尔命运的起承转合，并将续集命名为《镜与光》(*Mirror and Light*)。不过，随着创作的推进，曼特尔决定将写作计划拉长成三部曲，在《狼厅》与《镜与光》之间插入一部《提堂》。于是2012年5月三部曲之中的第二部《提堂》问世，7月25日进入布克奖长名单，9月11日进入短名单，10月16日获布克奖。再度从一百多部优秀的英语小说中脱颖而出，一路过关斩将，希拉里·曼特尔再度创造了奇迹。

《狼厅》的故事时间跨度较大，从1500年描写克伦威尔少年时期的生活，一直到1535年7月，即托马斯·莫尔被处死那一天终止，同时，克伦威尔在日程表上记下了亨利八世即将造访的“狼厅”。那里正是亨利未来的第三任王后简·西摩家的房子。与《狼厅》相比，《提堂》的故事则集中发生在亨利的第二任妻子安妮·博林遭拘禁、审判以及处决的三周时间里。这段故事节奏更快、情节更紧凑。尽管亨利耗时八年才娶到安妮，但君无长情、君恩难料，何况安妮没有如其所愿诞下男性子嗣，于是她便成了众矢之的。为了确保自己的政治生命，克伦威尔只能不择手段地将安妮·博林和她的家族拉下马来，正如他对凯瑟琳王后的所作所为一般无二。只是安妮与其背后的家族势力必定拼死一搏，克伦威尔和亨利八世也必将付出惨重的代价。当安妮·博林因通奸罪和叛国罪而判处死刑时，全书的紧张气氛也达到了高潮。在《提堂》中，克伦威尔与安妮的命运交织得愈发紧密，当安妮的命运尘埃落定之时，读者对克伦威尔的结局则更有所期待。虽然历史已经明确告诉了我们答案，但我们更好奇的是希拉里·曼特尔将在第三部《镜与光》中如何把这个已知的答案演绎得惊心动魄。

布克奖二度折桂后，曼特尔在接受采访时表示，除了正在创作的都铎三部曲之完结篇《镜与光》之外，她还打算要写一部关于波兰女剧作家普日贝谢夫斯基（Stanislawa Przybyszewska）的非虚构作品，书名为《因罗伯斯庇尔而死的女人》（*The Woman Who Died of Robespierre*）。一望而知，已到了花甲之年的曼特尔对法国大革命的题材仍然念念不忘，余情未了，尤其是对罗伯斯庇尔这个悲剧性的革命领袖。这部作品塑造了一个疯狂痴迷罗伯斯庇尔的波兰女剧作家的形象，她几乎创作了关于法国大革命的所有剧作。普日贝谢夫斯基在没有暖气的房间里不眠不休地写作，甚至将信件的时间用法国大革命时期的日历来标注。最后这位女剧作家死于营养不良和吗啡上瘾，年仅三十三岁。我们也很容易联想到这个人物对于曼特尔的意义所在——女剧作家的命运同样可能在她身上复制。

从1974年小试牛刀，到2009年首次布克折桂，再到2012年的布克奇迹，希拉里·曼特尔走过了三十八年。经历过病痛折磨，感情失意，事业挫折，她人生之潮起潮落并不亚于她笔下的主人公克伦威尔或是罗伯斯庇尔等诸人。时值今日，她足以澹然地面对眼前炫目迷人的掌声和荣誉，面对铺天盖地的媒体和记者，继而从容地继续她的历史文学创作之路。让我们期待都铎王朝传奇的终结篇《镜与光》，证实克伦威尔是如何失宠于亨利八世、从权力巅峰骤然跌落，最终命丧伦敦塔中。当然，我们也同样期待布克奖历史上出现首个“帽子戏法”。毕竟，布克奖如果能回归传统，鼓励那些以严肃态度对待写作的作家，对布克奖的评委会来说，让一位作家上演“帽子戏法”也未尝不可考虑。

宋玲